BATTLEFIELD 4

COUNTDOWN TO WAR

배틀필드
카운트다운

피터 그림스데일 지음 / 이동훈 옮김

제우미디어

배틀필드 카운트다운

초판 1쇄 | 2014년 2월 6일

지은이 | 피터 그림스데일
옮긴이 | 이동훈

펴낸이 | 서인석
펴낸곳 | 제우미디어
출판등록 | 제 3–429호
등록일자 | 1992년 8월 17일
주소 | 서울시 마포구 상수동 324–1 한주빌딩 5층
전화 | 02–3142–6845
팩스 | 02–3142–0075
홈페이지 | www.jeumedia.com

ISBN | 978–89–5952–302–3
• 파본은 본사나 구입하신 서점에서 교환해 드립니다.

만든 사람들
출판사업부 총괄 손대현 | **책임 편집** 신한길 | **기획** 전태준, 김용진, 홍지영, 김혜리
디자인 총괄 디자인수 | **제작** 김금남 | **영업** 김응현, 김영욱, 박임혜
도와주신 분 박수민

1

중국-북한 국경

철책은 무려 1,415킬로미터나 뻗어 있었다. 철책의 높이는 3.6미터였고, 90 미터마다 콘크리트로 지은 초소가 하나씩 있었다. 철책 기둥은 하늘을 향해 Y자로 벌어져 있었기 때문에 맨 위쪽에는 둥근 철조망이 이중으로 설치되어 있었다. 이런 시설이 사람들에게 주는 메시지는 분명했다. 철책을 넘지 말라는 것.

코빅도 넘지 않았으면 싶었다.

시호크 헬리콥터 창문 안쪽에 맺힌 습기가 얼면서 어둠 속 저 아래 간신히 보이던 국경의 모습이 점점 보이지 않게 되었다. 해병대원들 중 최선임자인 올슨이 마이크를 입 가까이 가져다 댔다. 그의 얼굴은 계기판에서 나오는 불빛 때문에 역겨운 녹색으로 보였다.

"어쩌면 당신 때문에 제2차 한국 전쟁이 벌어질지도 모르겠군요."

올슨의 표정에서 그가 CIA에 대해 품고 있는 감정이 고스란히 드러났다.

이 일은 CIA 지국장의 커다란 한판 게임이 될 것이다. 지국장 커틀러는 코빅에게 이렇게 말했다.

"이 건을 제대로 해내면 백악관에서 자네한테 직접 축하 메시지를 보낼 거야. 하이빔은 우리가 빈 라덴 이후 얻어낸 가장 큰 성과라고."

이런 소리를 대체 몇 번이나 들었던가? 커틀러는 이 세계에 들어온 지 얼마되지 않은 신참이었다. 하루빨리 공을 세우고 싶어 안달이 나 있었다. 그런 그에게 중국은 랭글리에 위치한 CIA 본부 7층으로 가는 도중, 경유하는 층에 불과했다.

"중국 정부하고는 모든 얘기가 끝났어. 그들은 우리 뒤를 확실히 봐줄 거야. 이거야말로 사상 최초의 미−중 연합 비밀작전이라고. 세상에 알리지 못하는 게 유감스럽지만 말이야."

코빅은 중국이 이 건에 대해 나서지 않으려 했다는 걸 알고 있었다. 처음엔 중국 정부가 적당히 거리를 두려 했지만 결국 협력했다. 중국 정부는 헬리콥터가 재급유를 받을 수 있는 전진기지를 제공해주고, 이들이 탄 헬리콥터가 착륙지점에 도착하기 10분 전 국경으로부터 50킬로미터 이내의 북한 지역에 전기 공급을 차단하기로 했다.

그는 헬리콥터 창문에 서린 얼음을 문질렀다. 얼음 한 조각이 떨어지자 짙은 어둠과 낮게 깔린 구름이 스쳐 지나갔다. 시호크 헬리콥터가 왼쪽으로 급선회하며 동체가 기울자, 직접 가져온 허술한 피크닉 의자에 앉아 있던 해병대원들이 넘어졌다. 조종사가 소리를 질렀다.

"진정하라고, 텍스. 이건 로데오가 아니야."

코빅은 상하이에서 자신이 직접 선발한 대원들과 함께 이 임무를 수행하고 싶었다. 그러나 커틀러 지국장이 반대했다.

"하이빔이 기대하고 있는 건 존 웨인이야. 마을 안으로 한 무리의 중국인이 달려드는 걸 보면 까무러칠 거라고."

커틀러는 이 일을 대체 뭐라고 생각하는 걸까? 운동회나 환영회쯤으로 생각하는 걸까? 코빅의 대원들은 뛰어난 장비를 갖추고 있으며, 누구도 상상치 못할 만큼 코빅을 존경하고 있었다. 그들은 마치 클링곤(스타트렉에 나오는 호전적인 외계인: 역자주) 무리들 같았다. 하지만 커틀러는 자기 방식대로 처리하길 원했고 그 방식이 최선인지는 전혀 신경 쓰지 않았다. 그래서 이곳에 해병대를 보내기로 한 것이다.

텍스의 목소리가 헤드셋에서 들려왔다.

"착륙지까지 10분."

갑자기 불어닥친 상승기류가 그의 말을 끊고, 모두를 의자 밖으로 다시 한 번

내동댕이쳤다. 포크너가 소리쳤다.

"이봐요, 조종사 양반. 이 멋진 헬리콥터 안에 죄다 토하는 꼴 보고 싶어요?"

올슨은 코빅을 바라보며 말했다.

"이번 여행에서는 그래도 될 것 같은데."

이 해병대원들의 지휘관인 개리슨 대령은, 코빅이 작전 지휘를 맡게 되었다는 소식을 듣자 코빅에게 이렇게 말했다.

"우리 부하들 모두 무사히 데리고 돌아와야 하네."

개리슨이 그렇게 말한 데는 충분한 이유가 있었다. 둘 중 누구도 북한에 다시 들어가고 싶지는 않았기 때문이다.

코빅은 해병대원들을 살펴봤다. 모두가 방탄복을 입고 있었지만, 이런 일을 하기에는 너무 어려 보였다. 물론 코빅은 자신이 해병대원들의 기준으로는 중년이라는 것도 알고 있었다. 경험이 많으면 일을 그르칠 수 있는 요소들을 속속들이 알게 되는 문제도 생긴다.

코빅은 해병대원들에게 상황 설명을 해야 할 때가 왔다고 판단했다. 커틀러는 일단 헬리콥터가 이륙한 후에 상황을 설명해야 한다고 주장했기 때문이다. 코빅은 마이크를 켰다.

"자, 친구들! 잘 들어. 하이빔은 '위대한 령도자'의 미사일 발사 절차 및 소스코드를 하나도 빠짐없이 작성한 인물이다. 하이빔은 북한 핵전력을 건설한 인물이지. 북한 체제를 배반한 인물들 중, 그보다 더 높은 지위에 있었던 사람은 없다."

코빅은 자신이 이런 화려한 말로 떠들어대는 게 영 어색했다. 그는 원래 투박한 진실을 더 선호하는 사람이었다. 미사여구라는 리본 장식 없이, 단색 포장지에 싸여 있는 그런 진실 말이다. 그러나 지금은 어찌 되었건 이 친구들을 자신과 함께 움직이게 해야 했다. 해병대원들 중 제일 막내이자 가장 시끄러운 디콘이 자신은 어린애가 아님을 강조하기라도 하듯 목소리를 높였다.

"우와, 대단한데요! 우리는 역사를 만들고 있는 거군요!"

코빅은 고개를 끄덕이며 말했다.

"그럴 계획이야, 친구."

코빅은 자신들이 만들어갈 역사가 올바른 방향이기만을 바랐다.

이 친구들은 8시간 전 시안 교외 기지에 착륙한 시호크 헬리콥터에서 마치 싸움꾼인 양 거친 농담을 주고받고 래퍼처럼 건들거리며 내렸다. 코빅은 그런 모습을 이곳 중국 땅에 어울리지 않는 지극히 이국적인 것으로 여겼다. 동시에 자신이 중국에 매우 익숙해졌음을 다시금 깨달았다. 헬리콥터 주변에 둘러선 이들의 모습은 모든 면에서 침략군처럼 보였다. 마치 과거 모가디슈에 갔던 미군들처럼, 접근하는 모든 사람들을 적으로 간주하는 눈빛이었다. 심지어는 헬리콥터의 재급유를 준비하는 지상근무자에게도 적대적인 시선을 던졌다. 중국인들은 예절에 그리 크게 신경 쓰지는 않는다. 그러나 외국인들에게 일을 부탁할 때는, 최소한의 예의는 보여줘야 한다. 코빅이 말을 이었다.

"하이빔은 매우 중요한 인물이기 때문에 제군들은 그 사람을 정중히 모셔야 한다. 자신이 환대받고 있다는 느낌이 들도록."

코빅은 이 친구들이 지난 6개월 동안 남중국해에서 해적 소탕작전에 투입되었기 때문에 이 작전에서는 태도를 바꿔야 할 필요가 있음을 잘 알고 있었다. 이들 여섯 명은 완전 무장을 한 채 시호크 헬리콥터의 좁은 동체 안에 구겨 타고 있었다. 전투복은 물론 고분자 폴리에틸렌 헬멧과 방탄조끼, 플리스 재킷을 착용하고 있었다. 모든 대원이 미 해병대의 표준화기인 M-4 카빈 소총과 베레타 M-9 자동권총 한 정씩 그리고 새로 지급된 증폭관 네 개짜리 야간투시경도 가지고 있었다. 디콘과 킨은 마치 크리스마스 선물을 받은 아이들처럼, 장비들을 가지고 노느라 바빴다. 조종사 텍스는 총열을 짧게 잘라내어 마치 영화 '캐리비안의 해적'에 나오는 머스킷처럼 변한 M-79 유탄발사기를 가지고 있었다.

"이놈은 함부로 쏠 수 없어. 눈을 제대로 뜨고 쏘지 않으면 착탄지점에서 반경 80미터 안에 있는 적들을 싹쓸이한단 말이지."

"그럼 아예 눈을 감고 쏘는 게 더 낫지 않겠나, 텍스?"

코빅의 무기는 간단했다. 증폭관 두 개짜리 야간투시경, 그리고 나이트포스 조준경과 소음기가 장착된 시그 사우어 P226 권총, 탄창 대여섯 개뿐이었다.

"그거 참 멋지네요."

디콘은 이어버드를 타고 들려오는 음악에 맞춰 고개를 까닥거리면서도, P226을 칭찬했다. 포크너는 휴대전화 게임에 빠져 있었다. 킨은 추위에 맞서 고양이처럼 몸을 웅크리고 있었지만, 자꾸 나오는 방귀는 막지 못했다.

"이봐요, 코박 씨."

포크너가 먹다 만 허쉬 초코바를 흔들며 코빅을 불렀다. 초코바도 야구 글러브 같은 포크너의 손에 들리니 성냥개비처럼 작아 보였다.

"내 이름은 코빅이야."

"이거 보니 고향이 그립지 않아요?"

코빅은 고개를 저었다. 언제부터인가 그는 미국 과자의 맛을 잊게 되었다. 그 외에도 미국에 관련된 많은 것들을 잊었고, 지금 당장 먹을 수 있는 것만 생각하게 되었다. 맨쿤즈에서 나오는 특선 새우 전복요리 같은. 지금 그가 고향이라고 부를 수 있는 곳은 상하이였다. 거기에는 코빅이 원하는 모든 것이 다 있었다. 정식수입품이건 불법복제품이건 세계의 모든 물건이 다 있었다. 쇼핑몰과 영화관, 노점상에는 모락모락 김이 나는 맛있는 별미들이 잔뜩 준비되어 있었다. 그리고 상하이에는 루이즈도 있다. 미국인도 중국인도 아닌 루이즈는 상하이가 그에게 준 깜짝 선물이었다. 루이즈는 지금 무엇을 하고 있을까? 그건 그렇고 나는 지금 어디로 가고 있는 걸까?

포크너는 초코바를 한 입 베어 물고는, 우물거리며 말했다.

"그럼 어딘가에서 파쿠르(다리, 벽등의 지형·지물을 이용해 이동하는 기술)를 하는 대신 해병대원들이 잔뜩 탄 시호크 헬리콥터를 탄 기분이 어때요?"

코빅이 쉽게 답할 수 있는 좋은 질문이었다. 코빅의 침투 능력은 사라진 지 오래였다. 그는 아프가니스탄 시절 이래로 무기를 사용한 적이 없었고, 이미 체형도 망가졌으며 상하이에 너무 오래 머물러 있었다. 코빅의 세포 하나하나가 여기 오지 말라고 비명을 질러댔다. 그러나 코빅은 자신의 자리를 지키려면 커틀러에게 뭔가를 보여줘야 한다는 것을 알고 있었다. 코빅과 커틀러의 관계는 돈독하지 못했다. 랭글리에서 크란츠는 코빅에게 경고했다.

"항상 뒤통수 조심하라고. 커틀러는 순전히 중국에 대한 식견 하나만으로 이바닥의 거물이 되었어. 그놈 거시기를 애무라도 해줘야 자네 이력서가 조금이나마 더 빵빵해지지 않겠나."

그건 사실이었다. 코빅은 힘든 근무지에서 자기 몫 이상의 일을 해왔다. 레바논에서는 헤즈볼라를 분열시켰고, 라이베리아에서는 무기 상인을 괴롭혔다. 그로즈니에서는 체첸 전쟁 귀환병 행세를 하며 지냈고, 이라크에도 두 번 장기 파견을 다녀온 뒤에는 아프가니스탄에도 파견되었다. 그는 피부색과 툭 튀어나온 광대뼈 덕택에 블라디보스토크에서부터 베네수엘라에 이르는 다양한 지역의 현지인 행세를 할 수 있었다. CIA의 인사부에서는 그런 그에게 다음 근무지로 상하이를 배정하면서, 이곳이야말로 당신을 위한 휴양지이고, 자기계발의 기회가 있는 곳이라고 주장했다. 하지만 코빅은 상하이에서 처음 2년 동안은 중국이 마음에 들지 않았다. 언어 장벽을 넘느라 애를 먹었고, 중국이 사용하는 난해한 암호해독 역시 골칫거리였다. 그러나 지금의 코빅은 상하이 말고 다른 곳에서 사는 것은 상상조차 할 수 없었다. 굳이 말하자면, 동양에서 일생을 마치고 싶을 정도였다. 다만 북한은 싫다. 그리고 오늘 밤도 싫다.

키가 크고 조용한 대원인 프라이스가 끼어들었다.

"만약 문제가 생기면 누굴 불러야 되죠?"

올슨이 받아쳤다.

"이봐, 문제는 절대 생기지 않아. 알았나?"

올슨의 대답 이면에는 진실이 들어 있었다. 올슨과 코빅은 문제가 생길 경우, 그들이 모든 책임을 져야 한다는 것을 잘 알고 있었다. 문제가 생길 경우 미국 정부는 이 작전을 부인할 테니 말이다. 물론 다른 사람들은 거기까지는 알지 못했다. 그러나 누가 그들을 비난할 수 있겠는가? 그들은 군인들이고 규칙에 따라 움직이는 사람들이다. CIA가 그들에게 준 규칙은 '절대 포로가 되지 마라'였다. 누구도 구하러 오지 않을 테니까.

프라이스가 말했다.

"해가 뜨면 이곳을 빠져나간 후겠지요. 목표물을 확보했건 못했건 말입니다."

코빅은 고개를 끄덕였다. 착륙지대에 가까이 갈수록 그들의 허세는 사그라졌다. 최강을 꿈꾸는 사람도 신병훈련소와 헬스클럽을 혼동하는 경우가 있기 마련이다.

포크너가 말했다.

"확실히 해두겠지만, 목표를 확보하지 못하면 보너스는 없다."

돈 이야기가 나오자 킨이 눈을 번쩍 떴다.

"보너스를 못 받으면 또 해외 파견을 나가야 한다고. 안 그러면 내 전처가 변호사를 고용해서 소송을 걸겠지."

그는 북한군에게 불알이 잘릴 위험보다도 이혼 수당 지급에 더 신경 쓰고 있다고 코빅은 생각했다. 하긴, 이미 알고 있는 위험을 두려워하는 게 더 쉽지. 그들은 모두 진정한 애국자처럼 이번 임무에 지원했다. 그러나 그들을 움직이게 하는 것은 바로 돈이었다. 코빅은 이들에게 제시된 매력적인 액수의 보너스 지급 여부가 국방부 건물 깊숙이 앉아 있는 이름 모를 회계 담당자의 재량에 달려 있음을 차마 밝힐 용기가 없었다.

"그러니 난 내일 무슨 일이 있어도 그 누렁이를 데리고 돌아오겠어."

"전처는 네가 작전에 실패해서 돈을 못 받는 상황에 대비라도 한다는 거냐? 변호사도 준비시켜놓고 말이지?"

"그렇지! 그놈을 데리고 돌아온다면 누구도 나를 이빨 빠진 사자 취급은 못하겠지!"

코빅은 쓴웃음을 지었다. 국방부에서는 적절한 언어를 사용하라는 지침을 무수히 내려보냈지만 이 친구들은 아버지들이 쓰던 부적절한 언어를 계속 사용하고 있었다. 여행은 사람을 편협하게 만든다는 말은 사실이 틀림없었다. 코빅이 용기를 내어 커틀러에게 인종차별적인 발언을 해서는 안 된다고 말하자, 커틀러는 안경 너머로 코빅을 보며 말했다.

"우리는 여기 친구 사귀려고 온 게 아니야, 코빅 요원. 이득을 얻으러 온 거라고."

그 말은 미국의 대외 정책을 함축적으로 나타내고 있었다. 하지만 커틀러는 자신의 손을 더럽히지 않은 채 경력을 쌓아왔다. 코빅은 자신의 현장 경력 때문에 자리가 위태로운 커틀러 같은 책상물림들을 경멸했다. 커틀러가 코빅을 싫어하는 가장 큰 이유가 아마 그 때문일 거라고 생각했다. 커틀러가 자신이 윗사람임을 자꾸 강조하려는 이유도 그 때문이라고 추측했다. 올해 대통령 선거가 있다면 커틀러의 앞길에 신의 가호가 있길 빌 뿐이었다. 킨은 이제 다른 사람들에게 끊임없이 말을 걸고 있었다.

"닝보의 수지스 바에서 쌍둥이 여자를 말이지……."

"걔들은 쌍둥이가 아냐, 바보 자식. 네 눈에만 똑같아 보였을 뿐이라고. 사실 둘은 할머니랑 손녀 사이인데, 네 눈에는 쌍둥이로 보인 거야."

"나 같으면 그런 데 돈 안 써."

"디콘, 순진하기는! 넌 구멍이 어디 있는지도 모르잖아."

다들 피크닉 의자에 앉아 왁자지껄하게 웃어댔다.

올슨이 사나운 어조로 말했다.

"그만하면 됐다. 이제 슬슬 채널이동 좀 하지?"

"이봐요, 코빅. 난 쟤들이 여자 거기에 자지를 꽂아본 적이나 있는지 궁금하다니까요?"

올슨이 디콘을 노려보자 디콘은 조용해졌다. 헬리콥터 안은 찬물을 끼얹은 듯 조용해졌다. 텍스가 헬리콥터의 속도를 줄였다. 텍스는 몸을 돌려 땅을 가리키며 말했다.

"우와! 12시 방향 상공에 산타클로스와 루돌프 발견!"

눈이 오고 있었다. 함대 사령부에서 최첨단 기술로 작성했다는 기상도에 따르면 작전 현장 상공의 날씨는 맑아야 했다. 하지만 이 꼴을 보니 그놈들은 조선노동당의 승인을 받은 내용만 방송할 수 있는 조선중앙 TV의 예보관과 다를 바 없는 듯했다. 코빅은 생각했다. 역시나, 이번 임무는 느낌이 좋지 않아.

하지만 그때는 그 눈이 자신의 생명을 구해줄 줄은 꿈에도 몰랐다.

2

북한, 착륙지대

제자리비행을 위해 로터 회전수가 바뀌자 시호크의 엔진 소리가 육중하게 고동치는 맥박 소리로 바뀌었다. 코빅이 문을 열자 사람의 체온으로 따뜻했던 기내에 차가운 황소바람이 몰아쳤다. 코빅은 마치 달의 표면처럼 황량한 아래의 풍경을 살폈다. 지금 그의 눈에 보이는 것은 위성사진에서 본 것과는 전혀 달랐다. 커틀러가 준 정보는 부실했다. 커틀러가 브리핑에서 말해준 것이라고는 '버려진 마을'이라는 상상력 풍부한 지명과 콘크리트 벽돌 북쪽에 하이빔의 차가 주차되어 있을거라는 얘기가 전부였다. 커틀러는 별것 아니라는 듯 한마디 보탰다.

"내려가서 데려오기만 하면 된다고."

그러면서 능글맞은 미소를 지었다.

코빅은 짙은 스테이션 웨건 한 대가 도로를 빠져나오는 것을 보았다. 부디 저 차에 타고 있는 자들이 여기서 식량보다도 더 귀한 상품인 '사생활'을 찾고 있는 젊은 연인들이 아니기를 바랐다.

코빅은 부대 무선망에 대고 지침을 반복 전달했다.

"저 차를 포위해. 한쪽 모서리에 한 사람씩 붙어. 차량의 3미터 이내로 들어가면 절대 안 된다. 총기는 발사 준비 상태로 하되 총구는 겨누지 말 것. 상대에게 우리가 죽이러 왔다는 인상을 주면 안 된다. 신분을 확인한 후에는 상대방을 하차시킨 다음 몸수색을 해. 짐을 가지고 있을 경우 그것도 수색해야 한다. 지면에서 10분 이상 머물러 있지 말도록."

킨이 말했다.

"당신이 대장이군요."

올슨이 끼어들었다.

"난 2분으로 알고 있는데요."

"내가 명령할 때 떠날 수 있는 거야. 내가 충분히 준비가 된 시점에 말이지."

코빅은 올슨에게 그가 CIA에 지시를 받고 있는 이유를 생각해볼 틈도 주지 않았다. 코빅은 모든 것을 너무 잘 알고 있었다. 코빅과 개리슨은 되짚어봤다. 코빅은 아직 끝나지 않은 이 일에 대해 알고 있었다. 지금 그가 올슨을 필요로 하는 이유는 올슨이 없으면 이 일을 끝낼 수 없기 때문이다. 그들은 지금 휴가를 즐기러 온 것이 아니었다. 진입했다가 철수해서 무사히 귀환하면 그만인 것이다. 이 사람들과 페이스북에서 친구를 맺을 필요는 없다. 코빅은 올슨에게 말했다.

"여기서 빨리 나가고 싶나보군. 일에나 신경 써. 대원들을 차량의 어느 쪽 모서리에 세울지나 정해서 알리라고."

올슨은 한숨을 쉬고는 자동차 모서리마다 해병대원 한 명씩을 배정했다. 코빅은 누가 어디를 맡는지는 신경 쓰지 않았다. 그가 원하는 것은 확고한 명령체계뿐이었다.

"좋아, 텍스. 우리를 내려줘."

하강하면서 코빅은 야간투시경을 착용했다. 그러자 눈송이의 형상이 뭉그러져 밝은 흰색의 솜뭉치처럼 보였다. 정말 우라지게 쓸모없는 장비로군. 얼어붙은 산은 황량하고 공허해 보였다. 코빅은 사람이 많아 적의 시선을 분산시키기 쉬운 곳에서 일하는 걸 선호했다. 여기는 어디에도 숨을 곳이 없었다.

눈발은 이제 더욱 굵고 거세졌다. 3월인데도 이곳의 풍경은 크리스마스카드에나 나올 법한 곳으로 변해가고 있었다. 이렇게 눈이 많이 와 대지가 하얗게 변하면, 그들의 모습은 웨딩 케이크 위에 서 있는 인형들처럼 눈에 확 띌 것이 분명했다. 그러나 어차피 오늘 밤 은밀한 침투는 물 건너간 일이었다. 시호크 헬리콥터의 엔진 소리만 들어도 분명하지 않은가.

북한에 새 차는 없다. 새 세탁기나 새 TV도 없다. 미국 같으면 여기저기 찌그러진 낡은 닛산 승용차가 동네를 굴러다니면, 다들 구경났다며 집 안의 아이들을 불러낼 것이다. 그러나 이곳 북한에서는 그런 차조차도 최고의 원자력 프로그래머 정도 되는 사람이나 간신히 몰고 다녔다.

차량의 와이퍼가 한 번 움직였다. 코빅은 야간투시경의 스크린을 통해 운전대 뒤에 한 사람이 있는 것을 간신히 알아볼 수 있었다. 경험상 망명자들은 골칫덩이가 되기 일쑤였다. 자신의 가치를 실제 이상으로 과장해, 마지막 순간 거래를 제안하는 이들도 있었고, 애인, 부모님, 기타 절대 헤어질 수 없다고 생각하는 소중한 사람들을 잔뜩 데리고 나타나서는 태어난 게 잘못인 형편없는 자신의 조국을 떠나 미국으로 가는 마법 양탄자를 타려는 사람들도 있었다. 코빅이 베이루트에서 데려온 어떤 망명자는 개와 함께 가려고도 했다. 그리고 어떤 사람들은 보복을 두려워해 마지막 순간에 마음을 바꾸기도 했다. 감정에 매우 충실한 사람들이었다. 망명자들의 먼 친척까지 모조리 강제수용소에 잡아넣기 때문이었다. 심지어 망명자들의 옛 연인이나 사생아들까지 잡아넣었다. 그들은 망명자들의 마음을 돌리게 하려는 인질이나 다름없었다.

텍스는 시호크 헬리콥터를 길 위에 착륙시켰다.

"지금 우리는 조선민주주의 인민공화국에 착륙했습니다. 무려 50년 전의 생활수준을 영위하고 있는 나라지요."

"엔진 끄지 말고 대기해, 텍스."

코빅은 열린 문으로 뛰어내려 로터 아래에 몸을 낮추고 말을 이었다.

"나는 도로 왼쪽을 따라 운전석 창문 옆까지 갈 거다, 올슨. 내가 운전자와 얘기를 시작하면 대원들을 배치해."

땅 위에는 눈이 쌓이고 있었다. 코빅은 차에 다가갔다. 5, 6미터 떨어진 위치까지 접근한 다음 손전등으로 차 안의 사람을 비추었다. 이마가 높이 올라가고, 볼이 날씬하며 윗입술이 길었다. 왼쪽 눈썹 중간에는 살짝 털이 빠진 부분이 있었다. 확인! 그는 자신의 몸보다 커 보이는 정장을 입고 있었다. 분명 북한의 최신 유행 스타일이었다. 그는 부자연스러운 미소를 짓고 있었다. 너무 심하게 몸을 떨고 있어 코트의 옷깃까지 떨릴 정도였다. 코빅은 소리 없이 헛기침을 한후, 머리를 한국어 모드로 전환했다.

"김선 씨, 미국 정부를 대신해 환영합니다."

운전대를 잡은 사람은 계속 미소 짓고 있었지만 움직이지 않았고, 주변을 둘러보지도 않았다. 각자 자동차 한쪽 모서리를 맡은 디콘, 킨, 포크너, 프라이스가 제 위치에 도착했다. 올슨은 자동차 뒤쪽을 맡았다. 자동차 앞쪽을 맡고 있는 코빅과는 정확히 반대편이었다. 그는 하이빔 즉 김선이 해병대원들을 볼 수 있길 바랐다. 그럼으로써 안심하고, 지금 이것이 실제 상황임을 확실히 깨닫길 원했다.

코빅은 좀 더 친근하게 보이기 위해 야간투시경을 위로 올린 후, 운전석 창문쪽으로 다가갔다. 차 안에서는 담뱃재 냄새와 땀 냄새가 났다. 뒷좌석에는 인조가죽으로 만들어진 큰 옷가방이 있었다. 코빅의 조부모님이 1930년대에 미국으로 가져온 것과 비슷하게 생겼다.

"자유를 찾아 떠날 준비는 되셨습니까?"

상대는 말없이 고개만 연신 끄덕일 뿐이었다.

"좋습니다. 한국어로 말씀하셔도 됩니다. 저는 한국어를 할 줄 아니까요."

코빅은 여러 언어를 구사할 수 있는 재능을 타고났다. 통역관이 없으면 외국인과 한마디도 말할 수 없는 커틀러를 기죽이는 또 다른 요소였다.

김선은 여전히 어색한 미소를 지은 채 몸을 떨면서 조금도 움직이지 않았다. 코빅은 그를 향해 한 걸음 더 다가갔다. 파키스탄에서는 극도로 두려운 나머지 기절해버린 망명자를 들것으로 실어 나른 적도 있었다.

"김선 씨. 차에서 내려주십시오. 우리는 당신을 미국으로 모셔가려고 왔습니다. 아시겠어요? 지금 바로 움직이셔야 합니다."

저 사람, 왜 저렇게 운전석에 못 박힌 듯 꼼짝도 안 하지? 마지막 순간에 의심이 들었나? 미지의 세계에 대한 두려움 때문인가? 이제 두 번 다시 북한에는 돌아올 수 없다는 걸 깨달았기 때문인가?

아마도 미국인의 입에서 한국어가 나오는 것 때문에 불안해졌을지도 모른다. 그래서 코빅은 영어로 다시 말을 걸었다. 이번에는 좀 더 다급한 어조로 말했다.

"이봐요, 김선 씨. 가야 할 시간입니다. 아시겠습니까?"

김선은 문을 열고 마지못한 듯 차가운 밤공기 속으로 발을 디뎠다. 추운데도 그의 얼굴은 땀으로 번들거렸다. 바보 같은 어색한 미소를 짓고 있었지만 그렇다고 해서 인상이 밝아 보이지는 않았다. 가까이 다가온 그는 무척이나 젊었다. 학생이라고 해도 될 만한 얼굴이었다. 이 사람, 천재인가? 혹은…… 코빅이 악수를 하러 한 걸음 다가가려는 순간, 그가 왼쪽으로 펄쩍 뛰어 달리기 시작했다. 가장 가까이 있던 킨이 김선의 앞을 가로막자 김선이 영어로 소리쳤다.

"물러서요!"

그는 킨을 밀쳤다. 하지만 김선의 빈약한 몸은 킨의 굵고 단단한 몸에 아무 충격도 주지 못했다.

"내게서 떨어져야 해요! 그자들이……."

킨은 곧 김선을 붙잡을 기세였다.

그 순간 코빅은 뭔가를 느꼈다. 그는 킨에게 소리를 질렀다.

"킨! 물러서! 그 사람을 놔줘! 어서 물러서!"

격발장치가 일으킨 첫 폭발은 김선의 가슴 부분 어디선가 발생했다. 코빅은 몸을 돌려 달아나려다가 뒤를 돌아보았다. 두 번째 폭발은 밤을 낮으로 바꿔놓고, 코빅의 몸을 낚아채 헬리콥터 쪽으로 내던졌다. 땅에 떨어진 코빅은 눈 속을 굴렀다.

김선은 이제 없었다. 폭발로 사라져버린 것이다. 차는 불타고 있었고 곧이어 차의 연료탱크가 세 번째 폭발을 일으켰다. 킨은 아까 서 있던 곳에서 몇 미터쯤 떨어진 곳에 쓰러져 있었다. 킨의 한쪽 팔이 사라졌고, 얼굴은 피칠갑을 하고 있었다. 디콘이 한쪽 다리를 절면서, 킨에게 제일 먼저 다가갔다. 킨은 디콘을 향해 간신히 몸을 일으키려다가 뒤로 쓰러졌고 그대로 죽었다. 디콘의 얼굴이 충격으로 굳어졌다.

조종간을 잡고 있던 텍스가 부대 무선망에 소리를 질렀다.

"코빅, 응답하십시오!"

폭발로 인해 코빅은 잠시 귀가 멍멍했다. 그러나 그의 머릿속은 매우 바쁘게 굴러가고 있었다. 김선은 도망치려 했다. 즉 폭탄을 기폭시킨 것은 그가 아니었다. 시한폭탄일 리도 없다. 코빅 일행이 오는 정확한 시각은 누구도 알 수 없기 때문이다. 따라서 누군가가 코빅 일행을 보고 폭탄을 터뜨렸다는 얘기다. 그는 몸을 돌려 텍스에게 헬리콥터를 이륙시켜 빨리 여기를 떠나라고 소리쳤다. 땅 위에 있는 헬리콥터 따위는 표적에 불과하고, 코빅 일행은 하늘에서 상황을 통제해줄 사람이 필요했기 때문이다.

"선회하면서 보이는 것을 알려줘."

헬리콥터가 이륙하자 눈과 자갈이 마구 날렸다.

"이봐! 당장 돌아와!"

올슨은 텍스 눈에 자신이 보이기라도 하는 듯 손을 흔들며 고함을 질렀다. 코빅은 올슨을 지나쳐, 태아처럼 몸을 웅크리고 있는 디콘을 보았다. 내장이 튀어나오지 못하게 하려는 듯 가슴을 꼭 움켜쥐고 있었다. 코빅은 그에게 달려가 전투복 주머니에서 지혈대를 꺼냈다. 디콘의 몸통은 피범벅이 되어 있었다.

"진정해. 숨을 너무 크게 쉬지 말고."

"망할 자살 폭탄……."

코빅은 김선이 자살 폭탄 테러범이 아님을 알고 있었다. 김선은 자신이 죽는다는 사실을 알면서도 미국인들에게 경고하려고 했다. 어쩌면 그 덕분에 코빅은 살았는지도 모른다.

"저기 좀 봐요!"

포크너가 어딘가를 가리켰다. '버려진 마을'이 그들을 향해 움직이고 있었다.

가만 보니 그것은 북한 군인들이었다.

올슨이 내뱉었다.

"재수 더럽게 없군!"

코빅은 디콘을 붙잡고 스테이션 웨건의 잔해 뒤로 끌고 갔다. 그러고는 디콘이 쓰러져 있던 곳으로 돌아가 디콘의 M-4 소총을 집어 들었다. 코빅의 고글은 강풍에 날아가 버렸고 눈에는 먼지가 잔뜩 끼어 있었다. 한 발이라도 맞기를 바라면서 온 사방에 총알을 뿌려대고 싶은 마음이 간절했다. 그러나 그보다는 냉정해져야 한다고 코빅은 스스로에게 말했다. 그는 디콘의 헬멧에서 야간투시경을 떼어내 자신이 착용했다. 북한 병사의 수는 약 십여 명 정도 되는 것 같았다. 하얀 눈밭을 배경으로 마치 그림자처럼 보이는 그들은 표준 보급품인 소련제 RPK 경기관총으로 무장하고 있었다. 이 어둠과 눈 속에서 그 총을 운반하는 건 꽤 힘든 일일 것이다. 게다가 이 친구들은 야간투시경이나 레이저 조준기도 없지 않은가. 하지만 RPK의 드럼형 탄창에는 무려 일흔다섯 발의 탄이 장전된다. 설령 맞지 않는다고 해도 두터운 탄막을 칠 수 있다. 반면 디콘의 M-4 소총의 탄창에는 탄이 서른 발만 들어간다. 그 탄을 남김없이 사용해야 할 판이었다. 전방 왼쪽에서 움직임을 발견한 코빅은 일어서서 그쪽으로 대여섯 발을 사격했다. 세 명의 북한 병사가 머리에 총을 맞고 눈밭 위에 뻗었다. 새하얀 눈 위에 생긴 피 웅덩이가 점점 커지면서 엎질러진 스노우콘 같은 모양이 되었다. 여기서 빠져나가려면 더 많은 유혈을 봐야 하리라.

코빅은 저격수 한 명이 자신들을 향해 달려오다가 그림자 속으로 모습을 감추는 것을 보았다. 코빅이 그 그림자를 조준한 후 방아쇠를 당기자 비명 소리가 울려 퍼졌다.

"포크너는 어디 있나?"

포크너는 멍한 상태로 어깨를 붙든 채 비틀거리며 그들을 향해 다가오고 있었다. 그의 손은 으스러져 있었고, 다친 손에 쓸데없이 총기가 매달려 있었다. 프라이스가 엄호하는 동안 코빅이 포크너에게 달려가 그를 쓰러뜨렸다. 코빅은 구급낭에서 붕대를 꺼낸 다음, 치아로 포크너의 군복 소매를 찢고 최선을 다해 상처를 감쌌다. 구급낭에는 모르핀도 있었지만 다른 뭔가가 코빅의 주의를 끌었다. 올슨이 부대 무전망을 통해 텍스에게 소리를 지르고 있었던 것이다.

"당신 뭐해? 어서 자세 낮추지 않고."

"우린 여기서 빠져나가야 합니다."

코빅은 지금 그럴 수 없다는 것을 알고 있었다.

"안 돼. 일단 저놈들을 모두 제압하는 게 먼저야. 텍스가 오면 표적밖에 안 돼."

올슨은 그 말을 듣지 않았다. 코빅은 그의 어깨를 잡고 돌려세웠다.

"텍스가 격추당하면 우리는 끝이야. 알아들어? 누구도 우리를 구하러 오지 않아."

올슨의 꽉 쥔 손이 떨렸다. 그의 얼굴은 분노로 일그러졌다.

"당신이 우리를 적의 매복에 걸려들게 했어. 이 망할 인간아! 당신 때문에 이렇게 됐다고. 정보도 엉망이었고, 처음부터 좆된 거였어. 난 우리 부하들을 데리고 여기서 나가야겠어. 이 임무는 공식적으로 좆된 거야. 난 부하들을 데리고 나갈 테니 당신은 여기서 좆되라고."

코빅이 올슨을 제압하려 했으나 올슨은 무릎으로 코빅의 불알을 찍은 후, 그의 배를 군홧발로 걷어찼다. 코빅은 눈밭 위에 뻗었다.

그때 헬리콥터 소리가 들렸다. 마치 채널 조정이 제대로 되지 않은 TV화면처럼, 내리는 눈발들 사이로 헬리콥터의 모습이 간신히 보였다. 시호크 헬리콥터가 그들 위를 날고 있었다. 텍스가 돌아온 것이다.

텍스가 무전기에 대고 소리쳤다.

"멍청이들, 사요나라!"

이제 이 작전은 더 이상 비밀 작전이 아니라고 선언하는 것 같았다. 조종석 창이 뒤로 젖혀지더니 유탄발사기의 총열이 삐져나왔다. 텍스는 북한군이 숨어 있을 만한 곳에 유탄을 발사하며 헬리콥터의 고도를 낮추었다.

그러나 올슨이 프라이스에게 포크너를 도와 착륙지대로 가라고 수신호를 보내는 것과 동시에, 헬리콥터는 마치 구름 속에서 나온 보이지 않는 거대한 손에 붙들린 것처럼 옆으로 내동댕이쳐졌다. 고도를 높이려는 듯 헬리콥터의 엔진 소리가 비명처럼 높아지고, 기수가 쳐들렸다. 그러나 헬리콥터는 옆으로 미끄러졌고, 헬리콥터의 테일로터가 북한군들이 있던 곳을 긁어댔다. 메인 로터의 블레이드 하나가 부러져 밤하늘로 튕겨 날아갔다. 헬리콥터는 느리게 회전하다가 결국 지면에 부딪혔다. 곧이어 사방으로 파편이 날리면서 폭발했고 불타는 버섯구름을 만들었다. 코빅은 스테이션 웨건 잔해 뒤에서 비틀거리던 포크너와 프라이스 그리고 올슨을 향해 달려들었다.

말이 필요 없는 상황이었다. 이곳은 국경에서 약 50킬로미터 떨어진 북한 영토였고, 헬리콥터는 추락했다. 그로 인해 불길과 연기가 밤하늘로 솟아올랐고 기습성이라는 이점도 사라졌다. 이제 반경 16킬로미터 내의 모든 사람들이 그들이 온 사실을 알게 된 것이다. 코빅 혼자라면 적의 순찰대를 따돌리면서 국경까지 도망칠 수 있을지도 모른다. 그러나 전사자 두 명 및 부상자 세 명을 데리고 간다면……

올슨이 경멸에 찬 표정으로 코빅을 보며 말했다.

"당신은 CIA 불명예의 전당에 올라가겠군."

코빅도 분노를 주체할 수 없었다.

"헬리콥터를 돌아오라고 한 게 누군데 그래?"

올슨은 뭔가 할 말이 있다는 듯 입을 실룩였다.

"그래, 또 할 말 있나? 어디 해봐."

그러자 올슨이 입을 열었다. 아주 잠시 동안 코빅은 올슨이 또 다른 욕설을 하려는 줄 알았다. 그러나 올슨은 경련을 일으켰다. 그의 눈동자가 위로 향하더니, 손에서 총을 떨어뜨렸다. 올슨은 앞으로 쓰러지면서 얼굴을 눈 속에 처박았다. 프라이스가 그에게 달려갔다.

"올슨이 피격당했다!"

"저격수가 있다! 숨어!"

올슨을 맞춘 저격탄은 잘 보이지 않는 왼쪽 고지에서 날아온 것이었다. 올슨의 넓적다리에 난 총상에서 피가 뿜어져 나오고 있었다. 대퇴동맥이 당한 것이라면 올슨이 살아남을 확률은 없다. 프라이스는 구급낭을 거칠게 열어젖혔다. 코빅은 올슨의 찢어진 전투복을 잘라내 즉석에서 지혈대를 만들어 넓적다리를 동여맸다.

"여기 있습니다."

프라이스는 코빅에게 모르핀을 주었다. 모르핀을 투약하고 상처 위에 눈을 덮어 혈관을 차게 한 후, 올슨을 옮길 준비를 했다.

그때 총성과 우렁찬 엔진 소리가 들렸다. 지붕이 없는 큰 지프가 언덕에서 접근 중이라는 소리였다. 그 차량 뒤에는 또 다른 차량이 바짝 붙어 다가오고 있었다.

"이건 또 뭐야?"

"북한 국경수비대의 갱생69 차량이군. 거지같은 북한 차야."

누구도 움직이지 않았다. 적의 전력은 압도적이었다.

"완전히 좆됐군."

코빅은 두 차량이 정차하려 속도를 줄이는 것을 보았다.

"아직 아니야. 난 저 차량을 빼앗아야겠어."

코빅은 아직 한 가지 우위가 남아 있다고 보았다. 저 북한군들은 징집된 군인들이지 절대 특수부대원들이 아니었다. 그럼 저들은 이런 상황에 처해본 적이 없을 것이다. 제거할 수 있는 상대는 사살하고, 나머지 인원들이 겁을 먹는다면 그 이상 좋은 수가 없을 터. 코빅은 운전병에게 M-4 소총의 적외선 조준기를 겨누고 사격을 가했다. 명중! 총을 맞은 운전병은 쓰러졌고, 차에 타고 있던 나머지 북한군들은 숨을 곳을 찾아 차에서 뛰어내렸다. 코빅은 그들에게 계속 조준 사격을 퍼부어 두 명을 더 사살했다. 몸매는 예전 같지 않았지만 사격 솜씨는 여전했다. 살아남은 북한군들은 두 번째 차량에 올라타 도망쳤다. 쌓여가는 눈 위에 그들의 타이어 자국이 남았다.

코빅은 버려진 갱생69로 뛰어가 올라탔다. 엔진이 아직 돌아가고 있었다. 그는 기어를 1단에 놓고 클러치가 걸릴 때까지 힘껏 밟았다. 그러고는 차를 몰아 불탄 스테이션 웨건 잔해 뒤에 숨어 있는 동료들 앞에 도착했다.

"당신들을 데리고 여기를 빠져나갈 거야, 알았어?"

"어떻게요?"

올슨은 거의 의식불명 상태였다. 포크너는 그보다는 상태가 나았지만 팔의 부상으로 충격을 받은 상태였다. 그는 눈을 감고 모르핀의 약효가 나타나길 기다렸다.

"플랜 B, 국경을 돌파해 탈출할 거다."

코빅의 고집에 중국은 현재 사용하지 않는 산악지대의 국경 초소를 육상 탈출로로 제공해주었다.

프라이스는 코빅을 도와 부상자들을 차량에 태웠다. 프라이스의 몸은 공포와 충격으로 떨고 있었다.

"자, 어서 여기를 빠져나가자고."

눈발이 다시 굵어졌다. 눈송이들이 바람을 타고 그들에게 몰아쳤다. 코빅은 전조등을 끄고 야간투시경에 의존해 운전했다. 야간투시경은 눈송이를 거대한 퀼트처럼 보이게 했지만 말이다.

올슨이 쓸데없는 말을 했다.

"이 속도로는 국경까지 갈 수 없어."

"그럼 내려서 밀어주던가."

코빅은 백미러를 통해 두 번째 차량이 방향을 돌려 속도를 높인 채 쫓아오는 것을 보았다. 매우 거슬렸다. 코빅은 기어 단수를 높이려 했지만 더 높은 단수는 없었고, 오히려 차의 속도를 떨어뜨렸다.

두 번째 차량이 점점 거리를 좁히자 코빅은 프라이스에게 사격을 가하라고 소리쳤다. 그러나 프라이스의 사격에도 불구하고 적들은 계속 다가왔다. 도로는 오르막길이었고, 전방 60미터 내에는 굽은 길 없이 쭉 직선 도로였다. 적들이 탄 지프는 코빅의 지프 바로 옆까지 치고 들어올 기세였다. 코빅은 운전대를 급하게 꺾어 상대방 차량을 들이받았다. 금속이 충돌하며 비명을 내질렀다. 그러나 상대방 차량은 꿋꿋이 도로 위를 달렸다. 코빅은 다시 한 번 들이받았다. 상대방 차량의 한쪽 바퀴가 도로 옆 도랑에 처박히면서 도로를 벗어나 옆으로 굴렀다.

처음 느낀 안도감은 오래 가지 않았다. 길은 갑자기 왼쪽으로 꺾였다. 일반 차량의 캠버로는 선회가 무리일 정도로 급하게 꺾인 길이었다. 코빅은 운전대를 왼쪽으로 세게 돌렸지만 관성을 이길 수는 없었다. 지프는 길을 벗어나 울퉁불퉁한 지면 위를 튕기듯 구르면서 탑승자 전원을 눈밭 위에 토해내고는 나무를 들이받고서야 멈췄다.

코빅은 생각했다. 우라지게 재수 없는 날이군.

코빅은 경사면에 몸을 찰싹 붙이고 또 다른 지프를 보았다. 그 지프의 탑승자들은 지프를 세운 다음 다시 탑승했다. 엔진에 시동이 걸렸고 다시 이쪽으로 오기 시작했다. 지프가 녹은 눈을 튀기며 달려오자 코빅은 적에게 발견되지 않도록 몸을 낮추었다. 북한군들은 길 밖으로 벗어난 코빅 일행을 보지 못한 것 같았다. 코빅은 움직이는 지프를 향해 달려가 지프 뒤에 올라탄 다음, 시그사우어 권총을 겨누었다. 권총에 장착된 소음기 덕분에 뒷좌석에 타고 있던 두 명을 앞좌석에서 눈치채지 못하게 처리할 수 있었다. 그러나 차가 도로 균열을 밟으면서 흔들리자 코빅은 권총을 떨어뜨리고 운전석으로 튕겨 날아갔다. 조수석에 탄 북한군은 다리 사이에 끼워두었던 RPK를 뽑으려고 허둥지둥했다. 코빅은 왼쪽 팔꿈치로 그의 머리를 가격하고 RPK로 손을 뻗었다. 그러나 코빅의 갑작스런 출현에 놀란 운전병이 운전대를 놓치는 바람에 지프는 곧장 달려 어느 기둥에 충돌했다. 그 충격으로 코빅의 머리는 조수석 발밑 공간에 처박혔고, 그의 턱이 RPK의 총구에 부딪혔다. 그는 페달 사이에 떨어진 권총을 주우려고 버둥거렸지만 헛일이었다. 조수석의 북한군은 RPK를 뽑아들고 마구잡이로 사격을 가했다. 총탄은 코빅의 얼굴 바로 앞을 스쳐갔다. 순간 얼굴이 얼얼했던 코빅은 잠시 동안 총에 맞은 줄 알았다. 완전히 엉망진창이군! 그는 총열을 향해 사지를 뻗었다. 코빅은 RPK의 총열을 붙들었다. 총열의 열기가 장갑을 타고 후끈 전해졌다. 코빅이 RPK의 총구를 운전석 쪽으로 비틀자마자 조수석의 북한군이 또다시 사격을 가했다. 이번에 쏜 탄환들은 운전병의 목에 줄줄이 명중했다. 근거리에서 너무 많은 총탄을 맞은 탓에 운전병의 목은 반쯤 잘려나가다시피 했고, 머리는 가슴 위에서 덜렁거렸다. 그 모습을 본 조수석 북한군의 눈이 두려움으로 커졌다. 코빅은 그 북한군이 매우 어리다는 것을 알았다. 그는 상대에게 일말의 연민을 느꼈지만 다음 순간 RPK를 빼앗아 개머리판으로 상대의 가슴을 타격, 눈밭으로 떨어뜨렸다.

아직 끝난 게 아니었다. 목이 반쯤 달아난 운전병의 전투화는 아직도 액셀러레이터를 세게 밟고 있었다. 코빅은 운전대를 움켜쥐었지만 너무 늦었다. 지프는 키가 작은 담장을 들이받았다. 코빅의 몸이 그 충격으로 튕겨나가, 얼어붙은 도랑 속에 처박혔다. 코빅의 코는 바위를 들이받았고 그의 귀에 뼈 부러지는 소리가 들렸다. 그는 굴러내려 오면서 올슨을 욕하고, 커틀러를 욕하고, CIA를 욕하고, 이 임무를 맡기로 한 멍청한 자기 자신을 욕했다.

그는 잠시 고통으로 움직일 수 없었다. 코빅은 의식을 잃지 않으려고 몸부림쳤다. 하지만 자신의 두뇌가 힘을 잃어 멈추려는 것이 느껴졌다. 담장에 가려진 이 도랑 안에 숨어 있으면 나쁜 녀석들은 지나가 버리겠지…… 절대 찾을 수 없게 눈이 나를 덮어줄 거야. 정말 근사하고 편안한 장소로군. 코빅은 자신의 몸이 땅속으로 가라앉는 느낌을 받았다.

어떤 소리가 들렸다. 그의 의식이 한순간에 돌아왔다. 코빅은 몸을 조금 일으켜 지프가 부딪친 담장 너머를 보았다. 인기척은 없었다. 지프가 움직인다면 좋을 텐데. 코빅은 담장을 뛰어넘어 지프에 올랐다. 운전대에는 피와 뇌가 찐득하게 묻어 있었다. 그는 소매로 운전대를 대충 닦아낸 다음 여기저기 더듬어 지프의 열쇠를 찾아냈다. 열쇠를 돌리고 액셀러레이터 페달을 밟자 처음에는 움직이는 듯했으나 곧 멈춰버렸다. 다시 시도했지만 엔진은 제멋대로 꺼져버렸다.

프라이스가 올슨과 포크너를 끌고 눈 속을 헤치며 코빅을 향해 힘겹게 오고 있었다. 소용돌이치는 눈보라를 맞은 그들의 모습은 마치 유령 같았다.

코빅은 결국 차에 시동을 거는 데 성공했다. 그리고 후진 기어를 찾을 때까지 차를 앞뒤로 움직이다가 프라이스 일행을 향해 후진했다.

코빅은 휴대전화를 꺼냈다. 사전에 약속된 세 가지 암호 메시지가 있었다. '알파'는 임무 성공, '베타'는 임무 취소, '감마'는 지상 탈출을 의미했다. 코빅은 암호 '감마'를 타전하려 했다. 그러면 커틀러는 이들이 국경을 넘는다는 것을 확실히 알게 될 것이다. 일단 성공했을 때 얘기지만. 그러다가 코빅은 생각을 바꾸고 혼잣말을 했다.

"망할, 우리는 이미 충분히 좆됐지."

그는 커틀러에게 전화를 걸었다.

커틀러는 전화를 받자마자 바로 물었다.

"무슨 일인가?"

"실패했습니다. 조종사 포함 세 명 전사했습니다. 처음부터 적은 우리를 노리고 있었어요. 하이빔이 폭탄 조끼를 입고 있었습니다."

침묵이 흘렀다. 코빅의 귀에 들리는 것은 커틀러의 씩씩거리는 숨소리뿐이었다. 코빅은 커틀러를 박살내주고 싶었지만 그건 다음 기회로 미루기로 했다. 더 급박한 문제들이 있으니까.

"저희는 국경에서 30킬로미터 떨어진 북한 영토 내에 있습니다. 자동차도 있고요. 하지만 중국 측 국경 초소를 확실히 열어주셔야 합니다. 그렇지 않으면 여섯 명의 해병대원과 한 명의 CIA 요원이 북한 영토에서 죽게 될 겁니다. 아시겠습니까?"

"그렇게 해주겠네. 조심해서 돌아오도록."

커틀러는 전화를 끊었다.

지금 그들의 유일한 희망은 중국이었다. 국경이 반드시 개방되어 있어야 했다. 하지만 중국 정부는 이미 피해를 최소화하겠다는 방침을 굳혔다. 게다가 커틀러는 랭글리에 돌아가서 어떻게 처신할 것이며 어떻게 앞가림할지 생각하느라 여념이 없을 테니 말이다. 그러나 화만 내서는 이곳을 벗어날 수 없다. 불타는 헬리콥터의 연기가 이미 바람을 타고 멀리 퍼져나가고 있었다.

코빅은 분노를 통해 새로운 힘을 얻었다. 눈이 아무리 많이 내려도, 북한군이 아무리 많이 와도 그들은 기필코 이 차를 타고 국경을 넘어 올슨과 포크너를 살려낼 것이다.

코빅은 다른 사람들이 지프에 타는 것을 도왔다. 그런데 지프의 엔진이 또 멎어버렸다.

추위와 통증으로 정신이 혼미한 포크너가 물었다.

"우리 어디로 가는 건가요?"

"집으로 가야지. 이 차를 타고 국경을 넘을 거야. 중국 친구들이 마중 나와 있을 거라고."

그 외에 누구도 입을 열지 않았다. 전사한 두 친구, 그리고 텍스를 태운 채 추락한 시호크의 모습은 그들의 뇌리에 생생히 각인되어 있었다.

올슨이 끙끙거렸다.

"개리슨 대령이 당신을 조심하라고 했죠. 그래요, 왜 그런 말을 했는지 이제는 다 알……."

코빅은 그의 말을 끊었다.

"나중에 해. 나는 이 차에 자네들을 태우고 국경을 넘을 거야. 이 임무가 끝나면 우리가 다시 만날 일은 없을 거야. 하지만 이번 임무가 끝날 때까지는 한 팀으로 움직이고 서로를 도와야 해. 그래야 살아남을 확률이 높아진다. 알아들어? 다른 사람의 몸을 따뜻하게 해줘. 앞으로 30분은 차를 타고 달려야 해."

코빅은 대답을 기다리지 않았다. 그는 기어를 1단에 놓고 지프를 출발시켰다. 도로는 하얀 눈 카펫에 완전히 덮여 있었다.

이렇게 상황이 안 좋을 때는 예전에 빠져나왔던 다른 안 좋은 상황들밖에 생각나지 않았다. 코빅은 수단에서 소년병들의 포로가 된 적이 있었다. 소년병들은 코빅을 흠씬 두들겨 팬 다음, 그의 항문에 소총의 총구를 끼우고 누가 방아쇠를 당길지 의논했다. 쿠르기스탄에서는 화가 난 창녀가 코빅에게 칼을 휘둘렀던 적도 있었다. 코빅은 그 창녀를 고용해 탈레반 사령관을 함정에 빠뜨리라고 시켰는데, 알고 보니 그 사령관은 동성애자였다. 그래서 그 창녀는 코빅이 돈을 주지 않을 거라 생각하고 화를 낸 것이었다. 그리고 중국에서 보낸 첫 달에, 어떤 인도네시아 무기 상인이 코빅을 자신의 라이벌로 생각하고 높은 곳에 거꾸로 매단 적도 있었다.

하지만 코빅은 개리슨의 아들은 생각하고 싶지 않았다.

쌓인 눈의 높이는 분 단위로 높아졌고, 차바퀴의 접지력은 갈수록 떨어졌다. 코빅은 속도를 시속 30킬로 이하로 낮추었지만, 이 정도도 사실 필요 이상으로 빠른 것이었다. 이 길은 어느 산비탈의 경사면에서 국경과 만나고 있었다. 지프가 오르막을 만나자 올라가는 데 엄청난 힘이 들어갔다. 클러치는 아까 총탄을 맞았다. 그러나 코빅은 2단으로 맞춰져 있던 기어를 1단으로 전환하는 데 성공했다. 지프를 타고 산을 오르던 중 우측으로 급하게 꺾인 길 때문에 차는 길 밖으로 밀려났다. 코빅은 액셀러레이터를 세게 밟았지만 바퀴는 헛돌기만 할 뿐이었다. 엔진회전수가 크게 오르자 차는 잠시 동안 움직이는 것처럼 보였다. 코빅은 미간을 좁히고 앞을 보면서, 자신의 의지에 집중하고 머릿속에 외워둔 지도와 위성사진의 내용을 다시 떠올렸다. 좁아지면서 머리핀처럼 급커브를 이루고 있는 길의 모양, 지면을 가로지른 산사태의 흔적들이 있는 위치 등을 생각해냈다. 코빅은 계속 액셀러레이터를 밟았고 지프는 거친 지형을 벗어나려 애를 썼다. 하지만 결국 지프의 기어는 경사면을 이겨내지 못했다. 그들의 발아래에서 갑자기 금속 물체가 깨지는 소리가 났다. 코빅은 그것이 구동축이 부러지는 소리임을 알았다. 그는 브레이크를 밟았지만 이제 브레이크도 먹히지 않았다. 지프는 뒤로 슬슬 밀려나기 시작했고, 부하가 사라진 엔진의 소리가 미친 듯이 높아졌다.

"더 이상은 버틸 수 없어! 전부 내려!"

모두가 차 밖으로 뛰어내렸다. 코빅은 올슨을 차 밖으로 끌어냈고, 프라이스는 포크너를 부축했다. 지프는 길에서 벗어나며 옆으로 굴렀다. 그때 시체의 팔 같은 부러진 구동축이 보였다. 엔진은 아직도 작동 중이었지만 차는 사실상 끝났다고 봐야 했다.

"여기서부터 걸어간다."

"얼마나 가야 하죠?"

"2킬로미터 좀 안 되는 거리야."

부상자를 한 사람이 한 명씩 데리고 있는 상황이라면 평지여도 최소 20분, 산길이면 최소 25분이 걸리는 거리였다.

코빅은 올슨을 등에 업었다. 프라이스는 근육질의 어깨 위에 포크너의 성한 팔을 걸치고 그를 부축했다. 여기서 제일 덩치가 큰 사람은 포크너였지만, 올슨의 몸무게는 마치 소 한 마리의 무게처럼 느껴졌다. 게다가 걸음을 옮길 때마다 몸무게가 갑절로 늘어나는 느낌이었다. 코빅은 젖 먹던 힘까지 다해 애를 쓰면서, 최대한 피로를 잊으려 했다. 추위 덕택에 올슨의 넓적다리에서의 출혈은 늦춰졌지만, 그의 얼굴은 갈수록 창백해지고 있었다. 추위가 코빅의 얼굴을 갉아먹는 듯했고, 코털까지 얼어붙을 지경이었다. 2008년 겨울 아프가니스탄에서 코빅은 이상한 형태의 물체 위에 눈이 쌓인 것을 보았다. 호기심이 생긴 코빅은 그 물체가 뭔지 알아보려고 눈을 걷어냈다. 그 물체는 조금이라도 체온을 높여보고자 서로 끌어안은 채 얼어 죽은 한 가족의 시신이었다. 그들의 시신은 한데 뒤엉킨 채 얼어붙어, 그들 스스로의 비석이 되었다.

"이봐요, 저거 보여요?"

몇 미터 앞서가던 프라이스가 멈춰서 어둠 속을 가리키며 말했다.

"철책이로군."

포크너가 말했다.

"거의 다 왔군요."

코빅은 조난 신호탄을 발사했으나, 눈구름이 신호탄을 삼켜버렸다. 산을 감싸는 바람은 더욱 거세게 그들을 덮쳐 발걸음을 더디게 했다. 코빅은 걸음 수를 세려고 했다. 추위를 잊을 뭔가가 필요했기 때문이었다. 한 발자국을 내디딜 때마다 맨쿤즈의 요리를 생각했다. 여기서 살아남는다면 모두 다 곱빼기로 먹어주겠다고 스스로에게 맹세했다. 상하이는 시끄럽고 부산스러운 곳이었지만, 눈 말고는 아무것도 없는 이 음산한 곳에 비하면 지상 낙원처럼 느껴졌다.

국경 검문소에는 사람이 없었지만 철망으로 이루어진 거대한 문의 자물쇠는 열려 있었다. 그래도 제대로 된 게 있긴 있구나. 코빅은 중국인들이 사람들을 보내지 않았을까 하고 내심 헛된 기대를 했던 것이다. 그는 감시탑에 올라가 전천후 금속제 보관함 안에 들어 있는 전화기를 발견했다. 이 전화기에는 다이얼도 버튼도 없었다. 그저 송수화기를 들고 상대편이 응답하기를 기다리면 된다. 중국 측 국경경비대 본부에 사람이 있다면 전화를 받을 것이다. 코빅은 아래를 내려다보았다. 프라이스가 포크너와 올슨을 안고 있었다. 죽일 듯한 기세로 잔인하게 몰아치는 눈보라로부터 전우들을 보호하기 위해서였다.

송수화기에서 탁탁 하는 소리가 났다. 전화선을 타고 들려오는 상대편의 목소리는 마치 지구 반대편에 있는 사람의 목소리처럼 아득히 멀리서 들렸다. 코빅은 뭐라고 말을 하려 했지만 차가운 공기 때문에 기도가 쓰렸다. 올슨을 업고 다니느라 흘린 땀이 얼굴에 고드름처럼 얼어 있었다. 코빅은 땅에 무릎을 대고 털썩 주저앉았다. 그는 이제 꼼짝할 수도, 뭔가를 기억할 수도 없었다. 도와달라는 말이 관화(중국 청나라때 관청에서 쓰던 표준말. 주로 베이징 관화를 이른다.)로 뭐였더라? 그는 그 말을 떠올리기 위해 한참 동안 머리를 쥐어짰다. 추위가 몸을 잠식함에 따라 의식이 흐려지는 것을 느끼면서. 마치 영원처럼 느껴지던 시간이 지난 후 간신히 그 말이 떠올랐다. 코빅은 입을 움직이려 했지만 이제는 그것조차도 힘들었다.

"유 쳉…… 살려줘요."

그는 송수화기를 떨어뜨리고 있는 힘을 다해 계단으로 달려갔다. 그의 유일한 희망은 다른 사람들과 합류하는 것이었다. 그래서 너무 늦기 전에 그들과 식어가는 체온을 나누고 싶었다. 계단의 발판을 발견했지만 헛디뎠다. 코빅은 3미터 아래로 떨어져 감시탑 아래 수북이 쌓인 눈 속으로 빠졌다. 갓 내린 눈이 그를 포근하게 감쌌다. 해냈다. 동료들을 국경으로 데려오는 데 성공한 것이다. 온몸에서 힘이 빠져나갔다. 이제 더는 움직이지 못할지도 모른다. 뭐, 그렇게 돼도 상관없었다. 중국에서 생을 마감하고 싶다고 바라지 않았던가?

사람은 죽기 직전에 무엇을 생각할까? 흔히들 말하길 뭔가 특별하고 소중한 것 혹은 사랑하는 대상이 떠오른다던데. 코빅을 향해 다가오는 그녀가 보였다. 당신 거기 있었던 거야? 언제 돌아올지 궁금했어. 루이즈의 얼굴이 코빅을 내려다보고 있었다. 그녀가 머리를 흔들자 머리카락이 풀어졌다. 루이즈는 웃으며 손을 내밀었다. 자, 침대로 와. 어서…….

코빅은 둔탁한 소리에 깨어났다. 두터운 장화를 신은 사람이 차에서 뛰어내리는 소리 같다고 생각했다. 그 소리가 또 들려왔다. 그는 눈을 떴지만 그가 이제까지 살면서 경험한 것 중 가장 깊은 어둠밖에 보이지 않았다. 그의 얼굴 앞에는 뭔가가 있었다. 눈을 깜박이자 축축한 느낌이 들었다. 그는 눈 속에 파묻혀 있었다. 얼마나 오래 있었던 것일까? 그는 눈을 깜박여 눈앞을 가린 눈을 치우고 일부나마 시야를 확보했다.

서로 끌어안고 있던 올슨, 프라이스, 포크너는 보이지 않았다. 대신 한 대의 SUV가 보였다. 도와줄 사람들이 온 모양이었다. 그림자처럼 보이는 두 사람이 뭔가를 차 뒤에 싣고 있었다. 차에서 나오는 열기가 느껴졌다. 따스함, 편안함, 안전함도 느껴지는 것 같았다. 코빅은 몸을 움직이려 애썼지만 움직이지 않았다. 코빅은 땅 위의 어떤 물체 위에 서 있는 세 번째 사람도 보았다. 그 사람이 팔을 들었다.

그리고 작은 섬광을 동반한 둔탁한 소리가 두 번 더 나더니, SUV에서 두 사람이 더 나와 세 번째 사람에게 다가왔다. 그들 중 한 사람이 장갑을 벗고 담배를 꺼냈다. 온통 어두운 가운데 그 사람의 손만 하얗게 보였고, 그 손에는 소맷

부리에서 튀어나온 듯한 세 개의 화살표가 그려져 있었다. 그들은 땅에 놓인 그 물체 위에 잠시 동안 서서 담배를 피우며 이야기를 나눴다. 담배 연기와 하얀 입김이 내뿜어졌다. 잠시 후 그들 중 두 사람이 몸을 굽히고 그 물체를 들어올렸다. 그 물체는 사람의 시신이었다. 마치 사냥에서 갓 잡은 동물을 나를 때처럼 시신의 팔과 다리를 각각 붙잡고는 SUV 안으로 밀어 넣었다. 그것은 다름 아닌 올슨의 시신이었다.

코빅은 눈을 감았다. 그리고 다시 정신을 잃었다.

3

남중국해 해상, USS 발키리

개리슨 대령은 안경 너머로 젊은 통신병을 보았다.

"잠시 하던 말을 멈추게."

개리슨은 그 병사가 선의를 갖고 있음을 알았다. 그러나 지금 개리슨의 모습은 배의 갑판이 통신병을 먹어치워 버리기를 간절히 바라는 사람 같아 보였다. 베일이라 불리는 통신병은 몇 번 숨을 쉬고, 안정을 찾으려 했다. 통신병은 개리슨 대령이 평이한 언어에 광적으로 집착한다는 것을 잘 알고 있었다. 그는 개리슨이 '정보를 집약해서 전달하는 능력이 부족하다'며 부하 정보 장교를 호되게 질책하는 소리를 들은 적이 있었다. 베일은 던컨 대위를 쳐다보았다. 하지만 던컨의 시선은 자신이 신은 단화의 발끝에 못 박힌 듯 고정되어 있었다. 개리슨은 베일에게 미안함을 느끼며 그에게 빠져나갈 구멍을 주려 했다.

"그러니까 설명한다고 생각해보라고. 예를 들면 자네의……."

안 된다. 그 말을 사용했다가는 성차별 주의자라는 누명을 뒤집어쓸 수 있다. 개리슨은 요즘 그런 꼴을 당한 사람들을 많이 봐야 했다. 그는 던컨의 입꼬리에서 희미한 미소를 보았다. 그러고는 태양이 하늘을 자줏빛으로 물들이며 떠오르는 동쪽 수평선으로 시선을 옮겼다.

베일이 말을 이어갔다.

"대령님, 단지 이 알고리즘 스택과 반사 모니터가 지난 3시간 동안……."

베일의 목소리가 떨리다 멈췄다. 마치 기름이 떨어져 꺼지는 엔진을 보는 것 같았다. 개리슨은 웃음을 참을 수 없었다.

"베일, 몇 년 생인가?"

"1991년생입니다."

"내가 1991년에 뭘 하고 있었는지 아나? 바로 이 배를 타고 제1차 걸프 전쟁에서 이라크군과 싸우고 있었지. 그런데 지금은 자네가 해대는 헛소리 및 전문 용어에 맞서 전쟁을 치르고 있군."

베일은 차라리 자기 입을 막아달라고 예수님께 빌었다. 그는 사실 지금 이 시간에 북쪽을 감시하지 않아도 되었다. 그러나 그 신호는, 신호가 틀림없다면 이제껏 그가 본 그 어떤 것과도 달랐다. 베일은 그 신호를 당시 당직이었던 랜섬에게 보여주었다. 랜섬은 그걸 아무 의미 없는 잡음으로 치부했다. 그러나 베일은 거기에 뭔가 의미가 있다고 생각했다. 너무나 선명했고, 특유의 규칙성을 보였다. 그는 결국 통제실을 벗어나 아침 산책을 즐기던 개리슨 대령의 앞길을 가로막은 것이었다. 베일은 스스로를 주체할 수 없었다.

"다시 한 번 말해보게."

베일은 심호흡을 했다.

"천천히 말하라고."

"중국 내륙에서 어떤 통신 전파가 발신되었습니다."

개리슨은 고개를 끄덕였다. 떠오르는 해는 유리 같던 바다를 생기 넘치는 붉은빛으로 물들였다.

"그래, 알았으니 계속 말해봐."

"그 전파는 0410시부터 30초 동안 계속 발신되었습니다. 그리고 남쪽으로 조금 떨어진 곳에서 0550시 또 다른 전파가 발신되었습니다. 이 전파들은 중국 내륙 방향으로 2,400킬로미터 떨어진 수신기에 수신되었습니다."

"그래, 그 얘기도 알겠네. 해독은 했나?"

"그뿐입니다, 대령님. 해독할 방법은 없습니다. 그 전파는 어떤 전자적 윤곽도 없는, 평이한 백색소음 같았습니다."

"그럼 수신기는?"

"그 수신기는 우리 데이터에 없는 것이었습니다. 물론 그건 그저 평범한 통신 전파였을 수도 있습니다. 그러나 그 근처에는 기존에 알려진 군사 시설이나 정보 시설은 하나도 없습니다."

"그 전파를 기록할 수 있나?"

개리슨은 이런 걸 가지고 대체 뭘 할 수 있는지 확신이 서지 않았기에, 별것 아니라는 듯 물었다.

"그건 다른 문제입니다, 대령님. 기록할 수 없습니다. 그 전파는 마치 비행운처럼 사라져버렸습니다."

"멋진 비유로군, 베일. 기록해두었다가 우리 정보 요원들에게 넘겨주게."

개리슨은 어깨를 움츠렸다. 그는 이 젊은이의 패기를 꺾고 싶지 않았다. 하지만 고작 이런 보고를 들으려고 여태 시간을 낭비했나? 가만…… 다른 변수를 떠올린 그는 베일에게 질문을 던졌다.

"신호가 발신된 곳이 중국 어디였나?"

"북한과의 국경지역이었습니다. 산악 지대이지요."

그 말을 들은 개리슨은 흠칫 놀랐다.

"그곳의 정확한 좌표를 알려주게. 지금 당장!"

4

개리슨 대령이 배 안의 통로를 따라 신속하게 움직이자, 승무원 모두 그의 앞길을 비켜주며 그가 지나갈 때마다 절도 있게 경례했다. 그는 자신에게 경례하는 승무원들에게 모두 목례로 답례했다. 그건 그만의 스타일이었다. 하지만 지금 그의 눈에는 승무원들이 제대로 보이지 않았다. 그는 올슨에게 임무에 성공하면 즉시 신호를 보내라고 지시했다. 현재 시각은 0700시를 이미 지났다. 즉, 올슨이 신호를 보내야 할 시간이 한참 지났다는 얘기다. 커틀러로부터도 아무 얘기가 없었다. 게다가 올슨이 투입된 국경지대 구역에서 수상한 항공기 화재가 발생한 것을 인공위성이 감지했다. 개리슨은 왜 이렇게 됐는지 설명을 듣고 싶었다.

"대령님, 준비됐습니다. CIA 본부의 중국 전담부서가 연결되었고 국방부에서도 이 통신에 참여하게 됩니다."

던컨 대위가 개리슨을 위해 문을 열어주었다.

"고맙네, 대위. 미안하지만 잠시 나가주게."

"알겠습니다, 대령님."

이제 어떤 얘기가 나오더라도, 그건 개리슨 혼자 들어야 하는 내용이었다.

개리슨은 문을 닫은 다음 굳게 잠갔다. 방 안의 냄새는 퀴퀴했다. 배 안의 모든 사람들이 한 달 동안이나 사용했기 때문이다. 던컨 대위는 이곳에 물통과 유리잔, 그리고 신선한 커피를 가져다 놓았다. 던컨이 없었다면 개리슨은 상당히 곤란했을 것이다. 던컨이 곁에 있었기에 개리슨 대령은 언제나 편리한 생활을 누릴 수 있었다. 하지만 개리슨도 터놓고 이야기할 사람이 필요했다. 던컨이 개리슨 옆에 늘 붙어 있는 것을 그런 사람들이 본다면 개리슨에게 아무 말도 하지 않을 것이다. 그는 근무복을 뒤져 잭 다니엘이 들어 있는 실버 플라스크를 꺼내 마시고는 기운을 얻었다. 개리슨은 개인 암호를 입력하고 엔터키를 눌렀다. 두 개의 스크린이 켜지고 랭글리 CIA 본부 중국 전담부서 크란츠의 얼굴이 보였다.

"안녕하십니까, 대령님. 오늘은 국방부에 계신 벤스킨 대령님과 함께 화상통화를 하게 됩니다."

"개리슨, 잘 있었나?"

"안녕하신가, 벤스킨."

얼굴은 모든 것을 설명해준다고 개리슨은 생각했다. 크란츠의 눈썹은 하늘 높은 줄 모르고 잔뜩 올라가 있었다. 브래드 벤스킨 대령의 안색은 그 어느 때보다도 좋지 않았다. 책상에 앉아 전술 전략을 짜는 벤스킨과 마지막으로 이야기했을 때보다 체중이 10킬로그램은 불어난 듯했다.

개리슨은 앉아서 두 스크린을 바라보았다.

"좋아요. 여러분. 시작하지요."

크란츠가 말을 시작했다.

"대령님, 현재까지 확보한 정보에 따르면 중국 측 지상 인원들이 관할구역 내에서 항공기가 추락했다고 보고했습니다. 적외선 촬영 역시 짙은 연기가 발생한 항공기 화재를 확인했습니다."

벤스킨은 개리슨을 보며 말했다.

"별로 좋아 보이지 않는군, 개리슨."

"별로 좋아 보이지 않다니? 그게 국방부에서 할 말인가?"

벤스킨 대령은 침울하게 고개를 끄덕였다. 이전에도 이런 일이 얼마나 많았던가? 셀 수 없을 지경이었다. 개리슨은 크란츠에게 고개를 돌렸다.

"커틀러는 대체 어디 있는 거요? 그 사람이 기획한 일이잖소."

크란츠는 휴대전화를 집어 들며 대답했다.

"커틀러는 여기 있습니다. 지금 중국 정부와 통화 중입니다. 잠시만 기다려 주십시오, 더 전할 말이 있을지도 모릅니다."

"중국 정부와는 볼 일 없소. 내가 원하는 것은 우리 대원들의 귀환이오."

빌어먹을, 이래서 비밀 작전은 딱 질색이란 말이다. 하지만 그의 부하 해병들은 비밀 작전을 좋아하고, 수수께끼를 좋아하고, 규칙을 곡해하거나 무시하는 것도 좋아했다. 일상사에만 갇혀 있다 보면 필연적으로 느끼는 권태로부터의 탈출도 좋아했다. 해병대는 싸우기 위해 훈련받은 존재들이다. 그들에게 싸우지 않는 것은 죽음 다음으로 싫은 일이다. 그러나 비밀 작전은 언제나 골치 아픈 일이었다. 상충되는 주장을 지닌 여러 기관들이 끼어드는 바람에 지휘체계는 엉망이 되었다. 그 기관들 중에서도 제일 짜증나는 곳은 CIA였다. 그놈들 때문에 마지막 순간에 가서야 작전 개시 여부를 정하고, 다급하게 작전을 짜라고 강요한 적이 얼마나 많았던가. 문제가 있는 채로 인원을 투입하고, 일이 틀어지면 모든 것을 부인해버린다. 개리슨은 스스로도 냉정함이 점점 사라지는 것을 느꼈다. 이 일은 애당초 쉽게 풀릴 일이 아니었다. 사실상 앞으로 더 심하게 꼬인다고 봐야 했다. 그 때문에 개리슨보다 나이가 적은 장교들도 제대를 하는 것이다. 개리슨은 적절한 목소리로 말을 꺼내려 애를 썼다.

크란츠는 당혹스러운 듯 의자에서 몸을 뒤틀었다.

"이 일이 얼마나 민감한 문제인지 알고 계십니까, 대령님?"

"물론이오. 나는 우라지게 민감한 사람이니까. 잘 알고말고."

벤스킨 대령이 한 손을 들었다.

"개리슨, 모두 다 듣고 있어. 우리는 날씨, 더 구체적으로 말하면 예기치 못한 눈이 작전에 방해가 되었다고 생각하고 있네."

"그 작전에 투입된 조종사는 토네이도 속에서도 비행할 수 있는 친구였어. 답이라고 내놓은 게 고작 그건가?"

크란츠는 개리슨 대령을 진정시킬 방법을 생각하느라 애를 먹었다.

"대령님, 이미 백악관에도 보고가 끝났습니다. 일단 그 친구들이 돌아올 때까지 이 건에 대해서는 철저히 함구해주십시오."

개리슨은 두 스크린을 끄고 나서, 눈의 초점을 찾지 못한 채 공허하게 앞을 보았다. 그는 자신이 타고 있는 배의 움직임을 느꼈다. 이제 와서 누군가를 비난해 봤자 소용없다는 것을 알고 있었다. 비난으로는 아무것도 얻을 수 없다. 지금 그가 얻어야 하는 것은 해답이었다. 사소한 것 하나하나까지 다 알아야 했다. 개리슨은 담배 생각이 간절했지만, 곧 자신이 금연 중이라는 것을 떠올렸다. 이번이 처음 시도한 금연이 아니라는 것도 떠올렸다. 커틀러에게도 할 말이 있었다. 그리고 지금 또 다른 이름이 생각나 자신을 괴롭히고 있었다. 남은 생애 동안 두 번 다시 듣고 싶지 않은 이름이었다.

코빅.

5

중국-북한 국경

  코빅은 떠오르는 태양이 산 위의 하늘을 회색으로 물들일 무렵까지 눈 속에 있었다. 그는 자신이 그동안 잠이 들었는지 의식을 잃었는지 분간이 되지 않았다. 온몸은 추위로 굳어 있었다. 사람이 죽기 전에도 사후경직이 될 수 있다는 좋은 증거였다. 눈 더미는 차가운 공기를 막아주는 단열재 역할을 했지만 그의 체온이 몸 가까이 있는 눈을 녹이면서 몸을 젖게 했다. 코빅은 죽을 정도로 목이 말랐지만 눈을 그냥 먹어서는 안 된다는 것을 알고 있었다. 그는 힙 플라스크에 든 술을 한 모금 마신 다음, 나머지 술을 비워버리고 그 속에 눈을 채웠다. 그러고는 힙 플라스크를 끌어안아 체온으로 눈을 녹여 물을 만들었다.

  코빅은 SUV가 떠나는 소리를 들었다. 그는 살인자들이 서로 이야기하는 소리를 들으려 귀를 쫑긋 세웠으나 바람 소리 때문에 들리지 않았다. 주변이 너무 어두워 그들의 얼굴도 식별할 수 없었다. 코빅이 유일하게 알아볼 수 있었던 특이점은 담뱃갑에서 담배를 꺼내려고 장갑을 벗은 사람의 손에 그려져 있던 문양이었다. 흉터인지 아니면 문신인지 분간할 수는 없었지만, 소맷부리에서 손끝 쪽으로 세 개의 화살표 모양이 뻗어 있는 것을 똑똑히 보았다. 그들은 심지어 웃기까지 하면서, 태연하고 자연스럽게 움직이고 있었다. 또한 그들이 시체를 다루는 태도로 볼 때, 이 일은 그들에게 전혀 특별한 일이 아닌 듯했다. 그들은 대체 누구였을까? 그들 중 군인은 없었던 것 같았다. 코빅의 휴대전화는 사라졌다. 따라서 그는 GPS도 나침반도 없는 셈이다. 그러나 그가 국경을 넘어왔다는 것에는 의문의 여지가 없었다. 아까 왔던 SUV는 분명 서쪽으로 갔다. 그는 중국 영토 내에 있었다.

코빅은 더 많은 눈을 밀어내고, 고통스럽지만 움직이기 위해 애를 썼다. 하늘이 밝아지고 있었다. 눈구름도 사라졌고, 가시거리가 조금씩 늘어났다. 산비탈을 내려갈수록 눈이 쌓인 양은 줄어들었고, 국경 초소에서 서쪽으로 가는 오솔길을 볼 수 있었다. 하지만 그는 신중하게 주위를 살피고 귀를 쫑긋 세워 소리를 들었다. 그는 감시탑에 올라가서 또 전화를 걸 마음이 들지 않았다. 아까의 통화 때문에 SUV에 탄 사람들이 온 것일지도 모르지 않은가.

코빅은 여기 이대로 머무르고픈 충동과 싸워야 했다. 하지만 그랬다가는 완전히 탈진해버릴 터. 그는 팔, 다리를 하나씩 펴면서 일어서려고 시도했다. 시간을 충분히 들이자고 스스로에게 말했다.

오솔길을 따라가는 그의 몸놀림은 처절해 보일 정도로 느렸다. 하지만 코빅은 오솔길이 대로와 만나는 지점까지 도착했다. 그는 더 이상 추위가 느껴지지 않는다는 것을 알았다. 이는 그의 감각이 사라지고 있다는 뜻이었다. 아무것도 느껴지지 않았다. 그는 무릎을 땅에 대고 주저앉았다. 그때 동쪽에서 오는 차 소리가 들렸다. 거리는 대충 400미터 이내인 듯했다. SUV에 타고 있던 녀석들이라 해도 지금의 코빅은 어떻게 할 방법이 없었다.

코빅은 그 차가 매우 가까이 와서야 그것이 낡은 픽업트럭임을 알 수 있었다. 운전자는 예상치 못한 상황에 속도를 늦추었지만 멈출 생각은 없었다. 그걸 예상하고 있었던 코빅은 길 위로 걸어 나와 픽업트럭을 가로막았다. 그 운전자는 방향을 바꾸며 속도를 줄였지만 여전히 멈출 생각은 없었다. 그는 길 위에 나타난 낯선 사람과 얽히고 싶지 않은 모양이었다. 코빅은 팔을 뻗어 사이드 미러가 달려 있는 쇠막대를 움켜잡았다. 그리고 러닝보드의 잔해 위에 한 발을 올려놓았다. 코빅은 운전자에게 미안한 마음이 들었다. 피와 진흙으로 범벅인 데다가 얼굴도 다친 사람을, 그것도 낯선 외국인이라면 당연히 피하고 싶을 테니까 말이다. 트럭 운전자는 액셀러레이터 페달을 강하게 밟았다. 그러나 코빅이 50위안 지폐를 꺼내 운전석 창에 붙이자 운전자의 두려움도 누그러든 모양이었다.

중국인 운전자가 창문을 내리자 차내의 귀중한 더운 공기 일부가 밖으로 빠져 나왔다. 코빅은 이 놀랄 만큼 따뜻한 트럭에 단 30분이라도 탈 수 있다면 더한 것도 줄 의향이 있었다. 시계도 내줄 수 있었다. 심지어 신장이라도 달라면 줄 수 있었다. 트럭에서는 염소 냄새가 지독하게 풍겼지만 그런 건 중요하지 않았다.

결국 픽업트럭이 멈췄다.

"안녕하세요, 세워주셔서 감사합니다. 마을까지 태워주실 수 있나요?"

코빅은 미소를 지으려고 애썼지만 그의 얼굴 근육은 꼼짝도 하지 않았다. 하지만 적어도 중국어로 말을 거는 데는 성공했다. 운전자는 손을 뻗어 지폐를 낚아채고는 타라고 손짓했다. 천만다행이다! 코빅은 등산 중에 길을 잃은 데다 골짜기에서 떨어졌노라고 거짓말을 해댔다. 서양인이 이런 중국 오지의 산속을 헤매고 다닌다는 것 자체가 말도 안 되는 소리였지만.

운전자는 슬쩍 몸을 돌려 코빅을 가만히 응시했다. 어떤 사람인지 파악하려는 것 같았다. 그가 갈색 치아를 내보이며 물었다.

"미국 사람인가요?"

코빅은 고개를 저었다. 지금은 국적을 솔직히 밝혀봤자 좋을 것 같지 않았다.

"프랑스 사람입니다. 에펠탑 아시죠?"

운전자의 얼굴에 화색이 돌았다.

"파리! 좋지요! 아들 녀석이 거기서 신경공학을 공부하고 있어요."

코빅은 잘됐다고 생각했다. 현대 중국에 잘 왔다.

"아드님을 찾아서 아버님이 얼마나 자비로운 분인지 말씀드려야겠습니다."

운전자의 얼굴에 순간 노기가 서렸다.

"우리 아들놈을 만나거든 프랑스 여자들을 멀리하라고 전해줘요. 그 아이 공부에 방해가 된다고."

코빅은 열심히 고개를 끄덕였다. 하지만 내심 그 젊은 신경공학도가 여자를 밝히길 바랐다.

운전자는 그를 룽징에 있는 철도종착역에 내려주었다. 무섭도록 단조로운 곳이었다. 하늘로 우뚝 솟은 제련소가 황이 가득한 연기를 하늘로 뿜어내고 있었고, 그 연기에 들어 있는 회색 먼지는 마을 전체에 두텁게 덮여 있었다. 도로에는 모두 똑같은 회색 인민복을 입은 노동자들이 몰려들어 하루를 시작하고 있었다. 아직도 중국의 모든 것은 마오쩌둥으로부터 자유롭지 못했다. 중국식 자본주의가 아무리 힘이 세다고 해도, 아직 과거를 완전히 지우지는 못했음을 코빅은 알고 있었다.

전화를 해야 했다. 하지만 보안이 확보되지 않은 회선으로 커틀러에게 보고하는 모험을 감수하기는 싫었다. 그리고 PC방에서 이메일을 한 통 보내기만 해도 자신의 위치가 노출될 수 있었다. 자신의 영역이라고 생각했던 중국이 갑자기 적지처럼 느껴졌다.

그는 이제 생존 모드로 돌입했다. 어떤 위험도 감수해서는 안 된다. 그리고 현장에서 빨리 빠져나와야 한다. 그는 휴대전화를 북한에 두고 왔다. 그 전화는 아마 아직도 신호를 발신하고 있을 것이다. 따라서 커틀러는 코빅이 북한에서 탈출하지 못한 채 다른 대원들과 함께 전사했으리라 생각할 것이다. 그리고 이건 커틀러가 기획한 작전이었다. 그는 이 작전을 CIA 본부 7층으로 가는 지름길쯤으로 여겼겠지만 그 지름길은 갑자기 막혀버리고 말았다.

코빅은 배가 고팠고 창문에 비친 그의 모습은 엉망이었다. 철도종착역 주변에는 난전이 있었다. 코빅은 어떤 작전에 임하건 많은 현금을 가지고 갔다. 그는 자리를 잡고 앉아 튀긴 돼지고기와 국수를 시켜 먹었다. 대여섯 명의 철도 노동자들이 열심히 먹는 이 엉망진창의 외국인을 의아한 표정으로 쳐다보았다. 동상이 걸려 자줏빛으로 변한 그의 손가락은 젓가락을 제대로 잡지도 못했다. 그래서 그는 접시를 손에 들고 그 내용물을 입에 들이붓는 방식으로 식사를 했다. 대부분의 중국인들도 그런 식으로 식사를 했다. 다행히도 중국인들은 식사 예절을 그리 엄격하게 따지지 않는다. 그는 상점에 가서 평범한 파란색 정장과 셔츠를 산 다음 공중목욕탕으로 갔다. 중국이니까 이런 일을 손쉽게 할 수 있는 것이다. 미국에서 똑같은 짓을 했다가는 경찰에게 체포될 확률이 매우 높았다.

샤워 물은 미지근했고 수압도 낮았다. 마치 작은 동물의 오줌줄기 같았다. 그러나 지금의 그에게는 일생 중 최고의 샤워였다. 물은 지난밤 그의 몸에 말라붙었던 검붉은 피를 모두 씻어내 주었다. 그 피는 코빅의 피, 북한군들의 피, 해병 대원들의 피가 모두 섞여 있는 것이었다. 그는 씻겨나간 피가 그의 발 주변에 모이는 것을 보았다. 인간이란 죽고 나면 얼마나 보잘 것 없는 존재인가. 그는 샤워장을 빠져나와 작고 축축한 수건으로 몸을 닦았다. 그리고 새 옷을 입으니 사람다운 사람이 된 것 같았다.

그는 택시를 타고 옌지 공항으로 향했다. 그는 차창 밖을 바라보았다. 일상은 평소와 마찬가지로 굴러가고 있었다. 그는 이 세계를 도저히 이해할 수 없었다. 왜 어떤 곳에서는 상상할 수 있는 모든 개 같은 일이 벌어지고 있는데 거기서 길을 따라 몇 킬로만 가면 너무나 평화로운 풍경이 펼쳐져 있느냐 말이다. 하긴 과거에도 난민들을 잔뜩 태운 배가 베이루트 해안에 정박하려는 모습을 본 적이 있었다. 그 배에 탄 수백 명의 난민들은 굶어 죽기 일보 직전이었는데, 그 주변에서는 서퍼들이 파도를 즐기고 있었다.

공항은 지은 지 얼마 되지 않았다. 마치 신(新)중국과도 같았다. 코빅이 돈을 내는데 택시기사가 얼굴을 찡그렸다.

"왜 그러시죠? 팁도 많이 드렸는데?"

택시기사가 대답했다.

"손님 얼굴이 많이 안 좋아 보여서요."

공항에서 그는 야구 모자와 파운데이션을 사서 화장실로 들어갔다. 택시기사의 말이 맞았다. 모든 게 지저분하던 그 마을에서는 코빅의 꼬락서니도 별로 나쁘지 않았다. 그러나 모든 것이 번쩍거리는 이곳에서는 아무리 새 옷을 입었다고 해도 코빅의 행색은 영 말이 아니었다. 그는 무너진 코와 이마의 큰 상처에 정성들여 메이크업을 한 후 야구 모자를 썼다. 이제 해야 할 일은 다했다.

그가 중국에서 보낸 대부분의 시간은 편안했다. 그러나 오늘은 그렇지 않았다. 그는 예방 차원에서 남아프리카 공화국 여권을 사용했다. 어떤 임무에나 들고 다니는 것이었다. 항공권은 현금으로 구입했다. 요즘도 이럴 수 있는 나라는 별로 많지 않다. 그리고 보안 검색을 받으러 줄을 서 있는 정장 차림의 사람들 뒤에 섰다. 탑승하기 전 그는 이메일 계정에 로그인해, 커틀러에게 암호 메시지를 보냈다. 메시지의 내용은 코빅이 살아 있다는 것뿐이었으며 답장도 보내지지 않는 계정이었고, 그 어떤 세부 정보도 없었다.

비행기에 타는 게 이렇게 기분 좋은 적은 없었다. 비행기 좌석에 몸을 맡긴 그는 자신이 원해서 선택한 이 직업의 위험성에 다시금 가슴을 쓸어내렸다. 눈을 감기 전 그는 앞좌석 등받이에 설치된 TV에서 뉴스를 보았다.

속보: 북한에서 미군들이 살해당하다!

6

남중국해 해상, USS 발키리

개리슨 대령은 안경 너머로 던컨 대위를 바라보았다.

"대령님, 확인을 기다려야 하지 않습니까?"

개리슨은 던컨 대위를 바라보며 생각했다. 왜 오늘따라 다들 내 명령에 의문을 표하고 있지?

"던컨, 오늘날 우린 인스턴트 메신저 시대에 살고 있음을 자네에게 굳이 상기시킬 필요는 없겠지. 우리는 뉴스를 제어할 수 없어. 뉴스가 우리를 제어하는 거야. 나는 이 작전에 참가한 대원들의 아내, 어머니, 애인, 그 외 가장 가까운 사람들에게 뉴스가 나오기 전에 알리고 싶네. 그들이 실종되었으며, 우리는 그들을 찾기 위해 모든 수단을 동원하고 있음을 내가 직접 전하고 싶단 말일세."

모든 수단이라…… 구체적으로 뭘까? 만약 개리슨 대령에게 전권이 주어졌다면 그는 탐색구조부대를 긴급 출동시켰을 것이며, 중-북 국경 상공에는 지금쯤 미 해군 항공기들이 제집처럼 날아다니고 있었을 것이다. 그는 북한 정부에 전화를 걸어 그들을 함께 수색함으로써 북한과 미국이 얻을 수 있는 상호 이익에 대해 자세히 설명했을 것이다. 그러나 지금의 개리슨에게는 그럴 권한이 없었다. 그는 이 난장판 속에 던져진 낭인에 불과했다. 이번 작전은 어디까지나 CIA의 소관이었고, 그들은 자신들만의 일처리 방식이 있었다. CIA 본부는 공식적으로 모든 것을 소리 높여 부인할 것이며, 이 일은 북한의 망상에 불과하다고 주장할 것이다. 북한 정부는 자신들의 영토와 영해, 영공에 대한 '적의 도발'에 언제나 강하게 항의해왔다. 한편 국무부와 국방부, 백악관은 "곧 조사하겠다."라는 말만 반복할 것이다. 이는 명백한 증거가 없는 사건에 대한 세인의 관심이 줄어들기를 기다리면서, 미국 정부의 여러 부처가 서로 뒤를 봐줄 때 써먹는 상투어였다.

던컨은 자신의 뺨이 붉어짐을 느꼈다.

"대령님, 잘 알겠습니다. 제가 잘못 생각했던 것 같습니다."

개리슨은 던컨을 보았다. 내 아들과 비슷한 나이겠지…… 하지만 개리슨은 그 생각을 떨쳐냈다.

"대위, 참가자들의 파일을 챙겨와. 내가 전화하겠다."

개리슨은 이런 전화에 대해 익히 알고 있었다. 이런 전화를 해본 적은 없지만, 받아본 적은 있기 때문이었다. 8년 전, 바로 이 책상에서 개리슨은 토미의 소식을 들었다. 전화를 건 사람은 미 국방부의 고관이었다.

"개리슨 대령, 이런 일을 전하게 되어 유감이지만……."

개리슨은 통화하면서 뉴스 헤드라인이 대충 '모범적으로 복무한 해군 장교, 아프가니스탄에서 아들을 잃다' 식으로 나오리라 예상했다. 그러나 통화를 마치고 나자 이미 언론은 토미가 참가했던 더러운 CIA 임무에 대해 엄청난 분량의 기사를 쏟아내고 있었다. 반면 거기서 생채기 하나 없이 빠져나온 어느 CIA 요원에 대해서는 일언반구도 없었다.

던컨은 자료실에서 대원들의 파일을 들고 돌아왔다. 던컨은 개리슨의 눈이 살짝 붉어진 것을 알았지만 내색하지 않기로 했다.

"대령님, 그곳에 생존자가 있을 거라고 생각하십니까?"

대답은 개리슨의 표정에 있었다.

7

상하이 프랑스 조계지

"얘기할 게 있어."

코빅은 청소 도구함만큼이나 좁은 욕실이 허용하는 한, 거울에서 최대한 멀리 물러났다. 그의 이마에는 큰 상처가 나 있었다. 그 상처 주변에 난 짧고 굵은 갈색 머리카락들은 마치 서툰 이발사가 젤로 고정시키기라도 한 듯이 떡이 져 있었다. 형광등의 차가운 불빛 아래 드러난 그의 피부색은 좀비의 피부색과 담뱃진의 색을 적절히 혼합시킨 듯했다. 이 피부색 덕택에 그는 이방인 행세를 하기가 쉬웠다. 다시 처음부터 모든 것을 시작해야 하나? 코빅은 어깨를 으쓱였다. 그가 살 곳으로 선택한, 상하이 프랑스 조계지 내에 위치한 이 삐걱거리는 비좁은 시쿠멘에서 코빅은 매우 눈에 띄는 존재였다. 우선 그는 이곳의 누구보다도 키가 최소한 한 뼘 이상 컸다. 게다가 뼈아프게도 그의 생김새는 고향을 너무 오랫동안 떠나, 마약 또는 여자 장사를 하다가 밑천을 모조리 털린 서양인의 전형적인 모습이었다.

그는 선글라스를 집어 들고 코 위에 살짝 얹었다. 하지만 선글라스는 부어오른 코 위에 우스꽝스럽게 얹혔다. 덕분에 안경테 아랫부분이 그의 시야 한가운데를 가로지를 정도였다. 결국 코빅은 선글라스를 수납장에 도로 집어넣었다. 이 선글라스, 대체 누가 준 거지? 무엇보다도 코빅은 브래드 피트와는 조금도 비슷하지 않았다.

"내 말 듣고 있어?"

루이즈는 팔짱을 낀 채 문가에 기대 서 있었다. 여자들의 흔한 방어 자세였다.

코빅은 이런 일이 벌어질 줄 알고 있었다. 시간문제였을 뿐. 코빅은 루이즈를 향해 고개를 돌리며 미소를 지어 보였다.

"나도 알아. 내가 '의로운 훌리건'을 보고 있다는 거."

"당신들 영국인들은 그런 말을 잘하지."

"안 그렇거든?"

상투적인 표현이기는 했지만, 그녀는 화가 났을 때 훨씬 더 매력적으로 보였다. 그녀의 짙은 파란색 눈동자는 거의 검은색에 가까워 보였고, 휘어진 눈썹은 사나운 고양이 같았다. 그 모습을 본 코빅은 처음 그녀와 만났던 날을 떠올렸다.

코빅은 그녀를 향해 팔을 벌렸지만 루이즈는 코빅을 피했다.

"생일 못 챙겨줘서 정말 미안해. 하지만 그런 것 때문에 화가 난다면 나 말고 다른 남자를 만났어야지."

늘 거짓말을 해왔고 앞으로도 별반 다르지 않을 것이다. 한때는 살기 위해 거짓말을 하는 것이 즐겁다고 생각한 적도 있었다. 거짓말은 그에게 제2의 본능과도 같았다. 그의 어머니는 물론 고등학교 교장 선생님도 이런 말씀을 하셨다.

"네가 잘하는 건 거짓말뿐인 것 같구나!"

그는 '진실'이 희소가치를 지닐 수 있다고 생각한 적이 한 번도 없었다. 루이즈는 코빅을 매섭게 쏘아보았다.

코빅은 루이즈와 함께 동타이 대로의 골동품 시장에 간 적이 있었다. 거기서 루이즈가 은과 호박으로 만들어진 귀걸이를 마음에 들어 하자 코빅이 선물했다. 하지만 그 물건은 상자 안에 들어 있을 때, 또는 저녁 식사와 샴페인이 곁들여졌을 때만 코빅이 기대하던 만큼의 효력을 발휘했다. 루이즈는 욕실만큼이나 좁아터진 주방으로 들어갔다.

코빅이 지난 나흘 동안 행방불명이 되었다는 사실 자체는 전혀 특별할 게 없었다. 루이즈도 처음에는 코빅의 잦은 실종을 전혀 문제 삼지 않았다. 선전이나 베이징 등지로 급작스럽게 업무상 출장을 떠나야 했다는 코빅의 거짓말을 믿은 것이다. 그러나 자신의 생일에도 곁에 있어주지 못한 것은 용납할 수 없었다.

게다가 코빅은 이런 볼썽사나운 꼬락서니가 되어 돌아왔다. 얼굴의 상처는 물론 어깨에도 북한군 폭탄의 파편으로 깊은 상처가 남았다. 코빅은 어느 클럽의 계단에서 굴러떨어진 탓에 상처가 생겼노라고 둘러댔다. 그리고 무너진 코에 대해 거짓말을 하면서 그는 알고 있는 모든 중국 욕설을 퍼부어댔다. 루이즈는 코빅이 술을 마실수록 인내심이 줄어든다는 사실을 너무나 잘 알고 있었다. 실제로 코빅은 루이즈의 격려 덕택에 몇 주 동안 술을 끊은 적도 있었다. 그렇기에 코빅은 이번 일이 단순한 실수였다고 둘러대야 했다. 동상이 걸려 자줏빛으로 부어오른 손에 대해서는 부수적인 피해라고 변명했다. 싸우는 데 주먹 따위는 소용이 없었다면서.

하지만 코빅은 이런 생각이 들었다. 과연 지금 누구를 속이고 있는 거지? 루이즈는 느리게 움직이는 차에 치인 사람을 보듯 코빅을 보고 있었다. 그리고 사실 그래야 했다. 그의 몸에 난 상처 때문에 루이즈가 낙담하기는 했지만, 그것들은 매우 좋은 은폐물이 되어주었다. 지난 36시간 동안 있었던 일 중 그 어떤 것도 루이즈가 알아서는 안 된다. 루이즈는 코빅의 일뿐만 아니라 그의 본명도 알아서는 안 된다.

"이거 나한테 잘 맞으려나 모르겠네."

루이즈는 그렇게 말하면서, 식탁에 앉아 콤팩트를 열어 얼굴에 바르기 시작했다.

코빅은 미안한 마음이 들었다.

"자기야, 지금 어떤 기분인지 잘 알아. 내가 정말 잘못했어. 미안해."

반응은 없었다. 이제 루이즈가 말한, 남자를 존중하는 여자라면 봐줄 수밖에 없는 수많은 '회피 기술들' 그리고 침묵과 미안한 표정 등을 구사할 수밖에 없었다. 그것은 현장과의 관계를 지속하는 데 따르는 대가였다. 어딜 가든 반드시 문제는 생겼다. 코빅은 커틀러의 아내가 어떻게 살고 있을지 상상해보았다. 버지니아 주 순환도로에서 약간 떨어진 교외에 살고 있는 그 여자는 우울증 치료제로 의문을 달래면서 커틀러를 애국자라고 생각하겠지. 남편에 대해 일말의 의심도 없이 그를 따를 것이다. 하지만 루이즈는 달랐다. 그녀는 코빅에게 가치 있는 존재였으며 바로 그게 문제였다.

코빅은 루이즈가 마치 전쟁을 앞둔 부족의 전사처럼 화장하는 모습을 보았다. 오, 하느님. 나는 그녀가 필요해요. 이 일을 하려면 뛰어난 거짓말쟁이가 되어야 했다. CIA에 입사한 순간부터 진실은 격리 구역에 묻어두어야 했다. 어떤 거짓말이든 상대방이 나를 믿기만 하면 상관이 없었다. 농장에서의 훈련 첫날, 처음으로 배운 교훈은 이것이었다.

"CIA 외에 다른 신을 두지 말지어다."

두 번째 교훈은 이것이었다.

"예전의 너는 이제 없다."

세 번째 교훈은 이것이었다.

"너의 사생활도 이제 끝이다. 그러니 원 나이트 스탠드를 즐겨라."

코빅은 루이즈에게 자신이 미 국무부를 위해 통상 연락관이라는 매우 지겨운 일을 하고 있다며, 그 일의 세부 내용을 매우 자세히 알려주었다. 그 업무는 미국의 이익을 위해 중국 사업가들과 엄청나게 많이 대화해야 하는 일이라고 해뒀다. 한편 루이즈는 중국의 양복쟁이들에게 영어를 가르치고 있었다. 다른 나라의 양복쟁이들은 물론, 마음에 드는 서양인 창녀들과 자유롭게 대화할 수 있도록 말이다. 영어 강사는 격무에 시달리거나 예측 불허의 상황을 만날 일이 없었다. 따라서 루이즈는 왜 코빅이 자주 사라졌다가 다시 나타나는지에 대해 의문을 품을 시간이 많았다.

코빅은 루이즈 앞에서 여자에 대해 아는 척하지 않았다. 중국어를 유창하게 익히는 일은 여자의 사고방식을 이해하는 것에 비하면 아무것도 아니었다. 수년 동안 공부해서 이제는 하산할 때가 되었다고 생각한 순간, 또다시 뒤통수를 얻어맞고 초등학교 3학년으로 강등당하는 일이 비일비재한 것이 여자 공부였다. 하지만 루이즈는 코빅이 여자에 대해 잘 알 수 있도록 특강을 해주었고, 코빅의 실력을 한 수 높여주었다. 이제 코빅은 그녀에게 빚을 진 셈이다.

루이즈는 콤팩트를 닫고 엉망이 된 코빅의 얼굴을 보았다.

"그리고 당신 그거 알아? 당신이 나와 함께 있을 때조차도, 당신의 절반은 여기 있지 않다는 걸 말이야."

그 말은 사실이었다. 지금도 코빅은 다른 생각을 하고 있었으니까. 중국에서 본 그 냉혹한 살인 장면은 마치 깨어날 수 없는 악몽처럼 계속 재생되고 있었다. 도대체 무슨 일이, 왜 벌어진 것일까? 그런 물음이 풀리지 않은 채 계속 쌓여만 갔다.

코빅은 마치 사기꾼이 된 것 같은 느낌으로 루이즈를 보았다.

"언제까지나 이래서는 안 되지. 앞으로는 잘할게."

물론 코빅도 루이즈도 결코 그럴 일이 없다는 걸 알고 있었다. 그렇게 생각하는 이유는 서로 달랐지만. 루이즈는 마치 무인지대처럼 둘 사이에 놓인 탁자 위 커피를 향해 고개를 끄덕였다. 코빅은 커피를 단숨에 마셔버리고 루이즈를 향해 커피 잔을 내밀었다. 루이즈가 커피 잔을 받아주기를, 그리고 루이즈를 안을 수 있기를 반쯤 기대하면서 말이다. 루이즈의 육체를 생각하면 다른 생각들을 잠시나마 잊을 수 있었다. 그러나 루이즈는 실망스럽게도 고개를 흔들었고, 커피 잔을 그대로 놔두었다. 결론은 둘이 서로를 너무 많이 챙겨주었다는 것이다. 코빅은 루이즈가 해주는 만큼 자신도 그녀에게 해줄 수 있다고 생각했지만, 그건 바보같이 순진한 생각이었다. 루이즈는 너무나도 좋은 여자였고, 코빅은 자신의 일 때문에 허용치 이상의 빚을 루이즈에게 졌다.

농장에서의 훈련 시절 사귄 친구 중에, 사전에 아무런 예고 없이 아내에게 버림받은 사람이 있었다. 그들은 8년 동안 결혼생활을 했고, 어느 일요일 아침 그 친구가 조깅을 하고 들어와 보니 아내는 사라지고 없었다. 식탁 위에는 올레이 핸드크림으로 '더 이상은 못 참겠어'라고 적혀 있었다. 사실 이 사건은 그리 특별할 게 없었다. CIA 직원들의 이혼은 매우 흔한 일이었다. CIA 임무 때문에 끝장난 부부들을 기리는 '추모의 벽'을 CIA 본부에 세워야 할 지경이었다.

코빅은 루이즈가 어색한 침묵 속에서 하루를 시작하고자 준비하는 것을 보았다. 심지어 루이즈는 코빅의 약속에 아무런 반응도 보이지 않았다. 그런 루이즈의 태도는 옳았다. 코빅의 약속은 절대 지켜지지 않을 테니까 말이다.

처음에는 모든 것이 잘되어 갔다. 둘은 고향을 떠나온 사람들이었다. 루이즈는 미국에 대해 전혀 관심이 없었고, 코빅에게 그건 매우 좋은 일이었다. 상하이는 다양한 문화는 물론 과거와 현재, 미래가 충돌하는 곳이었다. 그런 상하이에 루이즈와 코빅은 매료되었다. 코빅은 루이즈와 함께 있으면 마치 고향에 온 것 같은 기분이었고, 자신이 떠나온 곳으로 돌아가고픈 마음이 누그러졌다. 루이즈는 처음에 집 보기나 육아 같은 일은 하지 않겠다고 말한 적이 있었다. 그러면서 이렇게 이야기했다.

"그런 여자가 필요하면 미국에서 살고 싶어 하는 이곳 여자랑 같이 살면 되지 않아?"

그러자 코빅은 맞받아쳤다.

"내가 왜 미국으로 돌아가야 하지?"

코빅 스스로도 그런 말을 한 자신이 놀라웠다. 이미 그는 상하이에 깊이 물들어, 스스로를 상하이 사람으로 여기고 있었다. 이전의 다른 어떤 임지도 그런 느낌은 주지 못했다.

코빅은 루이즈의 직설적인 부분에 놀라고 또 기뻤다. 그들이 푸둥의 스포츠 바에서 처음 만나고 30분쯤 지났을까. 루이즈는 이렇게 말했다.

"아침에 후회하지 않을 거면, 우리 집에 와서 나랑 섹스해도 좋아."

얼마 못 가 코빅은 루이즈에게 빠지고 말았다. 이곳의 여자들은 짜증날 정도로 수줍음이 많았다. 심지어는 창녀들조차도 모르몬교도처럼 행동했다. 거기에 비하면 루이즈는 상쾌한 청량제 같았다. 게다가 루이즈의 웨이브 진 금발은 칠흑같이 어두운 바다에 홀로 떠 있는 등대와도 같았다. 코빅은 멀리서도 루이즈를 알아볼 수 있었다. 그리고 햇살이 비치면 루이즈의 머리는 마치 최첨단 무기에나 쓰이는 희소 합금으로 만든 것처럼 황금빛으로 반짝거렸다. 그런 그녀와의 섹스는 육체적으로도 매우 즐거웠을 뿐 아니라 거짓말쟁이도 살인자도 아닌 또 다른 코빅을 일깨워주었다. 코빅이 꿈꾸었던 것 이상으로 좋은 사람이 될 수 있다는 가능성을 말이다.

코빅은 저도 모르게 루이즈를 향해 움직였다.

"지각하겠어."

루이즈는 물러나며 가방을 집어 들어 어깨에 멨다. 보통 때보다 좀 더 무거워 보였다. 하지만 루이즈는 코빅이 사준 귀걸이를 하고 있었다. 해봐, 코빅. 해보라니까.

"봐봐. 난 지금 누구도 도와줄 수 없어. 골치 아픈 일이 잔뜩 있다고. 나중에 이야기하면 안 될까? 나중에 주징에 가자. 당신이 좋아하는 호수가 있는 곳이잖아."

그곳은 가족들을 피해 연애 중인 커플들로 붐비는 곳이었다. 아파트는커녕 방 한 칸도 없는 커플들로 말이다. 그곳에는 루이즈가 좋아하는, 진부할 정도의 낭만이 있었다.

코빅은 루이즈가 좁은 문간으로 나갈 수 있도록 비켜주었다.

"오럴 섹스는 안 된다고 생각해도 돼?"

둘 사이의 균열은 깊어졌고, 넓어졌으며 메워질 여지를 남겨두지 않았다. 그녀는 문을 닫고 사라졌다. 코빅은 스스로에게 말했다. 바보 같으니라고. 어젯밤 그는 루이즈를 여기서 만날 줄은 생각조차 하지 못했다. 코빅은 그녀가 처음 만났던 레스토랑에서 기다리고 있다가, 그녀의 아파트로 돌아가서 기다리고 있으리라 예상했다. 아마 그녀는 걱정했을 것이다. 여기서 줄곧 코빅을 기다리다가 결국에는 예쁘고 날씬한 손으로 자신의 위치를 책에 표시하다가 잠이 들었을 것이다. 지난 36시간 동안 쉬지 않고 움직여 집에 돌아온 코빅은 루이즈를 보고 기뻤다. 그녀는 국경에서 벌어진 학살의 와중에 자신을 인도한 한 줄기 생명의 등불이었기 때문이었다. 하지만 지금, 아파트 안을 둘러보던 코빅은 루이즈가 이곳에 항상 놓아두던 헤어드라이어, 커피포트, 피임약 등의 물건들이 사라진 것을 알았다.

그의 예비 휴대전화가 울렸다. 커틀러에게서 온 문자메시지였다.

'당장 여기로 복귀해.'

8

남중국해 해상, USS 발키리

개리슨은 함교에 설치된 회색 가죽 회전의자에 앉아 있었다. 토미가 여덟 살 때, 난생처음으로 이 의자를 보고서는 마치 '스타트렉'에 나오는 커크 함장의 의자 같다며 감탄했다. 이 의자야말로 해군이라면 누구든 앉고 싶어 하는 의자였다. 이 의자에 앉은 것이야말로, 개리슨이 살면서 거둔 성공들 중 가장 값진 성공이었다. 이 고귀한 자리에 오르기 위해 개리슨은 결혼 생활까지도 희생해야 했다. 이제 이 배는 국방부가 인정하는 한 개리슨의 왕국이었고, 이 의자는 그 왕국의 왕좌였다.

그의 왼편에 있는 갑판사 메릭은 넓이가 4에이커나 되는 이 '미합중국 영토'를 남중국해 해상에서 자유자재로 몰고 다녔다. 이 배의 모든 부분은 21세기에 걸맞은 최첨단이었지만 메릭의 손에 쥐인 조타기는 나무로 만들어졌고, 매력적일만큼 고풍스러웠다. 그의 옆에는 당직 조타병인 데인즈가 군함의 항로를 측정하고 있었다. 평소 이 둘은 자주 농담을 주고받았지만, 그곳의 다른 사람들과 마찬가지로 개리슨 대령의 심기를 파악하고 말을 아꼈다. 무거운 침묵을 깬 것은 그들로부터 30미터 아래 갑판에 있는 E-2C 호크아이 항공기였다. 그 항공기는 해당 구역의 다른 함대들을 위한 정례 초계 비행을 하러 이륙했다. 개리슨 주변의 컴퓨터 스크린들은 끊임없이 갱신되는 정보들로 가득 차 있었다. 키 하나만 누르면 지구상 어디든지 전쟁을 하는 데 필요한 정보를 알려주었다. 그러나 개리슨은 그 스크린들을 보고 있지 않았다.

이런 엄청난 장비들을 가진 그였지만, 그가 지금 할 수 있는 일은 휴대전화 화면에 나온 사진들을 무기력하게 보는 것 말고는 없었다. 사람의 얼굴을 프레임에 꽉 차게 찍은 그 사진들은 사진 속 인물의 신원을 논박의 여지없이 확실하게 보여주고 있었다. 심지어 헬리콥터 잔해에서 텍스의 시신도 꺼내왔다. 모두가 좋아하던 떠들썩한 카우보이 텍스, 준비된 예비 신사 프라이스, 다른 사람의 속을 자주 긁던 킨, 강인한 인내심을 가진 사나이 포크너, 이제 막 아이 티를 벗은 디콘, 그리고 이번이 마지막 전투 파견이던 올슨. 개리슨은 올슨을 생각할 때 가장 슬펐다. 다른 대원들을 보살피기 위해 개리슨이 보낸 사람이었기 때문이었다.

이런 사진들이 심사와 검열을 통해 봉인되어 누구도 볼 수 없던 시절이 있었다. 하지만 지금은 이런 사진들이 통신사를 통해 공개되어 사람들의 분노와 공격성을 자아내고, 누군가를 쓰러뜨리겠다는 의지에 기름을 붓기도 한다. 아무튼 이들은 모두 죽었다. 이 배에 타고 있는 모든 남녀 장병들은 이제 이 전사자들의 얼굴을 봤을 터. 하지만 전사자들의 얼굴 가운데 한 사람의 얼굴이 보이지 않았다. 코빅은 대체 어디 있단 말인가?

9

상하이 프랑스 조계지

코빅은 주방 창문에 기대서서 커틀러에게 할 질문들을 미리 연습해보았다. 그리고 자신의 마음 어느 부분을 커틀러에게 보여줄지도 정했다. 루이즈가 떠난 이후로 그의 마음은 더욱 어두워졌다. 비록 포기하고 싶은 유혹이 들었지만, 결코 지지 않기로 결심했다. 적어도 대체 무슨 일이 있었는지에 대해 조금이라도 답을 얻어내고야 말리라.

아래 마당에서는 고성이 오가고 있었다. 누군가의 빨랫줄이 끊어져, 빨랫감 중 일부가 이웃집 개의 식사 현장을 덮쳤기 때문이었다. 같은 아파트에서 40년이나 산 두 할머니는 서로의 죽은 남편의 부정을 주로 언급하며 지독한 욕설을 퍼붓고 있었다. 어쩌다 보니 상황에 휘말린 개도 소리를 질러댔고, 어떤 사람은 개 짖는 소리와 사람 짖는 소리를 지우기 위해 라디오 볼륨을 높였다. 루이즈는 대체 이렇게 시끄러운 곳에서 어떻게 살 수 있는지 모르겠다고 말한 적이 있었다. 사실 코빅도 소음을 싫어했다. 그러나 침묵이 흐르면 소리를 듣고자 귀를 기울이게 된다. 따라서 소리에 더욱 신경 쓰게 된다. 그래서 코빅은 자신이 선택한 이 집이 좋았다. 상하이에서 침묵은 금보다 귀한 것이었다.

그는 배낭에 랩톱을 넣은 후, 선글라스를 다시 한 번 걸쳤다가 이내 벗어던지고 문을 닫았다.

그가 계단 통로에서 나오자 두 할머니는 갑자기 싸움을 멈추고 코빅을 보았다. 그들은 망설이며 잠시 팔을 흔들다가 한결 낮은 톤으로 코빅에 관해 이야기를 나누었다. 루이즈가 있을 때면 코빅에 대한 관심이 특히 많아졌다. 아마 그 할머니들도 루이즈가 나가는 것을 본 모양이었다. 루이즈의 안색이 변한 걸 보고 그들은 분명 무슨 일이 있었음을 눈치챘을 것이다. 두 할머니는 시끄러웠지만 코빅은 그들이 좋았다. 그는 그 할머니들과 어울려 상하이 생활의 세세한 이야기, 건축의 속도, 스모그, 병균에 감염된 돼지고기에 대한 이야기 등을 나누곤 했다. 하지만 화제가 코빅의 '예쁜 여자 친구'와 '장래 계획'으로 넘어갈라치면 그녀들에게 작별 인사를 했다. 이 사람들과 너무 친밀해지면 문화권에 상관없이 나이 든 여자들이 풍부하게 가지고 있는 결혼 관련 조언에 치어 죽게 될지도 모르니까. 그녀들도 루이즈를 매력적인 여자로 생각했다. 루이즈는 이 할머니들에게 손주와 건강에 대해 물어보았고, 두 할머니는 루이즈를 좋아했다. 코빅은 이 할머니들에게 당신들이야 말로 CCTV 다음으로 뛰어난 감시 장비라고 말해서 이들을 웃겼다. 누군가가 코빅을 엿보고 있거나, 코빅의 집을 관찰하고 있으면, 그 사실을 제일 먼저 눈치채고, 알려주는 것이 바로 이 할머니들이었다. 그들의 목소리는 마치 가족들에게 잔소리를 하듯 거들먹거리는 투였지만, 그 이면에는 염려가 배어 있었다.

코빅은 얼굴 표정을 바꿨다.

"그 여자, 저 때문에 화가 났어요."

할머니들은 이 얘기를 즐겁게 받아들였다. 말싸움은 언제 그랬냐는 듯이 잊혔다.

그는 시쿠멘의 정문을 통해 마당을 벗어나 좁은 거리로 들어섰다. 체리와 중국산 아우디가 마치 외나무다리에서 만난 원수처럼 마주보고 있었고, 그 운전자들은 절대 양보하지 않으려 했다. 이 상황이 해결되려면 시간이 좀 걸리겠군. 상하이의 도시 계획자들은 자동차 혁명이 이 좁은 1차로에 대혼란을 불러오고, 자동차를 구입한 지 얼마 안 된 운전자들의 저급한 면을 끌어낼 줄은 상상도 못했을 것이다. 그는 예전에도 루이즈와 함께 이런 상황을 지나친 적이 있었다. 루이즈가 물었다.

"어젯밤 어떻게 됐어?"

"두 사람이 밤새도록 싸웠어. 아침까지 싸움이 멈추지 않길래 둘 다 이곳의 음식점에서 아침 식사를 배달시켜 먹었지."

그러자 루이즈는 미소를 지었다. 그녀에게 해준 그 말이 참이었는지 거짓이었는지는 기억이 안 났다. 그러나 재미있는 이야기임에는 틀림없었다.

코빅은 오른쪽으로 꺾어 더 좁은 길로 들어갔다. 그곳의 주차장 건물에는 그가 주차시켜놓은 뷰익이 있었다. 뷰익을 타고 다니는 이유는 그도 어쩔 수 없는 미국인이기 때문이었다. 그러나 또한 워낙 많이 수출된 차량이라 어딜 가도 크게 눈에 띄지 않기 때문이기도 했다. 그는 평소에 이 차를 그리 많이 사용하지는 않았다. 하지만 오늘만큼은 혼잡한 지하철을 탔다가 어디 한 군데 다칠까봐 겁이 났다. 주차장 건물 정문 앞에 청소 트럭이 주차되어 있는 광경을 보고도 그는 놀라지 않았다. 안전모를 쓴 사람들이 도로에 난 구멍 근처에 몰려 있었고, 그 구멍에서는 톡 쏘는 냄새가 났다.

그의 예비 휴대전화가 또 진동했다. 커틀러의 인내심이 바닥을 드러내고 있었다.

'시간 얼마나 걸려?'

코빅은 답문을 보냈다.

'차가 많이 막힙니다. 약 40분 후에 도착할 것 같습니다.'

코빅도 커틀러를 만나고 싶었다. 그러나 서두르지는 않을 것이다. 그랬다가는 커틀러의 콧대를 더 높여줄지도 모르기 때문이었다. 무엇보다도 코빅은 상황을 알고 싶었다. 코빅은 이런 일들이 보통 어떻게 돌아가는지 알고 있었다. 그리고 이 일에 대해 코빅이 책임을 져야 하는 상황이라면 아주 난처해질 것이다.

그는 문을 막아선 청소 트럭을 향해 손짓하며 물었다.

"얼마나 걸려요?"

안전모를 쓴 사람들 중 한 명이 어깨를 으쓱이며 대답했다.

"잠시만 기다려주세요."

코빅은 담배를 한 대 피울까 생각했다. 물론 그는 루이즈의 제안으로 금연 중인 것도 떠올렸다. 그러나 그의 재킷 주머니에는 아직 담배 한 갑이 들어 있었다. 그는 스스로에게 말했다. 오늘 기분 좋은 일을 하나라도 하자고.

그는 몇 시간 전에 아침 뉴스를 살폈다. 요약하자면, 중국 정부는 이번 사건 보도에 대해 '아무것도 확인해줄 수 없다'는 태도를 고수할 수도 있다는 것이다. 북한 언론은 언제나 그렇듯이 우스꽝스럽고 말도 안 되는 기사를 냈다. '외인 괴뢰도당들이 용맹스런 인민들에 의해 격퇴당했다'는 것이다. 누구도 그 말을 진지하게 받아들이지 않았다. 하지만 미국 정부의 태도는 좀 달랐다. 미국 신문, 잡지, TV들은 모두 백악관에 몰려가, 보도자료를 내놓을 것을 요구하고 있었다.

코빅은 지금 언론에서 떠드는 말 때문이 아니라 현재 진행되는 상황 때문에 괴로웠다. 그는 자신이 알고 있는 내용들을 다시 점검해보았다. 하지만 불명확한 것이 훨씬 더 많았다. 사실 그는 하이빔이 자신의 의지와는 상관없이 인간 폭탄이 되었는지조차도 확신할 수 없었다. 한 가지 확실한 것은 코빅과 해병대원들이 누군가 쳐놓은 덫 안에 제 발로 걸어 들어갔다는 것이다. 하지만 누가 친 덫이란 말인가? 적의 매복에는 섬세하거나 세련된 구석이 전혀 없었다. 기관총을 휴대한 징집 군인들에게 매복을 맡긴다는 것은 혼란한 상황을 만들기로 작정한 것과 다름없었다. 자칫하다가는 적이 아닌 동지를 쏘게 되는 경우가 많기 때문이다. 명령체계도 명확하지 않았다. 현장 책임자로 보이던 장교들은 지프를 타고 현장에서 탈출하려고 했다. 아무리 북한군이 허술하다는 점을 감안하더라도 이건 분명 난장판에 가까웠다.

그러나 그 다음에 일어난 일은 차원이 달랐다. 코빅은 눈 더미 속에서 본 것을 다시 떠올렸다. 그가 보기에 SUV를 탄 살인자들은 군인도, 그렇다고 비밀요원들도 아니었다. 그들은 제복을 입고 있지 않았고, 매우 형식적으로 사람을 죽였다. 그리고 그런 일이 일상사인 양 시체 앞에서 떠들며 담배를 피운 다음, 역시나 아주 익숙한 동작으로 시체를 차에 실었다. 코빅을 가장 괴롭히는 사실은 그 일이 중국 영토에서 벌어졌다는 점이다. 그들은 대체 누구인가? 그리고 누가 보낸 것인가?

아무튼 그간의 정황을 보면, 미국인들을 북한 영토에 있는 함정으로 유인한 다음, 중국으로 몰아낸 후 죽였다는 얘기가 된다. 전혀 말이 안 되는 얘기였다. 만약 코빅이 이 작전에 투입될 대원들을 중국 현지에서 직접 선발했다면 결과가 달라졌을까? 아마도 아닐 것이다. 그러나 전 세계에 보도되지는 않았을 것이다. 뉴스의 위계구조 속에서 미국인의 죽음은 중국인이나 북한인의 죽음보다 더 크고 중요하게 다루어지기 때문이다.

코빅은 인부들에게 소리쳤다.

"이봐요! 난 빨리 차를 빼야 한다고!"

그러자 구멍 주변에 둘러선 사람들 중 한 사람이 트럭으로 걸어갔다. 그의 발걸음에는 학습된 느긋한 태도가 배어 있었다.

커틀러에게는 이 일이 어떤 영향을 미칠까? 코빅이 아는 커틀러는 CIA 내부의 빠르고 냉혹한 권력투쟁의 판도를 읽을 준비가 된 인물이었다. 커틀러가 이 건을 자기 일로 한다면 그는 끝장나는 것이다. 때문에 커틀러는 이 건의 최종책임을 CIA 국장에게 돌리고 자기는 계획만 짰을 뿐, 코빅이 독자적으로 얻어온 엉터리 정보 때문에 이런 일이 발생했다고 변명할 것이다.

순간 코빅의 머릿속에 이런 생각도 들었다. 오늘 사직해버리고, 모든 책임을 다 뒤집어쓰라고 커틀러에게 소리칠까. 그렇게 하면 더 이상 루이즈에게 거짓말할 필요도 없다. 하지만 코빅은 그럴 수 없다는 것을 알고 있었다. 지금까지 CIA에서 자발적으로 퇴직한 인물은 없었다. 그리고 설령 퇴직한다 해도, 엄밀히 말해 퇴직한 게 아니다. CIA에서 생활했던 요원은 영원히 감시의 대상이 된다. 또 다른 문제도 있었다. 그는 미래를 준비하지 않았다. 가능한 한 최악의 시나리오를 준비해 분석하고, 모의하고, 거기에 맞춰 게임을 벌인다고 해도, 그보다 더한 일이 얼마든지 일어날 수 있었다. 너무나 사소해서 무시한 것들뿐 아니라, 뒤틀린 무의식 속 가장 으슥한 곳에 도사리고 있는 악몽 속에서도 찾아볼 수 없는 엄청난 일이 현실 세계에서 터지곤 했다. 진주만 공습, 피그만 사건, 리

하비 오스왈드의 케네디 대통령 저격, 주 이란 미국 대사관 인질극, 오사마 빈 라덴의 9·11 테러, 보스턴 마라톤 폭탄 테러 등이 바로 그런 사건들이었다. 어쩌면 그가 이제껏 철이 들지 않았다는 증거일지도 모른다. 순간을 위해 사는 낙에 빠져 그것을 포기할 수 없게 된 것이다. 루이즈, 아니 다른 어떤 사람도 그런 그를 막을 수 없었다. 아니면 미래에 대해 자연스레 겁이 났을지도 모른다.

그가 본 총격 장면은 머릿속에서 예고 없이 슬로우 모션으로 무한 반복 재생되었다. 조준을 지시하며 들려진 팔, 총격, 반쯤 얼어 기진맥진한 채로 눈 속에 누워 목격했던 살인자들.

청소 트럭에 올라탄 인부가 차에 시동을 걸었다. 시동이 걸리는 듯하다가 꺼졌다. 다시 시도해봤지만 차의 엔진은 비명을 지르고 있었다. 코빅은 한숨을 쉬고는 담배에 불을 붙인 다음 우에게 전화를 걸었다.

10

"K요원님! 잘 지내십니까?"

"꼼짝 못하게 됐어. 어디야?"

"여기를 봐주세요."

코빅은 고개를 들어 우의 BMW X6이 헤드라이트를 빛내면서 화끈한 8기통 실린더에서 낮은 금속음을 내며 다가오는 것을 보았다. 우는 자신이 매우 소중히 여기는 그 차에 대해 사소한 부분 하나까지 자랑을 아끼지 않았고, 얼마나 떠들어댔는지 코빅도 그 내용을 모두 외울 정도였다. 우는 차를 무광 검은색으로 칠하고 차폭등과 후미등에는 색조를 넣었다. 그는 그런 스타일을 '스텔스 룩'이라고 불렀다. 하지만 코빅은 그런 이름이 전혀 어울리지 않는다고 생각했다. 그런 차를 갖고 있다는 것은 "이봐요! 날 봐요! 나는 마약을 파는 깡패예요!"라고 선전하는 것과 다를 바 없다. 디트로이트에서 자라난 코빅은 자동차를 깊이 혐오했다. 코빅의 조부모는 그곳의 거대한 공장에 흘려 미국에 왔고, 자신들은 물론 자식들까지 그 공장의 노예로 바쳤다. 하지만 디트로이트의 공장들은 수십 년 후, 그들을 반쯤 버려진 황무지로 내동댕이쳤을 뿐이었다. 그러나 코빅은 그런 마음을 내비쳐 우의 심기를 불편하게 만들기는 싫었다. 그래서 그는 우의 값비싼 장난감에 대해 칭찬을 해주었다. 하지만 코빅이 독일제에 대해 어느 정도 인정하는 모습을 보인 게 실수였다. 우는 이 자동차의 사소한 부분까지 주절거려도 되겠구나 하는 착각에 빠진 것이다. 어쨌거나 다섯 대의 차내 카메라는 차의 전방, 후방, 심지어는 상면에서 벌어지는 상황까지 거의 완벽히 보여주었다. 이런 기능은 감시 임무에 매우 적합할 것 같았다. 단지 그런 임무에 투입하기에는 사람들의 이목을 너무 끌었지만.

우는 미소 지으며 아직 달리고 있는 차의 문을 열었다. 마치 강도짓을 저지르고 달려 나와 공범자를 태우는 악당 같았다. 브루스 스프링스틴의 음악이 귀가 멀 정도로 크게 울렸다. 코빅도 좋아하는 곡이기는 했지만 이렇게 소리가 큰 것은 마음에 들지 않았다. 그 엄청난 사운드는 코빅의 온몸을 강타하는 것도 모자라 주변 상점의 진열장 유리까지 떨리게 할 정도였다.

"소리 좀 줄여주면 안 될까?"

"뭐라고요?"

"소리 좀 낮추라고!"

우가 미소를 지었다.

"아홉 개 채널에 825와트 앰프, 열여섯 개의 스피커, 최고급 네오디뮴 자석 드라이브가 달려 있어 엄청 깨끗하고 또렷하게 음악을 전달해주죠."

"자동차 선전은 혼자 있을 때나 해. 닥치고 운전이나 하라고."

코빅은 이 차의 세부성능에 대해 조금도 알고 싶지 않았다. 그건 그렇고 이 차 가격은 대충 100만 위안은 넘을 텐데, 우는 대체 어디서 그 돈을 벌었을까. 우의 돈벌이 갖고는 어림도 없을 텐데. 차에 탄 코빅은 가죽 향기를 맡았다.

"무슨 수로 여기 온 거야? 와달라고 부탁도 안 했는데."

우는 코빅의 개인 경호원이었다. 코빅이 우보다 키도 크고 체중도 많이 나간다는 것을 감안한다면 좀 아이러니하기는 했다. 상하이에 근무하면서 누릴 수 있는 특권 중에는 현지 주먹들을 경호원으로 부릴 수 있다는 것도 포함된다. 코빅은 처음에 그런 사람을 쓰지 않았다. 그런 사람들을 데리고 다니면 불필요하게 이목을 끌 것이라 생각했기 때문이었다. 게다가 코빅은 추격자들을 혼자 처리하는 것을 좋아했다. 그의 경호원 후보자들은 모두 덩치가 크고 움직임이 둔한 데다 군대에서는 행정직에 있었고, 여러 종류의 격투에 능하지 못했다. 그러나 우는 얘기가 달랐다. 코빅은 그런 우를 자신의 경호원으로 선택했다. 우는 날씬하고 유쾌하며 헌신적이다. 올림픽 스탠더드 사격 선수 출신으로 중국인민해방군 특전부대에서 복무했는데, 눈 부상으로 복무 부적격 판정을 받았다. 코빅이 우를 알게 되었을 때 그는 코빅이 전향시키려던 어느 러시아 무기 상인의 경호원 겸 통역관으로 일하고 있었다. 코빅은 계획을 짰으나 그 계획은 안 좋은 방향으로 흘러가고 말았다. 코빅은 그 무기 상인에게 협박을 가했고, 이후 벌어진 싸움에서 중재에 나선 우가 실수로 그 무기 상인을 죽이고 말았던 것이다. 우는 후회와 수치심으로 괴로워했지만 그의 심성과 뛰어난 방어 기술에 주목한 코빅은 생각할 것도 없이 우에게 자신의 경호원으로 일해주길 요청했다. 나와 함께 일하면 이 사건에 대해서는 두 번 다시 언급하지 않겠다고 약속했고, 이는 우가 거절할 수 없는 제안이었다.

코빅은 차 안에서 긴장을 풀었지만 여전히 위태로웠다. 우는 코빅의 얼굴을 보더니 꽤나 놀란 듯했다.

"이런, 당신 얼굴은 시장에서 누구도 사지 않는 과일처럼 보이는군요."

"빨리 영사관으로 가자고."

우가 음악을 들으며 액셀러레이터 페달을 밟자 BMW는 앞으로 튀어나갔다.

"이 차는 제로백 시간이 5초에 불과하다고요!"

"조심하지 않으면 5초 내에 병원으로 실려 가게 될 거야. 이 귀한 검은 가죽에 피가 잔뜩 튀는 꼴은 보고 싶지 않겠지?"

우는 바로 속도를 줄였다.

"아주 짜증나는 상황이 발생했어."

둘은 뭔가 문제가 있을 때 '짜증'이라는 표현을 쓰기로 약속했다.

코빅은 우를 보면서 한쪽 눈썹을 위로 올렸다. 우는 항복할 때처럼 양손을 운전대에서 놓고 들어올렸다.

"꽤 심하게 짜증나는 모양이군요."

"왕 짜증나는 상황이지."

우는 이 상황이 재미있는 모양이었다.

"왕이라, 마음에 드는군요! 정승 짜증이나 대신 짜증보다는 세지 않나요?"

"그래, 아주 세지."

도심의 스카이라인이 그들 앞 하늘로 솟아올랐다. 세계 최대, 최신의 수식어가 어울리는 멋진 빌딩들의 실루엣이 낮게 깔린 스모그로 흐릿해진 모습은 마치 미치광이 건축가가 제안한 미래도시 구상안을 현실로 옮긴 듯했다. 코빅은 여기 온 지 무려 6년이 지났지만 이 모습을 볼 때마다 놀라곤 했다. 하늘로 거침없이 뻗어나간 이곳의 마천루들에 비하면 미국의 고층 건물들은 초라할 지경이었기 때문이다. 디트로이트도 100년 전에는 여기처럼 쉼 없이 발전해나갔다. 하지만 상하이도 언젠가는 디트로이트의 전철을 밟게 되지 않을까? 그 모습을 보니 아버지가 온실에서 길렀던 화초들이 생각났다. 태양에 도달하려는 듯 너무 빨리 웃자란 그 화초들은 결국 시들어갔다. 고층 건물들을 감싸고 있는 유리벽 안에는 상하이의 부실한 기반이 숨겨져 있었다.

"저는 푸저우에 가볼 겁니다. 인민광장에서 시위가 있다는군요."

"뭐에 관한 시위지?"

우는 손가락으로 대시보드의 터치스크린을 눌렀다. 위성 내비게이션 화면은 사라지고 현지 TV 방송이 나왔다. 방송에서는 강아지용 파마 제품이 광고되고 있었다. 광고모델로 나온 시츄의 털은 곱슬곱슬하게 파마가 되어 있었다. 시츄는 파마를 받다가 생식기에 전기충격이라도 당한 듯 놀란 얼굴이었다.

우는 스크린을 다시 건드려 CNN을 틀었다.

"……시위대들은 오늘 이른 아침부터 모여, 이번 사건의 배후에 미국이 있다고 주장하며 분노를 표하고 있습니다……."

터치스크린 속에는 백여 명의 젊은 남녀들이 돌처럼 굳은 얼굴을 하고, 플래카드를 든 채 원을 이루며 돌고 있었다. 그 화면에 집중한 코빅에게는 그 외에 다른 어떤 소리도 들리지 않았다.

코빅은 손가락을 내밀어 화면을 정지시켰다. 그들은 모두 잘 차려입은 젊은이들이었다. 미국의 모든 면을 좋아할 법한 청년들 말이다. 그는 다시 화면을 재생시켰다.

"사망자 중에는 신원 불명의 미국인들과 중국인들이 있다고 생각됩니다만……."

중국인? 새로운 사실이군.

"그래요, 뭔가 난리가 벌어진 모양이군요."

코빅은 우가 자신의 얼굴에 떠오른 근심의 깊이를 읽게 하고 싶지도 않았고, 거기에 호기심을 갖게 하고 싶지도 않았다.

"맞아, 난리기는 하지."

우는 힘주어 고개를 끄덕였다.

코빅은 우의 충성심에 대해서는 일절 의문을 품지 않았지만, 국경에서 벌어진 사건에 대해서는 아무 말도 하지 않았다. 루이즈와 마찬가지로, 우 역시 코빅의 갑작스런 부재에는 익숙했다.

코빅은 마음을 바꾸어 스크린을 두드리며 말했다.

"저곳으로 가봐야겠어. 직접 보고 싶군."

"스크린으로 보면 안 돼요?"

우는 코빅이 사준 나이키 제품을 착용하고 있었다. 그들은 이미 얀안 고속도로로 들어가는 진입로 위에 있었다. 그러나 엄청난 교통 체증 때문에 거의 꼼짝도 못 하고 있었다. 우는 별말 없이 자동차 경적의 불협화음 속을 헤치고 갓길로 나아가 그대로 후진했다. 우는 이런 시도를 매우 좋아했다. 특히 공안의 정지 신호를 받을 때는 더더욱. 그럴 때면 우는 자신의 외교관 운전면허증을 꺼내 휘둘렀다. 그러면 공안들은 어쩔 수 없다는 표정으로 손을 흔들어 그를 보내주었다. 교차로에서 그는 U턴을 한 후, 도시 한가운데를 가로질렀다. 우는 유연함과 절제가 동시에 필요한 중국식 운전 스타일에 익숙했고, 그렇지 못한 코빅은 그런 우가 부러웠다. 일단 우는 운전대를 잡으면 어떤 경우에라도 멈추지 않는 것이 목표였다. 보행자가 나타나건, 세탁기를 실은 모터 달린 자전거가 지나가건, 빨간 신호등이 켜지건 그는 장애물에 부딪치지도 멈추지도 않을 방법을 항상 찾아냈다.

우쉥 도로의 끝은 공안이 막고 있었다. 모터사이클을 탄 공안이 차 옆으로 다가와 차의 차창을 두들겼다.

"팅 체(정차하십시오). 멈추십시오. 여기는 지나가실 수 없습니다."

공안은 코빅을 보더니 얼굴을 찌푸렸다.

"특히나 외국인은 가지 않는 게 좋습니다."

우는 외교관 운전면허증을 꺼내 보였지만, 오늘은 약발이 먹히지 않았다. 사람들이 외치는 구호 소리가 빌딩 벽에 반사되어 창문을 통해 차 안까지 들려왔다.

코빅은 차 문을 열었다.

"난 저 안으로 들어가 보겠어."

"지국장과의 약속에 늦을 텐데요."

"지국장? 엿이나 먹으라고 해."

공안원은 지시 불복종을 좋아하지 않았다. 그는 코빅 쪽으로 다가와 그의 앞길을 막아섰다. 코빅은 저 공안이 외국인과의 접촉을 내켜하지 않는다면 그를 피할 수도 있겠다고 생각했다. 아직도 외국인을 상하이 하수도에 사는 쥐들처럼 불결하게 여기는 중국인들이 있었으니까. 공안원이 우에게 소리쳤다.

"저 외국인 양반한테 지금 들어갔다가는 후회할 거라고 전해줘요. 코가 찌부러져도 책임 못 진단 말입니다."

공안은 코빅이 중국어를 못한다고 생각하는 게 분명했다.

코빅이 한마디 하려는 순간 우가 선수를 쳤다.

"샤비."

중국어로 바보라는 뜻이었다. 심한 욕은 아니었지만 코빅이 우에게 물었다.

"그런 말해도 괜찮아?"

우는 씩 웃을 뿐이었다. 기막힌 욕설이 난무하는 중국은 코빅이 생각하는 이 나라의 또 다른 매력이었다.

어떤 시위자가 미국 TV 뉴스 방송국의 밴 위에 올라가 위성 안테나를 잡아당겼다. 코빅이 가까이서 보려고 다가가자, 시위 진압복을 입은 세 명의 공안원이

밴 위로 올라가서 그 시위자를 잡아 내동댕이쳤다. 밴 앞쪽에서는 더 많은 시위자들이 주먹으로 차량 앞 유리를 두들기고 있었고, 운전자는 운전대 뒤에 숨어 있었다. 밴 뒤에서 대여섯 명의 시위자들이 또 나타나 밴의 옆문을 강제로 비틀어 열고, 불운한 미국인 TV 기술자를 끄집어내 땅에 내동댕이쳤다. 이들은 극도의 히스테리 상태였다. 코빅이 아는 건 중국인들이 그 사람을 가차 없이 밟을 거라는 사실뿐이었다. 그는 인파를 뚫고 밴 쪽으로 다가갔다.

기껏해야 열여덟 살 정도밖에 안 돼 보이는 녀석이 코빅의 귀에 대고 소리쳤다.

"꺼져라, 미국놈아!"

코빅의 바로 뒤에 있던 우가 손으로 그 아이의 얼굴을 밀쳐냈다. 또 다른 공안원이 코빅의 팔을 붙들었다.

"이봐요, 여기 있으면 위험합니다. 나가세요."

우도 거들었다.

"저 사람 말이 맞아요, 코빅. 여길 빨리 벗어나야 해요."

그러나 코빅은 두 사람을 뿌리치고, 미국인 기술자를 향해 모여드는 군중 속을 헤쳐 나갔다. 중국에서 머문 6년 동안 이런 모습을 본 적이 없었다. 대부분의 중국인들, 특히 젊은 도시인들은 미국을 영웅처럼 떠받들었다. 그는 사람들을 헤치며, 땅 위에 쓰러진 미국인을 향해 다가갔다. 그 미국인을 쓰러뜨렸던 군중들조차도 그 다음에 무엇을 할지 정하지 못한 것 같았다. 그들은 진짜 폭력을 저지를 만큼의 배짱은 없는 것 같았다. 그렇다면 이 시위자들의 정체는 대체 뭐란 말인가?

우는 코빅의 뒤를 정신없이 따라오며 군중들에게 요청했다.

"이러시면 안 됩니다."

우는 자신의 상관이 이런 문제에 예기치 않게 관심을 가져 당황했다. 그는 이런 일까지 해야 될 줄은 몰랐다. 코빅의 임무는 문제 상황에 발을 담그지 않고, 상황을 관찰하고 분석한 후 보고하는 것이었다. 언제나 보고가 제일 중요했다. 그런데 지금 코빅은 그 원칙을 화끈하게 어기고 있었다. 코빅은 땅 위에 쓰러진 채 얼굴을 감싸려는 기술자를 향해 몰려드는 중국인들에게 다가갔다. 어떤 청년이 코빅을 밀치려 하자 코빅은 그를 붙들어 박치기를 선사하고는 이렇게 말했다.

"차오 니 주종 시바 다이(18대 선조까지 글러먹은 놈)."

그 청년은 뒤로 쓰러졌다. 우는 뭔가 무서운 것을 본 듯한 표정이었다.

"대체 그런 말은 어디서 배우셨어요?"

코빅은 어깨를 으쓱이며 대답했다.

"어떤 회화집에서 봤던 것 같군."

그 정도면 사람들의 관심을 다른 곳으로 돌리는 데 충분했다. 코빅은 사람들 사이를 헤치고 미국인 기술자의 팔을 잡고 일으켜 세웠다.

"세상에, 고마워요. 다들 완전히 미쳤어요. 이런 상황은 카이로 이후 처음입니다."

코빅은 기술자의 옷에 묻은 먼지를 털어준 다음, 유창한 중국어로 시위자들에게 이렇게 말했다.

"미국이 싫다면 영사관에 가서 따지십시오. 이 친구는 자기 일을 한 것뿐입니다. 여러분들의 시위를 세계에 알리는 일 말입니다. 당신들 나라의 방송국은 분명, 이런 시위는 보도도 안 해줄 것 아닙니까. 엉뚱한 사람을 괴롭히면 안 되죠, 여러분."

코빅은 겁에 질린 기술자를 밴에 태운 다음, 운전자에게 가급적 빨리 여기서 나가라고 소리쳤다. 더 많은 공안들이 투입되면서 시위자들을 광장으로 내몰았다. 코빅은 시위자들의 숫자를 가늠해보려 했으나 우가 다가와 믿어지지 않는 강한 힘으로 그를 붙잡고는 BMW쪽으로 끌고 갔다.

"코빅, 더 심한 꼴 당하기 전에 제발 우리도 나갑시다."

"저 친구들, 아이언맨과 레이디 가가가 어느 나라 사람인지 벌써 잊은 것 같군."

"지국장님은 이 사건에 대해 하실 말씀이 있을 겁니다."

우는 그렇게 말하면서 또 한 번 놀라운 후진 실력을 선보였다. 우는 CIA를 지나치게 과신하고 있었다. 그러나 우는 지금 본 장면 때문에 큰 충격을 받은 모습이었다. 중국인이 외국인과 그들의 자산을 공격하는 것 자체가 매우 드문 일이었으니까. 중국은 이러한 행위에 대한 처벌이 매우 엄격했다. 3년간의 중노동형이었던 것이다. 그런데도 이럴 정도면 시위자들에게 매우 중요한 이유가 있다는 얘기다. 코빅은 다시 도로를 달리기 시작한 우를 돌아보았다.

"자네 생각은 어떤가?"

"예?"

"그래, 자네 생각 말이야. 말해봐."

우는 혼란스러워했다. 코빅은 한 번도 그런 질문을 한 적이 없었다.

"자네는 이 상황에 대해 아무 생각도 없는 건가?"

"중국과 미국 간의 관계는 매우, 매우 튼튼합니다."

그는 양손을 들어 서로 맞잡고 있다가, 매트리스를 잔뜩 실은 채 비틀거리는 자전거가 다가오자 다시 운전대를 잡고 획 방향을 틀었다.

"자네의 소망을 얘기하라는 게 아니야. 자네의 생각을 얘기하라는 거지."

우는 잠시 동안 아무 말도 하지 않으면서 둘 사이의 차이점을 따졌다. 우는 충성을 매우 중요시하는 인물이다. 그 때문에 우의 솔직한 의견을 듣기란 거의 불가능했다. 그 점에 있어서 우는 미국식 생활방식이 최고라고 믿는 일부 중국인들과 그리 다르지 않았다. 그들은 다른 방식의 삶을 시도해보았기 때문에 그렇게 생각하는 게 아니었다. 오히려 다른 방식의 삶을 시도해본 적이 없기 때문에 그렇게 생각하는 것이다. 우는 미국을 통해 냉소주의에서 벗어났지만 지금은 미국이라는 틀을 넘어설 필요가 있었다.

"이봐, 그냥 자네 생각을 이야기하라는 거야. 말꼬리 붙들고 늘어지지 않을게."

우는 갑자기 매우 침울해졌다.

"중국과 미국의 친선을 원치 않는 사람이 있는 것 같아요."

미국 영사관 주변에는 공안원들이 두텁게 배치되어 있었다. 지금 상황이 예사롭지 않다는 또 다른 증거였다. 그 옆에 있는, 독특한 이름의 무역센터 건물 아래에는 어두운 주차장이 있었다. 둘은 그 주차장 안으로 들어갔다. 이 주차장에는 최고급 독일 차들로 가득했다. 한편 지독한 지린내도 풍겼다. 코빅은 사람들이 부끄러운 줄도 모르고 주차장 벽에 오줌을 싸는 모습을 볼 수 있었다. 코빅은 생각했다. 이렇게 어딜 가나 모순된 모습을 보여야 진정 상하이다운 것이라고.

11

상하이 주재 미국 영사관

코빅은 우에게 45분 내로 돌아오겠다고 말한 다음, 엘리베이터를 타고 28층으로 향했다. 문에는 '미합중국 상무관'이라고 적혀 있었다. 부족한 상상력으로 만들어낸 위장 신분이었다. 커틀러는 이 위장 신분을 가급적 사용하지 않았다. 베이징에 부임한 이래 이곳에 고작 세 번째 오는 것이었다. 그러나 그는 이 방을 계속 자기 앞으로 잡아놨으며 마치 자신의 영역을 표시하듯 자기 이름도 문에 달아두었다.

코빅은 커틀러가 상하이를 싫어하는지, 혹은 상하이가 커틀러를 싫어하는지 알 수 없었다. 아무튼 커틀러는 그에게 어울리는 이곳에 절대 오래 머무른 적이 없었다. 하이빔 건 이전, 커틀러는 코빅과 만나 코빅의 사용 경비, 베이징으로 돌아간 현장요원의 무분별한 행동, 전혀 진전이 없는 아미스티드 추적 등을 놓고 코빅을 들볶았다. 아미스티드는 전설적인 해커로서, NSA는 그의 활동을 막고 싶어 했다. 정확히 말하자면 아미스티드를 영구히 무력화하고자 했다. 코빅은 절대 커틀러의 후장을 핥지도, 자지를 빨아주지도 않았다. 그런 짓은 그의 천성에 어울리지 않았다. 둘의 회의는 보통 꼬치꼬치 캐물어대는 커틀러의 질문 공세에 대해 코빅이 아주 간단한 대답을 하는 방식으로 진행되었다. 하지만 오늘은 달랐다. 오늘 질문을 하는 사람은 코빅이었다.

찬 부인은 코빅을 보고는 바로 시선을 다른 곳으로 돌렸다. 그녀의 나이는 마흔두 살이었다. 그녀의 얼굴은 성형수술로 만들어진 인조인간의 얼굴이었다. 성형수술로 커진 그녀의 눈은 마치 뒤에서 누군가가 몰래 들어온 것을 알아채기라도 한 듯 언제나 경악의 눈빛을 띠었다. 그녀의 머리카락은 연약한 조개껍데기처럼 파마되어 있어 살짝만 건드려도 부서질 것 같았다. 코빅은 자신이 제임스 본드라면 이 여자는 머니페니인가 하는 생각을 하면서 즐거워했다. 그녀는 쉽게 당황하는 편이었는데, 그녀의 웃음보를 건드리게 되면 상당히 곤혹스러웠다. 매우 높은 쇳소리로 웃어댔기 때문에 짜증이 났다. 코빅은 이 여자와 이야기할 때면 언제나 중국어를 사용했다. 그러면 이 여자는 그것을 잘못된 업무 태도로 여기고, 매우 허술한 영어로 코빅에 대한 우회적인 비난을 하곤 했다. 하지만 코빅이 아무리 이 여자를 불편하게 하더라도, 이 여자는 그걸 감수해야 했다. 왜냐하면 그녀는 아무리 사소한 정보라도 그녀의 '관리자'에게 전달해주고, 그 관리자와 함께 '힘든 일'을 한다는 조건으로 중국 국가안전부로부터 돈을 받고 있기 때문이다. 코빅도 그 사실을 알고 있었다. 코빅은 거의 완벽한 허구의 소문을 퍼뜨려 그 '힘든 일'이 계속 유지되도록 했지만, 이 여자는 그 사실을 알지 못했다.

코빅은 찬 부인에게 가까이 몸을 기울이면서 말했다.

"이런 모습으로 불편을 끼쳐드렸다면 죄송합니다, 찬 부인. 제가 공안에 심어놓은 정보원은 보수로 주어진 물품에 불만이 크더군요. 그 코카인은 사람을 불안하게 만들고 망상에 시달리게 한다나요."

안 그래도 큰 그녀의 눈이 튀어나올 정도로 커졌다. 코빅은 자신이 지어낸 거짓말이 먹혀들어, 중국 공안부가 코빅의 알 수 없는 스파이를 찾아내기 위해 애쓰는 모습을 상상하니 꽤나 즐거웠다.

"그건 그렇고 찬 부인, 오늘 따라 무척 즐거워 보이는군요."

그 말을 들은 찬 부인은, 사람을 화나게 하는 특유의 웃음을 터뜨렸다. 그녀는 매우 불안정한 사람이었지만 한편 칭찬을 매우 좋아하는 사람이기도 했다. 코빅은 찬 부인의 과거를 조사해보았다. 그는 아무리 하찮은 사람이라도, 정기적으로 만나는 사람이라면 그 사람에 대해 알아볼 수 있는 만큼은 알아보았다. 코빅은 찬 부인이 대학 시절, 행정학과 남학생들이 뽑은 '눈을 가장 즐겁게 해주는 여학생'이었던 것을 알아냈다.

찬 부인은 잠시 동안 코빅을 바라보았다. 지금이 과연 관리자의 명령에 따라 코빅에게 키스해도 좋을 타이밍인지 열심히 생각해봤다. 그러나 코빅은 그 자리를 떠났고 주문은 효험을 상실했다.

찬 부인은 L 발음을 실수하지 않으려고 신경 쓰면서 딱딱한 영어로 말했다.

"커틀러 씨께서 기다리고 계십니다."

찬 부인은 자기 책상에서 일어나, 휘적거리며 이중문으로 걸어가서는 문을 두드렸다. 그 소리는 거의 들리지 않을 정도로 작았다. 그리고 커틀러가 기도를 마칠 때까지 기다려 준다는 듯 잠시 기다리고 있다가 입을 열었다.

"코빅 요원이 오셨습니다."

지국장이 앉아 있는 책상은 매우 컸다. 이곳에 그리 자주 오지 않음에도 불구하고 상하이 지국 예산으로 산 것이었다. 커틀러는 상체가 짧은 편이라 책상은 그에게 다소 높아 보였다. 책상에 앉은 그의 모습은 마치 선생님의 책상에 앉은 학생처럼 보였다. 커틀러는 오늘 아침 비행기를 타고 상하이에 왔지만, 책상 위는 마치 밤새도록 서류와 씨름이라도 한 양 서류들로 난장판이 되어 있었다. 그는 위장 무늬의 야전용 랩톱을 열심히 두들기고 있었다. 그 랩톱은 커틀러의 정서를 자극하는 물건임에 틀림없었다. 아니면 자신이 책상물림이 아니라는 것을 납득시키기 위한 어설픈 시도이거나. 말쑥한 하얀 셔츠와 슬리브 가터, 짙은 색의 폭이 좁은 넥타이를 착용한 그의 모습은 CIA 본부 사람들의 표준적인 스타일 그대로였다. 다른 옷을 입은 커틀러의 모습은 상상조차 할 수 없었다. 코빅은 언제나 이 건조한 옷을 입고 골프를 치거나, 바비큐를 굽거나, 부인과 섹스하는 커틀러를 상상했다.

"짜오상하오(좋은 아침입니다)."

커틀러는 고개를 끄덕였다. 그는 먹다 만 오레오 봉지를 책상 서랍 안에 집어넣고는, 잔에 남은 커피를 들이켰다. 그러면서도 코빅에게는 눈길 한 번 주지 않았다.

"앉게, 코빅."

지국장의 휴대전화가 진동하자 그는 전화기를 귀에 대고 통화를 시작했다.

코빅은 생각했다. 좋은 출발이군.

코빅이 경험한 지국장은 두 가지 유형으로 나눌 수 있었다. '행동파'와 '보고서 독해파'였다. 커틀러는 '보고서 독해파'였다. 그는 정보량으로 사람의 성과를 평가했다. 따라서 코빅은 커틀러에게 온갖 데이터를 톤 단위로 쏟아부었다. 코빅은 매우 중요한 라인에서 얻은 정보건, 정확성이 좀 떨어지는 정보건, 폐기된 정보건 가리지 않고 커틀러에게 보냈다. 코빅이 도청한 매우 장황한 구역 정보 회의의 내용, 현장 요원들과 나눈 끝없는 대화를 담은 녹취록 등도 보내주었다. 그 녹취록에는 현장 요원들의 개인사와 관련된 푸념과 돈 또는 다른 특전을 올려달라는 요구까지 모두 다 들어 있어 듣고 있자면 정신이 마비될 지경이었다. 그러나 코빅은 커틀러에게 보낼 내용들을 매우 신중하게 선별하는 것을 잊지 않았다. 그들의 경쟁자인 중국국가안전부 이 모든 것을 뜯어보고 있음을 알고 있기 때문이었다.

커틀러는 중국어를 배우는 데 관심이 없었다. 그는 코빅에게 자신의 그런 태도를 이런 말로 정당화했다.

"나는 일반 행정가이지 전문가가 아니라고."

그것은 CIA의 꼭대기로 가는 줄타기에서 결코 옆으로 밀려나지 않겠다는 의지의 또 다른 표현이었다. 그는 세계 어딜 가든 맥도널드와 피자헛을 먹었다. 그리고 현지 상인과의 거래를 피하기 위해 필요한 것은 뭐든 인터넷으로 주문했다. 그는 외국의 낯선 것에 의심을 품었고, 거기에 물들지 않기 위해 24시간 정신을 바짝 차리고 있는 부류의 CIA 요원이었다. 하지만 코빅은 그와 정반대의 사람이었다. 코빅은 어떤 문화에도 녹아들어가 자신의 존재를 숨길 수 있었다. 어느 인종인지 가늠하기 힘든 외모를 잘 이용할 줄 알았으며, 필요할 때만 '나쁜 미국인' 행세를 했다. 그는 현지 음식을 먹었고, 상하이 도심에서 살았으며 현지 언어에 능통했다. 커틀러는 이런 '비 미국적인' 행동들을 모조리 싫어했다.

커틀러는 휴대전화에서 나오는 얘기에 귀를 기울이며 손가락 끝으로 이마를 두드리고 있었다. 대부분의 해외 파견지에서는 미국이야말로 세계를 이끄는 초강대국임을 인정하는 분위기가 역력했다. 그 때문에 커틀러는 늘 목에 힘을 잔뜩 주고 다녔다. 그들은 세계 여러 나라의 정부를 전복하고, 그 자리에 CIA를 기쁘게 해줄 사람들이 정부 수반을 맡은 '괴뢰 정부'를 세우고 다녔다. 그러나 중국은 그럴 수 없었다. 더구나 지금의 중국이라면 더더욱.

커틀러 같은 사람들에게 중국은 풀 수 없는 퍼즐이었다. 급성장하는 자본주의와 불굴의 중앙집권적 이데올로기가 공존하는 나라는 중국 외에는 없었다. 공산당 지도층은 중국에 자유 시장을 허가했는데, 그건 즉 중국은 시장에만 자유가 있다는 소리였다. 아무리 많은 맥도널드 점포가 생기고, 아무리 많은 뷰익이 팔려도 공산당이 민주주의까지 허락해줄 리는 없었다. 중국은 껍데기만 서구 사회를 닮아가고 있었다. 마치 난징 대로변에서 팔리는 가짜 프라다 제품처럼 외관은 서구와 비슷했다. 그러나 속은 판이하게 달랐다.

커틀러는 상대의 말을 매우 열심히 들으면서 연신 고개를 끄덕였다. 커틀러의 태도로 볼 때 상대방은 커틀러보다 직급이 높은 사람인 것 같았다. 윗사람에게 질책을 당하고 있는 걸까? 아니면 피해 한도에 대해 이야기하는 걸까? 적어도 한 가지는 분명했다. 이 일을 수습하려면 코빅 한 사람의 능력으로는 턱도 없다는 것. 중국에 6년을 머무는 동안 이만한 일은 없었다. 그리고 앞으로 그리 좋은 일이 벌어질 것 같지 않았다.

커틀러는 통화를 마치고 휴대전화를 주머니에 집어넣었다. 그는 고개를 들고 인상을 썼다.

"그래, 시내를 활보하고 오니 어떤가?"

코빅은 설교를 들을 기분이 아니었다.

"환영해주시니 감사하군요."

커틀러는 냅킨으로 눈썹에 맺힌 땀을 훔쳤다.

"자네가 설치지 못하도록 베이징에서 여기까지 날아온 셈인가?"

코빅은 도저히 참을 수가 없었다.

"난 북한에서 죽을 고비를 넘기고 간신히 살아 돌아왔는데, 지국장님은 편하게 비행기를 타고 이곳에 오셨군요."

커틀러는 기분이 상한 것 같았다. 코빅은 스스로에게 말했다. 냉정해지자. 커틀러는 코빅을 잠시 노려보았다. 그러다가 뇌에서 뭔가 긴급 명령을 받기라도 한 듯 분위기가 바뀌더니 밀려온 걱정으로 그의 표정은 일그러졌다. 그는 마치 학처럼 일어섰다. 그의 상체는 짧지만 다리는 놀랄 만큼 길었다. 그는 책상을 돌아 나와 코빅의 팔을 잡았다. 코빅에게 악수를 청하려던 그는 코빅의 손이 부어오른 것을 보았다.

"젠장, 어쩌다 이렇게 됐나?"

"동상에 걸렸다니까요."

커틀러는 자기 의자로 돌아가, 마치 책상의 폭을 어림하려는 듯 고개를 좌우로 절레절레 흔들었다.

"상황이 얼마나 심각한지 알아주었으면 하네."

누가 봐도 뻔한 것을 굳이 또 이야기하는 이상한 능력, 그것도 커틀러의 주요 특징 중 하나였다.

"저도 이미 그 상황에 코가 꿰었다고요."

커틀러는 빈정대는 코빅의 말을 무시했다. 그는 랩톱을 향해 몸을 기울이며 손가락으로 볼을 눌러 하얀 반점을 만들었다. 그의 뒷머리는 많이 빠져 있었고, 그 주변의 머리카락도 회색으로 변해가고 있었다. 그런 모습은 경건한 수도승 같은 커틀러의 이미지를 더욱 강하게 해주었다. 코빅은 학창 시절로 되돌아간 듯한 느낌이었다. 또 싸움을 저지른 탓에, 교장 선생님께 벌을 받으러 불려갔을 때의 기분이었다.

"중국 친구들도 이 건을 심각하게 받아들이고 있어요. 저는 지금 인민광장에서 오는 길이란 말입니다."

하지만 커틀러는 그의 말을 듣고 있지 않았다.

"당장 우리에게도 발등에 불이 떨어졌어."

마치 자신만이 사건의 진정한 무게를 가늠할 수 있다는 듯이 상황의 심각성을 멋대로 재단하는 커틀러의 태도는 코빅에게도 익숙한 것이었다. 코빅이 쫓고 있던 '아미스티드'의 경우도 마찬가지였다. 커틀러는 '너무 늦기 전에' 아미스티드를 잡으라고 잔소리를 늘어놓았다.

처음에 코빅은 커틀러에게 대량의 보고서를 보내 그를 저지했다. 그러나 상황이 달라졌다. 커틀러는 이제 코빅의 휘하 사람들에 대한 브리핑과 인물 평가를 시작했다. 커틀러는 코빅의 활동에 대해 자기주장을 더욱 강하게 밀어붙였고, 점점 더 꼬치꼬치 캐묻게 되었다. 그리고 코빅의 문제점도 곧 발견됐다. 커틀러는 코빅에게 정보원들과 너무 친해지지 말라고 경고까지 했다. 커틀러는 냉전 시대, 그중에서도 가장 불우했던 시기로 되돌아간 것 같았다. 커틀러는 코빅이 중국에 대해 갖는 호감을 세뇌 공작의 산물로 착각하고 있었다.

커틀러는 여전히 고개를 절레절레 젓고 있었다.

"정말 심각한 일이야."

"당연하죠. 다섯 명이 전사하고, 그중에 세 명은 적에게 총살당했잖습니까."

커틀러는 멈칫했다. 총살? 단순한 은유적 표현인가? 아니면 사실을 뜻하는 말인가? 그는 긴 한숨을 내쉬었다.

"알겠네. 처음부터 자세히 이야기해봐."

커틀러는 녹음기의 다이얼을 조작했다. 코빅은 커틀러에게 그간 있었던 일을 그대로 이야기했다. 특히 눈구덩이에서 목격했던 총살 장면에 대해서는 매우 자세히 이야기했다.

"그런데 그 사람들은 자네를 보지 못한 건가? 확실한 거야?"

책상을 내려다보던 커틀러는 오레오 부스러기를 손가락으로 눌러 밖으로 튕겨냈다.

"그놈들이 저를 봤다면 제가 여기 올 수 있었을까요?"

커틀러는 자신의 손가락 끝에 답이 있다는 듯이 손가락을 유심히 쳐다보았다. 결국 그는 이렇게 말했다.

"다른 증인이 없어 무척 유감이군."

코빅은 이 말이 무슨 뜻으로 해석될 수 있는지 알고 있었다. 열 살만 젊었어도 코빅은 이 말을 자신의 진실성에 대한 의심으로 여기고 커틀러의 목을 졸랐을지 모른다. 그러나 그런 짓을 했다가는 코빅의 CIA 생활은 끝장이 날 터였다. 중국 생활을 통해 그는 더욱 현명하게 처신하는 법을 배웠다. 보고, 듣고, 기다려야 했다.

"그렇기에 지국장님은 제 말을 믿어주셔야 합니다."

"자네는 이 임무에 참여하고 싶지 않았지?"

"하지만 갔잖습니까?"

"자네는 이 임무를 부정적으로 생각했잖나."

코빅은 콧방귀를 뀌었다.

"그럴 만한 이유가 있었습니다."

커틀러가 노려보자 코빅은 양 팔꿈치를 책상 위에 올려놓았다.

코빅의 분노가 커피 메이커에서 한 방울씩 떨어지는 커피처럼 점점 늘어났고, 자제력이 한계에 달했다. 코빅은 동상 걸린 검지로 천장을 향해 삿대질을 했다.

"저는 목숨을 걸고 동료 대원들을 인솔해서 국경을 넘었습니다. 중국 영토로 이미 들어왔는데 난데없이, 아니 정확히 말하자면 중국의 어디에선가 그 살인마들이 나타나 동료들을 죽였단 말입니다."

"눈은 많이 쌓였고?"

코빅은 고개를 끄덕였다.

"시정(視程)은 매우 나빴나?"

코빅은 또 고개를 끄덕였다. 대체 이 사람이 어디로 얘기를 끌고 가는 건지 의아해하면서.

"방향감각을 상실할 정도였겠지? 시정도 나쁘고, 전투로 인한 피로, 생소한 지형 등의 이유로."

"대체 무슨 말씀을 하고 싶으신 겁니까?"

마치 알코올 중독자가 '마지막 한 잔'이라며 술잔에 손을 뻗고 싶을 때처럼, 코빅은 지금 이 앞에 있는 녀석을 때려눕히면 기분이 아주 상쾌해질 것 같았다. 망설이지 마! 저 자식을 때려눕히라고. 뭘 하고 싶은지 분명히 알고 있잖아.

커틀러가 한숨을 쉬었다.

"이제부터 볼 것에 대해 마음의 준비를 해줬으면 해서."

커틀러는 의자 옆의 아타셰 케이스로 손을 뻗어 그 안에서 마닐라 폴더를 꺼냈다. 그가 폴더를 열자, 그 안에는 한 묶음의 사진이 들어 있었다.

"이걸 보는 게 낫겠지."

그는 사진들을 코빅에게 건넸다.

그 사진들은 컬러사진이었지만, 눈과 형편없는 조명 때문에 사실상 흑백사진에 가까웠다. 피도 회색으로 보일 지경이었다. 그 사진 속에 나온 차량은 코빅이 국경으로 몰고 간 형편없는 북한제 지프였다. 그 지프가 있는 장소는 코빅이 그 차를 버린 장소와 유사해 보였다. 지프 안에는 올슨, 킨, 프라이스, 디콘, 포크너의 시신이 있었다. 그러나 또 다른 세 사람의 시신도 있었다. 그 시신들은 군복으로 보건대 중국군들이었다.

코빅은 커틀러를 바라보았다. 커틀러는 코빅을 강렬한 눈빛으로 바라보고 있었다. 코빅은 다시 시선을 내리고 한 장의 사진을 집어 들었다. 커틀러도 볼 수 있도록 사진을 돌린 다음, 중국 군복을 입은 사진 속 시신을 가리켰다.

"이건 가짜입니다."

커틀러는 아무 말도 하지 않았다. 코빅은 엉망진창이 된 얼굴이 뜨거워지는 것을 느꼈다. 코빅은 사진들을 다시 한 번 자세히 살폈다.

"이들은 우리와 상관없는 사람들입니다. 북한 사람들이 아니에요. 이 시신은 중국 군복을 입었잖습니까."

"중국 정부는 이 건에 대해 확인해주지 않고 있어. 뭔가 불확실한 게 있는 모양이지⋯⋯."

그는 말꼬리를 흐렸다.

"중국 정부에서는 뭐라고 하던가요?"

"아무 말도 하지 않아. 그들에게는 매우 창피한 일이겠지."

창피함, 당혹감, 떨어진 위신. 중국인들이 매우 싫어하는 것들이었다.

"이건 누가 찍은 겁니까?"

커틀러가 어깨를 으쓱였다.

"어젯밤에 어느 사진 공유 사이트에 올라온 거야. 사진이 마구 퍼지고 나서야 해당 계정은 폐쇄되었지. 우리는 북한 짓이라 생각하고 있어."

코빅은 다시 사진을 보았다. 그는 가설을 세울 기분이 아니었다. 사진의 배경인 국경 초소와 철책이 한낮의 햇빛 덕택에 분명하게 보였다. 초소에는 코빅이 본 적 없는 깃발이 휘날리고 있었다. 누군가 이 사진들 덕분에 아주 골치 아파 졌겠군.

"그럼 CIA 본부에서는 이 모든 게 북한의 소행이라 추정하고 있는 건가요?"

"그래야 논리적으로 보이지."

"중국에서 나타난 살인자들을 제외하면 그렇겠죠. 그 부분은 별로 논리적으로 보이지 않는군요."

커틀러는 자신의 손을 열심히 쳐다보았다.

"그건 어디까지나 자네의 기억일 뿐이지. 우리는 증거가 필요해."

코빅은 녹음기를 바라보았다. 분위기는 어느새 취조실로 바뀌어 있었다.

코빅은 이런 상황을 용납할 수 없었다.

"그리고 정보도 문제가 있었어요. 누군가 이 작전이 처음부터 실패하기를 바랐단 말입니다. 아니면 임무 내용이 누설됐던가. 대체 둘 중 어느 쪽이죠?"

커틀러는 동요한 것 같았다.

"그건 조사해봐야 알겠는데."

"빌어먹을, 당연히 조사해봐야죠. 도대체 정보를 어디서 얻으신 겁니까? 하이빔 얘기는 어디서 흘러나온 거죠?"

커틀러는 질문을 회피했다.

"본부는 서울에도 팀을 두고 있어. 그래서 이 모든 정보를 12시간 전에 획득했지."

"제가 원하는 답은 아니군요."

커틀러는 또 한숨을 쉬었다.

"그 답은 중국 정부의 죽(竹)의 장막 속에 있어. 그래서 나도 이 이상 파고드는 건 어려워."

코빅은 커틀러를 보았다. 커틀러는 아시아에서 CIA가 성공했던 여러 작전을 기획한 사람이었다. 중국 정부가 CIA 본부에 심어놓은 스파이를 잡아낸 것도 커틀러의 공로였다. 커틀러는 자선사업가 행세를 하던 천재 컴퓨터 매니아인 버크호퍼의 상하이 사무소가, 실은 특허받은 미국 의약품들을 불법 제조하는 공장이었음을 밝혀내기도 했다. 코빅도 중국 정부조직 내에 독자적인 정보망을 가지고 있었다. 그 정보망에 속한 사람들의 신원은 코빅 혼자만이 알고 있었고, 그 사람들도 코빅하고만 거래를 했다. 그들이 가져오는 정보들은 산발적이었지만 언제나 화끈했다. 그리고 그 정보망 덕분에 코빅은 중국 정부의 눈에 발각되지 않았다.

그러나 코빅은 윗사람들의 명령을 듣기 싫어했다. 그리고 '소독된' 사무실에서 일하는 것도 싫어했다. 코빅은 언제나 영사관과 멀리 떨어진 곳에서 머물렀다. 그 결과 자동차 사고가 발생하기도 하고 취객들과 시비가 붙기도 했다. 이 모든 것은 커틀러를 짜증나게 했고, 코빅을 잘라낼 충분한 구실이 되었다. 커틀러의 입장에서 볼 때 무엇보다도 짜증나는 것은 코빅이 화끈한 임지를 돌아다니며 평균 이상의 실적을 올렸고, 언제나 위장 신분으로 생활하며 일하고 있다는 점이었다. 커틀러는 이렇다 할 현장 경험이 없었고, 그 때문에 CIA 내에서 진급하는 데 제약이 따랐다.

코빅은 사진을 다시 한 번 자세히 살펴보았다. 그가 본 바로는 동료 중 세 명은 이마에 총을 맞았다. 하지만 이 사진에 나온 시신들은 얼굴에 상처가 없었다. 누군가가 시신에, 아니면 사진에 손을 댄 것이다. 그 상처는 RPG 또는 기타 강력한 전투 병기에 의해 생긴 것처럼 보였기 때문이었을 터. 커틀러가 원하건, 원치 않건 코빅은 자신이 분석한 바를 커틀러에게 말해주고 싶었다.

"이 친구들은 중국에서 죽은 거예요. 그 점을 유념할 필요가 있습니다. 이게 뭘 의미하는지 아실 텐데요. 누군가가 미국과 중국 사이를 이간질시키려는 겁니다. 그리고 아까의 반미 시위로 볼 때 그 이간질의 시작은 잘 먹혀 들어가고 있습니다. 지금 당장 이 건을 철저히 조사해보셔야 합니다."

커틀러는 손가락을 편 다음 자기 코에 가져다 댔다.

"음모 이론까지 들먹일 필요는 없다고. 뭐든 자연스런 시각으로 보자는 게 본부의 정책이야. 그리고 유감스럽게도 이제 이 일은 내 손을 떠났어. 조만간 '그들'이 자네를 만나러 올 거야."

그는 양손을 머리 뒤에 대고, 얼마 안 남은 머리카락을 쓰다듬었다.

"그동안 잠시 휴가나 다녀오라고."

커틀러는 미소를 지으려 애썼다.

"여자 꽁무니라도 따라다니면서 말이지."

커틀러는 어지간해서는 그런 말을 하지 않았다. 코빅이 제정신이었다면 마구 웃어댔을지도 모른다.

순간 어떤 생각이 코빅의 머릿속을 스쳐갔다. 커틀러는 나를 공범으로 보고 있군. 코빅은 뭔가 말하려는 듯 입을 열었으나, 바로 입을 다물었다. 지국장이 의심을 하고 있다면, 그 의심을 정당화시킬 행동을 해서는 안 된다. 이놈을 책상 위에 쓰러뜨린 다음, 저 넥타이로 목을 졸라버리면 소원이 없을 텐데. 하지만 코빅은 분노를 삭였다.

커틀러는 책상 위의 서류 몇 개를 정리한 다음 랩톱으로 시선을 옮겼다.

"주의하라고. 상황이 종료될 때까지 눈에 띄지 마."

코빅은 커틀러가 눈을 빠르게 깜박일 때까지 그를 바라만 보았다. 점점 분위기가 어색해질 무렵, 커틀러는 분위기 전환을 위해 한 가지 제스처를 취해 보였다. 갑자기 일어나더니 코빅에게 다가와 그의 손을 잡았다. 하지만 코빅의 손에 동상이 걸렸다는 사실을 깨닫자 냉큼 손을 놓고는 코빅이 형제라도 되는 양 다정하게 끌어안았다. 하지만 그 동작은 너무나도 어색했고 작위적이라 코빅은 다른 곳으로 시선을 돌려야 했다.

"여기저기 많이 다쳤군. 꽤나 힘들겠어. 상황은 복잡하지만 우린 반드시 헤쳐 나갈 거야. 그전에 자네는 휴식이 필요해. 하와이나 괌 어떤가?"

그러면서 커틀러는 창밖을 가리켰다.

"이 모든 것을 떠나서 말이야."

그는 분명 코빅의 사생활에 대해서는 아는 바가 없었다. 루이즈는 코빅의 소중한 사람이었지만, 코빅은 이를 공식적으로 밝힌 적이 없었다. 아마 커틀러는 코빅이 창녀 이외에는 만나는 여자가 없을 거라고 생각할 것이다.

"이 건을 끝까지 파헤쳐서 반드시 해결하고 말겠어."

커틀러는 마치 이 일이 접촉사고에 불과하다는 듯 이야기했다. 그러나 그 이면의 메시지는 분명했다. 이 사건에서 발을 빼라는 것이었다. 이때 커틀러의 비서 겸 통역을 맡고 있는 랜달이 노크도 없이 방에 들어왔다.

"짜오상하오."

랜달은 자신의 중국어 실력을 알아주길 바라며 미소를 지어 보였다. 그런 후 랜달은 자신이 분위기 파악을 못했다는 걸 깨달았다.

코빅은 랜달을 무시했다. 그러나 랜달은 코빅이 앉은 의자로 다가와 손으로 방문을 가리켰다. 코빅이 설명을 요구하는 눈빛으로 커틀러를 보자 그가 이렇게 말했다.

"랜달이 자네를 배웅해줄 거야."

커틀러가 코빅에게 배웅을 들먹인 것이야말로 그가 코빅에 대해 어떻게 생각하는지를 단번에 설명해주고 있었다. 코빅은 돌출 인물이었고, 통제하지 않으면 위험한 인물이었다. 그에게 질문을 해댔지만 아무 답도 듣지 못했다. 그리고 코빅은 시신이 되어 여기 온 게 아니라 살아서 돌아왔다. 그것도 사진 자료와는 다른 이야기를 가지고 말이다. 그러니 커틀러는 유일한 생존자이자 증인인 코빅을 의심할 수밖에 없었다. 대체 무슨 일이 일어난 걸까? 코빅은 해답을 원했다. 그것도 빨리!

12

상하이

코빅이 주차장에 왔을 때 우의 모습은 보이지 않았다. 그는 그 이유를 바로 알수 있었다. 여기까지 그를 배웅해준 랜달이 멋쩍어하는 표정을 지었다.

"지국장이 내 경호원도 해고시켰군요, 그렇죠?"

랜달이 위로의 한숨을 쉬었다.

"당신도 커틀러가 어떤 사람인지 아시지 않습니까. 그는 효율성을 중요시하죠."

"그럼 우린 뭐 하러 여기까지 온 건가요? 나를 정문으로 내보낼 수도 있었을 텐데."

"음, 그건 별로 바람직해 보이지 않는군요."

코빅은 이놈을 때려눕혀 버릴까 하는 생각을 잠시 하다가, 랜달에게 손을 흔들어 작별을 고하고는 엘리베이터로 되돌아갔다.

코빅은 출구로 향했다. 커틀러가 만약 코빅에게 모든 책임을 뒤집어씌울 생각이었다면 곧 후회하게 될 것이다. 코빅은 결코 앉아서 당할 사람이 아니었다.

코빅은 지린내를 덜 맡으려 숨을 참아가면서 경사로로 달려갔다. 스모그에 섞인 화학 성분의 달콤한 냄새를 맡으니 위안이 되었다. 커틀러와 만나고 나면 늘 뭔가 매우 중국적인 것을 접해야 기분 전환이 되곤 했다. 몇 블록을 걸어간 그는 차양 밑에 있는 송샨 루를 발견했다. 그는 사람들로 붐비는 카운터로 다가가 등받이 없는 의자에 엉덩이를 걸쳤다. 그리고 시끄러운 가운데 목소리를 높여 소리쳤다.

"성젠빠오(생만두)!"

주방장은 코빅의 말을 못 알아듣고 고기만 계속 썰었다. 계속 나오는 수증기로 인해 그의 커다란 식칼이 보였다 안 보였다 했다. 주방장 옆에는 주방장의 딸이 성젠빠오를 만들어 커다란 기름 솥에 넣어 튀기고 있었다. 한편 주방장의 사위는 야채를 자르고 있었다. 코빅의 목소리를 듣고 코빅을 쳐다봐준 사람은 TV를 보고 있던 그 집 막내딸이었다. 코빅이 손을 흔들자 막내딸은 코빅을 노려본 다음 TV로 고개를 돌렸다. 하지만 코빅은 이런 불친절에 익숙했다. 이 사람들이 이렇게 불친절한 이유는 코빅에게 적의가 있어서가 아니라, 매일의 노동이 매우 빡빡해 도무지 예절을 갖출 틈이 없기 때문이었다. 마른 몸에 머리가 벗겨졌고 치아가 한 개밖에 남지 않은 주방장은 도통 자기 음식을 선전할 줄 몰랐다. 그는 고개를 절레절레 흔드는 버릇이 있었는데, 그 모습만 봐서는 가게의 폐점이 임박했는지, 그 사람이 손님들을 싫어하는지 도통 알 수가 없었다. 그러나 손님이 계속 자리를 지키고만 있으면 언젠가는 음식을 내온다. 코빅은 음식을 기다리면서 담배에 불을 붙였다. 어디에서나 담배를 피울 수 있다. 이것도 중국의 좋은 점이라는 사실을 새삼 깨달았다. 담배를 피우고 나서 그는 또 하나 깨달은 바가 있었다. 루이즈에게 했던 약속 하나가 또 무산되었군.

잠시 후 마지막 하나까지 바삭바삭한 만두 한 접시가 나왔다. 그리고 적갈색의 액체가 담겨 있는 종지도 하나 딸려 나왔다. 코빅은 가장 가까이 있는 만두를 집어 초간장에 찍은 다음 한 입 베어 물었다. 그때 코빅의 휴대전화가 울렸다.

"우, 자네 해고당한 줄 알았는데 아니었나?"

"예, 물론 해고당했지요!"

우는 어떤 말이건 밝고 긍정적인 어투로 말하는 버릇이 있었다. 마치 영어를 쓸 때마다 참을 수 없이 기쁜 사람 같았다. 커틀러가 이 뛰어난 운전기사를 해고해버렸기 때문에 코빅은 우를 직접 고용해야 했다. 물론 그렇게 되면 특정한 세금 혜택도 주어지겠지만, 이 용맹무쌍한 듀오의 앞날에 대해 코빅은 아무 말도 할 수 없었다.

"우리는 부치 캐시디와 선댄스 키드처럼 되겠군요."

"그래, 친구. 하지만 그 영화가 어떻게 끝나더라?"

돼지고기와 파가 어우러져 만들어낸 감미로운 맛이 고기 국물을 타고 코빅의 입안 가득 퍼졌다. 무슨 수로 만두 속에 고기 국물을 넣는지 코빅은 아직 알지 못했다.

"앗, 이거 너무 뜨겁군! 자네 근처에 있나?"

"물론이지요, K요원."

우는 '코빅'이라는 발음에 서툴렀고 '맨 인 블랙'의 열성팬이어서 코빅을 항상 K요원이라고 불렀다.

"우, 뭐 하나 부탁 좀 하지."

"말씀만 하십시오."

코빅은 자기 식 대로 하다간 언젠가는 우의 선의도 바닥을 드러내고 말 것이라는 걸 알았다. 우는 언젠가는 미국에 가서 살리라는 환상을 품고 코빅에게 잘 해주는 것이었기에 코빅은 그게 무척이나 두려웠다.

"미국에 가면 자동차를 몰고 장거리 여행을 할 거예요. 루트1 도로를 타고 빅서의 고장 캘리포니아 해안을 누비고 싶군요."

부모님은 모두 돌아가셨고 형제도 없는 우는 부양해야 할 가족이 전혀 없었다. 우에게 중요한 것은 직업과 자동차밖에 없었다. 바로 그 점이 코빅을 괴롭혔다. 우는 독신자 호스텔에 살았고 술과 담배를 하지 않았다. 우가 CIA에서 받던 월급은 얼마 되지 않았다. 그래서 코빅은 자신의 사람들을 위해 수년 동안 모아놓은 비자금, 그리고 그가 다른 사람에게 주어야 하는 뇌물 중 일부를 빼내어 우에게 주었다. 뇌물에 대해서는 CIA 본부나 커틀러 같은 이들에게 일일이 보고할 필요가 없었다. 그 덕분에 우는 충성심이 높아졌고, 돈은 안 되더라도 여러 임무를 떠맡게 되었다.

모든 것이 추적 가능한 세계에서 현금이란 참으로 대단한 것이었다. 현금을 통해 그는 누구에게도 심지어 CIA 감사관들의 눈에도 띄지 않은 채 광범위하게 활동할 수 있었다. 코빅의 DNA 속에는 그런 방식을 좋아하는 뭔가가 들어 있는 모양이었다. 크로아티아 출신인 그의 할머니는 평생 단 한 개의 은행 계좌도 보유하지 않았다. 그런 혈통을 물려받은 코빅도 나름의 현금 경제를 운영하고 있었다.

그러나 우의 바람대로 그를 미국에 데려가는 것은 다른 문제였다. 특히나 현재와 같은 상황에서는 더더욱. 지금으로서는 여기 머무는 것이 나았다.

"인민광장에 돌아가서 시위의 배후에 누가 있는지 알아내줘. 필요하면 그들의 단체에 가입해도 돼. 플래카드를 촬영한 다음 그들이 나눠주는 전단을 가급적 모두 확보해. 그리고 이들이 학생인지, 노동자인지, 아니면 다른 뭔지도 알아내줘."

"못된 짓이네요."

"아마 그럴지도 몰라. 일이 끝나면 알려줘."

코빅은 전화를 끊고는 또 하나의 만두를 입에 넣은 다음 부산한 거리를 응시했다. 두 중년의 여자가 살아 있는 병아리들이 가득 담긴 상자를 토요타 피플 무버에서 내리고 있었다. 그때 잔가지로 만든 빗자루를 들고 가게 앞을 청소하던 또 다른 나이 많은 여자가 그 두 여자에게 뭐라고 명령조로 소리를 질렀다. 그 위 발코니에서는 면도를 안 한 남자가 반바지와 파자마 셔츠 차림으로 담배를 피우며 빨래를 널고 있었다. 빨랫줄 위 건물들 사이로 보이는 하늘은 광고 포스터가 달린 케이블이 종횡무진 걸려 있었다. 광고 포스터의 내용은 발 마사지, 전통 약초, 스마트폰, 이혼 상담, 치통 치료, 무술 교육, 점, 치질 수술 등 다양했다. 그 밑으로 기업의 최고경영자라도 되는 듯 정장을 말쑥하게 차려 입은 부부가 지나가며, 아들의 졸업 성적이 형편없이 나온 걸 가지고 서로를 큰 소리로 탓하고 있었다. 부부는 가던 길을 멈춰 섰고 여자는 남자의 뺨을 한 대 때렸다. 그리고 나서 아무 일 없었다는 듯 계속 걸어갔다. 오렌지색 곱슬머리를 한 젊은 여자가 시끄럽게 짖어대는 한 쌍의 갈색 포메라니안을 끌고 가다가 황금빛 레인지 로버 차량 앞에 멈춰 서서는, 차창을 통해 차에 탄 회색 레게머리의 사내에게 개들을 넘겨주었다. 레게머리의 사내는 바로 차에서 내리더니, 여자와 함께 걸어가면서 휴대전화를 살폈다. 둘은 지하철 입구 계단으로 내려갔다. 코빅은 미소 지었다. 상하이에서 말이 되는 걸 아무리 열심히 찾아봤자 그런 건 애초부터 없어. 돌발 상황을 즐기는 게 훨씬 낫지. 특히 과거와 미래가 충돌하면서 벌어지는 돌발 상황 말이야.

코빅이 이 도시에 처음 왔을 때만 해도, 노인들은 여전히 마오쩌둥 시대에나 유행하던 단추로 잠그는 파란색 정장 바지를 입고서 자전거를 탔다. 그러나 이제는 상하이 시내 어딜 봐도 하루 종일 세계 여러 나라의 최신 패션과 전자기기가 넘쳐났고, 누구나 그것들을 인정하며 복제하고 재창조한다. 중국은 굉장한 속도로 달리고 있다. 액셀러레이터 페달을 힘껏 밟고, 모든 속도 제한을 깨뜨리며 달리는 자동차처럼. 중국이라는 차가 과연 어디로 갈 것인지 아는 사람은 아무도 없었다. 그러나 코빅은 이 차에 타고 있는 것이 즐거웠다. 아마 디트로이트에 처음 도착한 조부모도 같은 심정이지 않았을까. 자동차와 포장도로, 전화, 수세식 변기에 감탄하면서. 하지만 그동안 벌어진 일을 생각하니 코빅은 두려웠다. 지금 그에게 상하이는 도망쳐야 할 재난영화의 세트장처럼 느껴졌다.

우가 코빅 앞에 나타났다. 의기양양한 승리자의 모습을 하고 손에는 전단지 한 장을 들고 있었다. 코빅은 그 전단지를 낚아채고는 우에게 앉으라고 손짓했다. 우가 찐만두를 좋아한다는 것을 기억해낸 코빅은 우를 위해 차와 샤오룽바오(찐만두)를 주문했다.

전단지 속에는 커틀러가 코빅에게 보여주었던 그 사진들이 실려 있었다. 다만 죽은 이들의 얼굴을 강조하며 그들이 백인과 중국인이라는 사실을 알아볼 수 있도록 필요 없는 부분은 잘려 있었다. 전단지에는 이런 문구도 적혀 있었다.

'꽃다운 중국 젊은이들, 미 제국주의자들의 농간에 넘어가 우방을 배신하다.'

코빅은 시신들이 입은 중국 군복을 가리키며 물었다.

"마치 마오쩌둥이 썼을 법한 글이로군. 이 옷은 뭐지?"

"중국군 특전부대 군복이군요. 이걸 봐요."

우는 중국 군복의 가슴 주머니에 달린 마크를 가리켰다. 단검과 번개가 교차된 디자인이었다.

"이 시신 중에 혹시 아는 사람 있나?"

우는 고개를 내저었다.

"시위자들과 대화는 좀 나눠봤나?"

우는 깊은 한숨을 쉬었다. 코빅은 이제부터 그가 풀어놓을 정보 보따리를 기대했다.

"그 친구들은 상하이 릭신 회계학원의 회계학과 학생들이었어요. 상하이 릭신 회계학원은 상하이시(市)가 운영하는 고등 교육기관이죠. 이 학교는 송지앙 대학성의 일부로, 구천삼백 명이 넘는 정규 학생이 있어요. 이 학교는 4년제 대학으로, 주로 상과에 맞춰진 다양한 학과들이 있고요."

코빅은 한 손을 들었다.

"알았어. 정상 대화 모드로 돌아가자고."

"네, 죄송합니다."

"아냐, 괜찮아. 잘했어."

코빅은 전단을 뒤집어 좀 더 가까이에서 관찰했다. 전단지 뒷면에는 인쇄소의 이름이 작은 글씨로 적혀 있었다. 레우 인쇄소.

"이제 경찰 놀이를 할 시간이야. 누가 이걸 주문했는지 알아내라고."

뛰어난 운전사인 우는 또 다른 편리한 기술을 가지고 있는데, 바로 성대모사였다. 그가 하루는 장난삼아 집주인의 목소리를 흉내 내자 코빅은 놀라 자빠질 뻔했다. 그는 정말 탁월한 성우였다. 우는 휴대전화를 꺼내 인쇄소 이름을 검색한 후 그곳으로 전화를 걸었다. 그는 심호흡을 하고 얼굴을 찡그린 다음, 연기하고자 하는 캐릭터에 몰입했다. 그러고는 전화기에 대고 소리쳤다.

"나는 공안국장 진 타이라고 하오! 당신들은 시민들을 혼란에 빠뜨리는 선동 유인물을 배포한 혐의를 받고 있소!"

이상하게도 우는 얼굴을 더욱 깊이 찡그린 채 인쇄업자가 항의하는 소리를 들으며 고개를 끄덕거렸다. 코빅은 우의 실력에 다시 한 번 감탄했다. 우는 정말이지 타고난 성우였다.

"당신이 이 전단지를 인쇄하지 않았다는 거요?"

수선스럽게 자비를 애걸하는 인쇄업자의 목소리는 코빅에게도 들렸다. 인쇄업자는 인쇄를 맡긴 사람의 이름까지 알아서 털어놨다.

"그래, 알았소. 앞으로는 손님 골라서 받으시오. 언제나 조심하란 말이오."

우는 전화를 끊었다.

"인쇄를 의뢰한 회사의 이름은 파남반이라던가, 그 비슷한 이름이었답니다. 서양식 이름이더군요."

우가 먹을 샤오룽바오가 도착했다.

"'파넘 본'이겠지."

우는 입안에 새우를 잔뜩 넣은 채 고개를 끄덕였다.

"에, 아아요(네, 맞아요). 그 사람들 누구예요?"

"이미지메이커들이지."

우는 만두를 먹다 말고 코빅을 보았다.

"평판을 관리해주는 곳이야. 법망에 걸려 된통 뒤집어쓴 후에 새 출발을 하고 싶다거나, 광물자원이 묻혀 있는 마을을 불도저로 밀어버리거나, 댐을 건설하다가 수몰 지역 사람들이 집을 잃게 되었다거나 하는 골치 아픈 상황에서 개인 또는 기업의 이미지를 세탁해주지. 대기업이라면 이미지메이커를 모두 두고 있어."

우는 이미 휴대전화로 '파넘 본'을 검색하고 있었다.

"진 마오 타워네요. 매우 좋은 주소로군요."

"그래, 아마 그 빌딩 지하실 청소도구함에 세 들어 사는 회사겠지."

"아닙니다. 그 빌딩 88층에 있어요. 88이라, 좋은 숫자죠."

중국인들은 숫자 8에 번영이라는 의미를 부여했다. 코빅과의 마지막 거래 이후 파넘 본은 세계 속으로 뻗어나가고 있었다. 그는 접시 아래에 약간의 지폐를 꾸겨 넣은 다음 거리로 나섰다. 나이 든 주방장이 코빅과 우의 뒤통수에 대고 소리쳤다.

"오늘은 특별히 많이 준 거라고, 이 친구들아!"

아까의 막내딸이 가판대 아래에서 튀어나와 우가 남긴 샤오룽바오를 상자 안에 깔끔하게 담았다.

13

상하이 황푸 구

코빅은 껌을 꺼내 입안에 넣었다. 다만 씹을 때 껌 안의 마이크로리시버를 깨물지 않게 주의했다. 엘리베이터가 그들을 88층으로 밀어 올리자 메스꺼움이 몰려왔다. 88층, 그것은 빅터 본을 만나려는 자가 극복해야 할 높이이자, 본의 전도유망함을 나타내는 높이이기도 했다.

영국 태생의 타고난 바람둥이인 빅터 본은 스물여섯 살 때 홍콩 감옥에 수감되었다. 그는 가족으로부터 물려받은 유산을 마카오의 카지노에서 탕진하고, 삼합회를 적으로 돌리게 되었다. 이렇다 할 기술도 없이 낭비만 좋아하는 그에게는 감옥 생활도 그리 나쁘지 않았다. 그에게 남은 것은 영국의 퍼블릭 스쿨 생활을 통해 배운 매력뿐이었다. 그리고 아무리 써도 줄어들지 않는 매력은 그를 여기까지 지탱해주었다. 빅터 본은 자신을 체포했던 경찰관 잭 파넘과 친구가 되었다. 파넘은 남아프리카 공화국 특전부대 출신의 부패한 터프가이였다. 홍콩이 중국에 반환되었을 때 그들은 의기투합해 상하이로 가서 공공관계 및 민간보안 회사를 차렸다. 본의 영국 신사다운 매력과 파넘의 완력으로 상하이의 신흥 갑부들에게 접근했다. 그들의 고객 명단에 정치가들까지 포함되었을 때, 당시 상하이에 온 지 얼마 되지 않았던 코빅은 이들의 활동에 관심을 보였다. 파넘은 손쉬웠다. 코빅은 매우 아름다운 현장요원을 보냈고 파넘은 그 요원의 미인계에 놀아났다. 그 요원은 파넘의 SIM 카드를 복제하는 데 성공했다. 하지만 현장요원과 파넘은 질투에 눈이 먼 파넘의 여자 친구에게 예기치 못하게 독살당하고 말았다. 이제 코빅의 관심은 본에게로 향했다. 하지만 두 가지 문제가 있었다. 우선 본의 데이터베이스는 군용 수준의 철통같은 보안장치가 깔려 있었다. 게다가 본은 젊은 남자를 섹스 파트너로 선호하는 동성애자였다. CIA는 동성의 미인계에는 공금을 주지 않는다는, 나름의 철칙이 있었다. 코빅은 단념하지 않고 직접 공략하기로 했다. 본에게서 정보를 뜯어낼 수 없다면 본을 고용하기로 한 것이다. 그의 성적 취향을 이용한다면 그리 어렵지 않을 거라 생각했다.

코빅이 와인을 곁들인 식사자리에서 CIA와의 협력을 통해 얻을 수 있는 매력적인 기회를 제시했을 때 본은 무척이나 즐거운 표정으로 그의 말을 끈기 있게 경청했다. 심지어 그는 몸을 앞으로 기울이기까지 했다.

"다 좋습니다. 하지만 한 가지 간과하신 게 있군요. 지금 누가 미국을 필요로 합니까? 미국은 내 우선순위 명단에 올라 있지도 않아요. 21세기는 중국의 시대이지요. 양키들은 내가 원하는 걸 아무것도 갖고 있지 않아요."

코빅에게 그 메시지를 확실히 전달하기 위해, 그날 밤 중국 국가안전부가 코빅의 아파트를 뒤집어놓았다. 분명 본은 상상 이상으로 높은 곳까지 끈이 닿아 있는 인물이었다.

엘리베이터는 휘파람 소리를 내며, 그들을 행운의 층인 88층에 내려주었다. 코빅은 잠시 멈춰 서서 스모그로 뒤덮인 마천루의 풍경을 감상했다. 아마 본의 말이 옳을지도 모른다. 중국이 미국한테 아쉬울 게 뭐가 있담?

로비 한쪽 면의 천장은 거대한 수조로 되어 있었는데, 그 수조 속에는 코이 잉어들이 한가롭게 노닐고 있었다. 골동품 사자상 두 개가 입구의 양쪽을 지키고 서 있었다. 실내장식이 화려한데도 보안에 관련된 것은 찾기 힘들었다. 육중한 씨름 선수 같은 몽골인 경비원 두 명이 서 있기는 했지만. 칭기즈칸은 씨름을 통해 병사들의 전투 준비 태세를 향상시킬 수 있다고 생각했다지. 하지만 이 경비원들은 낮잠 잘 태세가 잘 갖춰진 것 같았다.

검은색 시스 드레스를 입고, 검은 머리를 똑같은 스타일로 뒤로 넘긴 두 여자가 나타나 코빅과 우를 안내했다. 공항 보안검색대처럼 가지고 있는 모든 금속 물체를 쟁반에 올려놓도록 하고는 이들을 X선 탐지기에 통과시켰다.

코빅은 우를 보고 히죽거렸다.

"호그와트에 온 것을 환영하네."

여자들은 휴대형 금속탐지기로 그들의 몸을 훑었다.

"좀 더 다정하게 검색해주실 수는 없나요?"

반응은 없었다. 우는 돌같이 굳은 얼굴로 씨름꾼 같은 경비원들을 응시했다. 마치 코빅과 우가 들어갈 관을 재단하는 듯한 눈빛이었다. 금속탐지기가 코빅의 얼굴 위에서 삐 소리를 냈다. 코빅은 입을 벌려 금니를 보여주었다.

커다란 대리석 책상에 앉아 있던 붉은 머리의 유럽인 여성이 코빅의 상처 난 얼굴을 보더니 인상을 찌푸렸다.

"죄송합니다, 코빅 씨. 본 사장님은 지금 회의 중이십니다."

"기다리겠다고 전해주세요. 아니, 이걸 전해주시는 게 낫겠군요."

코빅은 우가 인민광장에서 가져온 전단지를 꺼냈다. 그리고 시신들을 태운 지프의 빈 운전석에 동그라미를 그리고는, 그 옆에 이렇게 적었다.

'코빅이 있었던 자리.'

"이 전단지를 본 사장님께 전해주시면 감사하겠습니다. 아마 그분이 이걸 보시면 시간을 내실 것이라 생각합니다."

코빅과 우는 하늘색 가죽 소파가 있는 안쪽 사무실로 안내되었다. 덩치 큰 경비원들이 느릿느릿 뒤를 따라왔다. 영화에서처럼 커프스를 드러내놓고 있었다. 코빅은 앉아서 껌을 뱉은 다음 화분 속에 넣었다.

잠시 후 이중문이 열리면서 본이 나타났다. 코빅의 기억보다 다소 몸집이 불었다. 그는 무려 5,000달러짜리 네이비 초크 스트라이프 정장을 입고, 거기에 잘 어울리는 핑크빛 넥타이와 손수건도 착용하고 있었다. 본은 확실히 출세했다. 그는 전단지를 들고, 어색한 미소를 지은 채 코빅에게 미끄러지듯 다가왔다.

"코빅 요원, 오랜만에 뵙는군요."

코빅은 일어나지 않았다. 본이 손을 내밀어 악수를 청했지만 코빅은 양손을 무릎 위에 올려놓고 맞잡은 채 가만히 있었다.

"이제 청부살인 쪽으로 사업을 전환하신 것 같군요."

본은 쓴웃음을 지었다.

"죄송하지만 무슨 말씀을 하시는지 도무지 모르겠습니다."

"내 생각이 맞을 겁니다. 안 그랬으면 저를 만나느라 이렇게 시간 낭비하실 필요가 없겠지요. 멋진 작품이었어요, 본 사장님. 시신들을 예쁘게 고치고, 중국인 시신도 몇 구 넣고 그것들을 지프에 태우느라 고생하셨겠어요. 유감스럽게도 한 명은 당신의 똘마니들을 피해 살아남았지만."

본은 기침을 하더니 짜증스럽다는 표정을 살짝 지었지만 곧 웃음을 터트렸다. 그가 경호원들에게 눈짓하자 그들도 의무적으로 콧방귀를 뀌었다.

"당신 나라를 위해 죽어줄 희생양을 찾으러 오신 거라면…… 엄청나게 실수하신 겁니다."

본은 실망스럽다는 듯이 고개를 내저었다.

"의뢰인은 누구였나요?"

"하하하, 저희 회사 정책상 의뢰인의 신원은 절대 알려드릴 수 없다는 것 정도는 알고 계실 텐데요."

이 잘난 척하는 영국 동성애자를 보니 코빅은 짜증이 났다. 이 녀석의 불알을 걷어찬 다음, 이놈의 경호원들이 덤벼들면 그 녀석들도 묵사발을 내주고 싶었다. 그러면 속은 후련하겠지만, 이 건물을 빠져나갈 때 문제가 생긴다. 안내 데스크 근무자는 바로 경보를 울릴 것이고 모든 엘리베이터는 멈출 것이다. 계단을 이용해서 1층에 도착했을 때쯤이면 이미 공안들로 장사진을 이룰 테지. 그는 경호원들을 바라보았다. 한 사람이 팔을 굽히고 두툼한 양손을 드러내 보이고 있었다. 그중 한 손의 손등에 새겨진 문신이 코빅의 기억 속 뭔가를 자극했다. 코빅은 우를 바라보았다. 그 점을 눈치챘는지 알아보기 위해서였다. 그러나 우의 관심은 온통 본에게 쏠려 있었다.

코빅은 자리에서 일어나 본의 얼굴에 자기 얼굴을 바싹 들이댔다.

"상황이 어떻게 돌아가는지 알려주지, 빅터 본. 지금 당장은 아니지만 당신은 곧 이 일에 대해서 알고 있는 모든 걸 나한테 말해야 할 거야."

영국인의 태도는 아직도 거만했다.

"이봐요, 코빅. 일 때문에 머리가 어떻게 된 거 아닌가요?"

"난 여기 미국 정부를 대표해서 온 게 아니야. 지프에 타고 있던 사람들과 그들의 유족을 대표해서 왔다는 걸 명심해. 그리고 다시 오겠다, 반드시!"

코빅의 태도는 매우 강경해서, 본도 그 의미를 분명히 알아차렸다. 코빅은 몸을 돌려 두 덩치들 사이를 비집고 나왔다. 우도 함께.

껌 속에 들어 있는 수신기는 앞으로 12시간 동안 작동할 것이다. 이 수신기는 반경 50미터 내의 모든 Wi-Fi 신호를 잡을 수 있으며 이 신호들을 타고 전송되는 모든 문자메시지와 이메일을 수신할 수 있다. 그리고 전력이 줄어들면, 완전히 꺼져 수명이 다하기 전에 그동안 수집했던 모든 정보를 발신할 것이다. 제대로 작동한다면 말이다. 중국은 첩보용 초소형기기 설계 면에서 나름의 기술을 구축했다. 하지만 큰돈을 들인 기기라도 늘 영업사원의 말만큼 믿음직스러운 성능을 발휘하는 것은 아니었다.

내려가는 엘리베이터에 함께 타고 있던 두 여자가 떠들어대고 있었다. 새로 나온 보톡스를 친구가 맞았는데 얼굴이 오렌지 껍질처럼 변했다는 것이었다. 그 여자들은 코빅의 얼굴을 보고 입을 다물었다. 엘리베이터는 42층에서 멈췄고, 몸집이 아주 큰 사나이가 들어왔다. 코빅은 그 사나이의 왼쪽 귀에 꽂힌 마이크로 리시버를 주목했다. 그 사람의 손등에는 손목에서 뻗어 나온 세 개의 뱀 대가리가 문신되어 있었다. 뱀 대가리는 세 개였지만 몸은 하나였다. 마치 삼지창처럼. 코빅은 얼굴을 돌리고 물러섰다. 그의 심장 박동이 빨라졌다. 예전에 이 비슷한 걸 어디서 봤더라? 코빅은 우와 눈을 마주친 다음 다시 그 사나이의 손을 보았다. 우가 자신의 시선을 쫓도록 말이다. 우는 누구도 알아차릴 수 없을 만큼 미미하게 고개를 끄덕였다. 물론 같은 사람은 아니었다. 그러나 그 문신은, 동료들을 죽인 살인자의 손등에 있던 바로 그것이었다.

14

그들이 로비에 도착했을 때 마이크로 리시버를 착용한 남자는 비상구로 빠져나갔다. 코빅은 그 남자의 입술이 움직이는 것을 볼 수 있었다. 그리고 뱀 문신의 남자를 더이상 추적하지 못할 거란걸 알았다. 그들은 건물 밖으로 나가 넓은 중앙 광장으로 갔다. 두 사람은 우의 X6이 주차된 공용 주차장 건물과 연결된 계단으로 향했다.

"이봐, 제이크, 요즘 어떻게 지내?"

선전 시절, 코빅은 금융 분석가 제이크 콜터라는 위장 신분으로 활동했다. 그때 알게 된 어느 미국인이 코빅을 알아보고 마치 지나가는 차 안에 있는 사람을 부르듯 건물을 드나드는 사람들 사이로 손을 흔들며 소리쳐 불렀다. 그는 커틀러와 비슷한 부류, 즉 미국이라는 캡슐을 뒤집어쓴 채로 세계를 여행하는 사람이었다. 그는 크게 몸을 움직이며 어색하게 서 있었다. 코빅은 그에게 한 손을 들어 인사한 후 앞으로 계속 나갔다. 그러나 어느 젊은 중국인이 코빅 앞에 침을 뱉었다.

우는 그 사람을 한 대 패주려고 했지만 코빅이 팔을 잡아 제지했다.

"괜찮아, 놔둬."

코빅은 군중들에게 집중하고 있었다. 그는 주변을 눈으로 살피며 추격자는 없는지 확인했다. 코빅은 몸을 숙여 신발 끈을 고쳐 매는 척했다. 그러다가 보도에 들어서면서 갑자기 방향을 바꾸었다. 그 순간 코빅과 우의 왼쪽에 있던 한 사람이 발걸음을 늦추다가 갑자기 빨리 움직였다. 추격자가 몇 명이나 더 있을까? 코빅은 다시 방향을 바꾸었고 우는 그런 코빅을 따랐다. 둘은 주차장 건물의 입구로 향했다. 입구는 경사로와 계단으로 이루어져 있었다. 코빅은 우의 승용차를 사용하지 않고 대신 택시를 탈까 생각했다. 익명성과 기동성이라는 두 가지 요소를 저울질해본 그는 결국 우의 자동차를 사용하기로 마음을 굳혔다. 현명한 선택이었을까? 곧 알게 되겠지.

우는 X6의 시동을 걸고 출구 경사로로 향했다. 그들 앞에 아우디 한 대가 튀어나왔다. 운전자가 팔을 뻗어 주차 티켓을 주차요금 정산기에 넣었다. 그때 코롤라 한 대가 우의 X6 뒤에 섰다. 차단기가 올라가고 아우디가 통과하자 차단기가 다시 내려왔다. 우는 평소대로 주차 티켓을 주차요금 정산기에 넣었지만 차단기는 올라가지 않았다. 그런데 조금 전 앞에 있던 아우디의 후미등 불빛이 보였다. 우와 코빅은 아우디와 코롤라 사이에 끼어버린 셈이었다. 코빅이 소리를 질렀다.

"젠장, 제발 좀 가라!"

우는 화난 표정으로 코빅을 보았다.

"새 범퍼 사줄게."

우의 마음속에서 의무감과 불안이 대립하는 동안 그의 얼굴은 분노로 시뻘겋게 달아올랐다. 결국 의무감이 이겼다. 우는 액셀러레이터 페달을 힘껏 밟았다. X6은 차단기를 향해 돌진해 아우디를 들이받았다. 부서진 플라스틱 파편이 잔뜩 튀었다. 우는 계속 액셀러레이터를 밟아댔다. 변속기가 비명을 질러댔지만 X6은 아우디를 밀어붙이며 경사로 끝까지 올라갔다. 아우디는 X6에 밀려 옆으로 돌았다. 경사로를 따라 늘어선 안전장벽과 아우디 사이에는 약간의 틈이 있었다.

"저기로 들어가!"

"저기로 차가 들어갈 리 없잖아요!"

"하라면 해!"

코빅은 상대방이 납치를 시도하리라 생각했다. 그러나 얼마 안 있어 상대방이 자신들의 생사 여부에는 관심이 없다는 것이 드러났다. 뒤쪽의 코롤라에서 쏜 총알이 X6의 뒷유리를 깨뜨렸다. X6은 아우디와 골판 모양의 안전장벽 사이를 빠져나가기 위해 거친 쇳소리를 내며 비명을 질러댔다. 결국 그들은 주차장을 벗어나 과속 방지턱에 덜컹이며 대낮의 햇살 아래로 나왔다.

"잘했어, 새 차 사줄게. 계속 전진하라고."

"어디로요?"

"나도 몰라. 아무 데로나."

코빅은 뒤쪽의 상황이 잘 보이도록 백미러를 조절했다. 마침 아우디의 운전자가 차 문을 열면서, 소음기가 달린 QSZ-92 권총으로 X6을 조준하는 것이 보였다. 그때 뒤따라온 코롤라의 차 문이 열리면서, 아우디 운전자의 팔을 제대로 치어버렸다. 코빅은 피식 웃음이 나왔다. 악당들끼리 서로 엿 먹이는 것만큼 고소한 것도 없지. 그러나 고소함도 잠시뿐이었다. 저 친구들은 이곳의 공무원들을 짜증나게 하거나 혼란을 일으켜도 상관없는 게 분명했다. 마치 난장판을 만들어도 되는 면허를 가진 것처럼.

코빅은 우의 눈에서 눈물을 본 것 같았다.

"차 산 지 3주나 됐는데."

"이럴 때는 '3주밖에'라고 해야지. 문법에 신경 좀 쓰라고."

"난 지금 차 생각밖에 안 난다고요!"

"이해해, 하지만 지금은 우리 앞가림부터 생각하는 게 좋아."

도로는 일방통행로였고 많은 차가 다니고 있었다. 그러나 버스전용차로는 시원하게 뚫려 있었다. 우는 차에 더 큰 상처가 날 것을 각오하고, 운전대를 왼쪽으로 꺾어 역주행했다. X6에 놀란 모터 자전거들이 마치 봉지에서 튀어나온 젤리처럼 흩어졌다. 우는 차들을 가르며 교차로까지 달린 후, 좌회전해 좁은 거리로 뛰어들었다. 그러고는 경적을 마구 울려대며 느리게 달리던 밴과 오토바이 사이를 헤집고 다녔다. 사다리를 휴대한 어떤 남자가 언제 길을 건너야 할지 몰라 망설이고 있었다. 우는 그 남자의 사다리를 들이받았다. 사다리는 남자를 축으로 180도 돌아 자전거를 타고 있던 사람을 쳐 넘어뜨렸다.

십자로 역시 차들로 꽉 막혀 있었고 코롤라는 이미 바짝 뒤따라왔다. 우의 생존 본능이 발동했다. 그는 앞에 있는 두 대의 차 사이를 비집고 지나가려 했다. 반대편 차로는 그래도 차량 흐름이 원활한 편이었다. 그럼 그쪽으로 가지 않을 이유가 없다.

우는 다시 역주행을 하며 말했다.

"이런 세상에, 액티브 크루즈 컨트롤을 망가뜨렸어요!"

"어쩌다가?"

코빅이 물었다. 코빅은 우가 자신을 웃기려고 그런 말을 한 줄 알았다.

"액티브 크루즈 컨트롤은 센서가 느린 차량이나 정차한 차량을 감지하면 차량의 속도를 줄여 안전거리를 유지해주는 기능이죠."

그들은 뻥 뚫린 길을 발견했다. 우는 그쪽을 향해 액셀러레이터를 강하게 밟았다.

"자! 운전대를 잡으세요!"

우는 그렇게 소리치고 운전석과 조수석 사이로 몸을 눕혀, 뒷좌석 아래쪽에 특별 제작한 총기보관함으로 손을 뻗쳤다. 보관함 뚜껑은 쉽게 열리지 않았다. 코빅이 소리쳤다.

"액셀러레이터를 더 세게 밟아!"

우가 무기를 꺼내려 발버둥치는 사이, 코빅은 앞에서 다가오는 차들 사이를 재빨리 빠져나갔다. 경적이 울리고 운전자들은 양옆으로 피했다.

"브레이크!"

코빅이 소리치자 우가 브레이크를 밟았다. 코빅은 버스 왼편에 공간이 생기자마자 중앙선을 넘었다가 다시 돌아왔다. 그 충격으로 우는 운전석으로 되돌아왔다. 다행히 손에 총을 들고 있었다. 그는 총을 코빅의 무릎 위에 던지고, 다시 운전대를 잡았다. 그가 운전대를 잡자마자 그들의 앞에 사고 난 밴을 견인하러 레커차가 나타났다. 우는 운전대를 꺾어 그 차를 절묘하게 피했다.

"잘했군."

총은 예전에 코빅이 우에게 선물로 준 P226이었다. 우는 그 총을 아직까지 한 번도 써본 적이 없었다. 상하이에서는 총이 필요 없었다. 적어도 지금까지는.

뭐라도 쏟아질 듯 우중충한 회색빛 하늘에서는 이제 번개가 치고 있었고, 천둥소리가 나더니 비가 쏟아지기 시작했다. 내리는 비는 눈앞을 가려, 모든 것을 한 덩어리로 보이게 했다. 우가 와이퍼를 작동시킨 순간 차량의 앞유리가 깨지면서 유리 파편과 분홍색 비닐 장화들이 날아 들어왔다. 그들은 방금 차를 들이받았고, 그 차 지붕에 실려 있던 장화들이 그들에게 쏟아진 것이다. 닦을 창이 사라진 와이퍼는 제멋대로 허공을 휘젓고 있었다.

"젠장, 이게 무슨 일이지?"

"아무래도 오늘은 운이 없는 날인 것 같군."

이번에는 X6의 후드가 클립에서 떨어져 나가 방패처럼 펼쳐지더니, 순식간에 총알구멍으로 벌집이 되었다. 코빅은 생각했다. 이럴 때면 벽난로에 발이나 쬐면서 독서삼매에 빠지고 싶다고. 왜 내 머리는 가장 긴박한 두뇌회전이 필요한 순간에 이런 생각이나 하고 있는 걸까.

"운수 사나운 일이 또 있으려나……."

아까만 해도 갓 뽑은 신차를 훼손하는 신성모독에 대해 불평하던 우가 이제는 완전한 생존 모드에 들어갔다. 그는 기어를 후진 모드로 강하게 밀어붙였다. 갑자기 밀어닥친 중력 가속도에 코빅은 몸을 제대로 가눌 수 없었다. 그는 급속 후진을 하는 우의 유연한 자세를 넋을 잃고 볼 수밖에 없었다. 우의 두 손은 운전대에 있었으나, 그의 상체는 거의 뒤를 보고 있다시피 했다. 코빅은 시간이 나면 자기도 요가를 해야겠다고 다짐했다.

"어디서 총알이 날아왔는지 보았나?"

굳이 물어볼 필요도 없었다. 한 대의 모터사이클이 그들과 나란히 달리고 있었다. 모터사이클 운전자가 쏜 총알이 옆유리를 박살냈다. 한 발의 총알이 코빅의 코를 스쳐가자, 머리끝이 쭈뼛 섰다. 코빅은 우의 시그 권총을 집어 들어 조준한 다음 모터사이클 운전자를 쏘아 쓰러뜨렸다. 그러나 잠시 후 또 다른 총알이 날아와 코빅의 손에서 권총을 날려버렸다.

우는 운전대를 우측으로 90도 꺾어 좁은 길로 들어갔다. 그 길은 쓰레기차에 막혀 있다시피 했고 더 이상 나갈 길이 없었다. 게다가 따돌렸다고 생각했던 코롤라는 마법처럼 그들 뒤에 와 있었다. 우는 코롤라를 들이받아 멈춰 세웠다. 그 충격에 코롤라의 후드가 뒤로 열렸고 쓰레기차의 반대편에서 달려오는 또 다른 모터사이클이 보였다. 모터사이클을 탄 총잡이가 들고 있던 총을 그들에게 겨눴다.

"비상 탈출!"

코빅은 차에서 뛰어내려, 비로 흠뻑 젖은 보도 위를 걷던 중년 여성의 발 앞에 쓰러졌다. 놀란 그녀의 입이 둥그렇게 벌어졌다.

"죄송합니다, 사모님. 운수 없는 날이라……."

코빅은 벌떡 일어나 칠흑 같은 골목길 속으로 사라졌다. 이 길이 어딘가로 이어져 있길 바랐다. 하지만 그렇지 않았다. 코빅을 추격하는 모터사이클의 엔진 소리가 벽을 타고 계속 따라왔다. 그는 근처 건물로 들어가 계단을 타고 작은 공장으로 들어갔다. 그 공장 안에 빼곡히 들어앉은 여자들은 재봉틀과 산더미 같은 옷감 두루마리를 쌓아놓은 채 일하고 있었다. 여자들은 일을 멈추고는 무표정한 얼굴로 코빅을 보았다. 계단을 오르는 발소리가 코빅의 귀에도 들렸다. 도망갈 곳을 찾아야 했다. 그는 장난감과 어린아이들, 보육교사가 있는 직장 내 보육실로 들어갔다. 더 이상 갈 곳이 없었다. 창문을 열고 아래의 골목을 내려다보았다. 창틀 아래에는 마치 발판처럼 튀어나온 부분이 있었고, 그 부분은 건물 맨 끝에 있는 배수관까지 연결되어 있었다. 배수관은 약해 보였지만, 여러 개의 케이블이 배수관을 따라 지붕으로 연결되어 있었고, 무엇보다도 그 외에 다른 선택이 없었다. 그는 창틀을 잡고 건물 밖으로 나간 다음 발판 위에 발을 디디고 배수관을 향해 조금씩 움직였다. 그와 동시에 코빅의 뒤를 쫓던 자가 창문 밖으로 얼굴을 내밀었다. 코빅은 좁은 공간에서 할 수 있는 한 최대한의 힘으로 그놈의 얼굴을 걷어찼다. 하지만 발에 힘이 모자랐는지, 상대방은 얻어맞으면서도 코빅의 발을 붙들었다. 코빅은 몸의 균형을 잃었지만 미끄러지는 순간 간신히 케이블을 잡았다. 케이블이 코빅의 체중을 견디느냐, 견디지 못하고 끊어지느냐 둘 중 하나였다. 다행히도 케이블은 코빅의 체중을 견뎌주었지만 그의 손바닥 안으로 파고들었다. 그는 다른 손으로 케이블을 붙잡고 발을 다시 휘둘러 상대방의 손에 들린 총을 쳐냈다. 총은 아래쪽 도로에 떨어졌다. 그러나 그 움직임 때문에 코빅은 배수관에서 멀어졌고, 원치 않은 진자운동을 하게 되었다. 아래에 있던 여러 사람들이 코빅을 보고 소리를 질렀다. 코빅은 진자운동의 관성을 이용해 자신의 몸을 옆 건물의 창틀로 날렸다. 그곳에는 앞치마 차림의 두 소년이 목을 쑥 빼고 이 진풍경을 흥미롭게 관람하고 있었다. 코빅의 발이 창틀에 닿자마자 그 뒤에서 덩치 큰 대머리 사내가 나타나 아이들의 머리를 손바닥으로 때렸다.

코빅은 마치 해안에 끌어올려진 청새치처럼 그 공장 바닥으로 떨어졌다.

"들어가도 되나요?"

대머리 사내는 기다란 장대로 코빅을 위협하며, 그가 일어서지 못하게 하려 했다. 코빅은 장대를 비틀어 빼앗았다.

"날 지붕으로 가게 해주신다면 여기서 얌전히 나가 드리죠."

한 소년이 채광창을 가리켰다. 코빅이 뺏은 장대는 그 채광창을 열 때 사용하는 것이었다. 누군가가 도와주기만 하면 갈 수 있는데. 그때 유리창이 건물 안으로 와장창 깨지면서 추격자가 모습을 드러냈다. 코빅은 장대로 상대의 가슴을 타격했다. 상대는 마치 핀으로 고정된 곤충 표본 같은 자세로 쓰러졌다.

코빅은 또 다른 채광창을 발견했다. 채광창 아래에는 난로가 있었다. 코빅은 난로를 딛고 올라가 주먹으로 채광창을 열고 빠져나갔다. 공장의 후덥지근하고 퀴퀴한 공기 속에 있다가 바깥의 신선한 공기를 접하니 상쾌했다. 쏟아지는 빗줄기도 그를 씻어주고 원기를 북돋아주는 것만 같았다. 코빅은 여러 지붕 사이를 넘어 다니며 아래의 거리를 살폈다. 어디에도 우의 모습은 보이지 않았다. 그는 난간 위로 올라선 후에야 자신이 옥상 정원에 있음을 알았다. 이 정원은 화분과 녹색 인조 잔디로 채워져 있었고, 인조 잔디 위에는 개똥이 수북했다. 코빅은 갑자기 옥상을 뒤흔드는 큰 소리를 들었다. 자신을 향해 다가오는 소리였다. 근육질의 개가 코빅을 향해 울부짖으며 미친 듯이 달려오고 있었다. 코빅은 뒤로 주저앉았다. 개가 하늘로 높이 뛰어오르다가 별안간 움직임이 틀어지면서 땅에 떨어졌다. 목줄 때문이었다. 코빅은 일어서서 펄쩍펄쩍 뛰는 개를 피해 움직였다. 그 개는 목줄 때문에 제대로 짖지 못하고 있었다. 코빅은 난간 위로 올라가 목줄이 연결된 곳으로 다가갔다. 개는 펄쩍펄쩍 뛰면서 코빅의 발을 향해 달려들었다. 개는 코빅의 신발을 벗겨낸 다음 거칠게 물어뜯어 걸레짝을 만들었다. 그 정도면 코빅이 개의 시선을 피해 목줄이 묶인 곳 바로 옆에 있는 문까지 도달하기에 충분한 시간이었다. 개는 순간 멈칫했다. 사람을 공격할지 아니면 신발 하나로 만족할지 갈등하고 있었다. 모터사이클을 타고 온 추격자가 옥상에 들어섰고, 그 자리는 개의 행동반경 내였다. 코빅은 기회를 얻었다. 그는 뛰어내려 목줄을 풀었다. 개는 추격자를 덮쳤고 둘은 이리저리 굴렀다. 그러다가 결국 개는 끼잉 하는 비명을 지르며 쓰러졌고, 추격자는 개의 목에서 피묻은 긴 칼날을 빼냈다.

코빅은 이제 여러 방을 통과해 계단을 내려가, 진공청소기가 가득한 방에 들어갔다. 방 한가운데는 어떤 남녀가 진공청소기를 살펴보고 있었다. 고장 난 청소기를 고치는 중인 것 같았다.

"비상구는 어디인가요?"

남자가 턱짓을 하는 방 뒤편에는 큰 창이 있었는데, 그곳에는 물건을 집어 올리는 화물용 지브가 있었다. 코빅은 창으로 가서 주변을 살펴보았다. 골목길에는 빨랫줄이 걸려 있었고 빨랫줄에는 미처 걷지 못해 비에 젖은 빨랫감들이 일부 걸려 있었다. 그 아래에는 여러 마리의 돼지가 갈고리에 매달려 있었고, 그 밑에는 떨어지는 체액을 받는 양동이가 있었다. 돼지고기 뒤에서는 뭔가를 바스러뜨리는 소리가 났고, 그 오른쪽에는 대형 쓰레기통이 있었는데 그 쓰레기통은 소형 증기기관이라도 들어 있는 듯 씩씩대는 리드미컬한 소리가 났다. 코빅은 그 쓰레기통 뒤에 피 묻은 셔츠를 입은 사람이 웅크리고 있음을 확인할 수 있었다. 왼쪽에서 두 사람이 골목으로 들어오다가 쓰레기통 뒤의 사람을 보았다. 쓰레기통 뒤에 숨어 있는 사람은 우였다. 숨어서 가쁜 숨을 몰아쉬고 있었던 것이다.

코빅은 골목으로 들어온 두 사람에게 소리 질렀다.

"이봐! 개자식들! 여기다!"

두 명은 코빅을 올려다보았다. 코빅의 몸은 아드레날린이 넘쳐났다. 국경 사건으로 인해 느꼈던 통증은 완전히 사라졌다. 심장이 강하게 고동치는 그는 이제 세계를 구할 준비가 되었다. 하지만 이런 상태에서는 자칫 무모한 짓을 할 위험성이 높다는 것을 코빅은 잘 알고 있었다. 하지만 무모한 짓을 안 하면 뭘 하란 얘긴가?

코빅은 창문에서 몸을 날려 두 사람 중 앞서 가던 사람을 덮쳤다. 상대는 코빅에게 깔려 쓰러졌다. 코빅도 잠시 동안 눈앞이 새하얘져 아무것도 보이지 않았다. 다시 시력을 회복한 순간 눈앞으로 날아오는 칼날을 발견하고 몸을 돌려 피했다. 우가 쓰레기통 뒤에서 튀어나왔다. 그는 부상을 당해 탈진했으며, 다리를 절고 있었다. 두 번째 상대는 우를 향했다. 코빅은 온 힘을 다해 그 칼잡이에게 덤벼들었다. 코빅과 칼잡이는 우 위에 쓰러졌다. 코빅은 칼잡이가 든 칼을 뺏으려 애쓰면서, 한편으로는 다른 놈이 자기를 덮치지 않을까 불안했다. 그는 정육점 뒤에서 덩치 큰 사내가 동물의 여러 부위가 가득 든 대야를 들고 나오는 것을 보았다. 두 번째 칼잡이가 달려오다가 그 사람과 부딪혔다. 두 사람은 함께 쓰러져 굴렀고 길바닥 위로 고기와 뼈가 마구 굴러다녔다. 화가 난 칼잡이는 일어서려는 정육점 사나이를 칼로 난자했다. 쓰러지는 정육점 사나이의 조끼에 크게 찢긴 자국이 있었고 피가 쏟아져 나오고 있었다. 이런 무분별하고 고의적인 살상을 본 코빅은 분노했다. 그는 첫 번째 칼잡이의 손목을 뒤로 꺾은 다음, 그 손에 들려 있던 칼을 빼내 던져버렸다. 칼이 바닥에 떨어지자 우가 그것을 주웠다. 그리고 코빅은 아직 신발을 신고 있던 한쪽 발로 칼잡이의 얼굴을 걷어찼다. 두 번째 칼잡이가 그들에게 접근했다. 코빅은 불쌍한 정육점 사나이가 튀어나온 내장을 붙든 채 앞으로 쓰러지면서 물웅덩이에 얼굴을 처박는 것을 보았다. 코빅은 두 번째 칼잡이의 칼을 피한 다음, 이마로 상대방의 코에 박치기를 가했다. 상대방은 비틀거리며 물러섰지만 여전히 날카로운 칼을 허공에 휘젓고 있었다. 코빅은 상대방의 가슴을 걷어차면서 몸의 균형을 잃었다. 그의 발이 바닥에 깔린 질척한 고깃덩어리들을 밟아 미끄러졌고, 등을 땅으로 향한 채 쓰러졌다. 그 순간 칼잡이가 코빅을 덮쳐왔다. 우가 칼잡이에게 달려들었지만 분노로 격해진 칼잡이는 우를 밀쳐내고 코빅의 얼굴에 칼끝을 겨누었다. 칼날은 코빅의 눈앞에서 잠시 멈칫했다. 칼잡이는 이 순간을 즐기려는 것이 분명했다. 코빅은 그것을 기회로 삼았다. 그는 팔의 감각을 되찾고 양손으로 칼잡이의 손을 강하게 움켜잡았다. 근 30초간 코빅의 얼굴에 칼을 쑤셔 넣으려는 칼잡이와, 칼날을 위로 밀어내려는 코빅과의 힘겨루기가 계속되었다. 코빅은 칼날을 젖히려 힘을 쓰면서도 상대방의 눈에 서린 살의를 느낄 수 있었다.

"좋은 연금에 가입했기를 바란다, 친구. 네 가족들이 그 연금을 탈 테니까."

칼잡이는 피와 침이 섞인 액체를 입에서 뱉어내고, 해석 불능의 말을 해댔다. 칼날은 지독히 느리게 코빅의 얼굴에서 비껴나고 있었다. 코빅은 힘이 빠지는 것을 느꼈다. 그 순간 다른 칼잡이로부터 벗어난 우가 칼잡이의 머리를 잡아채 뒤로 젖혔다. 아직 칼은 상대방의 손에 있었지만 코빅은 칼날의 방향을 틀어 상대의 턱 밑을 향하게 했다. 우는 기가 막힌 타이밍으로 칼잡이의 머리를 아래로 밀었다. 그러자 칼날은 상대의 인후부와 결후 사이에 박혔다. 우는 칼잡이의 머리를 더 아래로 밀어 칼날 전체가 칼잡이의 목에 들어가게 했다. 칼잡이는 입에서 피거품을 토해냈다. 그의 전신에서 힘이 빠지더니 그대로 쓰러졌다.

코빅은 천천히 일어섰다. 우는 무릎을 꿇고 있었다. 숨을 쉬려 애쓰는 그의 가슴이 들썩거렸다. 그는 손바닥에 묻은 피를 허벅지에 문질러 닦았다. 죽은 칼잡이의 손은 아직도 칼자루를 쥐고 있었다. 코빅은 그의 손가락을 펴보았다. 그리고 칼을 빼내어 칼끝으로 칼잡이가 입은 코트의 소매를 찢었다. 한 몸뚱이에 세 개의 머리를 가진 뱀이 불을 뿜는 주먹에 붙들려 있는 문신이 팔 중간까지 그려져 있었다.

"이게 뭔지 알고 있나?"

우는 고개를 저었다.

"알 만한 사람에게 보여주는 편이 낫겠군."

정육점에서 여러 사람이 칼에 맞은 동료를 구하러 나왔다. 코빅은 그중 큰 식칼을 들고 있는 사람에게 물었다.

"그 칼 좀 빌려도 될까요?"

코빅의 강한 기운에 칼 주인은 감히 코빅의 부탁을 거절할 수 없어 그에게 식칼을 건네주었다. 그러자 코빅은 쓰러진 칼잡이에게 다가가 문신이 그려진 팔을 한 번에 잘라냈다. 코빅은 큰 충격을 받은 듯한 칼 주인에게 식칼을 돌려주며 부탁 한 가지를 더 했다.

"감사합니다. 혹시 비닐봉지도 있나요?"

15

상하이 구도심

방 안에는 연기가 자욱했고, 낮게 배치된 노란색 전등갓이 씌워진 전구가 따사로운 황금빛을 볼품없는 나무 벽에 비추고 있었다. 시앙의 모습을 본 코빅은 갓난아기의 모습을 떠올렸다. 시앙은 머리카락이 가느다랗고, 이마에 광택이 났으며 두 눈은 호기심으로 빛나고 있었다. 코빅은 어린 시절의 천진난만한 시앙의 모습을 그려보았다. 그러나 태어난 이후 97년을 살아온 시앙의 인생에서 천진무구한 부분은 전혀 없었다.

그들은 고량주로 건배했다. 코빅은 고량주를 액체로 된 폭죽에 비유했다. 건배를 마친 다음 코빅은 들고 온 비닐봉지에서 잘린 팔을 꺼내, 마치 선물을 내려놓듯이 탁자 위에 놓았다. 시앙의 표정에서는 약간의 놀라움도 느껴지지 않았다. 그것만 봐도 시앙이 사는 세계가 어떤 곳인지 충분히 알 수 있었다. 그리고 바로 그 때문에 코빅은 시앙을 찾아온 것이다.

시앙은 고개를 돌려 문가에 서 있는 소년을 보고 말했다.

"내 돋보기 좀 다오."

그 소년은 사라졌다가, 코빅이 본 것 중 가장 거대한 돋보기를 들고 나타났다.

시앙은 얼굴 앞으로 돋보기를 천천히 들어 올린 다음, 잘린 팔을 향해 고개를 숙였다. 그는 머리가 세 개인 뱀을 살피다가 불을 뿜는 주먹을 주시했다.

그는 닭처럼 연신 끌끌거리는 소리를 냈다. 코빅은 그 소리가 웃음소리임을 한참 후에야 알아차렸다.

"당신들 미국인들은 끝없이 문제를 만들어내는군."

그는 몇 번 더 큭큭 웃고는 돋보기를 내려놓고 고개를 끄덕였다. 코빅은 잘린 팔을 다시 봉지에 담기 시작했다. 시앙은 문신을 향해 손짓을 하더니, 길고 가느다란 담뱃대로 담배 연기를 깊게 한 모금 들이켜고는 내뱉었다.

"아주 화려하군."

"무슨 말씀이신지요?"

시앙은 조심스레 하늘로 손을 뻗더니, 소매를 걷어 올려 끝이 벌어진 십자가 모양의 문신을 보여주었다. 문신이 새겨진 시앙의 피부는 거칠었고, 호두나무 색이었기 때문에 문신이 잘 보이지 않았다.

"이건 보다시피 아주 간단하지."

코빅은 이 노인을 재촉하는 것보다 더 좋은 방법을 알고 있었다. 그들이 앉아 있는 곳은 시앙의 손자가 운영하는 단펭루 가의 술집에 있는 밀실이었다. 시앙은 이 건물 위층에 있는 방에서 태어났고, 그들이 앉아 있는 바로 이 방에서 1931년 인생 처음으로 조직폭력단에 입단했으며, 십 대 때는 이 건물의 입구 계단에서 첫 살인을 했다. 죽인 상대는 경쟁 조직 두목이었다. 그런 후 벌목도(伐木刀)로 시체의 목을 베었다. 시앙이 속한 조직의 두목에게 보여주기 위해서였다. 그는 일본군이 진주만을 공습했을 때 바로 이 자리에서 상하이 시내 주요 네 개 조직 간의 휴전 협정을 주재하기도 했다. 시앙은 뛰어난 항일 운동가였으며, 또한 CIA의 첫 중국인 요원이기도 했다. 코빅이 이 모든 것을 알고 있는 것은 랭글리에 있는 이 인물의 신상 파일을 찾아보았기 때문이다.

"그 친구들은 통 크게도 나에게 비행기도 줬어. 독일제 융커스 Ju52 수상기였지. 어떤 수면에도 착륙할 수 있었어. 물론 연료도 줬지. 우리는 그걸 몰고 홋카이도에 정기적으로 가서 무기와 아편을 실어왔어. 전쟁이 끝난 후에는 뭐든지 엄청 부족했지. 우리는 빨갱이들을 막으려 뭐든 다 했지만……."

시앙의 입에서 한숨이 새어나왔다. 너무나도 길어 코빅은 이 영감님이 이대로 돌아가시는 게 아닌가 싶을 정도였다. 아마도 시앙은 마오쩌둥이 집권해 모든 재미를 망쳐놓기 전, 상하이가 누렸던 화려한 시대에 대해 소리 없이 묵념을 하고 있는지도 모른다. 그 후 상하이는 중국 동부의 제2의 도시가 되었고, 시앙 같은 폭력배들은 합법적인 사업으로 전직해야 했다.

"우리는 전용 편지지도 갖고 있었고, 숙련된 회계사들을 고용했지. 매우 전문적인 사업을 벌였어."

분명히 뭔가가 시앙의 화려한 추억을 자극한 것이다.

코빅이 처음 시앙을 찾아온 것은 원래 호기심 때문이었다. 처음에 그는 CIA의 자산이 된 전설의 폭력배 시앙이 수십 년 전 강제수용소에서 죽은 걸로 알고 있었다. 그러나 그는 순전한 호기심으로 시앙이 밀실에 은둔한 채 건강하게 살아 있는 이 술집을 찾아냈다. 시앙이 마오쩌둥의 지독한 숙청에서도 살아남은 건 기적이라고 할 수밖에 없었다. 그는 범죄자였을 뿐 아니라, 국민당 후원자이기도 했다. 물론 이후 국민당은 공산당과의 전투에서 패배하여 대만으로 쫓겨났고, 아직까지 돌아오지 못했지만. 상황을 더욱 안 좋게 만든 것은 시앙이 미국인들로부터 돈을 받았다는 것이었다. 그것이야말로 사형선고를 받을 또 하나의 확실한 혐의였다.

"비결이 뭔가요?"

시앙이 입을 열었다.

"단순함이지. 단순함은 엄청난 재산이라네."

그는 손목의 문신을 두드리고는, 주변의 나무 벽을 향해 팔을 휘저었다.

"내 경쟁 상대들은 화려한 자동차나 맨션 같은 것을 성공의 척도로 여기다가 덫에 걸렸어. 그들은 좋은 반면교사가 되어주었지. 하지만 나는 그 어떤 공산주의자들보다도 더 공산주의자답게 살았다네."

시앙은 깨달음을 전하면서 몇 번 웃었다. 코빅도 따라 웃었다.

시앙은 결코 서두르지 않고, 자기 속도대로 움직였다. 그는 대답할 준비가 된 질문만, 대답해도 되는 질문에만 답변할 것이다. 즉 직접적인 대답을 주지 않을 수도 있다.

시앙은 다시금 담뱃대로 담배 연기를 빨아들였다.

"공산당이 쳐들어 왔을 때 우리는 끝장이 났지. 내 경쟁자들 중 많은 이들이 칼을 맞았어. 거의 모든 주먹이 전멸당했지. 사형을 당하지 않은 사람도 강제수용소에서 굶어 죽거나, 중노동 끝에 탈진해 죽거나 했지. 극소수의 사람들만 살아남는 행운을 누렸어. 우리는 거북이처럼 껍질 속에 숨어들어야 했네."

시앙은 목을 움츠려 보였다.

코빅은 앉은 자세를 조금 바꿨다. 욕조에 몸을 푹 담그고 녹초가 된 몸의 피로를 풀 수 있다면 좋을 텐데. 하지만 코빅은 시앙과 그의 사라진 세계가 무척이나 흥미로웠다. 시앙은 잘린 팔에 그려진 문신을 담뱃대 끝으로 두드렸다.

"하나가 아니지."

"네, 오늘 저를 공격한 놈들은 하나가 아니었지요."

시앙은 웃으면서 고개를 내저었다.

"아냐, 아냐. 잘못 알아들은 모양이군. 이 문신은 동맹 관계에 있는 두 조직을 의미해. 불꽃을 뿜는 주먹 파는 가장 운이 좋았어. 숙청을 당하지 않았거든. 하지만 대신 그 친구들은 중국인민해방군에 입대해야 했어. 마오쩌둥은 지나치게 기고만장하고 도움도 안 되는 골칫거리 부하들을 처리할 직속 부대가 필요했거든. 마오쩌둥에게 충분히 경의를 표하지 않는 지역 인민위원 같은 사람들을 혼내줄 조직 말이지."

"그럼 뱀 대가리 삼지창 파는요?"

시앙은 담뱃대를 내려놓았다.

"그 친구들은 모두 숙청되었네. 전멸했어."

그는 왼쪽으로 몸을 돌려 정중한 동작으로 타구에 침을 뱉었다. 코빅은 분위기가 바뀌었음을 느꼈다.

"그런데 그 친구들이 다시 돌아온 것 같군요."

시앙은 고목나무 같은 손을 뻗어 코빅의 어깨에 올려놓았다.

"언제나 내가 조심하고 있다는 거, 자네도 알 거야. 나는 늘 심사숙고를 거쳐 관여 여부를 결정하지. 자네도 그래야 하네."

코빅은 고개를 끄덕였다. 시앙은 대화를 끝내려 하고 있었다.

"나는 지금도 미국의 친구야. 미국에 대해서 비판적일 때도 있지만 진실한 친구지. 그런 친구로서 한마디 하고 싶네. 이 친구들과 무슨 일이 연루되었건 간에, 당장 그만두게. 자네가 무슨 수를 써도 이길 수 없는 상대들이거든."

"그걸 어떻게 장담하시죠?"

그는 다시 큭큭거렸다.

"나는 올해 아흔일곱 살이야. 모르는 게 없지."

그는 아직도 탁자 위에 놓인 잘린 팔을 두드렸다.

"이건 어디다가 깊이 묻어버려. 다른 사람에게 보여주고 싶지는 않겠지. 자네는 매우 충동적인 사람 같군, 코빅. 제발 이 일에서 손 떼게. 안 그러면 자네는 파멸할 거야."

"어르신, 제게 말씀하실 수 없는 뭔가가 있는 것 같군요. 다른 조직에 대해 뭐라도 해주실 말씀이 없나요?"

시앙은 느리게 눈을 껌벅이다가 한숨을 내뱉었다.

"우리는 이미 교차로에 도달했어. 옛 것과 새 것 사이의 싸움은 필연적이라네. 다행히도 나는 이미 싸움을 끝냈지."

그는 몸을 돌려 아까의 소년을 불렀다.

"이분을 배웅해드려라. 곧 나가신단다."

그러고 나서 시앙은 코빅에게 잠시 시선을 고정했다.

"자네를 또 만날 수 있다면 좋겠어. 그러나 나를 다시 찾아오지는 말게, 코빅."

시앙은 천천히 눈을 감고 등을 기댔다. 만남은 끝났다.

16

코빅은 잘린 팔을 쓰레기통에 던져 넣고 우를 찾아 나섰다. 코빅은 우의 사촌이 운영하는 자동차 정비소에서 우를 찾아냈다. 우는 전투로 인해 만신창이가 된 X6의 차체를, 마치 척추 타박상을 입은 환자를 다루는 물리치료사처럼 쓰다듬고 있었다. 차의 앞 범퍼와 헤드라이트는 완전히 사라졌고, 후드는 충격으로 벌집이 되었다. 뒷유리와 옆유리 역시 충격으로 벌집이 되었고, 상대 차량이 들이받은 트렁크 도어는 경첩 한 개에 의지해 간신히 매달려 있었다. 그리고 차 옆구리 전체에는 마치 거대한 괴물이 할퀸 것처럼 페인트가 완전히 벗겨져 안의 금속이 드러날 지경이었다. 코빅은 우의 어깨에 팔을 두르며 말했다.

"친구, 정말 미안하네. 하지만 저건 어디까지나 차일 뿐이야."

하지만 그의 위로는 아무런 소용이 없었고, 조금도 도움이 되지 않았다. 그는 뭐라도 긍정적인 말을 해보려고 머리를 굴렸다.

"자네 사촌은 참 훌륭한 판금공이더군. 그 사람이 고쳐놓은 걸 봤어. 대단하더라고."

우는 아무 말도 하지 않았다. 언제나 매우 낙관적이던 그였지만, 지금은 조금도 낙관적이지 않았다.

우는 공허한 시선으로 코빅을 보았다.

"나 오늘 잘했나요?"

"잘했다는 말로도 부족할 정도지. 그리고 이 차도 마찬가지고. 우리 목숨을 구해줬잖아. 이제 나는 샘 아저씨가 뭘 해줄 수 있는지 알아보겠어."

코빅은 비자금 확인부터 해봐야 했다.

"앞으로도 오늘 같은 날이 계속될까요?"

코빅은 깊은 한숨을 쉬었다.

"그러기를 바라는 뜻으로 말한 건가?"

"상황이 더 힘드러워질까요?"

"'힘들어질까요?'라고 해야지. 그래, 더 힘들어질 거야."

그들 뒤에서 누군가의 목소리가 들렸다.

"아이야(이런 세상에)!"

우가 고개를 돌리자 사촌이 믿어지지 않는다는 표정으로 X6을 보고 있었다.

우와 사촌은 중국의 주지시 사투리로 짧은 대화를 나누었다. 코빅이 알아들을 수 없는 사투리인 것이 다행이었다. 대화를 하고 난 우의 어깨는 더욱 처져 있었다.

우의 사촌은 코빅에게 영어로 말했다.

"설명드리자면, 견적을 내기 힘들 정도예요. 폐차시키는 게 속 편하겠어요."

"우가 많이 속상하겠군요."

우는 사촌에게 다가갔다. 마치 '더 이상 다른 방법이 없나요?' 하면서 의사에게 필사적으로 애원하는 환자의 가족 같았다.

사촌은 차 주변을 느리게 한 바퀴 돌아본 다음, 파손 상태를 점검하고는 고개를 내저었다.

"돈이 엄청나게 많이 들 텐데."

"돈은 얼마든지 내겠어."

그러자 사촌은 수리비를 대충 계산해서 위안화로 얘기해주었다. 미화로 따지면 1만 불이 훨씬 넘는 엄청난 금액이었다.

"가족 할인 안 해줘?"

"가족 할인 적용한 금액이야."

"좋아. 수리되는 동안 서비스 차량 제공해줄 수 있어?"

"어쩌면. 내일 아침 다시 와보라고."

코빅은 우를 데리고 나갔다.

"잘될 거야, 친구. 그리고 어차피 미국에 가면 새 차 뽑을 거잖아."

코빅은 우가 미국에서의 미래를 생각하면 기분이 좋아진다는 것을 알고 있었다. 물론 우를 무슨 수로 미국에 데려갈지는 아직 생각도 해보지 못했지만.

그들은 우가 좋아하는 판방 루의 식당에 가서 설화 맥주를 주문했다. 식당 벽에 걸린 TV가 켜져 있었다. 우는 TV를 흘깃 보더니, 갑자기 기분이 들뜬 듯 목소리를 높였다.

"진제가 돌아왔어요!"

코빅도 젊은 정치가인 진제에 대해서는 알고 있었다. 그러나 그동안 다른 명사들이 신중국의 하늘을 밝고 화려하게 수놓은지라 그에 대해서는 잊고 있었다. 아무튼 그들은 화면을 응시했다. 푸동 공항 한쪽, 진제가 타고 온 항공기 앞에는 작은 연단이 마련되어 있었다. 비행기에서 막 내려 그 연단에 선 진제의 얼굴은 도저히 현실 속 인물 같지 않을 정도로 순진무구했다. 그는 앞에 모여선 군중들에게 손을 크게 흔들었다. 중국인답지 않은 태도였다. 그가 팔을 흔들 때마다 군중은 기쁨의 함성을 지르며, 진제의 이름을 연호했다.

코빅은 이 장면의 어떤 점 때문에 마음이 불편해졌다.

"그런데?"

"아주 훌륭한 사람이에요. 아주 훌륭한 미래……."

우는 흥분할 때면 영어를 제대로 구사하지 못하곤 했다.

"저 사람은 MIT에서 학위를 딴 훌륭한 치과지요."

코빅은 그 설명이 진제의 실체에 비하면 턱없이 부족하다는 것을 알고 있었다. 진제는 얼마 전 타임지가 선정한 올해의 인물이기도 했다. 새로운 세계 경제에 대해 그가 쓴 책은 베스트셀러가 되었다. 미국은 진제를 진심으로 인정하는 것 같았다. 코빅은 진제의 방송 이후, 미국이 그에 대해 어떤 미사여구로 칭찬을 늘어놓을지 궁금했다.

코빅은 식당의 다른 손님들도 TV에 주목하고 있음을 눈치챘다.

"진제! 진제!"

수만 명의 팬들이 환희로 가득 차 그의 이름을 불러댔다. 그의 이름을 연호하는 군중들의 목소리와 극도로 흥분한 뉴스 앵커의 목소리 사이로 진제의 연설이 띄엄띄엄 들려왔다.

"우리가 원하는 것은 뭐든지 이룰 수 있습니다."

"……개인의 소망을 추구하되 한 나라의 국민으로서 함께 나아갑시다……."

"……21세기에도 그 약속은 유효합니다……."

그리고 잠시 말을 멈추고는 양손을 내저어 군중들을 조용히 시켰다.

"……우리 정부는 우리 국민을 위해 일해야지, 우리 국민에 맞서서는 안 됩니다. 또한 모두의 목소리에 귀를 기울여야 합니다……."

그리고 진제가 중국 교도소에 수감되어 있는 수천 명의 반체제 인사를 언급하자, 군중들은 열광하며 우레와 같은 함성을 내질렀다. 코빅은 눈을 크게 뜨고 화면을 주시하는 우를 보았다.

"중국 정부가 저 사람을 탐탁지 않게 여기겠군."

우는 코빅의 경고를 듣지 못했다.

"저 사람은 선각자예요. 이제껏 저런 사람은 없었다고요."

그날 있었던 반미 시위에서 성난 중국 군중들은 미국인을 구타하려고 했다. 반면 지금 TV 속의 군중은 미국에서 극진한 환대를 받고 돌아온 젊은 정치가에게 열광하고 있었다. 코빅은 이 두 상황 사이의 엄청난 차이에 대해 생각해보았다. 시앙의 말이 맞았다. 중국은 교차로에 서 있었다.

17

상하이 프랑스 조계지

택시는 코빅을 아파트 정문에 내려주었다. 코빅은 택시기사에게 거스름돈은 됐다고 말하고 조심스럽게 차에서 내렸다. 차가 멀어져 가는 동안 코빅은 잠시 가만히 서 있었다. 밤하늘은 안개 자욱한 자줏빛이었다. 저녁 무렵의 소리가 들려오고 있었다. TV와 라디오 소리, 팝송, 중국말, CM송, 묵직한 레게 비트에 섞여 나오는 날카롭게 떨리는 가성 등.

코빅은 피곤했고, 온몸이 젖은 솜뭉치처럼 묵직했다. 아파트 정문으로 들어가 계단을 올라가는 데만도 젖 먹던 힘까지 다 쏟아부어야 했다. 루이즈는 잘 지내고 있을까. 그때 그녀를 쫓아가 용서를 빌었어야 했는지도 모른다. 현재 그는 커틀러에 의해 해임된 상태였으므로, 루이즈에게 갈 시간이 있었다. 하지만 그건 국경에서 벌어진 사건의 진실을 밝혀낸 다음에 해야 할 일이다.

검은색 메르세데스 SUV가 끼익 소리를 내며 코빅의 옆에 멈춰 섰다. 그리고 두 덩치가 내렸다. 폭력배는 아닌 것 같았다. 싸구려 정장을 입고 있었으니까 말이다. 그들이 차 옆에 차려 자세로 서 있자 젊은 중국인 여성이 내렸다. 호리호리한 몸매의 그녀는 검은색 가죽재킷과 군복 바지 비슷한 바지를 입고 있었다. 소박한 미인형 얼굴에는 거만함이 배어 있었다. 차갑게 빛나는 그녀의 날카로운 검은 눈이 코빅을 겨냥했다. 그녀는 코빅에게 걸어왔다. 데이트 신청을 하러 온 건 분명 아니었다.

"코빅 요원이신가요?"

그녀는 국가안전부에서 발행한 신분증명서를 내보였다.

"나는 샤워할 건데, 같이 할래요?"

코빅이 그녀의 반응을 보기도 전에, 그녀가 한 팔을 들자 코빅은 땅 위에 쓰러졌다. 그의 머리가 뭔가 축축한 것에 닿았다. 그녀의 뾰족한 신발이 코빅의 아랫배를 가격했고, 두 덩치가 코빅의 얼굴에 두건을 씌우자 아무것도 보이지 않았다. 누군가가 코빅의 손목에 타이밴드 수갑을 채웠다. 그러고는 SUV 뒷좌석에 밀어 넣어졌고 뒷문이 쾅 닫혔다. 혼자 하건 둘이 하건, 샤워는 나중으로 미뤄야겠군.

코빅은 화가 나면서도 당혹스러웠다. 국가안전부는 과거에도 그를 불러 정기적으로 질의응답을 했으나, 그때마다 차를 가져와서 정중하게 모셔갔으며 코빅을 감시하고 있음을 잊지 않게 하려는 의례적인 업무에 지나지 않았다. 그런데 이건 완전한 납치였다. 일단 차량부터가 그랬다. 메르세데스 SUV를 선택한 것으로 볼 때 국가안전부의 누군가가 어떤 이유에서인지 예산을 왕창 쓰기로 결심한 상황임을 알 수 있었다. 이는 매우 비애국적이며 부패한 행위였다. 아마도 현지의 메르세데스 딜러들은 국가안전부 요원들이 자사의 차를 타고 다니면 분명, 자사 브랜드에 이익이 될 거라고 판단하고 이 차를 빌려준 것 같았다. 그리고 사람들을 보자. 두 덩치들은 분명 공무원 분위기를 풍겼다. 그러나 여자에게서는 그런 분위기가 느껴지지 않았다. 아차! 그러고 보니 코빅은 아직 국가안전부 여자 요원을 본 적이 없었다.

코빅은 여자가 통화하는 소리를 들었다.

"목표물을 확보했습니다. 20분 내에 도착합니다."

여자의 현학적이고도 단조로운 목소리를 들으니 코빅은 왠지 우스웠다. 코빅은 자신이 너무나도 피곤한 나머지 차마 이들에게 저항할 의지조차 없음을 알아차렸다. 이 벤츠는 사이렌을 달고 있었다. 이로써 코빅이 중국 당국에 의해 신변이 억류된 사실은 분명해졌다. 차라리 잘된 건지도 모른다. 적어도 코빅이 아는 상대였으니 말이다. 수수께끼의 문신을 새긴 정체불명의 범죄자들보다는 낫지 않은가. 그는 몸을 좀 더 편히 하려 했지만 양손을 뒤로 묶은 수갑 때문에 그건 불가능했다. 오늘 하루도 너무나 길었는데, 그 하루가 갑자기 더욱더 길어졌다. 하지만 저항해봤자 승산도 없고, 상황을 바꿀 수도 없었다. 그는 차라리 잠을 좀 자두기로 했다. 그는 어디에서나, 아무리 불편한 상황에서도 잠을 잘 수 있었다. 그렇지 못한 경우도 간혹 있기는 했지만.

이동 거리는 짧았다. 그들은 아직도 시내에 있었다. 즉 이들은 코빅을 멀리 떨어진 황무지로 데려가서 총으로 쏴 죽일 생각은 다행스럽게도 없는 것 같았다. 거리로 판단하건대 목적지는 국가안전부 상하이 지국인 통칭 '골프공' 같았다. SUV는 갑자기 급경사 내리막길을 달렸다. 엔진 소리가 매우 가까이 있는 벽에 메아리쳐 울렸다. 타이어가 매끄러운 바닥 위에서 끼익 소리를 냈다. 분명 지하 주차장이다. 대단하군. 차가 멈췄고 문이 열렸다. 여기서는 지린내가 나지 않았다. 분명 CIA의 주차장보다는 훨씬 나은 곳이다. 차가 멈추고 문이 열리자 코빅은 차에서 끌려나왔다. 여러 개의 보안문을 통과하며 끝없이 계속되는 것 같던 복도를 지나 승강기에 올랐고, 몇 층을 더 내려갔다.

그건 좋지 않았다. 코빅의 경험으로 미루어볼 때 보통 땅속으로 깊이 들어갈수록, 그만큼 문제가 큰 경우가 많았기 때문이다. 잠긴 문이 열리는 소리를 들었다. 또 하나의 좋지 않은 징후였다. 강한 소독약 냄새도 났다. 이것 역시 좋지 않았다. 그는 곧 왼쪽으로 끌려가 딱딱한 의자에 앉혀졌다. 그 의자에는 등받이 대신 금속 봉이 한 줄 놓여 있었다. 덕분에 손목을 움직일 수 있게 되었다. 누구도 입을 여는 사람이 없었다. 그들이 계속 코빅을 내버려두길래 코빅은 잠을 자기로 했다. 그러나 코빅의 머리가 처질 때마다 그들은 거칠게 코빅의 머리를 들어올렸다. 그는 이런 짓을 당하기에는 몹시 피곤했다.

"이봐요, 날 좀 내버려두라고요. 자꾸 건드릴 거예요?"

그러자 코빅은 갑자기 맨바닥에 쓰러졌다. 누군가가 코빅의 의자를 걷어차 날려버린 것이다. 코빅의 목에 찌르는 듯한 통증이 느껴졌지만 이상하게도 즐거웠다. 코빅은 몸을 굴려 고맙다는 투로 중얼거렸다.

"좋아요, 여긴 좋은 곳이군요. 여기 계속 있어야지……."

그의 눈앞에는 눈 속에서 본 총살 장면, 상하이 도심에서의 추격전, 커틀러와의 만남이 지독하게 뒤섞인 채 보이고 있었다. 세 장면이 그의 머릿속에서 꼬리에 꼬리를 물고 끝없이 빙글빙글 돌았다.

시간이 지난 후 코빅은 의식을 회복했다. 꽤 많은 시간이 지난 것 같았다. 자신의 손목시계를 비롯한 모든 소지품이 압수되었고 이곳에 끌려온 시점을 알 수 없었다. 두건은 벗겨져 있었다. 코빅은 자신이 팔걸이까지 딸린 단단한 나무 의자에 앉아 있음을 알았다. 방은 취조실에나 어울림직한 회색이었다. 바닥도 벽도 천장도 모두 회색이었다. 창문도 없었다. 여기는 골프공, 즉 국가안전부가 새로 지은 상하이 지국 청사가 확실했다. 골프공이라는 이름이 붙은 이유는 콘크리트 외관에 골프공의 딤플처럼 크고 오목한 자국들이 나 있었기 때문이다. 공기는 매우 탁했다. 문화대혁명 때부터 오늘날까지 구취 환자들이 뱉어놓은 날숨을 죄다 모아놓은 것 같았다.

무력시위나 폭탄 테러가 발생하거나, 정치적 긴장이 높아지는 시기에는 외국 정보요원들을 불러다 놓고 이런저런 것들을 물어보는 것이 관례였다. 그것이 중국과 미국 간에 이루어지는 정보 게임의 양태였다. 어디까지나 게임이었다. 코빅이 불려 들어갈 때면, 미 본토의 FBI도 워싱턴이나 LA에 체재 중인 중국 정보원들을 불러 똑같은 일을 했다. 코빅은 중국 정보기관이 자신을 어떻게 보고 있을지 알고 있었다. 그들에게 코빅은 CIA의 중급 자산이었으며, 게으르고 폭음과 소란으로 악명 높은 전형적인 해외 거주 미국인이었다. 또한 중저급 정보들을 수집해 상관에게 가져다줌으로써 상관을 기쁘게 하고 자리를 보전하는 사람으로 보일 터였다. 코빅이 그것을 아는 이유는 자신에 대해 작성된 중국 정보기관 파일을 해킹했을 때 보았기 때문이었다. 그리고 중국 정보기관이 코빅을 불러 뭔가를 물어볼 때마다 코빅은 그들이 알아낸 것들 때문에 꽤 당황해하는 척을 했다. 물론 코빅도 상대의 수는 다 읽고 있었지만.

지루함이야말로 그들이 던지는 질문의 가장 짜증나는 측면이었다. 중국인들은 뻔한 질문을 백 개나 던져댔고 코빅도 거기에 뻔한 답변 백 개로 응수할 수밖에 없었다. 코빅의 답변 내용은 중요치 않았다. 중요한 것은 코빅이 중국 정보 기관에 불려왔다는 사실 자체에 있었다. 중국 국가안전부는 중국 주재 미국 정보요원이 누구인지 안다는 것을 미국 정부에게 보여주고 싶은 것이었다. 어디까지나 형식이었고, 낮은 수준의 무력시위이기도 했다. 왜냐하면 실제로 중국 국가안전부의 해커들은 온 힘을 다해 코빅의 모든 활동을 알아내려고 하기 때문이었다. 코빅의 이메일, CIA본부와의 전화 통화, 베이징의 커틀러와의 통신 기록들을 들춰내서 말이다. 코빅도 이 점을 염두에 두고 이러한 정보 채널에 신경 써서 고른 정보를 일부러 흘렸다. 중국 국가안전부가 코빅을 잘 감시하고 있다고 착각할 만큼 적절히 시선을 끄는 정보도 흘렸다. 그러나 정보 채널에 흘리는 정보는 모두 질 낮은 정보들뿐이었다. 코빅 자신을 무능한 정보원으로 보이게 하기 위한 것이었다. 또한 중국 공산당 내부에 심어놓은 첩보원들이 코빅에게 중국 정부 내에 도는 소문을 가져다 바치는 것처럼 보이게 했다. 물론 그 첩보원들은 모두 가공의 인물들이었고, 그들이 코빅에게 주는 정보 보고서 내용도 실은 코빅이 다른 정보출처를 통해 얻은 것이었다. 하지만 중국 국가안전부의 분석관들은 이런 엉터리 정보 보고서 내용들을 모두 꼼꼼히 읽어보았다. 코빅은 이런 수를 써서 중국인들이 있지도 않은 정보출처를 캐내는 데 수백 시간을 허비하게 만들었다.

코빅은 자신이 관타나오 스타일의 작업복을 입고 있음을 알았다. 이 옷은 마지막 착용자가 입은 후 세탁을 하지 않은 것 같았다. 어쩌면 이제껏 단 한 번도 세탁을 하지 않았을 수도 있다. 작업복에 묻어 있는 적갈색의 얼룩과 그보다 덜 선명한 색의 자국이 그 사실을 증명해주고 있었다. 코빅은 맨발이었고 바닥은 일부러 얼린 듯 차가웠다. 그의 옆에는 똑같이 생긴 두 개의 금속제 대야가 있었는데, 한 대야에는 액체가 담겨 있었다. 코빅은 그게 물이기를 바랐다. 적어도 그 액체에서는 타인의 냄새나 시체의 냄새는 나지 않았다. 또 하나의 대야는 아마도 코빅의 변기 대용인 것 같았다.

앞으로 어떤 상황이 펼쳐질지 짐작되는 부분은 없었다. 이건 시간 및 지력의 낭비였다. 농장에서 반백의 교관은 세상에 나갈 준비가 된 CIA 요원들에게 이렇게 말했다.

"명심해둬라. 여러분 개인에게 들어간 돈이 얼마이건, 여러분이 친구나 적의 다음 수를 예측하는 데 얼마나 많은 시간을 들였건 간에 확실한 건 한 가지뿐이다. 예측한 대로 되는 것은 아무것도 없다는 것이다. 이란 주재 미국 대사관 인질 사건에서부터 9·11 테러까지, 모든 사건은 항상 예상하지 못한 데서 터진다. 여러분들이 알고 있는 것은 지극히 보잘 것 없는 것이다. 그 사실을 결코 간과해서는 안 된다."

코빅은 밖에서 나는 발자국 소리를 들었다. 어슬렁거리는 덩치 큰 사람의 발걸음이 아니라 체중이 가볍고 몸의 균형이 잘 잡혀 있으며, 완력 때문에 국가안전부에 채용되지는 않았을 그런 사람의 발자국 소리였다. 방 안으로 들어온 그 발자국의 주인은 코빅을 걷어찬 여자였다.

그녀는 자리에 앉아 두툼한 파일을 열었다. 코빅은 외국 정부 당국에 억류되었을 때 말해야 하는 상투적인 어구를 영어로 말했다.

"저는 미국 정부의 공무원입니다. 당신이 어느 기관을 위해 일하는지 알아야 합니다. 저는……."

여자는 코빅 앞에 섰다. 그 여자는 다소 감정이 격해진 것 같았다.

"입 좀 닥치시지?"

그녀는 코빅의 귀에 대고 영어로 말했다. 뭔가가 날아와 코빅의 얼굴 한쪽을 때렸다. 주먹이었다.

"저는 어디까지나 저의 권리를 주장……."

"당신을 구금하고 있는 기관이 어디인지는 이미 알려주었어."

그녀는 다시 앉아서 의자 옆에 있는 탁상 램프로 손을 뻗어 탁자 위에 놓고 전원을 켠 다음 빛을 코빅의 얼굴로 향했다. 코빅은 웃기 시작했다. 또다시 그의 얼굴로 주먹이 날아들었다. 코빅은 주먹이 어디에서 날아오는지도 알 수 없었다.

"이게 뭐요? 국가안전부 신문 교범에 나오는 제2단계인가? 신문 대상자에게 빛을 비추는 것은 상대를 극도로 불편하게 만들기 위함이지. 아니면 안면 마사지라도 해주려는 건가? 그것도 아니면 코 성형이라도? 그러면 좋을 텐데. 당신은 성형외과의? 아니면 메이크업 아티스트? 아, 알겠군. 오늘은 상하이시에서 정한 외국인 봉사의 날인가 보군."

그녀는 코빅의 말을 무시하고, 자기 앞에 놓인 파일을 다시 찬찬히 살피기 시작했다.

"이봐요, 솔직히 말해서 내가 왜 여기 있어야 되는 거요? 그리고 난 당신 이름도 모른단 말이요."

여자는 파일에 적힌 이름을 읽었다.

"라즐로 코빅……."

"그건 내 이름이 아닌데."

여자는 파일의 내용을 계속 읽었다.

"미합중국 중앙정보부 작전본부 상하이 지국 소속."

"나는 그곳 소속이 아니라니까. 예전에 그곳에서 일한 적도 없고."

그의 말은 적어도 표면상으로는 옳았다. 문서상 그는 단순히 '정부 직원'일 뿐이었으니까.

"거짓말해봤자 소용없어."

"당신의 L 발음은 완벽하군. 어느 대학을 나오신 거요?"

여자는 계속 파일을 살펴보았고 코빅은 그 여자를 계속 살펴보았다. 코빅은 이런 중국인을 만나본 적이 없었다. 몸놀림으로 볼 때 꽤 오랜 시간 서구에서 생활한 것 같았다. 여자의 영어는 매우 유창했고 자연스러웠다. 코빅이 이제까지 알고 있던 국가안전부는 전원 남자로만 이루어진 조직이었고 외부로부터 위험한 영향을 받지 않은 인원들로만 조직을 꾸려야 한다고 믿는, 중국 정부의 병적인 순혈주의가 팽배한 조직이었다. 국가안전부에 지원하는 데 필요한 전제조건 중 하나는 가족 전원이 당원이어야 한다는 것이었다. 즉 실력이 최고일 필요는 없다는 얘기였다. 코빅이 알고 있는 국가안전부 여직원은 지원부서 직원이나 미인계 전담요원 말고는 없었다. 그런 여자 요원들은 별도의 부서에서 따로 관리함으로써, 절대 국가안전부의 요직에 진출할 수 없게끔 하고 있었다.

여자는 계속 두툼한 파일을 읽고 있었다.

"당신은 아프가니스탄에서 근무한 후 상하이에서 지금까지 6년 동안 살았군."

"아까도 말했지만, 당신의 영어는 꽤 들어줄 만해."

"물론, 당신의 중국어 실력보다는 뛰어나지."

"어떻게 그리 자신이 있는 거요?"

코빅은 헛기침을 한 후, 중국어로 시를 암송하기 시작했다.

"주에 다이 요우 지아 렌(絶代有佳人: 절세의 미인이)

요우 주 자이 콩 구(幽居在空谷: 그윽한 골짜기에 조용히 살고 있네)

지 윤 리앙 지아 지(自云良家子: 자신은 양가집 딸이었는데)

링 루오 이 차오 무(零落依草木: 몰락하여 초목 속에 몸을 맡기고 있네)."

무표정하던 여자의 얼굴이 살짝 일그러졌다.

"두보(杜甫)의 '가인(佳人)'이라는 시지. 끝까지 다 외우고 있소만."

코빅은 이 정도쯤이야 별것 아니라는 투로 이야기했다. 그러자 여자는 다소 격앙되었고 코빅은 그 모습을 보면서 만족감을 느꼈다.

"당신, 자신이 얼마나 큰 문제에 빠졌는지 알고는 있는 거야?"

"인생은 문제의 연속이지."

"허세 부리지 마."

"난 진담인데. 여기 얼마나 더 오래 있어야 되는 거요?"

그녀는 그 말을 무시하고 파일의 페이지를 넘겼다.

"디트로이트에서 고등학교를 다니다가 성적 불량으로 퇴학당한 후 1999년에 입사했지."

"야망 넘치는 젊은이를 위한 곳이 없었지."

"당신 학교의 교장 선생 말씀에 따르면 당신의 기억할 만한 특징은 거짓말과 권위에 대한 반항이라고 하더군."

"그런 자질이야말로 언제나 유용했는데."

"농장에서 했던 기초 훈련에서도 낙제했잖아."

"내 능력이 너무 뛰어나서 그랬겠지."

"당신의 지난번 아프가니스탄 임무는 논란이 많더군."

"왜 나의 장점은 이야기하지 않는 거요?"

그녀는 깊은 한숨을 쉬었다. 좋아, 이 여자가 슬슬 괴로워하기 시작했군.

"이곳에서의 당신 임무는 중국 인민들을 돈으로 유혹해 비밀을 빼내게 하고 조국을 배신하게 만드는 거야. 부정할 텐가?"

여자의 목소리에 분노가 묻어나기 시작했다. 코빅이 보기에 그녀는 이런 상황에 익숙지 않은 것 같았다. 또 다른 공격을 시도해봐야겠군.

"물론 부정하지는 않겠어. 그런데 아시다시피 당신네들도 그러잖소."

여자의 목소리가 날카로워졌다.

"첩보 활동뿐 아니라 당신은 타락한 악당이야. 당신은 범죄자들과 어울렸어. 당신은 당신 나라의 정부를 당혹스럽게 했을 뿐 아니라 위협까지 했어. 그리고 우리에게도 위협을 하고 있고."

마오쩌둥의 문화대혁명 때부터 내려오는 전형적인 비난같이 들렸다.

"그만하지. 그런 말 들으니 부끄럽잖아."

"왜, 흥분돼?"

"유감스럽게도 그렇지는 않아. 하지만 다른 얘기를 하는 게 어떨까. 예를 들면 대니 탕 이야기는 어때?"

그녀는 또다시 손바닥으로 코빅의 얼굴을 세게 때렸다.

그녀는 정말로 분노를 느끼고 있는 것 같았다. 혹은 그녀의 상관들이 좋아하는 행동을 하려는 것인지도 몰랐다. 뭐, 둘 중 어느 것이건 결과는 비슷했지만.

그녀는 랩톱을 열고, 전원을 켠 다음 코빅에게 화면을 보여주었다. CCTV 영상을 편집해 만든 동영상이 나오고 있었다. 동영상의 내용은 코빅이 그날 하루

동안 벌인 추격전이었다. 우의 자동차를 탄 것부터 시작해서 그 다음에는 도보로, 그 다음에는 지붕에서 벌인 추격전까지 다 나왔다. 모두 멋지게 편집되어 마치 액션 영화의 예고편을 보는 듯했다.

"엄청나게 잘 쫓아오셨군. 동영상 촬영한 분이 보통은 아니네."

"당신은 수천 위안의 재산 피해를 입혔을 뿐 아니라, 많은 사람들에게 폭력을 휘둘렀어. 공공의 안전을 노골적으로 침해했지."

"나는 어디까지나 내 생명을 구하기 위해 도주했을 뿐이오. 그 동영상을 무편집판으로 더 자세히 본다면 중국인 여러 명이 날 죽이려 했던 걸 볼 수 있을 텐데."

"그들은 당신이 어울렸던 범죄자 일당들이지. 아마 당신은 그 사람들로부터 마약을 얻으려 했을 테고."

"난 업무상 마약을 하지 않소만."

"아니면 창녀였거나."

"나는 철두철미한 일부일처주의자이고, 그 사실을 기쁘게 여긴다고."

그녀는 코빅의 말을 막으려는 듯 손을 들었다.

"코빅 요원, 미국은 어느 나라건 짓밟고 때려 부수고 혼란을 일으키면서 누구에게도 처벌받지 않을 거라고 생각하나 본데……."

여자는 깊은 숨을 들이쉬었다가 코빅의 얼굴에 내뿜으며 소리쳤다.

"중국에서는 안 통하는 얘기야!"

그녀는 멈췄다가 다시 말을 시작했다.

"지난 6년 동안 당신은 이곳에서 중국 인민들을 돈으로 유혹해 비밀을 빼내게 하고 조국을 배신하게 했어. 우리는 당신의 일거수일투족을 철저히 감시해 왔고, 당신 편에 붙은 배신자들은 그에 걸맞은 처벌을 받아왔지."

그녀의 말은 사실이었다. 코빅의 주요 정보원들 중 일부가 들통 났다. 그 주된 이유는 코빅이 준 돈을 정보원들이 너무 부주의하게 썼기 때문이었다. CIA는 정규 직원들에게 인색한 대신, '자산'들에게는 공작금을 펑펑 퍼주었다. 그래서 그는 수준 낮고 검증되지 않은, 거짓인 게 뻔한 정보를 위해서 수백, 수천 달러를 쓸 수 있었다.

코빅은 당혹스러운 표정으로 여자를 보았다.

"당신은 대체 뭘 아는 거요? 내가 왜 여기 있어야 하는지 알고는 있는 거요? 짐작하건대 당신은 날 여기로 데려오라는 명령만 받은 것 같은데, 그 이유는 모른 채 말이오. 나는 이 신문 자체가 엉터리라고 생각해. 방금 보여준 파일과 비디오? 그건 그냥 나에 대한 비난에 불과하잖소."

그녀는 꼼짝도 하지 않았다. 눈도 깜박이지 않았다. 하지만 그녀의 그런 태도야말로 그가 옳다는 것을 증명하고 있었다. 국경에서 있었던 사건에 대해 뭘 안단 말인가? 코빅이 거기 있었다는 걸 알기는 할까? 그리고 목숨을 걸고 벌였던 추격전이 빅터 본과 연관되어 있다는 것은?

"도대체 뭘 원하는 거요? 모조리 답해드리지. 난 집에 가고 싶다고."

그녀는 대답할 말이 생각나지 않는다는 표정으로 코빅을 보았다.

코빅은 자신의 인내심이 바닥을 드러내고 있음을 느꼈다.

"이봐요, 대체 일이 어떻게 굴러가는 거요? 오다가 잠시 잠을 자긴 했지만 무척이나 피곤하다고. 정말 힘든 날이었어. 그리고 어서 집에 가서 샤워를 하고 싶군."

그녀는 일어서서 코빅을 보았다. 그녀의 표정에 약간의 만족감이 스쳤다.

"곧 그 소원을 들어주지."

그녀는 파일을 닫았다.

"당신은 집에 가게 될 거야."

그 말뜻을 이해하는 데는 시간이 걸렸다.

"항공권을 예약해놨어. 오전 8시 30분, 워싱턴 DC행 델타 항공이야."

18

상하이 프랑스 조계지

뭔가 실수가 있었던 게 분명했다. 커틀러가 개입해서 일을 쉽게 마무리 지은 거겠지. 미국의 중국 정보요원들도 가끔 넘어서는 안 될 선을 넘다가 문제를 일으키기도 했다. 그러나 추방이라…… 분명 이런 건 가벼운 경고로 끝났어야 할 사안이었다. 금속 문이 열리며 메르세데스에 타고 있던 정장 입은 두 덩치가 다가와 코빅의 수갑을 풀어주었다. 한 사람은 코빅이 입고 왔던 옷을 비닐봉지에 담아 들고 있었다. 여자는 일어서서 문을 향해 나갔다. 덩치 한 명이 코빅을 자기 앞에 끌어다 놓고 코빅이 입고 있던 작업복을 벗겼다.

코빅은 떠나는 여자를 향해 소리 질렀다.

"이봐! 미국 영사관에 보고도 안 하고 이런 짓을 하면 안 되지."

여자는 돌아서서 비웃듯 말했다.

"이미 당신을 데려오기 전에 보고했지."

망할, 미국에 돌아간다는 생각을 하니 여러 가지 짜증이 몰려왔다. 그는 아직 준비가 되지 않았다. 그리고 해야 할 일이 있었다.

"미국 영사관에서 공식적으로 항의할 기회는 줬어야지."

"미국 영사관은 어떤 항의도 하지 않겠다고 했어. 아마 당신이 오늘 보여준 행동이 매우 짜증났던 모양이지. 당신은 말썽을 일으키고 어딜 가나 관심을 끄는 것 같아. 보통 수준의 정보원으로 봐주기도 어려운 상황이지. 당신을 교육시키는 데 든 세금도 아까워하고 있을걸."

커틀러가 이년을 시켜 날 엿 먹인 건가?

"당신 집까지 데려다 주겠어. 가서 여행에 필요한 물건을 챙겨도 좋아. 그런 다음 푸동 공항으로 가서 워싱턴 DC행 비행기를 타라고. 그럼 이제 두 번 다시 중국에는 돌아올 수 없어."

그건 맞는 말이 아니었다. 거래는 언제든 이루어질 수 있다. 상하이에서 안 되는 것은 없었다. 심지어 아무리 열성적인 극렬분자에게도 현찰은 통했다. 비행장 활주로 위에서도, 항공기 객실 복도에서도 현찰은 통했다. 코빅은 여자를 보았다. 그녀의 태도는 물러섬 없이 확고했다. 마치 그녀의 사전에는 타협이라는 말이 없는 것 같았다. 아마도 그동안 코빅이 연기했던 저능한 요원 행세에 완전히 넘어갔는지도 모른다. 그녀는 코빅의 진짜 정체를 알지 못했다.

"얘기 좀 할 수 있을까?"

"이미 했잖아."

그녀는 몸을 돌려 방 밖으로 나갔다. 덩치들이 코빅의 팔을 잡아끌어 타고 왔던 메르세데스로 돌아갔다. 이번에 코빅은 조수석에 태워졌고, 대시보드 손잡이에 수갑이 채워졌다. 덩치들은 차 밖을 어슬렁거리며 담배를 피우고 침을 뱉으며 이런저런 이야기를 했다. 그 이야기들 중 일부는 자동차 안에서도 들렸다.

"……망할 파파걸 같으니……."

"……국장도 결국 꺾여서 그 여자를 받아들여……."

"……좆되는 건 시간문제지. 그러고 나면……."

"……하버드로 돌아가겠지……."

코빅은 일체의 다른 생각을 하지 않고 그들의 말에만 집중했다. 그들은 음흉하게 낄낄거리면서 자신들의 여성 동료에게 해보고 싶은 외설적인 행동을 표현했다.

"……밤새도록 쑤셔줄 수 있는데 말이지……."

"……일단 넣고 나면, 누가 왕인지 알게 되겠지."

그들은 이런 대화를 매우 즐거워하는 것 같았다. 그들의 퉁퉁한 가슴이 들썩거렸다.

코빅의 머리는 빠른 속도로 회전했다. 어쩌면 이 덩치들하고 얘기를 잘하면 그 여자를 국가안전부에서 제거할 수 있을지도 몰라. 이 여자의 실수 때문에 그렇게 된 것처럼 보이게 해서 탈출하면 되지. 이 덩치들한테는 돈을 쥐어주고 말이야. 이 정도 직급의 정보원들이라면 언제나 뇌물을 환영하지. 엘리베이터 문이 열리고 여자가 걸어 나왔다.

그들은 다시 도로로 나왔고, 메르세데스의 시계는 오전 2시 35분을 가리켰다.

여자가 운전대를 잡고, 덩치들은 뒷좌석에 탔다. 코빅의 피로는 앞으로의 운명을 걱정하면서 생긴 아드레날린으로 사라져버렸다. 그는 앞으로의 행동을 생각해야 했다. 차 밖으로 뛰어나갈 수는 없었다. 그러나 이 여자에게 박치기를 해서 교통사고를 일으키고, 어느 정도의 혼란을 일으킨 다음, 차에서 벗어나 도망칠 수는 있다. 뒷좌석의 덩치들은 안전벨트를 매고 있지 않았다. 차는 상당한 충격이 가해질 경우 에어백이 작동한다. 그러나 뒷좌석의 덩치 때문에 여자는 찌그러질 것이다.

늦은 시각에도 불구하고 도로는 꽉 막혀 있었다. 사이렌을 울려도 그들의 앞길은 도통 뚫릴 줄 몰랐다. 이 도시는 결코 잠들지 않았다. 코빅은 운전대를 잡은 그녀를 바라보았다. 그리고 뒷좌석에 앉은, 그녀를 싫어하는 덩치들을 보았다. 그녀는 정말 융통성 없는 꼴통인 건가? 뒷좌석 친구들은 그녀가 대체 뭘 어쨌길래 그토록 싫어할까? 아니면 그냥 여자라서 싫어하는 건가? 그때 한 사람의 이름이 떠올랐다.

"후앙 슈이."

반응은 없었다.

"후앙 자이오홍의 딸이지. 캠브리지 친구들에게는 '한나'로 알려져 있을 거고."

2년 전, CIA는 FBI로부터 어떤 중국 학생들을 조사해달라는 요청을 받았다. 상하이 출신의 그 학생들은 스파이 혐의를 받고 있었다. 그때 코빅도 그 학생들 중 몇 사람의 배경을 조사해보았다. 두 명의 학생은 복잡한 해킹 작업에 연관되어 있었다. 코빅은 그들이 누구를 위해서 일했는지 알아내기 위해 별도의 허가를 요청해야 할 정도였다. 둘 중 한 사람의 이름이 후앙 슈이였다. 그 두 사람은 매사추세츠 주 캠브리지의 어느 집에서 살고 있었다. FBI는 그 집에 도청장치를 설치했으나 중국어 방언을 해석할 수 없었다. 그래서 코빅에게 그 감청을 의뢰했다. 코빅은 그 집에 사는 룸메이트 중 한 명인 '라이'라는 친구가 에이즈에 걸렸다는 사실을 알아냈다. 그들의 대화 대부분은 라이의 가족에게 이 사실을 들키지 않고 어떻게 도울 수 있을까 하는 것이었다. 그 사실이 밝혀지면 죽음보다 가혹한 운명이 기다리고 있기 때문이었다.

"하버드 대학에 다니던 친구에게 일어난 일은 유감이야."

아무런 반응도 없었다.

"그런데 말이지, 뒷좌석에 앉아 있는 두 고깃덩어리들은 다른 사람으로 교체할 필요가 있겠어. 아까 주차장에서 당신을 기다리는 동안 아주 추잡한 말들을 지껄였거든."

그들은 인민광장을 통과했다. 반미 시위는 계속 진행 중이었지만 사람은 크게 줄어들었다. 그들은 촛불이든 전통 등불을 작대기에 꿰어 휴대하고 있었다.

"미국으로서는 영 운이 없는 한 주군."

한나라는 이름의 이 여자는 국경에서 벌어진 일에 대해 뭘 알고 있을까? 코빅은 계속 물었다.

"미국은 정말 제대로 좆된 것 같군, 안 그런가?"

여자는 어깨를 으쓱였다.

"반동분자들이 멍청한 미국을 가지고 놀고 있는 거지."

의외의 반응이라고 코빅은 생각했다.

"반동분자? 저 친구들이야말로 진정한 애국자처럼 보이는데."

그녀는 은연중에 자신의 생각을 살짝 내비친 것이었다. 밑져야 본전이라고 생각한 코빅은 말을 이었다.

"나는 국경에 있었어. 거기서 유일하게 살아남은 사람이지. 당신 상관들은 그 사실을 알고 있어야 할 텐데? 왜 당신에게 말을 안 해주었을까? 당신을 믿지 못해서? 분명 당신이 나를 추방하는 데는 다른 이유가 있을 거요."

여자는 대답하지 않았다. 어차피 갈 데까지 갔다. 코빅은 자신의 집을 생각했다. 집에 쌓아놓은 물건들 생각 말이다.

"짐은 어느 정도 꾸릴 수 있지?"

"개인위생 용품만 챙길 수 있어. 그 외의 것들은 안 돼."

코빅은 루이즈를 생각했다. 지난번에 안 좋게 헤어졌다. 잘 있으라는 말도 못 했다. 이런, 루이즈는 차라리 코빅이 없는 게 나았을 것이다. 루이즈는 너무나 잘해주었다. 코빅이 없었다면 자신의 인생을 살 수 있었을 것이다. 결혼해서 여러 아이를 가질 수도 있었을 것이다. 코빅은 그녀의 인생에 장애물이 되었을 뿐이다.

여러 대의 소방차가 사이렌을 울리며 빠르게 지나갔다. 헬리콥터가 1.6킬로미터 이내의 어떤 곳을 서치라이트로 비추고 있는 것이 코빅에게도 보였다. 그녀는 방향을 바꾸어 소방차 뒤를 따라갔다.

그들은 같은 방향인 프랑스 조계지를 향해 달리고 있었다. 앞길은 비교적 많이 트였고, 그녀는 소방차를 잘 따라가고 있었다. 여기서 코빅이 자동차 사고를 일으킨다면 코빅도 무사하지 못할 것이다. 이 속도로 달리는 차가 뭔가를 들이받고 멈추게 된다면, 그나마 비교적 멀쩡한 사람도 잠시 동안 아무것도 할 수 없을 터. 뒤늦게야 문을 열고 나갈 수 있겠지. 그것도 할 수 없는 사람이라면 답이 없었다. 게다가 가면 갈수록 그런 계획은 중요치 않아 보였다. 헬리콥터의 서치라이트가 뿌연 밤하늘로 솟아오르는 갈색 연기를 비추고 있었다. 코빅이 사는 동네에서 일어난 화재 같았다.

덩치 한 명이 말했다.

"저런 것에 신경 쓸 여유 없습니다. 바로 공항으로 가야 해요."

하지만 그녀는 아니, 한나는 들은 척도 하지 않았다.

프랑스 조계지에서 화재는 드문 일이 아니었다. 워낙 인구 밀도가 높은 데다 제등을 많이 사용하고, 세탁기와 조리기구도 조밀하게 붙어 있었다. 하지만 가장 큰 화재 원인은 문어발식 전기 연결이었다. 따라서 조금만 잘못했다가는 집 안 전체가 불바다가 될 수도 있었다. 그러나 이번 화재는 코빅이 이제껏 본 것 중 가장 컸다. 상하이 소방대는 화재 진압 실력이 서툴렀고, 집에 불을 내는 부주의한 시민을 구출하러 목숨을 걸지도 않았다.

한나는 코빅의 아파트로 가는 좁은 도로 끝 블록에 차를 세웠다. 도로는 이미 소방차들로 꽉 막혀 있었다. 화재를 구경하려고 엄청난 인파가 몰려들었다. 공안원 한 명이 그들에게 어서 해산하라고 소리를 질러댔지만 소용없었다. 차 문이 열리고, 덩치가 수갑을 풀어주었다. 이 혼란한 상황을 이용해야 했다. 하지만 도망치려는 의지는 약해지고, 대신 상황에 대한 의문과 두려움이 커졌다. 연기가 나오는 곳은 코빅의 아파트임이 분명했다. 눈에 잘 띄는 밝은 녹색 방화복을 입은 소방관들이 비좁은 곳에 사다리를 놓으려고 시도하던 중에 가스통이 터지면서 불꽃이 뿜어져 나왔다. 소방관들이 물러났다.

두 명의 공안원이 건물 안으로 들어가려던 사람을 제지하고 있었고, 코빅은 그 사람이 누구인지 알 수 있었다. 수다쟁이 할머니들 중 한 사람의 사위인 렌이었다. 그는 거칠게 소리를 지르며 안으로 들어가려 했다. 그러자 그를 막던 공안원들이 렌을 밀쳤다. 렌은 소방용수로 미끄러워진 도로 위에 쓰러졌다.

이 틈을 노린 코빅은 덩치 중 한 사람의 손에서 팔을 뺀 다음, 그 팔로 다른 덩치의 얼굴을 가격했다. 한나는 양손으로 코빅의 옷깃을 잡았으나 코빅은 체중을 이용해 그녀를 옆으로 밀쳐버렸다. 한나는 불구경을 나온 군중 속으로 섞여 들어갔다. 그러나 코빅은 도망치지 않았다. 대신 아파트 마당으로 들어가는 입구로 몸을 던졌다. 그를 막으려던 공안원을 걷어차고 연기 속으로 뛰어들었다. 할머니들 중 한 명이 방 안에서 질러대는 비명을 들을 수 있었다. 문은 열기로 인해 문고리를 잡을 수조차 없었다. 도대체 소방관들은 뭘 하고 있는 거야? 보나마나 교범이나 들춰보고 있겠지. 그는 어깨로 문을 네 번, 다섯 번 들이받았다. 숨이 차고 눈알이 튀어나올 것 같았다. 결국 문이 열리고 그는 연기로 어두워진 방 안에 몸을 날렸다. 그의 발이 뭔가 부드러운 덩어리에 걸렸다. 그 덩어리는 이웃 할머니였다. 코빅의 몸은 할머니와 엉켜 연기 밑으로 쓰러졌다.

"일어나요! 어서요!"

그는 할머니를 부축해 간신히 일으켰다. 할머니의 팔을 자기 어깨 위에 두르고 끌고 나가던 중 다른 할머니가 보였다. 코빅은 할머니와 함께 땅 위에 등을 대고 쓰러졌다. 몸을 낮춘 그는 그래도 연기가 덜한 아래쪽 공기를 잔뜩 들이쉰 다음, 다른 할머니를 어깨로 부축하고 아파트 문을 빠져나와 마당으로 나갔다. 기침을 해대며 소방관들에게 도와달라고 소리를 질러댔다. 문을 빠져 나오는 코빅을 향해 소방관 여러 명이 앞으로 나왔다. 그들은 코빅이 갔던 길로 들어가, 코빅이 구해내지 못한 할머니를 구출해냈다. 그 할머니는 이미 의식을 잃고 있었다.

연기 속에서도 그는 자신의 집 문을 볼 수 있었다. 분명히 아침에 나올 때 잠가놓았는데, 지금은 열려 있었다.

19

어디서 불이 처음으로 발화했는지는 분명했다. 화재는 폭발과 마찬가지로 숨길 수 없는 자취와 추한 흔적을 남겨 화재에 대한 해석이 가능하다. 코빅은 아프가니스탄에서의 경험을 통해 그것을 너무나도 잘 알고 있었다. 화재는 분명 코빅의 침실, 그것도 침대에서 시작된 것이었다. 침대의 불탄 잔해에서는 아직도 가솔린 냄새가 물씬 났다. 방이 좁은데도 불구하고 그는 책과 잡지를 잔뜩 사들이는 취미가 있었다. 인쇄 매체에 대한 향수가 강했기 때문이다. 이는 분명 의도적인 방화였다. 누군가가 코빅의 책을 침대 위에 잔뜩 쌓아놓고 불을 지른 것이다. 불은 꺼졌고 모든 것이 소방용수를 잔뜩 머금고 있었지만, 시커먼 숯으로 변한 침대의 잔해는 아직도 열기가 남아 있었다. 그 시커먼 색을 보니 부모님이 기르던 검은색 래브라도의 윤기 나는 검은 털이 생각났다. 매트리스의 잔해는 그리 많이 남아 있지 않았다. 코빅은 점점 커져가는 불안감을 느끼며 축축하게 젖은 숯덩이를 조심스레 치워보았다.

대부분의 사람들은 코빅이 지금 보는 것을 알아볼 수 없을 것이다. 그러나 코빅은 대부분의 사람이 아니었다. 코빅은 대부분의 사람들이 볼 수 없는 것을 꽤 많이 본 사람이었다. 그는 폭탄이 터진 지 얼마 안 된 집에 중요 증거를 수집하러 들어가고는 했다. 들어가서 아직도 체온이 남아 있는 시신들이 입고 있는 옷의 주머니를 뒤지기도 했다. 그런 시신들은 산산조각이 나 있는 경우도 많았다. 그러나 코빅은 그런 끔찍한 광경에는 일절 신경 쓰지 않고 주어진 일만 냉정하게 수행했다. 하지만 오늘 그의 정신 상태는 그때와 달랐다. 그는 자기 눈앞에 펼쳐진 끔찍한 진실을 받아들일 준비가 되어 있지 않았다.

그는 불에 그을린 협탁으로 시선을 돌렸다. 그 위에는 선글라스가 있었다. 마치 철판 위에 올려놓고 굽기라도 한 듯, 녹아내린 채 협탁에 들러붙어 있었지만. 그리고 협탁 옆 방바닥에 있던 뭔가가 그의 시선을 사로잡았다. 그 물건은 너무 낮은 곳에 있어 불길이 닿지 않았다. 양옆의 그을린 자국만 빼면 거의 멀쩡했다. 루이즈의 귀걸이였다.

그녀는 여기에 있었다.

20

상하이 호텔 마제스티 플라자

한나는 잔을 다시 채웠다. 스카치가 닿은 목구멍이 처음에는 후끈거렸지만, 곧 그 느낌이 잦아들었다. 코빅을 지금 제어하고 있는 것은 분노와 후회였다.

코빅은 한나의 손에 끌려 이곳까지 왔다. 처음에 코빅은 저항했고, 루이즈의 처참한 시신을 보고 느낀 분노를 한나에게 쏟아부었다. 그러나 그의 체력과 저항의지는 이미 바닥이 났다.

"그녀는 항상 몸을 웅크린 채 이불을 덮고 잤어. 그놈들은 분명 총부터 쏘고 누가 죽었는지 확인도 안 했을 테지."

"그녀도 당신의 일을 알고 있었나?"

코빅은 고개를 저었다.

"하지만 그것 때문에 문제가 되고는 했지. 갑자기 사라지고, 매번 날짜를 바꾸고, 갑자기 일이 닥치면 그녀와 오래 떨어져 있어야 했고. 그녀는 얼마든지 대우받고 사랑받을 자격이 있었는데."

둘은 상대방이 내놓고 싶지 않은 짐이 있음을 알고 있었다. 루이즈는 런던에서의 불행한 생활에서 탈출해 상하이에 왔다. 코빅은 가끔 그녀의 뒷조사를 했다. CIA 본부에서는 요원들 주변에 있는 모든 '중요 인물들'의 신상을 검색해 보고할 것을 요구했기 때문이다. 그는 루이즈의 모든 이메일, 통화 기록, 검색 기록을 살펴보았다. 그러나 얼마 후 코빅은 조사를 그만뒀다. 대신 코빅은 그녀와 비슷한 신상명세를 갖춘 다른 사람에게서 얻은 정보를 보고했다. 루이즈는 컨디션이 좋고 준비가 되어 있을 때, 즉 섹스하기 좋은 때가 되면 코빅에게 알려주었다. 그러나 이제 그럴 일은 없을 것이다. 그동안 그녀와 함께 보냈던 시간은 코빅의 일과 완벽히 분리되어 있었다. 그런데 코빅의 일이 결국 그녀를 처참하게 죽이고 말았다.

한나는 코빅의 고통을 이해했고 눈을 맞추지 못했다.

"사랑하는 사람을 잃게 되어 유감이야. 두 명의 어르신을 용감하게 구했는데……."

코빅은 손을 내저어 한나의 말을 가로막았다.

한나는 코빅을 호텔로 데려와 방을 잡고 샤워를 할 수 있게 해주었다. 한나는 덩치들 중에 한 명을 시켜 코빅에게 새 옷을 가져다주었다. 코빅이 입고 있던 옷은 그을음과 연기 냄새로 엉망진창이 되었기 때문이다. 코빅이 씻고 나자, 그녀는 코빅을 공항 대신 호텔 바로 데려왔다. 덩치들은 사라지고 없었다.

"도저히 믿을 수가 없군. 몇 시간 전만 해도 당신은 나를 두들겨 패고 있었는데, 지금은 나와 데이트를 하고 있으니. 이건 국가안전부의 새로운 전술인가?"

그녀는 아무 말이 없었다. 목소리 높은 애국적 사디스트는 어디 가고 지금은 조용히 가라앉아 있었다.

"당신 여자 친구 일은 정말 유감이야. 누가 불을 질렀다고 생각하지?"

코빅은 종이 냅킨을 가져다가 머리가 세 개인 뱀의 문신을 그렸다.

"혹시 이런 그림을 알고 있나?"

한나는 그림을 멍하니 바라보았다.

"이게 뭐길래?"

"당신은 정말이지 상하이에 대해 아는 게 아무것도 없군."

"난 상하이에서 생활하고 여기서 일하고 있어."

"그건 인정해. 하지만 당신은 상하이를 몰라. 상하이에는 다양한 측면이 있지. 내가 그린 건 문신이야."

한나는 어깨를 으쓱였다.

"우리는 조직폭력배와는 상대하지 않아. 그건 공안들의 일이지."

"하지만 당신들, 나는 상대하잖아."

"당신은 스파이기 때문에 내 관할이야. 설령 조직폭력배와 연관되어 있다고 해도 말이지."

"내가 알기로 연관과 도주는 완전히 다르다고."

한나는 잠시 침묵을 지키다가 주문한 코카콜라를 빤히 보았다.

"스카치 한 잔쯤은 괜찮지 않아?"

한나는 생각에 잠긴 듯 고개를 저었다. 코빅은 한나와 눈이 마주칠 때까지 그녀를 응시했다.

"당신 무슨 생각하고 있는지 맞춰볼까? 내가 당신의 자랑스러운 직장에서 지껄인 헛소리는 그렇다 치더라도, 이 남자 대체 뭐에 엮인 거야, 라는 생각을 하고 있지? 이 사람은 이만한 일을 일으킬 이유가 없는데, 이 사람은 뭔가에 연관되어 있어, 이 사람이 알고 있는 걸 나도 알게 되면, 더 출세할 수 있지 않을까?"

한나는 아무런 반응도 보이지 않았다. 그래서 코빅은 더욱 강하게 밀어붙였다.

"당신과 내가 원하는 것은 같아. 중국과 미국 사이의 안정과 조화 아니겠어? 그것이 깨진다면 전 세계는 괴로워지겠지. 중국은 문화대혁명 이후 먼 길을 걸어왔어. 중국의 모든 지식인들은 자기 학생들에게 비난을 받은 후, 훌륭한 공산주의자가 되라고 채석장에 보내졌지. 하지만 그건 이제 다 지나간 일이야. 중국과 미국 간의 관계는 앞으로 점점 더 중요해질 거야. 그런데 누군가가 그 관계를 깨려 하고 있어."

반응은 없었지만 그녀는 분명 그의 말을 듣고 있었다. 코빅은 계속 밀어붙였다.

"우리는 서로에 대해 잘 몰라. 만난 지 얼마 되지 않았으니까. 국가안전부 교범에는 저질 외국 스파이를 처리하는 방법에 대해 나와 있을 거라 믿어. 첫 번째 방법은 그 사람을 추방해서 고국으로 돌려보내는 것이겠지. 그러나 나를 추방한다고 해서 이곳에서 벌어지고 있는 일들이 변하지는 않아. 솔직히 말해서 그건 당신의 국가안전부에게 별로 도움이 안 되는 거야."

"당신 말을 왜 믿어야 하지?"

코빅은 국경에서 벌어진 사건에 대해 이야기해주었다. 하지만 그녀는 그 이야기를 무시했다.

"제국주의자들의 바보 같은 도발행위 사례군. 당신네 나라 지도자들의 거만함을 보여주는 전형이야. 중국은 그런 작전에 결코 참여하지 않아."

코빅이 한숨을 쉬었다.

"지금 우리가 처음 만난 것도 아니고, '마오쩌둥 어록' 타령은 그만둬."

"왜 당신은 살려두고 다른 사람들만 죽였지?"

"날 볼 수 없었으니까."

"당신은 투명 인간이 아니잖아."

"눈 속에 파묻혀 있었거든. 자, 이 작전은 중국 영토에서 시작된 양국 간의 연합 작전이었어. 나는 고통스러워하는 미국 군인들이 눈 속에 쓰러진 채 살려달라고 하다가 개처럼 총살당하는 장면을 봤다고. 다름 아닌 중국인들에 의해서 말이야."

"내가 그 말을 믿을 거라고 생각해?"

"휴대전화 줘봐. 국경에서 찍은 그 사진을 찾아보라고."

그녀는 전단에 있던 그 사진을 찾아냈다.

"이건 누군가가 북한에서 찍은 것처럼 보이게 만든 사진이야. 깃발을 봐봐. 요즘은 바람이 보통 동쪽에서 부니까 이 깃발은 서쪽으로 나부끼고 있다고 생각하겠지. 하지만 지난 사흘간의 기상 기록을 보면 그동안 바람은 줄곧 서쪽에서 불었다는 것을 알 수 있어. 그러니까 사진이 이렇게 나오게 하려면 중국 영토에서 찍어야 해. 중국에 사는 누군가가 꾸민 짓이라고."

그녀는 말없이 코빅이 한 말을 이해하려고 애썼다.

코빅은 잔을 한쪽으로 치우고, 양 팔꿈치를 탁자 위에 올려놓은 다음 몸을 앞으로 내밀었다.

"루이즈를 죽인 놈들이 누군지는 모르지만, 그놈들은 아마 나를 죽였다고 알고 있을 거야. 그들은 자신들이 실패했다는 사실을 모르지. 나를 미국행 비행기에 태워 보내면 이 일에서 당신 임무는 끝나. 대신 당신은 앞으로 진실을 절대 알아내지 못할걸? 나 역시 루이즈를 죽인 범인이 누군지 절대 알아낼 수 없겠 지. 당신도 루이즈의 시신을 봤잖아. 당신은 매우 자비로운 사람인 걸 알고 있 어. 캠브리지 시절 때 병에 걸린 친구를 도왔으니까. 내일이면 나는 미국에 가 고 당신은 중국에 남겠지. 앞으로 어떻게 될까 상상하면서 말이야. 아마 당신네 상관들이나 우리 상관들이나 이 일을 묻어버리려고 할 거야."

한나의 이맛살이 찌푸려졌다.

"그래, 하고 싶은 말이 뭐지?"

코빅은 잔에 남은 술을 들이켰다.

"날 미국으로 보내지 마. 상부에는 내가 죽었다고 보고해. 그럼 CIA도 내가 죽었다고 생각할 거야. 솔직히 다들 내가 죽기를 바라고 있지 않았나? 그렇게 해준다면 나는 이 사건의 배후세력을 찾아내서 당신에게도 알려주지. 그게 무 엇이건."

그녀는 믿을 수 없다는 표정으로 코빅을 바라보았다. 한나의 입은 굳게 다물 어져 입술이 거의 보이지 않을 지경이었다. 그녀는 천천히 고개를 숙였다.

"지금 당신을 내 정보원으로 써달라는 말인가?"

코빅의 심박이 빨라졌다. 그는 움직임 없이 모든 소망을 담아 그녀를 바라보 았다.

"당신을 어떻게 믿지?"

"내 상관들은 나에게 휴가를 주었어. 그들은 내가 이 일에 들러붙어 있는 것 을 원치 않아. 나를 집에 보내면 당신은 우리 윗대가리를 기쁘게 해줄 뿐이야. 왜 커틀러는 내가 중국에서 나가기를 바랄까? 말을 안 듣는 나 때문에 골치가 아프거든. 그리고 내가 중국에 머물 경우 결코 이 상황을 방관하지 않을 걸 알 고 있어. 나는 절대 그런 짓을 한 적이 없으니까."

"난 대부분의 미국인이 중국을 싫어한다고 알고 있는데."

"나를 그런 사람들과 똑같이 보지 말아줘."

그 순간 바 입구에서 소란이 일었다. 어떤 젊은이 주변에 흥분한 사람들이 잔뜩 모여들어 있었다. 코빅은 한나의 눈이 조금 커지면서 먼 곳을 응시하는 것을 보았다.

"저 사람, 당신 친구인가?"

그 젊은이는 바로 진제였다. 우가 TV에서 보고 눈이 밥공기만 하게 커졌던 돌아온 슈퍼스타가 지금 바에 와 있었다. 진제는 경호원들에게 둘러싸여 있었으나, 그 경호원들은 휴대전화로 사진을 찍고 종이와 펜을 내밀며 사인을 요구하는 진제의 팬들을 제지하지 않았다. 진제는 그 자리에 멈춰 서서, 팬들이 원하는 것을 다 할 수 있도록 해주었다. 그리고 그들에게 정중하게 작별 인사를 했다. 그런 진제의 눈이 한나와 마주치자, 그는 경호원들에게서 벗어나 양팔을 벌리고 한나가 앉은 테이블로 걸어왔다.

"안녕, 아가씨."

진제는 한나를 향해 함박웃음을 지었다. 그를 무시할 수 없던 한나는 순식간에 표정을 바꾸며 미소로 응했다. 한나가 살짝 일어서자 진제는 한나의 볼에 키스했다. 한나의 얼굴이 붉어졌다.

함박웃음을 지은 진제는 더욱 젊어 보였다. 그는 생기와 젊음을 발산하고 있었다. 그 모습을 본 코빅은 자신이 상대적으로 더 아프고 피곤해지는 것 같았다. 진제는 몸을 굽혀 한나의 손등에 키스한 후, 몸을 돌려 코빅을 보았다. 진제는 한나가 자신을 소개해주기를 바라는 듯했으나 한나는 머뭇거렸다. 코빅이 먼저 선수를 쳤다.

"집필하신 책이 베스트셀러에 올랐죠? 축하드립니다."

"대단히 감사합니다."

진제는 찬사의 말을 듣자 매우 정중히 코빅과 악수했다. 그의 손에서는 강한 힘은 물론 열정이 느껴졌다.

"가장 적절한 때 돌아오신 것 같습니다."

진제는 미소 지었다.

"왜 그렇게 생각하시죠?"

"당신이야말로 지금 양국이 처한 난국을 해결할 수 있는 사람이니까요."

진체는 코빅의 말뜻을 이해하려 애쓰며 고개를 끄덕였다.

"감사합니다. 생각해볼 만한 말씀이군요."

진체는 한나에게 돌아서서 말했다.

"내가 돌아올 때까지 기다려주겠어? 하고 싶은 얘기들이 많으니까."

코빅과 한나는 일행들에게 돌아가는 진체의 뒷모습을 보았다.

코빅이 잔을 들었다.

"서구는 저 사람을 좋아하지. 중국은 그걸 못마땅하게 여기는 소수의 사람들도 있지만."

그녀는 대답하지 않았다.

"진체는 당신의 좋은 친구인가? 당신은 스스로를 꽤 노출시켰군. 당신네들은 그림자 속에서 활동하는 것을 선호한다고 알고 있는데."

한나는 살짝 당황한 것 같았다.

"각계각층의 사람들과 접촉을 유지하는 일은 중요해."

"교범에 그렇게 적혀 있나 보군? 그렇다면 그런 유명한 조직에 소속되어 있는 것을 자랑스럽게 생각해야겠군."

한나는 코빅을 쏘아봤다.

"이제 앞으로 어떻게 할 거지?"

"당신에게 약간의 도움을 요청하겠어. 물론 비상시에는 그에 대해 철저히 함구하지."

그녀는 깊은 한숨을 쉬었다.

"난 이 일을 후회하게 될 거야."

"거래를 하지 않았나?"

"이름을 알려줘. 48시간 줄 테니."

코빅은 마지막 남은 술을 그녀의 잔에 따라주었다.

"같이 마시자고."

그녀는 술잔을 들었다.

"출발은 한결 낫군. 그렇게 생각하지 않아?"

21

남중국해 해상, USS 발키리

갑판에 쏟아지는 폭우로 시야는 15미터를 넘지 않았다. 회색 바다의 풍경은 쏟아지는 빗속에 흐려졌다. 개리슨 대령은 기다리는 중이었다. 그는 시호크 헬리콥터가 하강할 때 직접 나가서 기다리고 싶었다. 무엇보다도 이런 상황속에서 그는 승무원들에게 자신의 적극적인 모습을 보여주고 싶었다. 지금은 숨을 때가 아니다.

헬리콥터의 소음은 헬리콥터의 모습보다도 먼저 도착했다. 헬리콥터가 제자리비행을 하면서 블레이드가 페더링을 하다가 함교 앞 에이프런을 향해 고도를 낮추었다. 곧 문이 열렸다. 개리슨은 CIA 직원의 체격과 체형은 제각각이라는 것을 알고 있었다. 헬리콥터에서 내려오는 걸음걸이, 그리고 쏟아지는 비로부터 조심스레 머리를 가리는 모습으로 볼 때, 커틀러는 분명 현장요원이 아니었다. 그의 손에 들린 서류가방이야말로 그 사실을 더욱 확실하게 뒷받침해주고 있었다.

개리슨은 커틀러의 팔을 잡고 그를 계단으로 안내했다. 두 사람은 단둘이 있을 수 있는 장소인 함장실로 향했다. 원래 개리슨은 격식이 갖춰진 지휘실의 분위기를 좋아했다. 거기서는 상대방과의 사이에 탁자를 두고 대화하다가 확실한 가능성이 있을 때 그 점을 강조하기 위해 탁자를 주먹으로 내리칠 수 있었다. 그러나 현재는 배의 모든 시스템이 꺼진 상태였고, 개리슨은 손님의 시선을 꺼진 스크린으로 돌리기는 싫었다.

물론 커틀러는 그것도 잘 알고 있었다. 커틀러는 젖은 레인코트를 털면서 말했다.

"사고가 발생해서 유감입니다."

개리슨은 어깨를 으쓱였다.

"수 시간 이내로 복구할 겁니다."

개리슨은 커틀러에게 커피 한 잔을 건넸다. 사실 복구에 시간이 얼마나 걸릴지 알 수 없었다. 대화 주제를 바꾸었으면 싶었다.

"아무튼 와주셔서 감사합니다."

개리슨은 커틀러가 직접 오겠다고 했을 때 정말 놀랐다. CIA 직원들은 보통 전자기기로 통화하는 것을 선호하기 때문이었다. 아마 직접 가서 잘 살펴보는 것이 낫다고 생각한 모양이다.

"이런 상황에서는 저도 할 수 있는 게 별로 없지요."

커틀러는 마치 도청기가 있나 살펴보는 것처럼 방을 둘러보았다.

"다른 사람들이 저희 대화를 듣지 않았으면 좋겠군요."

개리슨은 커틀러가 말을 꺼내자마자 자리에 앉았다.

"누구도 엿듣지 않습니다. 우리 배는 아주 좆됐거든요."

누군가의 말을 듣는 데 책임이 따른다는 사실이야말로 개리슨을 충격에 빠뜨렸다. 그러나 개리슨은 놀라움을 숨기고 표정관리에 성공했다. 표정관리야말로 그가 오랫동안 해오던 것이었으니까.

"중국 정부와 미국 정부는 태연한 척하고 있습니다만, 누군가가 게임의 룰을 완전히 바꿔놓았다는 데는 의문의 여지가 없습니다."

"그게 무슨 뜻이지요?"

커틀러는 조금 짜증이 난 것 같았다.

"양국간 관계 악화죠! 일부 미국인들의 생각과는 달리, 중국인들은 우리를 그다지 좋아하지 않는 것 같습니다."

커틀러는 매우 큰 쟁반을 나르듯이 양손을 펼쳤다.

개리슨은 손을 뻗어 자신의 커피 잔을 집었다.

"그럼 어쩌다가 이 꼴을 낸 겁니까?"

좋은 말로 해봤자 쉽게 넘어가지는 못할 게 분명했다.

커틀러는 숨을 들이쉬고는 천천히 말을 꺼냈다.

"이런 사태를 만든 사람은 따로 있습니다. 그는 예전에도 당신을 힘들게 했지요. 그의 이름은……."

개리슨은 한숨을 쉬었다.

"코빅인가요?"

"제가 약간이라도 눈치챘다면……."

개리슨 대령은 지난 일에 대한 회한을 드러냈다.

"그건 이미 끝난 일입니다. 눈앞의 일에 집중합시다."

커틀러는 한숨을 쉬었다.

"그 친구는 중국에 6년 동안 있었습니다. 근무 기간이 꽤 길었지만, 대령님 관점에서는 놀고 있는 거나 다를 바 없는 생활을 했죠."

개리슨은 커틀러를 잠시 동안 응시하다가 몸을 앞으로 내밀며 말했다.

"확실히 합시다. 지금 뭘 말씀하고자 하시는 건지……."

"저는 이 정도밖에 말씀드릴 수 없습니다. 이해해주십시오."

"그 친구는 사진에 없던데요."

커틀러는 할 말이 떠오르지 않는다는 듯 먼 산을 보다가 말을 이었다.

"예, 그 친구는 살아남았습니다."

그 말을 들은 개리슨의 얼굴이 굳어졌다.

"그 친구도 이번 일에 가담했다는 말인가요? 지금 코빅은 어디 있습니까?"

커틀러의 얼굴이 납빛이 되었다.

"그 친구는 상하이로 돌아오는 데 성공했습니다만, 지독한 꼴을 당했습니다."

"어느 정도로 지독한?"

커틀러는 입술을 씹으며 시선을 먼 곳에 둔 채 말했다.

"어떻게 보면 그런 식으로 모든 것을 끝내려 한 게 아닌가 싶을 정도였죠. 그의 집에 화재가 발생했습니다. 불이 난 날 아침에 저는 코빅을 만나 그를 해임시키고, 더 이상의 수사에 관여하지 말 것을 지시했습니다. 그리고 중국도 그의 추방을 원했고요. 저는 그것 때문에 그가 더 이상 견딜 수 없게 된 게 아닌가 싶습니다. 안 그래도 힘들었는데 그것 때문에……."

커틀러는 개리슨에게 의미 있는 시선을 던지며 말을 이어나갔다.

"……그는 더 이상 살기가 버거웠던 모양입니다."

"망할 자식."

개리슨은 방금 들은 소식을 되짚었다. 지금 이 기분은 어떤 감정이지? 조용한 만족감? 아니다, 그런 것은 전혀 아니었다. 정의가 실현되었다는 생각? 그것도 아니었다. 그가 지금 느끼는 감정은 공허함, 철저한 공허함이었다.

그는 커틀러의 얼굴을 살폈다.

"그럼 어떤 일이 일어났는지 솔직히 이야기해주실 수 있습니까? 전사한 해병들의 유족에게 거짓말을 하고 싶지는 않습니다."

"저희는 이미 그 일에 대해 상세히 조사 중입니다. 그러나 코빅의 정보가 없으면……."

그의 태도가 순식간에 바뀌었다.

"물론 어떻게 되어 가는지 진행 상황은 계속 알려드리겠습니다. 무엇을 알아내든 말입니다. 하지만 지금 우리 앞에는 태풍이 밀려오고 있습니다. 상하이는 미쳐가고 있어요. 반미 시위가 벌어지고 있지요. 중국 정부도 어쩔 줄 모르고 있습니다."

커틀러는 시계를 보았다.

"대령님, 바쁘신 중에 시간 내주셔서 감사드립니다."

커틀러가 일어서자 개리슨도 따라 일어섰다.

"여기까지 와주셔서 저 역시 감사드립니다. 특히나 이렇게 힘들 때 말이지요."

그들은 악수를 나눴다. 개리슨 대령은 시호크 헬리콥터로 돌아가는 커틀러를 지켜보았다. 커틀러는 서류가방으로 머리를 가리고 있었다. 헬리콥터의 문이 닫힐 때, 커틀러는 개리슨 대령에게 사과하듯 경례를 보냈다.

　개리슨은 헬리콥터가 상승하며 구름 속으로 사라지는 것을 보았다. 그는 거기 서서 구름을 계속 올려다보았다. 개리슨은 CIA 직원들과 이야기할 때마다 그들이 자신을 가지고 노는 듯한 느낌을 지울 수 없었다. 커틀러가 잘못한 것은 없었다. 그는 개인 용무로 함에 들어와 사과를 했다. 그러나 뭔가 다른 일이 진행되고 있었다. 자신이 끼어들 수 없는 어떤 일이…….

22

상하이, 호텔 마제스티 플라자

코빅은 그날 밤과 다음 날 대부분의 시간에 걸쳐 잠을 이루려고 했으나, 제대로 자지 못했다. 깊은 무의식 속으로 빠져들다가도 루이즈의 시신이 떠올라 소스라치며 깨어났다. 물론 이전에도 그는 죽은 사람을 많이 봐왔다. 타 죽은 사람, 총에 맞아 죽은 사람, 사지를 절단당해 죽은 사람, 폭파당해 죽은 사람, 그 외에도 폭동, 게릴라전, 기근, 전쟁으로 죽은 무수한 사람들을 봐왔다. 그러나 그 사람들 중에 그와 가까운 사람은 없었다. 그는 TV와 라디오를 켰다. 방 안이 라디오 소리로 가득 차게 하고, 자는 동안 그 소리가 떠오르는 기억을 방해해주길 바랐다. 코빅은 휴식을 취해야 했다. 이제 앞에 놓인 과제를 해내가려면 힘과 지혜를 총동원해야 한다.

그가 완전히 깨어난 것은 오후 3시경이었다. 그의 정신은 맑았고, 놀랄 만치 개운했다. 폭풍우는 도시의 공기를 잠시나마 깨끗하게 해주고, 보기 드문 푸른 하늘을 배경으로 도시의 풍경을 또렷이 보여주었다. 하늘의 색깔은 아직 물기가 남아 있는 도로에 반사되어 보일 정도였다. 그는 룸서비스를 요청한 후 샤워를 했다. 지워지지 않을 것 같은 탄내를 없애려 했다. 하지만 샤워를 한 뒤에도 그의 머리카락에서는 여전히 그을린 냄새가 났다.

그는 전통 계란죽으로 식사한 후 한나와 같이 있던 덩치들이 구해준 옷을 입었다. 옷은 잘 맞았다. 아마 이 친구들은 코빅의 신체 사이즈도 파일에 기록해두고 있는 모양이었다. 한나의 호의 덕분에 코빅은 이 방에서 1박을 더 할 수 있게 되었다.

루이즈 때문에 코빅은 지독한 슬픔을 느꼈다. 그녀에 관한 기억은 CIA에 입사 당시 코빅의 전부였다. 그때의 코빅은 지금에 비해 인류에 대한 희망을 더 많이 품고 있었다. 하지만 모든 것이 다 망가져버린 지금, 그는 마치 진공 상태에 있는 것 같았다. 그는 종종 다른 사람 행세를 했다. 이제까지 살면서 여덟 개의 가명을 사용했다. 그러나 사흘 동안 지독한 상황을 맞닥뜨리면서 코빅은 이제 다른 누구도 아닌 '코빅' 자신이었다. 긍정적인 면도 있었다. 그는 이제 공식적으로 죽은 사람이다. 그것은 그의 목적을 달성하는 데 가장 이상적인 조건이었다. 하지만 그의 머릿속에서는 한 가지 의문이 떠나지 않았다. 이미 죽은 몸이지만 앞으로 얼마나 더 살 수 있을까?

그는 VW 산타나 택시에 몸을 싣고 홍콩 상하이 귀중품 보관은행으로 갔다. 지금쯤 커틀러는 코빅이 미국으로 돌아갔거나, 아니면 불에 타 죽었을 거라는 얘기를 들었을 터였다. 커틀러가 그중 어느 쪽을 믿건 간에 CIA는 적어도 당장은 그를 돌봐주지도, 그의 일에 간섭하지도 않을 것이다. 그리고 뱀 대가리 삼지창 문신을 그려 넣은 놈들이 코빅을 침대에서 죽였다고 믿고 있다면, 더더욱 유리한 위치에서 출발할 수 있었다. 그렇다고는 해도 길 위에서 쓰는 시간은 가급적 적을수록 좋았다.

그는 우선 가방 가게 앞에서 택시를 잠시 세웠다. 거기서 그는 샐러리맨이라면 누구나 들고 다닐 법한 '드림'사의 서류 가방을 샀다. 그리고 은행으로 가서 측면의 회전문을 통해 로비로 신속히 들어간 다음 보안 데스크로 가 이름과 번호를 메모지에 적어 무표정한 직원에게 제출했다. 이렇게 하면 그는 아무 말도 할 필요가 없었다. 그리고 여기에서는 직원들도 손님의 이야기를 듣고 싶어 하지 않았다. "즐거운 하루 보내고 계십니까, 고객님?", "고객에 대해 더욱 깊이 알아야 한다." 같은 말이 난무하는 세계를 벗어나면 언제나 안도감이 들었다. 코빅은 생각했다. 중국 서비스 업계여! 내게는 얼마든지 퉁명스럽게 대해도 괜찮다.

직원은 메모지를 받은 다음 코빅을 홍채인식 스캐너로 안내했다. 오차율이

1천만분의 1임을 자랑하는 제품이었다. 그러나 중국의 인구는 14억이나 되기 때문에 이들은 장문 인식, 그리고 오래됐지만 확실한 방법인 서명 인식까지 요구했다.

1분 후 그는 엘리베이터를 타고 은행의 지하로 내려가고 있었다. 또 다른 직원이 엘리베이터에서 내리는 코빅을 맞아주었다. 그 직원은 코빅에게 열쇠를 쥐어주고는 좁은 금속 문들로 이루어진 벽을 가리켰다. 코빅은 그중 한 금속 문 앞으로 다가가 열쇠를 꽂아 열고, 작은 서랍 모양의 상자를 꺼냈다. 마지막 보안장치로 그는 여기에 이중결합 자물쇠를 설치해놓았다. 코빅은 커튼이 쳐진 작은 방으로 안내되었다. 그 방 안에는 의자와 작은 책상이 있어 상자 안을 혼자 조용히 확인할 수 있었다.

"안녕, 존 리차즈."

존 리차즈의 사진은 실제의 코빅보다 좀 더 젊어 보였고, 세파에 덜 시달린 인상이었다. 불타버린 애인의 시체를 볼 이유가 없는 사람의 인상 말이다. 그러나 상하이의 미국인은 다른 곳보다 훨씬 빠르게 나이를 먹는 것 같았다. 아마도 오염물질 때문에 콜라겐이 부식되고, 신문 기사를 읽으려고만 해도 이삼천 개 정도의 한자를 알고 있어야 하기 때문인 것 같았다.

그는 또 다른 신분증을 꺼냈다. 남아프리카 출신의 레이 나이맨이었고 직업은 체육 강사였다. 그의 지금 몸 상태는 그 신분에 딱 들어맞지 않았지만, 그의 몸에 난 흉터는 그를 꽤 체육 강사답게 보이도록 했다. 그리고 지금은 중국에서 미국인 신분으로 행동하기에 좋은 때가 아니다. 그는 두 신분증을 모두 챙기기로 결정한 다음 두 신분에 해당하는 운전면허증도 챙겼다. 약 100만 위안에 달하는 두툼한 중국 지폐, 그리고 약 20만 달러에 달하는 미국 지폐, 그리고 건실한 유럽 금융기관인 도이체 방크와 크레디트 어그리콜에서 각각 만든 직불 카드 두 장도 코빅의 드림 가방 속으로 들어갔다. 직불 카드 한 장에는 5만 달러가 들어 있었다. 상자 안에 들어 있던 현금과 직불 카드 아래에는 시그 사우어 P220 컴뱃 TB 자동권총과 탄창 여러 개도 들어 있었다. 상하이에 오기 전까지만 해도 코빅은 무기를 사용할 필요가 그리 많지 않았고, CIA 역시 그에게 무기 소지 허가를 내주지 않았다. 그러나 그는 ATF(주류 담배 총기단속국)에 있던 친구가 급히 다른 동네로 이사를 가면서 서랍에 두고 간 이 총을 습득하여 자신의 장비로 사용하고 있었다. 코빅은 그 누구도 자신을 도와줄 수 없을 때, 이 총이 필요할 것임을 알고 있었다. 오늘이 바로 그런 날이었다. 그리고 내일도, 모레도 아마 그럴 것이다. 어쩌면 죽을 때까지 그렇게 살아야 할지도 모른다. 누가 알겠는가?

아프가니스탄-파키스탄 국경의 황량한 부족지역에서도, 바그다드의 비열한 거리에서도, 코빅은 자신이 CIA라는 거대한 기계의 부속품임을 자각하며 안도감을 느꼈다. CIA는 언제나 그의 뒤를 봐주었다. 그리고 코빅이 아무리 위험천만한 곤경에 처해 공식적으로 그의 존재를 부인해야 할 때라도, CIA는 항상 그를 구해주었다. 그러나 이제 그의 곁에는 아무도 없다. 그는 이전까지 난민의 기분을 느껴본 적이 없었다. 그리고 이곳은 미국도 레바논도 아프가니스탄도 아니었다. 상하이에서 무기를 들고 다니다가는 큰 문제에 직면할 수도 있다. 그는 총을 쥐어보았다. 왠지 안정감이 느껴졌다. 그는 상자를 뒤져 소음기를 꺼내 총에 장착했다. 소음기를 끼운다고 헐리우드 영화에서처럼 총성이 아주 작아지지는 않는다. 그러나 귀가 찢어지는 듯한 원래의 총성을, 말도 놀라지 않을 만큼 줄일 수 있다. 그는 탄창을 확인해보았다. 탄창 하나에는 탄이 여덟 발 들어 있었다. 이 정도면 충분했다.

휴대전화는 아직 배터리가 남아 있었다. 서비스 공급업체는 홍콩에 위치한 인가받은 업체로, 민간 보안 요원들에게 인기 있는 회사였다. 이 회사의 휴대전화는 통화기록을 자동적으로 지워주고 전화번호를 저장할 수 없기 때문이었다. 이 휴대전화를 사용하려면 기억력이 뛰어나야 했다. 하지만 다행히도 코빅은 동료들과 함께 팀을 짜서 움직일 생각은 없었다.

그는 이 모든 것을 서류 가방에 집어넣고 출구로 나섰다. 존 리차즈, 또는 레이 나이맨이 움직이기 시작한 것이다.

우는 길 건너에 사촌이 빌려준 차를 세워놓고 기다리고 있었다. 코빅은 차량의 이름을 보고 웃음이 터졌다.

"그래, 이 차 이름이 뭐였더라. 장성풍준(長城風駿)이었던가?"

우는 아무 표정도 짓지 않았다. 매우 불쾌한 모양이었다.

"이 차, 미국에 가져갈 생각은 말라고."

중국은 지금 세계 어느 나라보다도 많은 차를 만들고 있었다. 그러나 차의 이름을 짓는 센스는 아직 갈 길이 멀었다.

코빅은 차에 탑승해 라디오를 틀었다. 윗세대들을 위해 주로 전통음악을 틀어주는 방송이었다.

"아뇨, 아뇨. 저는 스프링스틴이 좋아요. 제임스 브라운의 '섹스 머신'은 어때요?"

"그래, 좋아. 아무튼 뭘 알아왔지?"

"당신 집에 불이 났다면서요. 전화를 받고서야 마음이 놓였어요. 저는 당신이……."

코빅은 우에게 루이즈 이야기를 해주었다. 우는 공포에 질린 것 같았다.

"대체 무슨 말씀을 드려야 할지 모르겠습니다."

"난 반드시 복수할 거야. 그렇게 되면 자네도 왜 그녀가 죽었는지 알게 되겠지."

우는 자기 손등에 다른 손의 손가락 세 개를 갖다 대더니 삼지창 모양을 만들어 보이면서 물었다.

"혹시 이놈들 짓이라고……?"

코빅은 어깨를 으쓱였다.

"차 출발시켜. 우리는 이제 함께 움직여야 한다고."

차 안에서는 새 차 특유의 플라스틱 냄새가 났다.

"무엇부터 시작할까요?"

"이 새 차 냄새부터 제거하자고. 창문을 열면 스모그가 들어와서 없애주겠지."

23

상하이 징안(靜安)구

코빅은 우든 박스 카페의 테라스에 앉아 기다리고 있었다. 죽은 자에게는 안성맞춤인 장소 같았다. 하루 종일 맛없는 커피를 마시는 바람에 오늘은 녹차로 속을 달래고 있었다. 우는 문 옆 다른 탁자에 앉아 주변을 감시하고 있었다. 푸른 하늘은 사라지고 자줏빛과 회색빛이 섞인 적운이 도시 위에 거대한 우주선처럼 자리 잡더니 그날 발생한 오염물질을 시민들에게 되돌려 주고 있었다. 담배를 피우건 안 피우건, 폐가 오염물질로 중독되는 것은 다를 바 없었다. 단지 오염물질의 종류만 다를 뿐.

코빅은 자기 앞의 탁자를 바라보다가, 누군가가 주변을 어슬렁거리는 것을 눈치챘다.

"이봐, 그렇게 몰래 다가오지 말라고. 알았어?"

조우가 미소를 띠자 눈이 거의 보이지 않을 지경이 되었다.

"노련한 스파이에게 몰래 다가갔군요!"

조우는 마치 만화 캐릭터들 처럼 숨넘어가게 웃었다. 그 큰 웃음소리와 미소 짓는 얼굴이야말로 조우의 유일한 특징이었다. 조우는 사람들 사이로 녹아 들어갈 수 있는 능력을 자랑스럽게 여기고 있었다. 조우의 얼굴은 특징이 거의 없어 기억하기가 불가능에 가까웠다. 그것은 사람들 속에 숨는 데 매우 유리한 특징이었다. 특히나 도둑에게는. 조우는 코빅을 위해 수년 동안이나 껄끄러운 일들을 처리해왔다. 조우의 장기는 절도와 금고털이였으며, 그 솜씨는 강박증에 가까울 만큼 꼼꼼했다. 조우에게 당한 사람들은 침입자가 들어왔다는 사실조

차 알아차리지 못하는 경우가 많았다. 자신이 실수로 물건을 잃어버린 것으로 착각하거나, 아니면 가족이나 직원을 범인으로 의심했다. 게다가 조우는 대부분의 작업을 백주대낮에 처리했다. 조우는 코빅에게 그 이유를 이렇게 설명했다.

"낮에는 사람들이 의심을 덜 하거든요."

조우가 입은 정장 양복은 수수한 회색이었지만, 코빅은 그 옷이 엄청나게 비싸다는 걸 단박에 알아봤다.

"새빌 로에서 맞춘 겁니다. 가끔씩 큰맘 먹고 가고는 하지요."

"일 좀 쉬어 가면서 하라고."

걸음마를 시작할 때부터 도둑질을 해온 조우는 부모님에게서 버림받은 이후 상하이 거리에서 성장했다. 부모님이 조우를 버린 이유는 간단했다. 한 자녀 정책을 위반한 데 따른 벌금을 내기 싫어서였다. 처음에는 살아남기 위해 물건을 훔쳤다. 그러나 그 재능을 다듬은 그는 점점 섬세하고 대담한 도둑질을 익혔다. 그는 열두 살 무렵 몇 주 동안 경비행기 조종법을 배운 다음, 경비행기를 훔쳐 몰고 나간 적도 있었다. 조우의 미숙한 조종 솜씨로 경비행기는 추락했다. 구조대에 구조된 그는 뇌진탕 증세를 가장하여 탈출에 성공했다. 한때 그는 카지노 사장들을 위해 일하기도 했다. 카지노 사장들의 탈세를 돕기 위해 그들의 금고에서 돈을 훔쳐내는 것이 그의 일이었다. 하지만 훔쳐낸 돈 중 얼마를 조우의 몫으로 할 것인가를 놓고 다툼이 벌어진 끝에, 그는 다시는 범죄자들을 돕지 않겠다고 결심했다. 그가 코빅과 만난 것은, 우연히도 같은 시각에 싱가포르 무기 상인의 옥탑방을 급습했을 때였다. 코빅이 실수로 경보장치가 울렸으나 조우가 그것을 꺼주었다. 그때부터 코빅은 뭔가를 훔쳐야 할 때면 조우에게 의뢰를 해왔다. 조우는 또한 건물 오르기의 달인이었으며, 스스로의 표현을 빌리자면 적외선 동작 감지기를 피해가는 엔트랩먼트의 캐서린 같은 육감의 소유자이기도 했다.

코빅은 조우에게 그동안 계획해두었던 첫 번째 미션을 알려주었다.

"우리는 이제 간신히 첫 번째 스테이지를 내딛었을 뿐, 앞으로는 더욱 어려워질 거야."

조우가 어깨를 으쓱였다.

"재미있어 보이는군요."

"상황이 크게 악화될 수도 있어. 우리가 맞서려는 사람들은 우리 삶을 엉망으로 만들 수도 있다고. 그래도 괜찮아?"

조우는 괜찮다는 의미로, 비비스와 버트헤드처럼 웃어 보였다.

24

빅터 본의 눈이 경련을 일으키며 떠졌다. 다시 감겼다가 크게 번쩍 떠졌다. 본은 고개를 왼쪽으로 돌렸다. 그러나 함께 있었던 사람의 기척은 없었다. 그 사람의 이름이 뭐였더라? 금발인 것까지는 기억나는데. 본은 그 사람에게 밤새 도록 있어 달라는 조건으로 돈을 주었다. 하지만 그 사람은 결박을 풀고 사라진 것 같았다. 뭔가 이상했다. 창문 아래 오락기기 수납장에서 나오는 은은한 음악 소리가 들렸다. 노래는 '한밤의 이방인(Strangers in the Night)' 같았다. 가수는 프랭크 시나트라였던가? 플레이리스트에는 없던 노래였는데. 그는 자신의 안경이 있어야 할 자리를 더듬었다. 안경은 없었다. 그는 실내등 리모컨을 집어 등을 켜려고 했다. 그러나 등은 켜지지 않았다. 누군가가 본의 손목을 잡고 있었다. 어디서 들려오는지 알 수 없는 목소리가 말했다.

"미안하게 됐네."

방 안의 조명이 켜지고 밝아졌다. 본은 고개를 돌리다가 자기 코앞에 있는 흐릿한 얼굴을 흘깃 보았다. 또 다른 손이 안경을 집어 본의 코에 걸쳐주자 조우의 얼굴이 또렷이 보였다. 어떻게 이런 일이 있을 수 있지? 이곳의 보안 시스템은 최첨단인데. 그리고 또 다른 사람의 얼굴도 보였다. 본이 한 번에 알아볼 수 있는 사람. 그러나 다시 보리라고는 꿈에도 생각지 못한 사람이기도 했다.

"오, 예수님."

"유감스럽게도 난 예수님이 아니야. 나나 예수님이나 죽었다가 다시 살아나기는 했지만."

"스타이그!"

본의 목소리는 잔뜩 쉬어 있었다. 입을 쫙 벌리고 잠을 자고 있었기 때문이다. 소파에서 코빅이 답해주었다.

"스타이그 씨께서는 주무시고 계셔."

스타이그라는 어울리지 않는 이름을 지닌 태국 복서는 욕실 문 옆에 웅크린 채 쓰러져 있었다. 본의 다른 두 경호원인 렌과 스패로우는 의식은 있었지만, 우는 그 두 사람의 머리를 맞대놓은 채 가느다란 철사로 목을 꽁꽁 묶어놓았다. 우는 두 사람에게 침만 삼키려고 해도 무척 아플 거라고 주의를 준 다음 본의 양말을 두 사람의 입에 처박아 넣었다. 본은 고개를 들려고 했으나 코빅은 그의 머리를 눌렀다.

"나랑 같이 있던 아이에게는 무슨 짓을 했지?"

"아직 기사도를 완전히 버리지는 않은 것 같아 감동이로군. 그 친구는 다음 일거리 맡으러 갔어. 너의 쇠사슬 때문에 그 아이의 몸에 자국이 났더군. 그래서 보너스로 50위안 더 줬지. 넌 정말 추잡한 변태야, 빅터."

본의 얼굴은 순식간에 분노로 일그러졌다.

"이 자식, 지금 엄청난 실수를 하고 있다는 걸 알고는 있는 거냐!"

본이 말하자 턱살이 흔들렸다. 코빅은 미소를 지었다.

"물론이지, 잘 알고말고. 그럼 아까 우리가 당신 사무실을 나선 이후 무슨 일이 있었는지 생각해보자고. 우리는 자동차 추격전, 방화, 살인 사건 등에 휘말려서 엄청나게 고생했지."

본의 얼굴은 시뻘겋게 변해 있었다.

"이봐, 도대체 무슨 소리하는지 전혀 모르겠군……."

본은 고함을 지르고 있었지만, 코빅은 그가 두려워하고 있음을 알 수 있었다.

"당신 부하들은 이불을 들춰보는 걸 깜박했던 모양이더군. 덕분에 내 여자 친구가 내 대신 살해당하고 불타버렸지."

본의 목소리가 반 옥타브 올라갔다.

"보증하건대 나는 그 일과 전혀 상관없어. 대체 무슨 소리를 하는지 모르겠군."

코빅이 일어나서 침대 모서리에 앉았다. 뭔가 날카로운 물건이 빛을 받아 반짝이는 것이 본의 눈에 띄었다. 코빅은 칼을 본의 왼쪽 콧구멍 안쪽에 갖다 댔다.

"누가 시켰지?"

본은 눈을 몇 번 깜박였지만 대답하지 않았다. 코빅은 몸을 숙이며 재차 물었다.

"내 말이 안 들리는 것 같군. 누가 시켰어? 이 사회지도층 소아성애자야."

"이봐, 난 아무것도 몰라. 난 결코, 결코 중요한 인물이 아니야. 당신도 알잖아."

코빅은 조우를 흘깃 보며 말했다.

"정말 훌륭한 성형 솜씨로군. 허벅지나 팔 상박에서 잘라낸 피부로 실리콘 격막을 감쌌어. 어린 시절 코카인 사용으로 생긴 흔적을 지우기 위한 방법이지. 어렸을 때부터 좀 놀았나 보군, 안 그런가, 빅터?"

코빅은 칼날을 살짝 밀어 넣었다. 그러자 실리콘 격막이 연결 부위에서 떨어져 나가려고 했다.

침대에서는 마치 여자애의 목소리 같은 비명이 터져 나왔고, 그 비명은 프랭크 시나트라의 감미로운 노랫소리와 불협화음을 이루었다.

"아무래도 우리가 시나트라 옹을 너무 고생시키는 것 같은데, 다들 그렇게 생각하지 않나? 우, 자네가 좋아하는 곡 좀 틀어봐."

우는 리모컨을 찾아 곡 목록을 뒤져 강렬한 하우스 비트 곡을 선곡했다.

"제발 그만해!"

본은 생명의 위협을 느끼며 숨을 거칠게 몰아쉬고 있었다. 코빅은 뒤로 물러났다.

"그래, 분명 뭔가 있을 줄 알았지. 상부상조해야지!"

본은 품위 없이 횡설수설 말을 뱉어내기 시작했다. 전에 만났을 때 느껴졌던 세련미와 오만함은 사라진 지 오래였다.

"나는 일을 원하지 않아. 당신도 알다시피 나는 일을 하는 사람이 아니지. 내가 하는 건 절대 일이 아니야. 무엇보다도 즐거운 놀이에 가깝지. 당신도 여기 사정은 알 거 아냐? 당신을 그런 상황에 빠뜨린 놈들의 솜씨는 우리 서양인들보다 훨씬 나아. 그놈들은 상황을 채 파악하기도 전에 동의를 하게 만든다고…… 그놈들은 아주 영악하지."

코빅은 조우를 흘깃 바라보았다. 영국인의 두서없는 설명을 들은 조우의 표정에는 약간의 즐거움이 배어 있었다. 조우는 시계를 보았다.

"이제 여기서 나가야 해요. 이 친구더러 빨리 설명하라고 해봐요. 늦으면 안 됩니다."

코빅은 고문에 대해 두 가지를 알고 있었다. 첫 번째는 고문을 일단 시작했으면 가급적 빨리 끝내야 한다. 두 번째는 고문이 계속 이어지면 상대방은 거짓말을 지어내게 된다. CIA 본부의 데이터베이스에는 아주 오랫동안 진행된 '발전된 심문 기법'으로 얻어낸 내용들이 가득 들어 있었다. 피의자들이 즉석에서 지어낸 끝이 없는 자백과 인정, 비난 등.

코빅이 칼을 다시 찔러 넣자 본의 코에서 피가 터져 나왔다. 본은 손을 움직이려 했으나, 이미 우가 철사로 손목을 칭칭 동여맨 지 오래였다.

"시킨 사람 이름이나 들어볼까?"

본은 숨을 쉬려고 안간힘을 썼다.

"아, 그 이름은 나도 몰라. 중개인을 통해 모든 게 이루어졌거든. 당신도 잘 알잖아. 절대 배후에 누가 있는지 알 수 없어. 중국 애들은 입이 무겁다고."

코빅은 피곤한 표정으로 조우를 보았다. 조우는 연극배우처럼 눈을 굴렸다. 코빅은 조우에게 말했다.

"이놈하고 대화하는 건 시간 낭비로군. 이놈의 배를 갈라버리자고."

"안 돼! 안 돼! 제발!"

본의 눈은 튀어나올 듯했고 온몸이 부들부들 떨렸다. 그의 입으로 흘러드는 피 때문에 발음이 불분명했다.

"아, 안 돼, 안 돼, 제발…… 혹시 말이지…… 미국 정부는 내게 안전보장증 같은 걸 발행해줄 수 있나? 내가 도와준다면 말이야!"

왠지 그런 걸 쥐어줘야 할 분위기였다. 본은 아무리 최악의 상황에서도 대담

함만은 잃지 않았다.

"생각해보지. 그런데 말이야, 자네는 해병대원들이 뭔가 크게 걸림돌이 되었으니까 죽인 거 아냐?"

"이봐, 내가 한 건 전단지를 만들고 시위를 주동한 것밖에 없어. 나머지는……."

"얘기 안 하면 자네 얼굴 가죽을 벗겨버리겠어. 도대체 얼마나 대단한 배후자길래 이름도 제대로 못 대는 거지?"

본의 떨리던 입술이 열렸다.

"추 윤타오."

코빅은 그 이름을 따라해 본 다음, 조우와 우를 바라보았다. 그 두 사람도 모르는 인물인 듯했다.

코빅은 본의 코에서 칼을 빼낸 다음 툭 튀어나온 본의 왼쪽 눈을 겨누었다. 잔인한 만족감에 들뜬 코빅은 고문을 계속하고 싶었지만, 더 해봤자 엉뚱한 사람 붙들고 시간 낭비하는 꼴이었다.

"그래, 이 정도면 많이 봐준 거다."

코빅은 칼을 집어 들어 베개에 닦은 다음 본의 파자마 주머니에 집어넣었다.

"혹시 우리가 간 다음 자살을 하고 싶으면 쓰라고. 추는 어디 가면 볼 수 있나?"

"모른다고 했던 말은 사실이야. 추는 가급적 정체를 드러내지 않으려 한다고."

코빅은 팔을 뻗어 녹음기를 껐다.

"만약 추를 만나게 되면, 그 친구에게 자네가 방금 한 말을 그대로 들려주지."

본이 새된 소리로 소리쳤다.

"안 돼! 원하는 정보를 줬잖아! 제발 자비를 베풀라고."

"내 자비는 이미 고갈됐어. 우리는 그놈이 어디 있는지 알고 싶을 뿐이다."

코빅이 조우에게 턱짓을 하자 그는 퀼트 이불을 들췄다. 킹사이즈 침대 위에 있던 본은 공포에 질려 특유의 자만심도 잃어버린 채 매우 왜소해 보였다. 그는 자신이 싼 오줌 구덩이 속에 앉아 옷소매로 코에서 나오는 피를 막으려 했다.

"가기 전에 제발 철사 좀 풀어주지 그래?"

"중국은 큰 나라잖아. 당신 고객은 어디 있나?"

코빅은 열린 창문으로 본을 데려가 철사를 풀어준 후, 한 손을 그의 어깨에 얹었다.

"자, 그는 어디 있지?"

"딱 집어서 말하기 어려워. 절대 찾을 수 없을 거라고. 그 사람은 어떤 산속에서 산다고 들었어."

"중국에 산이 한두 갠가? 어느 산이야?"

"난 몰라! 추는 절대 모습을 드러내지 않아! 언제나 틀어박혀서 일한다고."

한 줄기 바람에 커튼이 팔랑거렸다. 코빅이 말했다.

"그럼 밖에서 보자고."

본은 코빅 일행의 얼굴을 번갈아보며 물었다.

"그게 대체 무슨 말이야?"

코빅은 열린 창문 쪽으로 턱짓하며 말했다.

"듣자하니 추락사를 하는 대부분의 사람들은 떨어지기 직전에 눈앞이 시커메진다더군."

25

상하이 황푸(黃浦)구

치 린바우의 작업실은 그의 아버지 문구점 뒤에 숨겨져 있었다. 문구점의 주방을 지나자 좁은 문이 나왔다. 그 문은 마치 화장실 문처럼 생겼지만, 열면 한쪽으로 치우쳐진 급경사의 나무 계단이 나왔다. 그 계단 맨 위는 얼핏 보면 막혀 있는 것 같았지만, 실은 금속 문이 있었다. 코빅은 계단으로 올라가 손을 살짝 흔들어 보였다. 보이지 않는 스피커에서 치의 목소리가 흘러나왔다.

"당신은 죽은 걸로 알고 있었는데."

"나도 그렇게 들었어."

금속 문이 열리자 TV 스튜디오 갤러리와 전기공의 공방을 섞어놓은 듯한 방이 나타났다. 치는 여러 개의 스크린을 보고 있었다. 그중 몇 개는 숫자로 가득 차 있었고, 몇 개는 소리 없이 뉴스 영상이 나오고 있었다. 치는 몸을 돌려 코빅을 보며 웃었다.

"또 문제가 생겼나 보군."

"자네만큼 심각하지는 않아."

"오늘이 그날인가?"

"무슨 날?"

"자네가 나를 팔아먹는 날."

코빅은 웃었다.

"아, 아니야. 우리 사이는 아직 끝나지 않았어. 나는 확실히 죽은 거 맞지?"

치는 보고 있던 스크린을 가리켰다.

"국가안전부 내부 공보야. 같은 메시지가 공안을 통해 미국 영사관에도 통보됐어. 하지만 여기서는 자네를 CIA가 아닌, 미국 공무원으로 지칭하고 있지. 누가 자네를 미행하기라도 하나?"

한나는 코빅의 편을 확실히 들어주었다. 적어도 현재까지는 누구도 코빅을 추적해오지 않았다.

"원하는 게 뭔가?"

치는 경계하는 눈빛을 보였다. 코빅은 치의 CIA 관리자였다. 그런 코빅이 갑자기 죽은 것으로 처리되었다. 그렇게 되었다는 것은 치 자신도 죽어야(물론 진짜로) 한다는 뜻 아닐까 하며 조바심내고 있다고 코빅은 생각했다. 어찌됐든 치의 뒤를 봐주고 있는 것은 중국 정부가 아니라 미국 정부였으니 말이다.

"커피 한 잔 끓여주면 원하는 게 뭔지 얘기해주지."

치는 회전식 걸상을 밀어내고, 최신형 커피 메이커 쪽으로 움직여 커피 원두를 넣기 시작했다.

미국 정보 계통에서 치는 '아미스티드'라는 이름으로 알려져 있었다. '아미스티드'는 악명 높은 국제 사이버 테러리스트로, 중국 정보기관을 위해 방대한 양의 미국 정부 자료를 훔쳐다 주었지만, 현재까지 전혀 추적할 수 없는 인물이었다. 그가 중국 내에서, 혹은 국외에서 활동하는지조차 확인할 수 없었다. 그는 특히 백악관의 전기 체계를 해킹해, 백악관의 등이 제멋대로 켜지고 꺼지게 함으로써 혼란을 촉발하고 더 나아가 짜증까지 유발한 인물로 미국 정부에 잘 알려져 있었다. 미국 정부는 이 사건에 대해 필요 이상의 분노를 보였다. 코빅이 아미스티드가 '상하이 시내 어딘가'에 있음을 밝혀내자, CIA 본부는 아미스티드를 발견할 경우 그를 '무력화'해도 좋다고 허가했다.

치는 자신의 흔적을 남기지 않았기에, 그를 발견하는 것은 불가능에 가까웠다. 그러나 치를 관리하던 국가안전부원의 부주의가 문제를 일으켰다. 국가안전부의 중견이던 그 직원은 자신이 한 일을 제대로 평가받지 못하자, 그동안 모아온 자료를 어떤 데이터베이스에 던져 넣어버렸는데, 코빅이 국가안전부에 심어놓은 다른 '자산'이 그 데이터베이스를 발견했던 것이다. 그 자료는 그대로 코빅에게 전달되었고 코빅은 그것을 토대로 치를 관리하던 국가안전부원이 누구인지 알아낼 수 있었다. 그 직원만 계속 감시하고 있으면 치를 낚는 것은 시간문제였다.

코빅은 치를 잡아 출세할 수도 있었다. 그러나 치를 오랫동안 관찰한 코빅은 치를 그냥 놔두되, 자신에게 전향시켜 이용하는 것이 더 낫겠다고 판단했다. 코빅은 국가안전부가 전혀 알지 못하도록 치의 아지트를 기습했다. 습격의 강도는 매우 거셌고 치는 코빅에게 협조하지 않을 경우 자신이 죽게 될 것을 깨달았다. CIA 본부는 이렇게 치를 얻게 된 데에 감사해야 했다. 그러나 미국 정부 내에서는 여전히 아미스티드를 믿지 못했고 코빅은 그를 자신의 감시 아래에 두고 상부에는 치를 붙잡지 못했다고 보고했다.

"원하는 건 거래야. 자네를 놔주겠네. 하지만 그전에 아주 큰일 한 가지를 해줘야 해. 위험부담이 따르는 일이야. 그리고 여행을 떠나야 할 수도 있고."

치는 코빅에게 커피 잔을 내밀었다. 치는 지독히 마른 체형이었다. 가슴은 납작했고, 너무 큰 티셔츠의 목 부분으로 쇄골이 툭 불거져 나와 있었다. 그의 턱수염은 마치 청소되지 않은 거미줄을 연상시켰다. 치의 윗입술 위에 난 콧수염은 마치 사춘기 소년의 수염 같았다. 그는 몽골인의 후손이었지만 어울리지 않게도 툭 불거져 나온 광대뼈와 두툼한 눈꺼풀이 있었다.

"교도소 밥은 영양가가 별로 없었던 모양이군."

치는 얼마 전 교도소를 다녀왔지만, 그럼에도 불구하고 정체가 탄로 나지 않았다. 코빅은 커피를 한 모금 들이켰다. 놀라우리만치 맛있었다.

"중국 사람들은 커피를 싫어할 줄 알았는데."

"나는 커피 자원의 고갈에 앞장서고 있는 사람이지. 커피 메이커들은 제품을 출시하기 전에 반드시 나한테 사전 검사를 받아야 한다고 생각해."

"그래, 자유를 즐기니 어떤가?"

"교도소에서 좋은 친구들을 여러 명 사귀었어. 그 친구들은 내게 선전 증권 거래소 출신의 채권 사기꾼을 소개해줬고. 아주 재미있더군. 거기 있는 동안 와이오밍의 땅 500만 에이커를 사고팔고 했지. 언제나 일하는 게 좋아. 덕분에 감옥 생활의 지루함도 잊을 수 있었지."

"거래에서 재미는 좀 봤나?"

치는 어깨를 으쓱였다.

"흠, 돈을 잃었나 보군. 얼마나 잃었지?"

"내 돈도 아니었는데 뭐."

"하긴 자네는 원래 돈이 전혀 없지."

치는 가지고 있는 기술을 잘만 사용하면 얼마든지 억만장자가 될 수도 있었다. 하지만 그는 돈보다는 모험을 더 추구하는 사람이었다.

"솔직히 말하게. 돈을 한 푼이라도 번 적 있나?"

"전혀. 하지만 즐거운 모험이었지. 거래는 교도관의 휴대전화를 빌려서 했어."

치가 교도소에 간 이유는 코빅이 치에게 어느 무기 상인과 발리의 테러리스트 그룹 간의 온라인 거래내역을 알아봐 달라고 주문했기 때문이었다. 치는 무기가 필요한 고객 행세를 하면서 거래내역을 깊이 해킹했다. 그러고 나서 그 상인에게 온라인으로 대금도 지급해줬다. 다만 그 대금 안에는 바이러스가 숨겨져 있었다. 그 바이러스는 무기 상인의 은행 계좌 속으로 파고들어 잔고를 쪽쪽 빨아먹었다. 그러나 그 무기 상인은 중국 중앙군사위원회까지 끈이 닿아 있는 인물이었다. 그리고 중앙군사위원회의 조사관들은 체면을 차리기 위해 희생양을 필요로 했다. 치는 처벌을 받을 수밖에 없었다. 코빅은 치가 받을 타격을 줄이기 위해, 그동안 가지고 있던 비자금 중 상당 부분을 치의 가족이 경영하는 문구점으로 보내주었다. CIA는 당연히 알 턱이 없었다. 그 돈은 기술적으로 볼 때 상하이의 완주 종이 및 판지 공급회사의 것이었으니 말이다.

방음 처리가 되어 있는 방 안으로는 아무 소리도 들려오지 않았다. 커피 그라인더의 작동 소리가 기괴하기까지 한 정적을 깨고 있었다. 치의 업무 내용상 이곳은 적의 감시는 물론 폭탄 공격에도 안전해야 했다.

"그래, 그럼 무엇부터 시작하면 되지?"

"어제 진 마오 타워의 어느 사무실에 추잉 껌 수신기를 부착했어. 그 수신기는 뭐든 다 수신할 수 있지만, 내가 원하는 건 추 윤타오라는 사람의 위치 정보야."

코빅은 종이에 '파넘 본'의 주소를 적어준 다음, 뱀 대가리 삼지창을 움켜쥔 불을 뿜는 주먹 그림도 그렸다.

"이게 뭐야?"

"나는 이 그림이 왜 중요한지, 그리고 이게 추와 무슨 연관이 있는지도 알고 싶어."

치는 세탁물을 회수해달라는 부탁이라도 받은 양 어깨를 으쓱였다.

"그리고 또?"

"추에 대한 건 뭐든지 알고 싶어. 어디서 활동하는지, 누구와 협력하는지, 그의 자산은 어디 사는 누구인지, 어딜 가면 추를 볼 수 있는지. 그리고 그의 위치를 알아내면, 그 사람의 보안 관련 자료는 뭐든지 필요해. 그 사람의 거주지와 문이 열리는 방식, 누가 언제 출입했는지 등등."

"문제없어. 근데 그거 알아서 뭐 할 거야?"

"가서 그 사람을 만나야지. 어쩌면 그 사람을 죽일지도 몰라."

치는 코빅을 바라보았다.

"당신 정말 괜찮은 거야?"

"당연한 걸 왜 묻지?"

코빅은 자신의 새 전화번호를 치에게 알려주고 일어섰다.

"아참, 한 가지 더. 이 사람의 개인 휴대전화 번호도 좀 알려줘. 미 국방부의 인적자원 데이터베이스에 아마 있을 거야."

코빅은 종이에 그 사람의 이름을 적었다.

'USS 발키리 함장 개리슨 대령'

26

친구들에게는 '한나'라는 이름으로 알려져 있는 후앙 슈이는 아버지에게 손을 흔들어 인사하고, 푸단 대로에 있는 아버지의 집을 나와 메르세데스 차량으로 발걸음을 옮겼다.

"조심하거라, 바깥 상황이 별로 좋지 않은 것 같구나."

아버지는 문제 발생을 알아차리는 육감이 있었다. 그는 하루 종일 TV 앞에 앉아 반미 시위 뉴스를 지켜보았다.

"오늘은 부디 조용히 지내거라."

한나는 그 말뜻을 알고 있었다. 아버지는 한나가 미국에서 귀국한 이후로 그녀의 태도에 항상 주의를 주었다. 중국에 돌아온 한나는 자신의 처지를 잊고 언제나 논쟁을 하는 버릇이 생겼기 때문이었다. 아버지의 말은 계속되었다.

"널 위해서 하는 말이야. 세계 시민적인 태도를 취하는 게 현명하지 않은 상황도 있단다."

하지만 아버지의 충고는 한나를 십 대 반항아로 돌아가게 할 뿐이었다. '세계 시민적 태도'는 자기주장, 만인에 대한 평등한 대우, 한나가 미국에서 익숙했던 모든 것을 가리킬 때 사용하는 아버지의 완곡어였다. 분명 미국에 다녀온 후 한나는 바뀌었다. 그리고 예전의 모습으로 돌아가지 않았다.

그러나 한나는 자신을 보는 아버지의 시선에서, 뭔가 다른 게 잘못되었음을 아버지가 알고 있다는 걸 느낄 수 있었다. 그녀는 한편으로 어젯밤에 본 것을 아버지에게 털어놓고 싶었다. 그러나 그녀에게는 그럴만한 용기가 없었다. 아버지는 한나의 불복종을 알면 두려워할 것이다.

그녀가 만난 엉망진창의 CIA 요원은 중국어만 잘할 뿐, 알코올 중독자 같았고, 자신의 업무 영역에서도 실패한 요원인 게 분명했다. 그런데도 한나는 그런 그에게 설득당해 상관들의 말에 불복종했다. 코빅이 발견되기 전에 윗사람을 찾아가 상황을 이야기하고, 자신의 행동에 대한 책임을 져야 했다. 아마 그렇게 된다면 그녀는 이렇게 둘러대야 할 것이다. 그 사람은 중국 쪽으로 전향했어요. 그는 이제 나의 자산입니다. 그는 분명 중국의 위대함에 감동받았을 겁니다.

그러나 이제 그녀는 모든 것을 후회하기 시작했다. 코빅과의 연관성을 모두 없애야 했다.

한나는 문을 열고 운전석에 앉았다. 차에 타니 기분이 한결 나아졌다. 이 차는 그녀만의 장갑차이자 반항의 도구이기도 했다. 한나는 정부에서 지급해준 세비 차량이 마음에 들지 않았다. 그 세비 차량들은 정당한 용도가 아닌 카섹스용으로도 쓰였기에, 차에 타면 소독약 냄새에 섞여 희미한 정액 냄새가 떠돌곤 했기 때문이었다. 한나는 자동차 열쇠를 꺼냈다.

뭔가 이상한 느낌이 들었다. 백미러에 누군가가 보였다. 코빅이었다!

"중간보고를 듣고 싶어 할 것 같아서 왔지."

한나는 몸을 돌렸다.

"당신 여기 어떻게 들어왔어?"

"내 친구 중 한 명에게 부탁했어. 자물쇠를 잘 만지는 친구지."

"여긴 왜 왔지?"

"당신 마음이 바뀔까봐, 골프공에 도착하기 전에 서둘러 왔어."

"왜 내가 변심하리라 생각하지?"

"그게 가장 타당하니까."

코빅은 눈을 문질렀다. 한나는 그가 잠을 거의 못 잤다고 생각했다.

"그리고 상황은 자꾸 나빠질 테고. 오늘 아침에도 어떤 놈들이 나를 보도에서 밀치더군."

"운전해도 될까? 늦었거든."

"물론이야. 치펭루 역에서 내려주면 돼. 그리고 알려주고 싶은 이름이 있어."

"뭔데?"

"추 윤타오."

한나는 알겠다는 것 외에 다른 표정이 보이지 않았다.

"이 사람의 이름을 알면, 당신은 나보다 앞서갈 수 있어."

"그 사람을 안다고 말한 적 없는데."

"이봐, 한나. 우리는 이런 상황에 대비해 교육받았잖아. 그 사람에 대해 뭐라도 아는 게 있나?"

"내가 그 사람에 대해 아는 건, 그가 유명인들을 위한 민간 보안 기업을 운영한다는 것뿐이야."

"예를 들면 진졔 같은?"

"아니. 진졔는 경호원을 데리고 다니지 않는 걸 자랑스럽게 여겨. 그는 대중들에게 그런 식으로 보이고 싶어 하지."

"제발 그 친구한테 조심하라고 전해줘. 그가 지금과 같은 엄청난 인기를 누리는 이상 언젠가는 반미 돌대가리들이 그 사람한테 덤벼들 거라고."

코빅은 백미러에 반사되는 한나의 얼굴에 시선을 고정시켰다.

"우리 거래는 아직 유효한가? 당신을 백주에 활보하도록 둔 게 과연 잘한 짓이었는지 걱정이 되는군."

한나는 코빅에게 자신의 마음이 읽히는 걸 조금도 원치 않았다.

한나는 깊은 숨을 들이쉬었다.

"뭘 걱정하는 거야? 아직 우리 사이는 좋은데 말이야."

코빅이 말한 전철역이 눈에 들어왔다.

"새로운 정보를 알게 되면 또 알려주지."

27

상하이 황푸구

"조언이 필요한가?"

"아니, 정보만 줘."

코빅은 다급했다. 시간은 계속 흐르고 있었다.

치는 우와 조우를 보고 나서 코빅에게로 시선을 돌렸다.

"당장 돌아가. 가급적 빨리."

코빅은 그 말을 듣고 미소를 지었다. 치는 태블릿 PC를 부채처럼 쥐고 흔들다가 손에서 떨어뜨렸다. 그는 손으로 머리를 괴었다.

"코빅, 당신이 하고 있는 일은 불장난이야. 누구도 그 사람을 막지 못해. 심지어 중국의 최고 권력자들조차도 말이지."

코빅은 손가락을 내밀어 치에게 조용히 하라는 제스처를 취했다.

"그 정도는 이미 알고 있어. 사실만 말하라고."

치는 한숨을 쉬었다. 그는 이전에도 코빅과의 말싸움에서 여러 차례 진 적이 있었고, 언제 말을 멈춰야 할지 알고 있었다. 코빅 역시 치가 조언자 행세를, 특히 사람들 앞에서 하는 것을 그 무엇보다도 좋아한다는 것을 알고 있었다. 고독한 해커 치고는 사람들과 어울리는 걸 무척이나 좋아했다.

"자, 어서 사실을 말해봐. 내가 뭘 원하는지는 알고 있잖아."

"우선 추는 엄밀히 말해 중국인이 아니야. 그는 미국 태생이지만 성조기에 아무 애착도 느끼지 못했어. 성조기로 똥 닦을 때만 빼고."

"재미있군. 계속해."

"혁명의 와중에 줄을 잘못 섰던 추의 아버지는 1940년대 후반에 로스앤젤레스로 갔어. 추의 아버지는 열심히 일해서 그곳 차이나타운의 거물이 되었지. 추는 무엇 하나 부러울 게 없을 만큼 유복한 환경에서 컸지만 그는 외로운 아이였어. 가족이나 친구에게 정을 붙이는 방법을 몰랐지. 추는 고급 사립학교를 다닐 때 꽤 문제아였나봐. 반사회적 행동을 보였고, 그건 그의 아버지 기준에서도 문제였지. 그는 누군가에게 괴롭힘을 당하면 절대 괴롭힌 당사자에게 복수하지 않았어. 당사자의 어머니에게 복수했지. 아마 자네도 자세한 내용을 들었다가는 꽤나 기분이 나쁠 거야. LAPD(로스앤젤레스 경찰국)은 그의 그런 행동을 강간치상이라고 불렀지. 하지만 추가 실제로 한 짓에 비하면 그것도 꽤나 완곡한 표현이야. 경찰이 추를 잡아들이기 전에, 추는 아버지에 의해 상하이로 쫓겨났지. 시간이 흘렀지만 아무것도 나아지지 않았어. 추가 상하이에 온 것은 지난 2000년이야. 그때부터 모든 일이 시작되었지. 추는 상하이에서 아버지의 옛 폭력조직을 재건하려고 했거든."

"그 뱀 대가리 문신?"

"정답. 그는 아버지의 동료 폭력배들의 아들들을 수소문했어. 하지만 그 아들들이 하고 있었던 일, 그러니까 무장 강도, 공갈, 금품갈취, 밀수, 마약밀매, 도박, 매춘 같은 사업은 추의 눈에 낡아빠진 걸로밖에 안 보였지. 그때 어떤 늙은이가 추를 찾아왔어. 그 늙은이는 자신이 '불 뿜는 주먹'인가 하는 곳에 소속되어 있다고 소개했지."

"나도 거기가 어딘지는 알고 있어. 마오쩌둥의 비밀경호대잖아."

"당시 그들은 모두 늙었지. 하지만 여전히 공산당 기구의 일각을 차지하면서 큰 영향력을 미치고 있었어. 중국의 거물 정치가들에게도 여전히 두려움과 숭배의 대상이고 말이야. 아무튼 그 늙은이는 추에게 좋은 아이디어를 주었어. 미국에서 자란 추는 부(富)를 잘 알고 있었고, 부에 무엇이 따라붙는지도 알고 있었어. 그리고 그 부가 인민들의 생활을 매우 복잡하게 만든다는 것도 알고 있었지. '불 뿜는 주먹' 늙은이는 자신들이 마오쩌둥의 사람들을 경호하는 척하면서, 실제로는 자기들 마음대로 조종한 비결을 알려주었지."

우는 마치 질문이 있는 학생처럼 손을 들었다.

"지금 가택 방범관련 얘기를 하고 있는 건가?"

그러면서 조우를 가리켰다.

"예를 들면 이런 사람들을 막는?"

조우가 비난조로 대답했다.

"나 같은 사람이 또 어디 있다고?"

"방범 맞아. 하지만 꽤 높은 수준의 방범이지. 아무리 돈이 많다고 한들 누군가가 그 돈을 훔쳐갈까봐 하루 종일 전전긍긍하며 시간을 보낸다면 그게 다 무슨 소용이겠어? 상하이의 신흥 갑부들 중에는 그런 망상증에 걸린 사람들이 아주 많았어. 그래서 범죄자의 아들인 추는 방범 업계의 선각자가 되었지. 추는 상하이의 1세대 백만장자들을 위해, 연중무휴 전방위 방범 서비스를 제공하고 있어. 추는 그 사람들에게 운전기사, 경호원, 가정부, 강아지 운동시켜주는 사람, 아이 등하교 시켜주는 사람까지 대준다고. 그리고 그 사람들 집에 보안 시스템도 설치해줘. 그 보안 시스템은 그 사람들이 가진 귀중품, 자동차, 심지어는 첩이 사는 아파트까지 모든 것의 상황을 기록해 중앙 통제 본부로 전달해주지. 여기에 바로 함정이 있어. 이렇게 함으로써 추는 이 부자들의 모든 것을 다 알게 되는 거지. 그건 추에게 엄청난 권력이 되어주었지. 언제라도 이들의 삶을 추 마음대로 통제할 수 있으니까. 그리고 이미 시장에서 확고한 입지를 굳혔기 때문에, 누구도 감히 추가 제공하는 방범 서비스를 거부할 수 없었어. 그리고 한 번 계약한 사람은 계약을 종료할 수 없고 말이야."

코빅은 고개를 저었다.

"사설 비밀경찰이나 다름없군. 왜 예전에는 이런 얘기를 전혀 몰랐던 걸까?"

"아마 추가 '불 뿜는 주먹' 늙은이로부터 은밀성이 지닌 장점을 배웠기 때문일 거야. 추의 조직은 철저한 비밀조직이야. 조직폭력단은 언제나 시끄럽지. 도박을 하고 패싸움을 하는데 잡음이 없을 리 없어. 하지만 추의 조직은 정반대야.

추가 추구하는 것은 엄밀히 말해 돈이 아니야. 권력이지."

"그럼 질문이 하나 있어. 북한 국경에서 일어난 사건에서 추가 맡은 역할은 뭐지?"

치는 어깨를 으쓱였다.

"그건 나도 몰라."

"왜 그는 사람들 앞에 모습을 보이지 않지? 일종의 은둔자인가?"

"정답이야. 그는 해결해야 할 골치 아픈 문제가 생길 때만 모습을 간간이 드러내는 모양이야. 그는 부하들에게 자신이 최강임을 보여주는 걸 좋아해. 그러고는 다시 모습을 감추지."

코빅은 길게 숨을 쉬었다.

"그게 그놈의 약점일지도 모르겠군."

모두가 코빅을 보았다.

"그건 아직도 그가 자신의 충동을 완전히 제어하지 못한다는 뜻일 수 있어. 그렇다면 그는 충동에 의해 곤경에 처할 수도 있지."

코빅은 중국인들을 바라보았다. 누구도 납득을 못하는 눈치였다.

"그냥 내 의견일 뿐이야. 그런데 치, 이 정보를 어디서 다 얻었나?"

"내가 갖고 있던 국가안전부 파일에서. 문서 작성자는 대테러 담당관이야. 그런데 그 사람, 이 문서를 제출하고 나서 일주일 후에 독살당했어. 그의 후임자는 현명하게도 이 문서를 근무 첫날 봉해버렸고, 그 후로 누구도 이 문서를 열어보지 않았지. 벌써 3년 전 일이야."

"그럼 우리는 어디로 가야 추를 만날 수 있나?"

"우리?"

"그래, 우리. 당신까지 포함한."

치는 마치 머릿속의 뇌를 받치기라도 하듯 양손으로 턱을 괴었다.

"절대 안 돼. 당신은 추를 만날 수 없어. 추는 당신을 국경에서 한 번 놓치긴 했지만, 당신을 상하이까지 추적해왔잖아. 당신 여자 친구를 죽이고 집을 불태웠다고.”

“그리고 다행히도 그는 내가 죽은 걸로 알고 있겠지.”

“추는 그렇지 않다는 걸 곧 알아낼 거야. 당신을 잡을 때까지 계속 추적하겠지.”

“아냐. 난 내 발로 이 사람을 찾아가겠어. 이 사람이 어디 있는지 알려줘.”

치는 스크린을 향해 몸을 돌렸다.

“거기는 구글 어스에도 없는 곳이야.”

그는 스크린을 가리켰다. 스크린에는 이미지를 더 이상 이용할 수 없다는 메시지가 떠 있었다.

“추는 자신에 관련된 모든 사진을 삭제하거나 파기해버렸어. 이 사진 한 장만이 잘못된 색인이 붙어 있었기에 유일하게 살아남은 거지. 이것도 1992년 사진이야.”

치는 키보드를 두들겼다. 흑백의 거친 이미지가 스크린에 떴다. 그곳은 산이라기보다는 돌로 이루어진 거대한 굴뚝처럼 보였다. 용암이 지각을 뚫고 위로 터져 나온 후 그대로 굳어버린 듯한 모양새였다. 치는 사진을 확대했다. 산자락과 주변의 언덕들은 무성한 숲으로 뒤덮여 있었다. 정상에는 담장이 있었고, 담장 너머에는 폐허처럼 보이는 건물 몇 채가 있었다.

“이런 건 별로 쓸모가 없어.”

치가 보기에 오늘따라 코빅의 인내심은 매우 부족한 것 같았다.

치는 전선에서 중요한 소식을 가져온 중세의 전령처럼 손을 들었다.

“잘 봐봐.”

치가 키보드를 몇 번 두들기자 그의 책상 위에 있는 큰 스크린에는 울창한 숲으로 이루어진 산과 그 위를 줄지어 지나가는 구름들을 담은 생생한 위성사진이 떴다.

“황산 산맥이야. 상하이에서 480킬로미터 떨어진 곳이지.”

자동차를 타고 달리면 7시간 정도 걸릴 것이다.

치는 이미지를 확대했다.

"이 건축물은 5세기 전에 세워진 무술 학교였어. 지난 1920년대까지 무술 학교로 기능을 유지해 오다가 지방 군벌에게 잠시 점령당했지. 건물의 목제 부분은 경쟁 군벌과의 전투에서 대부분 파괴되었지만, 이후 승려들이 재건했어. 하지만 문화대혁명 때 다시 공격을 당했지. 이번에 공격해온 놈들은 홍위병들이었어. 국가를 상대로 죄를 저질렀다며 승려들의 목에다가 죄목이 적힌 팻말을 건 다음 긴 밧줄로 학교 벽에 매달아놓았지. 그러고 나서 선전 영화도 찍었어. 그 영화가 이곳을 촬영한 유일한 동영상이야."

치가 키를 하나 누르자 또 다른 스크린이 밝아지며, 노이즈가 낀 흑백 영화가 나왔다. 세 명의 불행한 승려가 매달려 있고, 새들이 날아와 그들의 몸을 쪼아 먹고 있었다. 화면을 지켜보고 있던 우가 말했다.

"불길한 징조로군."

"신경 쓰지 마. 위로 올라가는 사다리가 있거든."

치가 걸상에서 몸을 일으키며 가리켰다.

"그래?"

치는 두 장의 사진을 더 띄웠다. 지상에서 촬영한 것이었다. 나뭇잎 사이로 매우 길고 가느다란 대나무 사다리가 보였다. 너무 작아 개미처럼 보이는 두 사람이 그 사다리를 타고 올라가고 있었다.

"누가 찍은 거야?"

"30년 전 교환학생 프로그램에 참가한 학생이 촬영한 거지. 그 친구들은 잡지도 발행했어. 잡지 이름이 뭐였는지 알아? '열린 중국'이었지. 재미있지 않나?"

누구도 입을 열지 않았다. 그들은 치가 무슨 생각을 하고 있는지 눈치채고 있었으나, 동시에 자신들의 생각이 틀렸기를 바라고 있었다.

또 다른 스크린이 밝아졌다. 치는 작은 전자펜을 제어판 위에서 움직였다. 이미지가 확대되면서 운해 위로 솟아나온 산의 모습도 커졌다. 추의 소굴은 그 산 위에 있었다.

"멋지군. 이거 도대체 누가 찍은 건가?"

"러시아 기상 위성으로 찍은 거지. 내가 제어장치를 오버라이드해서 찍은 거야. 블라디보스토크의 친구들은 이걸 단순한 동력 부조로 여기고 있지. 그 친구들 장비에서 종종 발생하는 일이라 수상하게 생각하지 않더군."

"예전과는 달라 보이네."

"담장은 재건되었고, 관목 아래로 완전히 새로운 건물 단지가 조성되었어. 대부분이 바위를 깎아 만든 거지. 원래 마당이었던 곳은 현재 헬리포트로 사용 중이야. Z-8 헬리콥터 보이나?"

대형 군용 헬리콥터의 모습이 간신히 보였다.

"이건 누구 소유지?"

"괌에 소재한 화물회사 소유로 등록되어 있어. 추는 본인 명의로 항공기를 보유하지 않거든."

치는 나무가 울창한 곳 위로 커서를 빙빙 돌렸다.

"이곳의 운영을 책임지고 있는 직원은 스무 명이야. 하지만 여기 그 외에도 50명을 더 수용할 수 있는 보기보다 큰 숙소가 있지. 그리고 여섯 명 정도의 손님이 묵을 수 있는 숙소도 있어. 그리고 별도의 주방, 수영장, 체육관, 수경 재배 시설도 있어. 이곳이라면 세상과 단절된 생활이 가능하지. 전용 수력발전 설비도 있고, 1년간 먹을 식량을 저장해둔 창고도 있어. 그야말로 지상의 우주정거장이나 다름없지."

"손님용 숙소는 누가 사용하나?"

"알 수 없어. 이건 지난 6주 동안 이곳에 드나든 모든 헬리콥터의 비행기록이야. 등록 정보가 없기 때문에 이걸로 알아낼 수 있는 정보는 그리 많지 않지만, 모두 아까 본 거대한 Z-8 헬리콥터의 비행기록이더군. 여기 들어올 수 있는 방법은 보급품을 수송하는 헬리콥터를 타고 가는 것 말고는 없기 때문이겠지."

"방금 말한 게 사실인가? 아니면 추라는 놈, 007 영화를 너무 많이 본 건가?"

"100퍼센트 사실이야. 그는 여기에서 모든 것을 제어해. 그는 개인용 인공위성 채널도 있어. 부하들과만 통화할 수 있는 개인용 휴대전화 네트워크도 있고,

그는 지상의 부하들에게 항상 직접 지령을 내려. 부하들은 추의 눈과 귀 역할을 하지. 부하들이 추의 고객을 대신 만날 때는 항상 송수신기를 착용해. 그럼으로써 추는 대화 내용을 실시간으로 듣고 지시 역시 실시간으로 내릴 수 있는 거지. 추를 위해 일하는 사람들은 결코 혼자가 아니야. 추는 언제나 그들의 이어피스 속에 있어. 추의 본부와 연락이 끊어지면 추는 그 사람이 행동불능이 되었다고 판단하고 대신할 사람을 보낸다고."

"그럼 추의 본부와 부하들 간의 통화 내용을 엿들을 수 없을까? 그 사람의 기분을 좀 파악하고 싶군."

"가능은 한데, 시간은 한 6주 정도 걸릴 거야. 그는 매일 다른 암호화 방식을 사용하고, 같은 방식을 1년에 두 번 이상 사용하지 않아. 그러니까 1년이면 삼백예순다섯 가지의 암호화 방식을 사용하는 거지. 내가 그중 하나를 해독하는 데 성공하면, 그는 이미 다른 방식을 사용하고 있다는 얘기야. 그는 완전히 다른 프로토콜 세트로 이루어진 또 다른 통신망도 가지고 있어."

"그게 뭔지 설명해줄 수 있나?"

"그 통신망이 발신하는 전파는 얼핏 보면 방해 전파 정도로만 보이지. 제삼자에게 수신되거나 분석되는 것을 피하기 위해 1초 이내로만 발신이 돼. 그런 다음 바로 에테르 속으로 흩어지는 거지. 그러나 여기서 한 가지 더 알아둬야 할 게 있어. 24시간 전, USS 발키리 호의 통신병이 이 통신망이 발신하는 것과 똑같은 전파를 수신한 후, 이를 포트 미드의 NSA에 알렸다고 하더군. 그 전파, 과연 어디서 나온 거라고 생각하나?"

코빅은 자신의 심장 박동이 빨라짐을 느꼈다.

"설마 북한 국경인가?"

치는 고개를 끄덕였다.

"그리고 중국 내륙으로 송신되었지."

코빅은 일어섰다.

"추는 의심의 여지없이 우리가 찾던 바로 그 사람이군. 언제 시작할 수 있을까?"

나머지 모든 사람들은 마치 시간이 정지하기라도 한 듯, 꼼짝도 하지 않았다. 코빅은 조우의 어깨를 두들겼다.

"조우, 자네는 색다른 곳으로 가는 게 익숙하지 않나."

조우는 믿을 수 없다는 표정으로 코빅을 보았다.

"정말 거기 갈 거예요?"

"거기 말고 추를 만날 수 있는 데가 또 어딨나?"

코빅은 우를 향해 고개를 돌렸다.

"우, 어제 이후로 이미 준비는 되어 있겠지?"

우는 코빅을 보았다. 이제껏 우는 코빅의 말을 거역한 적이 없었다. 그러나 지금까지 이렇게 큰일을 하라는 명령은 없었다.

치는 자기 일은 다 끝났다는 듯 즐거운 표정을 짓고 있었다. 코빅은 치의 어깨 위에 한 손을 올려놓으며 말했다.

"자네 장비, 배낭 안에 다 들어가나?"

치의 얼굴이 창백해졌다.

"이봐, 난 언제나 실내에서 일한다고."

그러면서 스크린을 가리켰다.

"여기가 바로 내 전쟁터란 말이야!"

"자네가 없으면 난 들어갈 수 없어. 이놈들의 보안 시설은 최첨단일 거라고. 들어가려면 보안 체계와 전원에 대혼란을 초래해야 해."

나머지 두 사람은 바닥에 시선을 못 박고 있었다. 세 사람의 중국인 중 한 사람만이라도 먼저 승낙한다면, 나머지 두 사람도 따라올 것임을 코빅은 알고 있었다. 중국인들은 체면을 잃느니 차라리 100층짜리 건물에서 투신자살할 사람들이었기 때문이다.

치가 입을 열었다.

"이런 망할 인간. 다른 사람들 앞에서 대놓고 부탁하다니. 우리 중국에서는 이런 식으로 일처리 안 해."

"'우리 중국에서는' 타령은 그만해. 그런 얘기 꺼낼 단계는 이제 지난 것 같은데. 이미 나는 상하이 전체를 다 얻은 기분이야. 자신의 실력을 입증하려는 유능한 젊은이들이 지금 내 앞에 있잖아. 충분한 보상금을 주겠어. 미국행도 약속하지."

28

치는 부탁대로 개리슨 대령이 가진 보안 전화기의 번호와 암호 코드를 문자 메시지로 알려주었다. 코빅은 그 메시지를 잠시 동안 쳐다보았다. 발키리에서 그 이상한 전파에 대해 NSA에 알렸다면 반드시 개리슨 대령의 허가를 거쳤을 것이다. 또한 코빅은 이번 작전에 투입된 해병대원을 선발한 인물이 개리슨임을 알고 있었기에, 개리슨 역시 해답을 구하고 있으리라 생각했다. 개리슨도 지금쯤은 그 사진을 보았을 터. 전사한 장병들의 집에 전화도 걸었을 것이다. 그의 지식으로는 도저히 대답할 수 없는 질문들을 받으며 난감해했겠지. 커틀러가 개리슨에게 필요한 것 이상의 정보를 주었을 리 만무하니 말이다.

그러나 지금 개리슨에게 전화를 거는 것은 위험했다. 현재 코빅은 공식적으로 죽은 사람이었고, 그것은 아주 편리한 은폐물이었다. 개리슨에게 전화를 걸었다가는 그 은폐물 밖으로 걸어 나오는 꼴이 된다. 그리고 개리슨의 아들도 신경 쓰였다. 헌신적인 젊은 해병대원이었던 개리슨의 아들은 아프가니스탄에서 코빅 휘하에 있다가 전사했다. 개리슨에게 코빅은 이보다 더 나쁠 수 없는 놈이었다. 개리슨이 커틀러에게 전화 한 통화만 해도 그 순간 코빅은 끝장이었다. 그러나 이 세상에서 코빅의 원한에 공감해줄 사람은 개리슨 한 사람뿐이었다. 그리고 코빅에게 뭔가 일이 생겨 이 작전이 실패하고 코빅이 죽게 될 경우, 그동안 알아낸 정보를 썩히지 않고 제대로 활용해줄 미국 측 인물이 필요했다. 커틀러는 절대 그럴 위인이 아니었다.

전화벨은 단 한 번 울렸다.

"안녕하십니까, 대령님. 코빅입니다."

상대는 몇 초간 침묵을 지켰다.

"이런 망할 인간! 이 번호는 어떻게 알아냈나? 대체 어떻게 지금까지 살아 있는 건가?"

코빅은 상대가 분노하며 내뱉는 거친 숨소리를 들을 수 있었다. 수면 부족에 시달리는 예순두 살의 해군 대령이 커피를 연달아 여섯 잔째 마신 후, 그의 부하 해병대원 여섯 명은 물론 그의 아들의 죽음에도 책임이 있는 사람이 개인 전화기로 걸어온 전화를 받은 것이다. 코빅은 상대의 분노를 느낄 수 있었다. 코빅과 개리슨 사이에 있는 2,400킬로미터라는 거리도 그리 멀게 느껴지지 않았다.

"대령님, 진심으로 부하들의 명복을 빕니다."

"코빅 요원. 예전에도 이 비슷한 일이 있었던 것 같은데, 아닌가?"

토미가 죽고 난 후, 코빅은 개리슨에게 여러 차례 전화를 걸었다. 그러나 개리슨은 전화를 거부했고, 코빅은 개리슨에게 직접 편지를 썼다. 그 이후 코빅과 개리슨이 직접 만나 대화한 것은 하이빔 작전 준비 때 뿐, 그나마도 개리슨은 코빅과의 대화를 최소한도로 줄이려 했다.

"예, 그렇게 생각합니다."

"방금 올슨 부사관의 어머니와 통화를 마친 참이야. 그분은 왜 자기 아들의 시신 사진이 사진 공유 사이트에 올라왔고 미국 정부가 그 사진을 내릴 수 없는지 설명해달라고 하셨지."

거기에 대해 코빅은 아무 할 말이 없었기에 침묵을 지켰다. 어째서 개리슨은 코빅에게 불평을 퍼붓지 않는 걸까? 코빅이 아닌 다른 사람이 작전을 지휘했더라도 그 사람 역시 아무 말도 할 수 없었을 것이다. 그러나 지금 그런 것은 아무래도 상관없었다. 개리슨 대령은 지금 충분히 준비가 되어 있었다. 국방부로부터 백 가지의 질문을 받고, 미 해군 공보실로부터 또 백 가지의 질문을 받은 그는 미국이 더 이상의 수치를 당하지 않도록 하겠다는 발언을 하고자 애를 써왔다. 그러나 CIA는 침묵을 지켰다.

"도대체 어떻게 살아남았는지 알려줄 수 있나? 당신 상관은 당신이 죽은 줄 알고 있어."

"해병대원들을 죽인 놈들이 제가 아직 살아 있다는 것을 안다면, 제가 죽는 것도 시간문제입니다."

코빅은 집에 일어난 화재와 루이즈에 대해 이야기했다.

"자네는 총알을 피하는 데는 일가견이 있군. 그런데 내가 커틀러에게 전화를 걸어 자네가 살아 있다고 말하면 어떻게 할 텐가?"

"대령님, 제가 생각하기로 대령님은 저만큼이나 현 상황에 대해 의혹을 품고 있으실 겁니다. 커틀러가 대령님께 뭐라고 설명했는지는 모르지만, 그의 설명은 해답만큼이나 많은 의문을 남겼겠지요."

개리슨은 그 이야기를 곱씹으며 침묵하고 있었다. 좋은 징후였다.

"자네는 본의 아니게 북한군 정찰대의 매복에 걸려들었는데, CIA는 자네에게 책임을 떠넘기고 있다는 거 알고 있나? 그 친구들은 일을 망친 이유가 자네 때문이라고 생각하고 있어."

"대령님, 저는 사실 그보다 훨씬 복잡한 이유가 있을 거라고 확신합니다."

대령은 긴 한숨을 내쉬었다.

"내가 그 이야기를 들어야 할까?"

"간단하게 말씀드리자면 우리는 처음부터 적에게 노출되었습니다. 그 친구들은 우리가 올 줄 알고 있었습니다. 애초부터 뭔가 계략이 있었거나, 작전이 새어나가 그 친구들이 매복을 하고 있었던 겁니다. 아니면 정보가 잘못되었을 수도 있고요. 어느 쪽이건 일을 그렇게 만든 것은 CIA 본부의 책임입니다. 그렇다면 한 가지는 분명합니다."

"그 한 가지가 뭔가?"

"CIA는 대령님께 진실을 알려주지 않을 거라는 점입니다."

"그래서 자네는 어쩔 생각인데?"

"대령님께 도움을 요청할 겁니다."

"코빅, 한 가지 말해둘 게 있는데, 자네 참 우라지게 간이 크구먼."

"그런 걸로 유명하지요."

코빅은 대령에게 추에 대해 알려주고, 추를 찾아낼 계획도 알려주었다. 솔직히 말해 너무나도 엉뚱한 계획이었고 그 점은 두 사람 모두 인정하는 바였다.

"좋아, 좋아. 도움이 필요한 건 알겠는데 나는 정신과 의사가 아니라고."

코빅은 개리슨이 전화를 끊고 싶어 하는 걸 눈치챘다.

"대령님, 이상한 전파 신호에 대해 NSA에 보고한 적 있으시지요?"

"어떻게 알았지?"

"그 신호는 북한 국경에서 중국 내륙의 어떤 곳으로 발신되었습니다."

그러면서 코빅은 좌표를 알려주었다.

"전파를 수신한 곳은 산속에 있는 추의 본부였습니다. 대령님, 우리는 그놈을 잡은 거나 다름없습니다. 앞으로 이와 유사한 전파가 다시 발생할 경우, 대령님의 부하들이 그 발신지와 수신지의 좌표를 알아봐주시면 됩니다. 물론 그 내용은 해독할 수 없을지도 모르지만, 발신지와 수신지만 알아도 크게 도움이 될 겁니다."

"코빅, 자네를 보니 물에 빠진 사람 지푸라기라도 잡는다는 소리가 떠오르는군."

"지금 제게는 지푸라기밖에 없습니다."

"그 지푸라기 중에는 내 개인 전화번호도 있고 말이야."

"그렇습니다. 그리고 대령님, 통화가 끝나면 SIM 카드를 빼내서 파기하실 것을 부탁드립니다."

"그래. 할 이야기는 다 한 것 같군."

29

상하이에서 자동차로 서쪽 7시간 거리의 어느 곳

"코빅, 일어나요. 문제가 생겼어요."

운전대를 잡은 우가 차의 속도를 줄였다.

뒷자리 치 옆에 앉아 있던 코빅은 깊고 달콤한 잠에서 억지로 깨어났다.

"큰 문제야, 작은 문제야?"

"커질 수도 있는 문제예요. 전방에 검문소입니다. 차량을 검색하고 있어요."

치는 랩톱을 닫고 앞좌석 밑으로 밀어 넣었다.

"군인들인가? 아니면 공안?"

"제대로 된 군인이나 공안은 아닌 것 같습니다. 저 친구들, 옷에 아무 마크도 달고 있지 않아요."

"여기서부터는 추의 왕국인 것 같군."

그들은 상하이에서 출발해 항루이 고속도로를 타고 정서 방향으로 달리다가 약 1시간 전에 고속도로를 빠져나왔다. 고속도로가 남쪽으로 꺾어지는 지점에서 이들은 포장된 지 얼마 안 된 검고 매끈한 아스팔트 도로를 벗어나, 울창한 숲 속의 비포장도로를 타고 북쪽으로 향했다. 길 앞에는 황산 산맥의 봉우리들이 보이기 시작했다.

그들은 트럭과 미니버스들로 이루어진 차량 대열 속에 서 있었다. 픽업트럭에 탄 이들은 적대 관계가 될지도 모르는 현지 당국과 접촉할 준비를 이미 해놓았다. 우와 조우는 청색 작업복을 입고 있었다. 그들은 우의 '숙모'인 첸 부인이 절실히 필요로 하는 급수 시설을 만들어주고 시영 하수도 연결 공사를 해줄 배관공 행세를 할 계획이었다. 첸 부인은 과거 코빅의 자산이었으나, 현재는 은퇴해 추의 '영지' 안에 있는 고향 마을에서 살고 있었다. 트럭 뒤에는 파이프, U자관, 스패너들은 물론 변기까지 하나 실려 있었다. 아무리 의심 많은 경비원이라도 이걸 보면 그들을 진짜 배관공으로 착각할 수밖에 없을 것이다. 치는 산맥으로 현장 답사를 가는 버스를 놓치고, 이 차를 얻어 탄 대학생 행세를 할 것이다. 그러기 위해 그는 등산 장비를 가져왔다. 치는 다른 대원들을 위한 가짜 신분증도 제작했다.

코빅은 현재 레이 나이맨이라는 가짜 신분을 사용하고 있었다. 레이 나이맨은 전직 특수부대 대원으로 체육 강사였으며 현재는 프리랜서 보안업자였다. 중국 정부에게 아프리카는 중립지였다. 중국은 아프리카에서 많은 일을 했지만 아프리카는 중국에 아무 위협이 되지 않았으니 말이다. 일을 더 쉽게 하기 위해 그는 약 10만 위안 정도를 휴대하고 있었고 그중 일부는 그의 옷 안에 꿰매어져 있었다.

그들이 차를 세웠을 때는 해가 이미 거의 다 저물었고, 거센 비바람에 실려 온 빗방울이 앞유리를 때리고 있었다. 늘어서 있는 차량 대열 어디에선가 옥신각신하는 소리가 들리더니 "당장 내려!" 하는 소리도 들렸다. 예감이 별로 좋지 않았다. 우가 말했다.

"슬슬 '관' 안에 들어가시는 게 어떨까요. 듣자하니 저 친구들 오늘따라 기분이 별로인가 봅니다. 그리고 외국인에게 친절할 거라고는 기대하지 마세요."

코빅이 농장에서 받은 훈련 중 제일 힘들었던 것은 납치 대응 훈련이었다. 자동차 트렁크 같은 곳에 갇혀서 멀리 떨어진 곳에 실려 간 다음, 이교도, 제국주의자, CIA 돼지 같은 욕설을 들으며 징그럽게 오랜 시간을 버텨야 한다. 그는 매우 지독한 신문도 버텨낼 수 있었다. 그러나 자동차 트렁크에 갇히는 것은 식은땀 나는 경험이었다. 그는 도저히 그런 상황을 견뎌낼 수 없었고, 결국 그 과정에서 낙제했다. 그 때문에 그는 CIA의 가장 좋은 보직에 배정될 수 없었다. 그러나 다행히도 이제까지 근무하면서 납치 상황을 실제로 겪은 적은 없었다.

그리고 중국에서 자신의 팀과 함께 그런 상황에 처해지는 것은 원치 않았다.

우의 사촌은 장성풍준 차량의 뒷좌석 아래에 비밀 수납공간을 준비해놓았다. 그 안에는 치의 감시 장비 및 코빅이 우를 위해 구해준 QB-88 저격총과 망원 조준경, 야간 투시경, 그리고 QSZ-92 권총 네 정이 들어 있었다. 이제는 코빅도 거기 들어가야 했다.

우는 그 수납공간을 '관'이라고 불렀다. 코빅이 별로 가르쳐주고 싶지 않았던 단어였다. 그러나 우는 그 단어가 우스운 모양이었다.

치가 말했다.

"지금은 선불이라고 생각해."

"선불?"

"앞으로 당신이 우리에게 시킬 일들에 대한 선불!"

치가 좌석을 들어내자 코빅은 그 안의 수납공간으로 들어갔다. 덥고 어둡고 디젤과 갓 칠한 스프레이 페인트 냄새가 났다. 다행히도 우의 사촌은 통기구 두 개를 뚫어주었다. 수납공간에 들어간 코빅이 물었다.

"상대방은 몇 명쯤 되지?"

"딱 두 명이야. 작은 미니버스도 갖고 있는데 차에는 사람이 없어. 누가 여기 왕인지 알리는 것 외에는 다른 임무가 없는 것 같군."

"검문검색을 열심히 하고 있나?"

"저놈들하고 싸울 생각이야?"

"저놈들이 우리를 골치 아프게 한다면, 보답해줘야지. 저놈들의 옷은 꽤 유용하게 쓰일 거야. 저놈들의 차도 마찬가지지. 우가 이 차를 포기할 수 있다면 말이야."

무신경하고 유치한 말이었지만, 지금 코빅은 몸뿐 아니라 마음도 좁은 공간 안에 접혀 들어가 있었다. 조우가 말했다.

"저 친구들 무장하고 있어요. 한 명은 호크 반자동 산탄총을 어깨에 걸치고 있고, 또 한 명은 권총집에서 리볼버를 방금 빼들었군요."

첸 부인은 현지 공안의 실태에 대해 코빅에게 경고해주었다. 이곳 공안국장은 추의 꼭두각시나 다름없으며, 그 휘하의 공안 병력은 추의 사병이나 다름없다고 말이다. 첸 부인은 이렇게 말했다.

"그놈들은 깡패나 다름없어. 하지만 여기도 중국이니까, 돈 앞에는 장사 없다고."

"이놈들이 검문한 차량이 출발했습니다. 다음 차 검문을 시작했군요."

조우의 말이 계속되었다.

"차 운전자가 창문으로 신분증을 내밀었습니다. 놈들이 트렁크를 열고 있어요."

그러다가 갑자기 조우는 웃기 시작했다.

"무슨 일이야?"

'관'은 계속 더워져만 갔고 코빅의 두 불알은 꽉꽉 눌러 담은 과일들처럼 서로 찰싹 달라붙었다.

"트렁크 안에는 염소 세 마리가 들어 있군요. 이런, 저놈들 운전자를 끌어내는데요. 운전자가 신분증을 흔들자 신분증을 찢어버리는군요. 이런, 염소들이 도망치려고 해요!"

세 발의 날카로운 총성이 울리고 잠잠해졌다. 분명 이놈들은 평범한 공안원들은 아니었다.

"염소탕 드실 분?"

치가 말했다.

"여기선 아주 조심하지 않으면 안 되겠어."

놀란 운전자는 공안원들에 의해 다시 자기 차에 태워졌다. 공안원들은 통과하라고 손을 흔들었다. 그리고 리볼버 권총을 도로 집어넣었다.

우는 방금 총을 쏜 공안원이 손을 내밀고 있는 곳까지 차를 전진시켰다. 우는 자신과 조우, 치의 신분증을 제시했다.

"저희 관할 밖에서 오셨군요."

공안원의 얼굴이 인정할 수 없다는 듯이 굳어졌다.

우는 청산유수로 말을 쏟아내기 시작했다. 코빅은 '관' 안에 불편하게 갇혀 있으면서도, 관료주의에 끌려 다니는 신세가 아니라는 데 대해 미소를 짓지 않을 수 없었다. 비록 총과 함께 쑤셔 박힌 신세가 되긴 했지만.

"저희 숙모님은 펜주에서 존경받는 분이세요. 그런 분의 집에 적절한 위생 설비가 없다는 것은 그쪽 동네에서도 아주 큰 문제라고요."

"조용히 해요. 그게 나랑 무슨 상관이라는 거요?"

"상관없을 리가요. 숙모님께서는 무슨 일이 생기면 이곳 공안국장을 찾으라고 말씀하셨다고요."

코빅은 더 많은 트럭들이 장성풍준 뒤에 와서 줄을 서는 소리를 들었다. 이 공안원 놈들이 코빅 일행에게 흥미를 잃고 통과시키려면 꽤 큰 행운이 필요할 것 같았다.

"조용히 해요. 차를 옆으로 빼고 모두 하차하세요."

우는 시키는 대로 하면서도 계속 항의했다.

코빅은 시간이 얼마나 지났을지 궁금했다. 이미 숨을 쉬기가 힘들었다. 냄새 때문에 머리가 빠개질 것 같았다. 코빅은 다른 사람들뿐만 아니라 스스로에게 이렇게 속삭였다.

"좋아. 친구들, 다들 냉정해지자고."

이 공안원들은 추의 사병 집단이나 다름없었다. 오직 추의 명령만 듣고 추에게만 책임을 다한다. 이놈들이 염소를 죽이건 사람을 죽이건 여기서는 아무 문제가 되지 않는다. 우가 분노에 찬 말들을 공안원들에게 날려대는 동안 조우가 코빅에게 낮은 목소리로 상황을 전달했다.

"두 놈 다 어려요. 산탄총을 든 놈은 허약해 보이고, 얼굴에 아직 여드름이 잔뜩 있습니다. 차 뒤에 실린 파이프를 하나하나 검사하고 있어요."

코빅도 그들이 장비들을 들었다 놨다 하는 소리를 들을 수 있었다. 너무 가까워서 불편할 정도였다.

"조심해서 다뤄요. 부서지면 큰일 난다고!"

우의 목소리에는 상당한 짜증이 담겨 있었다. 그러자 공안원은 짜증난다는 듯 장비를 일부러 세게 떨어뜨렸다. 그것도 코빅이 숨어 있는 곳 바로 위에.

그때까지 아무 말도 하지 않던 치가 입을 열었다.

"저희 통과시키는 데 얼마면 되겠어요?"

잘했다고 코빅은 생각했다. 교도소 생활 덕택에 치는 타고난 거만함을 어느 정도 버릴 수 있게 된 모양이었다.

그러나 코빅의 귀에 총을 꺼내 안전장치를 푸는 소리가 들렸다. 잠언 15장 1절에 '유순한 대답은 분노를 쉬게 하여도'라는 말씀이 있지만, 훈련 상황조차도 성경 말씀대로는 돌아가지 않는다.

"거기 꼼짝 마십시오! 공안원에게 뇌물 증여는 중죄입니다! 공안국으로 따라와 주셔야겠습니다."

코빅은 생각했다. 결국 이런 식으로 돌아가나. 차라리 좌석에 앉아 있었다면 도움이 되었을 텐데. 숨 쉬기도 편했을 테고.

"모두 차에 타요! 밖에서 잘 보이게 앞좌석에 타십시오. 당장 공안국으로 차를 모십시오. 펭. 나와 함께 뒷좌석에 타서 이 사람들을 감시하자고."

망할. 좋은 소식은 어떻게든 움직인다는 거고, 나쁜 소식은 코빅이 망할 수납공간 안에 갇혀 있다는 것이었다. 우가 시동을 걸자 통기구로 뜨거운 바람이 쏟아져 들어왔다. 이대로라면 공안국에 도달하기도 전에 죽을 것 같았다. 코빅은 머릿속에 지도를 그려보았다. 그리고 현 위치와 산 사이의 거리를 계산해보았다. 공안국 위치는 몰랐다. 코빅은 이 수납공간 안에서 질식해 죽을 판이었고, 코빅의 머리 위에는 두 공안원 놈까지 올라타고 있다. 우는 차의 속도를 높였다. 아마 빨리 도착해야 코빅을 빨리 꺼낼 수 있다고 계산한 모양이었다. 차의 뒷바퀴가 자갈 위에서 미끄러지는 게 느껴졌다. 그 다음 공안원들이 고함을 치며 누군가를 세게 때리는 소리가 났다.

"그렇게 빨리 몰면 안 돼!"

이만하면 충분히 참았다. 코빅은 여기저기 더듬어 무기를 찾았다. 열기와 냄새 때문에 머리가 몽롱해지는 것이 느껴졌다. 그의 손이 QSZ 권총에 닿았다. 그리고 코빅은 조준을 위해 권총과 머리 사이의 간격을 가급적 넓게 벌렸다.

30

우는 차체 내부의 손상을 살피면서 말했다.

"우리 사촌이 별로 좋아하지 않을 거예요."

그들은 죽은 공안원들의 시신을 처리하러 숲 속 비포장도로로 들어섰다. 비는 이미 멈춰 있었고, 습기를 잔뜩 먹은 숲 속의 공기에서는 향기마저 느껴졌다.

코빅은 몸 안을 깨끗이 하기 위해 연신 심호흡을 해댔다.

"베이루트에는 자칭 '범죄현장 청소대'라는 부부도 있었지. 그 사람들 왕년엔 날렸는데 말이야."

"예. 그런데 여긴 베이루트가 아니거든요."

뒷좌석은 걸레가 되어 있었다. 그리고 차량의 천장과 뒷문 안쪽은 피와 기타 신체 조각들이 잔뜩 묻어 있었다.

"그래도 최소한 근무복 상의는 건졌잖아. 바지는 못 쓰게 되었지만."

코빅은 차에 실려 있던 삽으로 공안원들을 묻을 얕은 무덤을 파기 시작했다. 조우는 공안원들의 제복을 벗겨내려 애쓰고 있었다. 치는 시신들로부터 좀 떨어진 데 서서 공안원들의 무전기를 만지작거리고 있었다. 치는 공안원들이 죽은 이후로 아무 말이 없었다.

"이런 상황 예상하지 못했나?"

치는 어깨를 으쓱였다.

"당신과 함께 어디 갈 때면 난 아무것도 예상하지 않으려고 해."

"덕분에 우리는 한 팀인 거지."

코빅은 치에게 약간의 배려심을 보일 필요성을 느꼈다.

"만약 지금이라도 그만두고 싶다면, 보내주겠어."

치는 고개를 끄덕였다. 그러나 코빅도 치도 이제 와서 그럴 수 없다는 것을 알고 있었다. 이런 것도 코빅이 촘촘한 미국 법망을 피하기 위해 지불해야 하는 대가였다.

조우는 공안원들의 주머니를 철저히 뒤져 안에 든 물건들을 챙겼다. 조우는 공안원들이 갖고 있던 열쇠를 흔들어 보였다.

"미니버스 열쇠인가 봐."

코빅은 열쇠를 잘 살폈다.

"좋아. 우와 조우는 이놈들의 옷과 모자를 착용한 다음 미니버스에 승차해. 나는 이놈들의 시신을 처리해야겠어."

코빅은 동료들의 얼굴을 보고 이 작전이 매우 잘 풀려가고 있음을 느꼈다. 코빅은 총을 쐈을 때 이제는 정말 끝장이라고 생각했다. 그리고 이 작전을 위해 준비한 것들도 한계에 부딪혔다고 생각했다. 그러나 중국인 동료들에게 조금 전 일은 작전이 새로운 국면을 맞이했음을 알리는 신호탄에 불과했다. 그 세 사람은 이제 코빅을 보고 있었다.

"재미있을 거라고는 말 안 했어."

그는 자신이 혼자서 시신 처리를 맡음으로써, 이 친구들에게 편의를 베풀었다는 것도 알고 있었다.

"치는 무전기를 들고 우와 조우를 따라가. 이놈들의 네트워크를 교란할 방법을 찾아내라고. 그래야 우리는 숨을 수 있고 시간을 벌 수 있어."

코빅은 일행들이 픽업트럭에 탑승해 출발하는 것을 보았다. 그는 공안원들의 시신과 함께 숲 속에 남았다. 땅을 파면서 코빅은 저들이 돌아오지 않는다고 해도 비난하지 않겠노라고 생각했다. 중국의 숲 속에 시체 두 구를 묻는다니, 참 이상한 일이군. 코빅은 엄밀히 말해 자신이 하고 있는 게 더 이상 '일'이 아님을 새삼 깨달았다. 이런 짓을 해봤자 누구도 그에게 수당을 주지 않는다. 그리고 이 작전이 성공할지 여부도 알 수 없었다. 추가 산속 자기 집에 있는지, 아니 있었는지도 확실히 알 수 없었다. 그러니 이곳이 추가 있는 곳 근처인지도 확신할 수 없었다. 설령 작전이 성공한다 쳐도, 그 다음에는 뭘 해야 한단 말인가?

땅을 파고 있자니 어머니의 장례식이 떠올랐다. 아버지는 당신의 능력보다 호화로운 장례식을 고집했다. 하지만 장례식 비용은 코빅이 지불했다. 그동안 부모님을 실망시켜드린 데 대한 사죄의 의미였다. 코빅은 어린 시절 권위에 도전하는 걸 즐기고 나쁜 친구들과 어울려 다니는 문제아였다. 부모님은 그런 그에게 절망했다. 아버지의 유일한 소망은 코빅이 가풍을 이어 헨리 포드의 공업단지인 '루즈'에 들어가는 것이었다. 아버지는 루즈에 들어가면 일자리가 있다고 코빅에게 말씀하셨다. 하지만 로켓 과학자가 아니더라도 디트로이트의 운명이 쇠하고 있음은 누구나 알 수 있었다. 그렇다고 불과 수십 년 만에 디트로이트 인구를 반으로 줄여버린 대탈주 행렬에 동참하는 것도 코빅 입장에서는 시간 낭비로밖에 보이지 않았다. 아버지는 집에서 죽을 날만 기다리고 있었다. 아버지가 코빅에 대해 아는 거라고는 중국 어디선가 정체를 알 수 없는, 따라서 동료 퇴직자들에게 자랑도 할 수 없는 종류의 정부 업무에 종사하고 있다는 것뿐이었다. 결국 부모님에게 부끄러운 아들이 되고 만 것인가? 가장 소중한 사람들에게 그것밖에 안 되는 존재인 걸까? 그는 루이즈도 잃고 말았다. 그녀는 코빅의 인생에 찾아온 가장 소중한 사람이었지만, 코빅은 그런 그녀를 여러 차례 실망시켰고 결국은 죽음에 이르게 했다.

추를 추적한 것은 그동안 저지른 과오를 바로잡기 위함이었다. 상하이 지국에는 캠벨이라는 선배가 있었다. 술을 너무 많이 마셔 해고당한 캠벨은 이런 말을 해준 적이 있었다. CIA 대부분의 업무는 각국의 정보기관들을 바쁘게 하는 '게임'일 뿐이며, 상황을 조금도 변화시키지 못하는 게임에 매달리는 것이라고. 그리고 그거야말로 CIA의 문제라는 얘기였다. 그러나 이제 그 게임의 규칙은 누군가에 의해 깨졌다. 그리고 코빅은 편안하게 앉아 그 결과를 받아들이느니 차라리 목숨을 버릴 준비가 되어 있었다.

31

"푸른 등을 켜고 밟으라고. 첸 부인께서 새 화장실을 기다리고 계시니까."

그들은 획득한 미니버스 안에 있었다. 시각은 밤이었고 도로는 고요했다. 죽은 공안원들을 땅에 파묻고 달리는 이들의 기분은 들떠 있었다. 치는 공안원들의 무전기를 랩톱에 연결한 다음 바쁘게 키보드를 두드리고 있었다.

코빅은 치의 랩톱 스크린을 흘긋 보다가, 매우 뚱뚱한 사람들의 알몸이 보이는 영상을 보았다.

"그게 뭐야?"

"'빅 애스 파티'라고, 꽤 인기 있는 러시아 포르노 영화지. 네트워크에 있는 모든 사람들은 이걸 보느라 일손을 놓을 거야. 왜 이런 게 나오는지 알아볼 머리를 가진 놈은 없어. 그리고 덕분에 우리가 죽인 공안원들의 실종에 대한 반응이 늦어지겠지."

치가 예전의 모습으로 돌아온 것을 본 코빅은 안도했다. 그는 무전기 한 대를 가리켰다.

"그리고 나는 여기서 이 친구들의 모든 무선 통신을 감청할 수 있어. 만약 이 친구들이 뭔가 이상한 낌새를 눈치채고 움직이기 시작했다면 그 사실을 바로 알 수 있는 거지. 500미터 이내라면 이놈들의 위치도 알아낼 수 있어."

"치, 자네는 천재야. 자네가 없었다면 시작도 못 했다고."

치는 어깨를 움츠렸다.

"사람이 죽는 건 처음 봤어. 그것뿐이야."

"많이 보면 익숙해져. 좋은 일인지는 모르겠지만……."

그러고 보니 며칠 전까지만 해도 꽤 오랫동안 살인과 인연 없이 살았다. 그러나 루이즈의 죽음으로 인해 그는 예전의 일로 돌아갔다. 그리고 자신의 능력을 다시금 깨닫게 되었다. 아프가니스탄 및 다른 전쟁이 끝난 후 가졌던 소중한 시간이 갑자기 모두 사라진 것만 같았다. 이것이 그의 정상적인 생활이었고, 상하이 생활과 루이즈는 일탈에 불과했다. 위험과 불확실성에 대한 감각을 키우고, 철저히 생각하며, 항상 움직이면서 다음 계획을 짜고, 위험을 감수하는 것이야말로 그가 살아온 삶임을 알고 있었다. 코빅은 큰 위험을 무릅쓰고 개리슨에게 비밀을 털어놓았다. 그리고 비록 의심 많고 동기 부여가 부족하며, 설불리 믿었다가는 위험한 사람이기는 하지만, 한나라는 스폰서도 얻었다. 코빅은 자신이 이끌고 있는 팀의 충성심의 한계를 시험해볼 참이었다. 상황이 아무리 말도 안 되고 위험하더라도, 그는 이런 상황을 위해 훈련받은 몸이었다. 매 순간에 충실하고 내일 걱정은 내일 하면 족했다.

그들은 속도를 줄이지도 않고 검문소를 바로 통과했다. 길게 늘어선 차량 대열을 보고 있던 공안원들은 코빅의 일행을 보고 경례했다. 그들은 계속 앞으로 달려 나갔다.

32

국가안전부 상하이 지국

한나는 브리핑용 탁자에, 그동안 배운 그대로의 자세로 앉아 있었다. 양손은 탁자 위에 올려놓아야 했다. 단 손을 쫙 펴서는 안 된다. 너무 단호해 보이기 때문이다. 그렇다고 주먹을 쥐어서도 안 된다. 너무 공격적으로 보이기 때문이다. 그래서 쫙 편 것도 주먹을 쥔 것도 아닌, 테니스 공 하나를 쥐고 있는 듯한 손 모양을 취해야 한다. 어깨는 앉아 있을 때도 마치 차려 자세를 취했을 때처럼 쫙 펴서 상대방에게 예의를 표해야 했다. 다만 지국장과 대화를 할 때는 결코 그와 눈을 마주쳐서는 안 된다. 초점은 자기 앞 1, 2미터 거리의 어떤 지점에 맞춰야 했다. 양 발바닥은 지면에 딱 붙이고, 다리를 꼬아서도 안 된다. 도발적으로 보일 수 있는 자세를 취해서는 안 되기 때문이다.

그녀의 머릿속에는 이런 생각들이 떠돌았다. 개새끼들, 다들 죽어버려. 지국장의 어머니도, 여동생도, 바람피우기 좋아하는 음탕한 마누라도 다 죽어버리라고. 난 대체 여기서 뭘 하고 있는 걸까?

"후앙 슈이, 건설적인 생각을 하고 있는 걸로 알고 있겠네."

구오 후아페 지국장은 잠시 멈춰 현 상황에 대해 독백한 다음, 한나에게 차가운 시선을 던졌다. 지국장은 한나를 원했다. 한나를 가져야 했다. 어찌되었건 그는 한나의 상관이었으니 말이다. 지국장은 다른 부하 여직원들도 마음대로 할 수 있었다. 그러나 그 여자들은 모두 하찮은 직위에 있었다. 한나는 그녀들과 달랐다. 미국에서 교육을 받았으며, 서구식 개인주의를 지향하는 자신감 넘치는 당돌한 여자였다. 여자가 자립적인 생각을 해봤자 골치만 아플 뿐이었다.

특히 서양 물을 먹은 여자라면 위험할 수도 있었다. 그것이 한나를 길들여야 하는 또 다른 이유였다.

한나는 재빨리 정좌를 취했다.

"네, 분명히 그렇습니다. 어떤 생각을 하는지 알려드릴까요?"

지국장은 손을 내저었다. 다른 사람의 생각에는 그다지 관심이 없다는 신호였다.

"지국장님. 공안이 반미 시위대를 막는 동안 저희는 그 배후 세력이 누구인지 조사해봐야 한다고 생각합니다."

구오 지국장은 고개를 한쪽으로 비스듬히 틀었다.

"후앙 요원, 재미있는 제안이로군. 왜 배후 세력이 있을 거라고 생각했지?"

그의 목소리는 한나가 좀 웃기는 생각을 하고 있다는 투였다. 그러나 구오의 시선은 한나에게 계속 꽂혀 있었다. 한나는 싸늘한 냉기가 자신을 훑고 지나가는 것 같았다. 구오는 못생긴 사람은 아니었다. 그러나 그는 척 봐도 타인과 공감대를 형성하는 능력이 떨어지는 사람이었다. 모든 것을 조국의 시각으로 보고, 뭐든 조국을 위해 일하다 보니 인간성이 상실되어 버린 것이다. 그는 자기 자신의 감정만 알 뿐, 타인의 감정은 전혀 공감할 수 없었다. 탁자 반대편에는 세 명의 국가안전부 요원들이 고개를 살짝 숙인 채 한결같이 미소 띤 얼굴로 앉아 있었다. 한나는 그 요원들이 한나의 존재 자체는 물론, 한나가 타인의 이목을 끄는 방식, 그리고 그들이 우러러보고 있는 상관과의 자랑스럽고도 즐거운 관계를 망가뜨린 것을 싫어하고 있음을 알았다.

지국장은 대답을 기다리며 한나를 계속 바라보고 있었다. 한나를 이 자리에 임명한 것은 지국장 본인이었다. 한나의 아버지는 갈수록 그 수가 줄어들고 있는 마오쩌둥 시대의 순수한 영웅들 중 하나였다. 그렇기에 한나에게 역할을 줌으로써 지국장은 매우 유용한 정치적 자원을 획득할 수 있었던 것이다. 바꾸어 말하자면, 그녀를 채용하지 않으면 지국장 자신이 불이익을 당할 확률이 매우 높았다는 얘기다. 그러나 지국장은 한나가 국가안전부 채용을 자신의 아버지가 아닌 지국장의 덕택으로 여기고, 고마워해주기를 바랐다. 그러나 현재까지 한나는 지국장에게 그 어떤 고마움도 표하지 않았다. 게다가 한나는 지국장의 골칫덩이가 되어가는 느낌마저 들었다. 한나는 자신의 입지를 알아야 할 필요가 있었다.

한나는 지국장과 눈길을 교환했다.

"지국장님. 오래된 영국 속담을 빌자면, 아니 땐 굴뚝에는 연기가 없는 법이라 했습니다."

한나는 지국장의 반응을 살폈다. 지국장은 코빅의 아파트 화재도 알고 있을까? 방금 말한 속담이 무슨 뜻인지는 알고 있을까? 지국장은 마치 장바구니에 든 상품을 구입하듯, 대수롭지 않게 코빅의 추방 명령을 내렸다. 왠지 이상했다. 지국장은 그 일을 제대로 처리했는지 한나에게 물어보지도 않았다.

"후앙 요원. 자네는 상당 기간 외국에 머물면서 그 나라 가치관의 영향을 받았어."

지국장은 기회를 놓치지 않고, 한나의 외국 생활을 거론했다. 마치 그것이 일종의 무단결근이라도 되는 듯한 말투로 말이다.

"그동안 중국의 현실과 격리되었다는 점을 인정해야 해. 중국 인민의 애국심을 얕봐서는 안 되지."

"지국장님. 제가 말씀드리고자 하는 바는, 반동분자들이 북한 국경에서의 사건을 통해 중미 관계를 악화시키려는 가능성이 있다는 것입니다."

한나는 용어를 신중히 골랐다. 이제는 놀랄 정도로 친숙해진 삭막한 관청 용어를 사용했다. 탁자 건너편에 모두 똑같은 자세로 앉아 있던 다른 요원들은 시선을 자신들의 손에 고정시키고 있었다. 지국장의 업무처리 방식이나 상황 해석에 의문을 제기하는 것은 한직으로 좌천되는 지름길이 될 수도 있었다. 그러나 한나는 여자였다. 망해봤자 잃을 게 없었다.

한나를 보는 지국장의 시선에는 욕망과 경멸감이 불안하게 섞여 있었다.

"그래? 그렇다면 방금 말한 그 '반동분자'들에 대해 어떤 증거를 가지고 있나?"

다른 요원들은 이렇게 똑똑한 지국장이 있어서 다행이라는 듯 진지하게 고개를 끄덕거렸다.

"증거는 없습니다. 그래서 그 증거를 찾아보자는 것입니다."

한나는 자신이 마치 스노타이어를 달지 않고 빙판길 주행에 나선 자동차처럼 모순의 늪에 빠져들어, 헤어 나올 수 없음을 알았다. 하버드 대학의 교수들은 한나의 냉철한 시각에 혀를 내둘렀다. 그리고 중국을 다스리는 공산당 정치국의 여러 요소들을 해부하고, 이들이 어떻게 맞물려 움직이는지를 묘사하는 한나의 말 한 마디 한 마디에 귀를 기울였다.

한나는 생각했다. 엄청난 실수를 저질렀어. 이 일에 너무 깊이 빠진 거야. 이 사람들은 내 시각이나 제안 같은 건 원하지 않아. 이들은 모욕을 줄 여자가 필요할 뿐이지. 그리고 내겐 이런 상황을 바꿀 힘이 없어. 덫에 걸린 거라고.

좌절한 그녀의 얼굴이 붉어졌다. 얼마나 더 감정을 숨길 수 있을까? 아버지에게 설득당해 국가안전부에 들어온 것부터가 실수였다. 그러나 그때 아버지의 부탁을 거절했다면 아버지가 일구어 온 모든 것을 거절하고, 아버지가 베풀어준 모든 은혜를 배반하는 것이나 다름없었다. 그것은 아버지에게 엄청난 모욕을 주는 것이었다. 미국인 가정이었다면 어땠을까…… 그러나 한나의 가정은 미국인 가정이 아니었다. 그러니 쓸데없는 생각에 정신력을 낭비할 필요도 없었다. 아버지는 암 진단을 받고, 4개월 시한부 인생 선고를 받았다. 그래서 한나는 학업을 중단하고 중국에 돌아왔다. 아버지는 이렇게 말씀하셨다.

"하버드 대학에 진학하는 건 너의 소원이었지. 이제는 내 소원도 좀 들어주렴."

아버지의 눈에 어린 간절한 소망을 본 한나는 차마 그분의 뜻을 거스를 수 없었다.

지국장은 단순하지만 존경스러울 만큼 애국적인 대중들의 속성에 대해 다시금 청산유수와도 같이 설명했다. 한나는 자신의 목소리에 도취된 자의 주절거림이 1시간 동안 이어질 수 있음을 경험을 통해 알고 있었다. 아아, 나의 아까운 시간을 이런 데 낭비해야 하다니!

아버지의 의도는 매우 순수했기에, 한나는 그런 아버지의 말씀을 거역하기가 더욱 힘들었다. 아버지는 이렇게 말씀하셨다.

"국가안전부는 중국 바깥 세계를 경험한 젊은 피를 원해. 그러니 너는 반드시 지원해야 한다."

사실 아버지는 한나가 귀국하기 이전에 이미 입사 수속을 다 마쳐놓은 상태였다. 옛 동지에게 전화 한 통만으로도 그녀를 신임 특기요원 속성 양성과정에 밀어 넣을 수 있었다. 하지만 한나 동기생들이 공통으로 가진 특기는 오직 하나, 부모님이 고위 당간부라는 것뿐이었다.

그리고 아버지는 점점 더 몸이 악화되기 시작했다. 어머니는 이렇게 말씀하셨다.

"아버지는 얼마 안 있으면 돌아가실 거야. 아버지는 네가 그분 곁에 있기를 바란단다. 살아 있는 동안 네가 목표를 이루길 바라고 계셔."

하지만 그건 무려 2년 전의 일이었고, 한나의 아버지 후앙 장군은 더 이상 병세가 악화되지 않았다. 그는 여전히 하루에 5킬로미터를 걷는 데다가, 일주일에 적어도 한 번씩은 사격장에 나가 아침 사격을 즐겼다. 매우 어려운 스도쿠도 8분 이내에 풀곤 했다. 어머니는 이렇게 말씀하셨다.

"네가 돌아와서 아버지의 병세가 호전된 모양이구나."

한나는 어머니를 행복하게 해드리면 그것으로 족하다는 생각도 했다. 페이스북에서 하버드 대학 시절 친구들을 만날 일이 있었다. 친구들은 월 스트리트, 런던, 할리우드 등을 누비며 여행을 하고, 약혼을 하고, 직장을 구했다. 비록 한나는 자신이 하는 일을 밝힐 수는 없었지만, 그 친구들에게 정중히 인사를 건넸다. 한나는 친구들이 자신을 어떻게 생각하는지 알고 있었다. 보나마나 전통에 매여 결혼하러 귀국한 것으로 생각할 터였다.

국가안전부의 생활 중 한나의 마음에 쏙 드는 것도 있었다. 우선 무기 조작 훈련이 그 첫 번째였다. 그녀는 거기서 뛰어난 성적을 거두었다. 엄격한 수상 및 산악 훈련에서는 동기생들 중 수석 자리를 차지했다. 또한 한나는 타고난 소질로 어학 훈련에서도 앞서나갈 수 있었다. 그러나 실무는 짜증날 정도로 지루하기 그지없었다. 가장 뛰어난 능력을 요하는 좋은 보직은 남자 동기생들에게 죄다 주어졌기 때문이었다. 누구나 탐을 내는 보직은 당에 가장 큰 영향을 미치는 간부들의 아들들 차지였다. 보통 수준의 국가안전부 남자직원일지라도, 가장 뛰어난 여자직원에 비하면 승진의 기회는 물론 외근의 기회 역시 스무 배는 많다는 것을 한나도 곧 깨닫게 되었다. 그 때문에 한나는 반드시 승진해서 외근직을 잡아 무슨 일이라도 할 기회를 얻어 이 체계가 잘못되었음을 입증하고 말겠다는 결의를 불태웠다. 무슨 일을 하더라도 상관없었다.

아버지는 한나가 아주 어렸을 때부터 한나의 조언자였다. 힘을 키우고, 결코 '적당한 수준'에 머물지 말 것을 독려했다. 이제 그녀가 집에 있을 때면 아버지는 늘 윈스턴 처칠이 쓴 '영어 사용 국민의 역사'를 읽어달라고 하셨다. 아버지는 불과 얼마 전까지만 하더라도 중국인들이 그런 책을 읽을 수 있게 되리라고는 꿈도 꿀 수 없었다는 점을 상기시켰다. 아버지의 영어 실력은 좋았지만 그분의 시력은 약화되어가고 있었다. 아버지는 그 눈에 빛을 발하며 이렇게 말씀하셨다.

"제국주의와 싸우려면 제국주의자들의 사고방식을 알아야 한단다."

그것은 한나의 변명이기도 했다. 아버지는 혁명을 위해 인생을 바쳤다. 요즘 세상 돌아가는 꼴은 아버지를 짜증나게 했다. 그러나 그가 영웅으로 떠받들어오던 '위대한 조타수' 마오쩌둥의 실체에 비하면 그 정도는 아무것도 아니었다. 아버지는 그의 실체를 말년에야 알아챘다. 아버지는 숙청당해 제지 공장에서 유독한 펄프 표백제를 들이마셔 폐가 망가지면서도, 마오쩌둥을 조국 근대화를 이룬 위대한 지도자로 찬양했으며, 숙청 생활 역시 진보를 위한 불가피한 희생으로 받아들였다. 덩샤오핑이 그를 풀어주고 새로운 직위를 주었을 때도, 아버지는 무려 육천오백만 명을 기아에 몰아넣고 자신을 포함해 수백만 명의 사람들에게 잘못된 생각을 가지고 있다는 이유만으로 부당한 처벌을 가한 체제에 대해 환멸을 표하지 않았다. 아버지는 다시 멍에를 뒤집어썼고, 장정의 다음 단계에 참가했다. 한나는 아버지의 극기와 결의에는 존경을 표했다. 그러나 아버지를 본받고 싶지는 않았다. 그런 사람은 이제 쓸모없다는 것을 알고 있기 때문이었다.

지국장은 아직도 떠들고 있었다. 그들이 모두가 이미 잘 알고 있는 중국에 대한 위협들을 줄줄이 열거하고 있었다. 한나는 테이블에 앉아 있는 다른 요원들을 보았다. 지국장의 말이 마치 진리인 양 고개를 연신 끄덕이고 있었다. 이 친구들은 이런 개소리를 진심으로 믿을까? 아버지는 한나가 세계를 체험하면서, 자신이 젊은 시절에는 접할 수 없던 것들을 알고 이해하기를 바라셨다. 그러나 한나는 바깥 세계를 체험한 결과 중국의 발전을 저해하는 후진성과 부패를 근절하려면 아직도 갈 길이 멀다는 것을 알았다. 이 게으르고 멍청한 놈들은 블랙베리와 아이폰을 들고 미국인이 된 양 착각하고 있다. 그러나 어떤 기계를 가졌느냐가 아니라, 그 기계로 무엇을 하느냐가 더욱 중요하다.

그녀의 생각은 코빅에게 향했다. 첫 대면에서 코빅은 그녀를 화나게 했다. 적어도 표면적으로 코빅은 한나가 경멸하는 종류의 미국인이었다. 건방지고 거만하고, 뭐든 다 아는 척하는 밥맛없는 인간이었다. 하지만 그의 유창한 중국어 실력이 한나의 영어 실력만큼이나 좋다는 점은 인정하지 않을 수 없었다. 게다가 유감스럽게도 코빅은 한나를 정확히 꿰뚫어보고 있었다. 그녀가 국경 사건에 대해 아무것도 모른다는 것도 알아챘고, 그녀를 갖고 놀면서 신문을 방해했다. 모욕적인 일이었다. 게다가 그녀는 자신이 코빅에 대해 잘못 알고 있었다는 것을 인정할 수밖에 없었다. 그녀가 본 국가안전부 파일에 묘사된 코빅은 뛰어난 진취성이나 엄청난 능력 같은 것이 있다고는 생각도 할 수 없는 그저 그런 스파이일 뿐이었다. 그러나 그것은 그가 해온 엄청난 일들을 숨기기 위한 연막에 불과했다. 그녀는 또한 추방이 결정되었을 때 코빅이 보여준 반응도 놀라웠다. 그녀가 아는 대부분의 미국인들은 귀국할 날만을 오매불망 기다리고 있었기 때문이었다. 그러나 화재 현장에서 코빅이 보여준 용기는 그 무엇보다도 놀라운 것이었다. 코빅은 그래봤자 아무것도 얻을 수 없음에도 불구하고 두 할머니를 불 속에서 구출해냈다. 그것은 코빅이 타인의 안녕에 무척이나 신경을 쓰는 사람이라는 얘기였다. 그런 태도는 한나가 미국인, 그것도 스파이와는 쉽게 연관 지을 수 없는 태도였다. 마지막으로, 여자 친구의 유해 앞에서 코빅의 성품이 완벽히 드러나고 말았다. 코빅은 그 앞에서 슬픔과 복수심을 주체하지 못했다. 한나는 그가 그런 반응을 보일 거라고는 전혀 예상하지 못했다. 중국에 남게 해 달라는 코빅의 요청 역시 한나가 전혀 예상치 못했던 것이었다. 대체 무슨 마음으로 코빅의 요청을 들어준 것일까? 점점 사이가 나빠지는 이웃나라의 정보 요원을 도와주는 것은 조국에 대한 배신 행위였다. 한나는 자신이 한 일에 놀라 다시금 얼굴을 붉혔다.

하지만 그 생각이 들자마자 또 다른 생각이 들었다. 나는 계략에 빠진 것일까? 어찌되었건 미국인들은 코빅의 추방에 이의를 제기하지 않았다. 코빅은 중국과 미국을 위협하는 악당일 뿐만 아니라 그녀마저 속인 게 아닐까?

그녀는 다시 현실로 돌아왔다. 반대편에 앉아 있던 요원 한 명이 지국장의 연설을 찬미하고 있었다.

"지국장님, 현 상황을 매우 알기 쉽게 말씀해주셨습니다."

이런 게 바로 후장 빨기라니까. 한나는 찬사에 도취되어 있는 지국장을 바라보았다. 그는 마치 정신박약증에 걸린 반려 동물처럼 보였다. 지국장 이놈도 윗사람한테 조금이라도 인정받으려고 그놈들의 후장을 빨 거야. 나머지 두 요원은 이미 박수를 치고 있었다. 한나 역시 그들을 따라 박수를 치는 것 외에는 다른 선택이 없었다.

아까의 요원은 더욱 대담한 후장 빨기를 시도했다.

"그런데 말입니다, 지국장님. 오늘 밤 TV에 나올 진제를 보시면 더욱 균형 잡힌 상황 평가가 가능할 것 같습니다."

지국장의 얼굴이 일순간에 우그러졌고, 그 요원의 얼굴은 빨개졌다. 지국장의 심기를 불편하게 했을지도 모른다는 생각이 들자 겁이 난 모양이었다. 한나는 속으로 쓴웃음을 지었다. 이 방에서 한나만 외면당하는 건 아닌 모양이었다.

그러나 그 기분은 오래 가지 않았다.

지국장은 한나에게 고개를 돌렸다.

"후앙 요원, 자네는 '배후 세력'에 대한 조사를 그토록 원하는데 그럼 진계의 배후에도 누가 있는지 알려줄 수 있나?"

한나와 진계가 아는 사이라는 것은 이제 비밀이 아니었다. 그들은 하버드 대학에서 서로 만났고, 중국의 가십 잡지는 사교 무도회에서 둘이 함께 찍은 사진을 발견해 '귀공자와 데이트를 즐기는 장군의 딸'이라는 제목의 기사를 내보냈다. 유럽이나 미국에서는 그런 기사쯤이야 자연스럽게 넘길 수 있는 것이었다. 그러나 중국에서는 그런 기사가 나오면 의심의 눈초리로 보기 시작하고 여자 쪽을, 언제나 여자 쪽을 폄하하는 반응을 보인다.

지국장은 웃기 시작했다. 그리고 방 안의 다른 남자들도 따라 웃기 시작했다. 한나는 세 요원들을 차례로 본 다음 지국장을 보았다. 이놈들을 입 닥치게 만들 방법을 찾고야 말리라.

33

상하이 황푸 구

한나는 하루 종일 답답함을 느꼈다. 스모그 때문도, 황혼도 어쩌지 못하는 뜨거운 열기 때문도 아니었다. 더욱 자주 보이는 공안원들 때문도 아니었다. 답답함의 원인은 도시의 분위기였다. 이제 상하이 사람들은 어느 편에 붙어야 할지를 고르고 있는 것처럼 보였다. 그걸 이해하기 위해서는 직접 체험해야 했다. 인민광장을 가득 메웠던 시위대는 공안에 의해 진압되었다. 그러나 반미 시위는 전혀 수그러들지 않았으며, 마치 전염병처럼 도시 곳곳으로 확산되었다. 거리 모퉁이마다 '미국에 죽음을!', '꺼져라 미국 놈들!' 등의 구호가 적힌 깃발을 든 사람들을 볼 수 있었다. 그런 구호는 손으로 만든 깃발뿐 아니라, 새 티셔츠 위에도 전문업자의 솜씨로 적혀 있었다. 한나는 반미 구호가 적힌 티셔츠를 입은 채 지나가던 어느 청년을 붙잡고 물어보았다.

"당신, 정말 여기 적힌 구호가 옳다고 생각해요?"

그 청년은 어깨를 으쓱였다.

"이 옷 어디서 구했어요?"

"어떤 사람이 줬어요."

"그래서 입고 다니는 거예요? 당장 벗으세요. 이런 구호는 적절치 못해요."

"아가씨야말로 당장 비켜요. 이 옷을 준 사람은 입고 다니라며 나한테 돈도 줬는걸요."

"그 사람, 대체 누군가요?"

"나도 몰라요. 쟤들한테 물어보세요."

그 청년은 자신과 비슷한 옷을 입고 있는 학생 또래의 젊은이들을 가리켰다.

한나는 깃발을 들고 있던 두 아가씨에게 다가가 똑같은 질문을 했다. 그러자 그중 한 사람이 대답했다.

"누군가는 일이 이렇게 된 데에 책임을 져야죠."

또 다른 아가씨가 입을 열었다.

"미국 놈들은 자기들이 세계 어디서나 사람들을 쏴 죽일 권한이 있다고 생각해요. 중국은 그런 미국과는 거리를 둬야 하죠. 미국한테 나쁜 영향을 받기 전에 말이에요."

한나는 그녀들이 착용한 옷과 신발을 보았다. 나이키, 컨버스, 홀리스터, 갭…… 여자들의 말은 계속되었다.

"미국은 중국을 침략하고 있어요. 맞서야 한다고요."

그중 한 여자의 아이폰이 진동하자 그녀는 휴대전화를 꺼내 화면을 보았다.

"이제 가야겠어요. 안녕히 계세요."

그 여자들은 군중 속으로 들어갔다. 군중들은 앞으로 나아가기 시작했다. 한나는 그들을 따라가지 않으면 안 될 것 같은 느낌이 들었다. 군중의 수는 이미 수백 명이었고 다시 인민광장을 향하고 있었다. 대부분은 학생이었지만 젊은 노동자들도 있었다. 한나의 본능은 이들과 어울리지 말라고 소리치고 있었다. 또 다른 본능은 여기 머물러 이들과 더 많은 이야기를 나누어야 이 인원이 어떻게 조직되었는지를 알 수 있다고 소리쳤다. 군중들은 또다시 메시지를 받은 것이 분명했다. 이들 모두가 인민광장에 빨리 가야 할 이유가 있는 양 속도를 높이기 시작했기 때문이었다. 세 여학생이 급하게 발길을 옮기다 한나와 부딪히고는 사과를 했다.

"이봐요, 다들 알고는 있는 거예요?"

"뭘요?"

"어디로, 왜 가야만 하는지 알고 있냐고요?"

그중 한 사람이 갤럭시 휴대전화를 꺼내 보였다. 한나는 그것을 받아들고는 휴대전화에 뜬 문자메시지를 읽었다. 그때 빌딩 사이에서 한 줄기 하얀 빛이 하늘로 뿜어져 나갔다. 많은 사람들 때문에 소리는 잘 들리지 않았으나, 엄청난 공기의 파도가 한나는 물론 주변의 모든 사람들을 쓰러뜨렸다. 마치 눈에 보이지 않는 쓰나미가 몰려오는 것 같았다. 그 쓰나미는 이들을 모두 들어 올려 반 블록 거리를 날려보냈다.

한나가 정신이 들었을 때 그녀는 어느 상점의 진열장 속에 있었다. 바닥에 얼굴을 박고, 몸 위에는 깨진 유리 조각들이 잔뜩 덮여 있었다. 수백 대의 도난경보기와 자동차 경보기가 마구 울려대며 불협화음을 만들어내고 있었다. 그 소리에 섞여 다친 사람들과 죽어가는 사람들의 비명과 신음 소리가 들려왔다.

한나는 일어서서 조심스럽게 눈을 비볐다. 그녀는 운이 좋았다. 그녀 앞에 있던 사람들이 폭발의 충격을 받아주었기 때문이었다. 한나는 엉망이 된 상점을 빠져나왔다. 그런 그녀의 모습은 마치 마네킹이 사람으로 변한 것 같았다. 한나 바로 앞에 어떤 젊은이가 쓰러져 있었다. 그는 떨리는 손을 치켜들었다. 그의 가슴에는 족히 한 뼘은 되어 보이는 유리 파편이 박혀 있었다. 한나가 그 남자를 구하러 몸을 숙이자, 남자는 애처로운 눈빛으로 한나를 보더니 한나의 손을 잡았다. 남자의 손아귀 힘이 점점 세지다가 별안간 한나의 손을 놓치고 툭 떨어졌다. 숨을 거둔 남자의 눈은 이미 초점을 잃고 있었다. 남자의 다른 손에 들려 있던 휴대전화가 떨어졌다. 폭발로 인해 한나는 한나가 아닌, 한나로는 불린 적이 없는 후앙 슈이만 남아 있는 듯했다. 한나는 아니, 후앙 슈이는 그 휴대전화에 있는 최근 문자메시지 몇 건을 넘겨보았다.

'엄마, 기다리지 마세요.'

얼핏 보기에 이상한 문자메시지는 없었다.

'모두 광장에서 만나자.'

후앙 슈이는 휴대전화를 주머니에 넣고, 자신의 도움을 필요로 하는 곳이 또 없는지 둘러보았다.

34

황산 현

"우리 위대한 조국의 근간이 변하고 있습니다. 한편에는 진보가, 다른 한편에는 보수가 있습니다. 그들은 결코 따로 움직여서는 안 됩니다. 서로 화합해야합니다……."

진제는 마치 평영 선수처럼 몸을 움직였다가, 하나였던 것을 둘로 떼어놓는 동작을 한 후 그것들을 끌어안는 모습으로 끝을 맺었다. 진제를 지지하는 사람들이 일제히 박수갈채를 보내는 동안 크레인 카메라가 환호하는 군중 위를 지나갔다. 사회자 역시 무척이나 긴 손톱이 서로 부딪치지 않게 조심하면서 몇 번 박수를 치고는 말했다.

"진제 씨, 바쁘신데도 불구하고 이렇게 와주셔서 감사합니다."

첸 부인이 리모컨을 만지작거리자 화면은 사라졌다.

그들은 첸 부인 집 뒤편의 주방 탁자에 둘러앉아 있었다. 그녀의 가족은 여러 대에 걸쳐 이 초가집에서 살았다. 다만 문화대혁명 당시 첸 부인의 부모님은 '잘못된 생각을 한 것에 속죄하러' 이 집을 떠나 다른 곳에 다녀왔다. 첸 부인은 TV를 향해 긴 나무 숟가락을 휘둘렀다.

"저 친구는 스타가 되거나 아니면 강제수용소로 갈 거야."

그러면서 돼지고기와 찐 채소가 든 냄비로 몸을 돌렸다. 코빅은 젓가락으로 집은 양배추 한 조각을 가리킨 다음 그 양배추를 입에 넣으며 말했다.

"어느 쪽에 돈을 걸어야 할지 알겠군요."

"이봐! 기다렸다가 다른 사람들이랑 같이 먹어야지! 예의 없기는."

"맛있어요. 역시 중국산이라니까."

첸 부인은 코빅의 머리를 때렸다. 담요를 덮고 불을 쬐고 있던 첸 부인의 식솔은 깜짝 놀랐다.

과거 첸 부인은 코빅에게 매우 유용한 존재였다. 첸 부인은 중국 국방과학 기술 공업위원회의 문서 정리원이라는, 낮지만 중요한 위치에 있었다. 그녀가 일하면서 알게 된 지식을 코빅에게 주면, 코빅은 그때마다 그녀의 1년 치 연봉에 해당하는 금액을 주곤 했다. 만약 중국이 러시아에서 헬리콥터를 주문했다거나, 프랑스와 미사일 관련 협상을 하게 되면 그 소식은 바로 코빅의 귀에 들어갔다. 하지만 코빅은 정보원의 안전을 위해 그런 소식을 그야말로 어쩌다가 CIA에 전해주곤 했다. 그리고 코빅은 첸 부인에게 필요 이상으로 많은 돈을 매번 쥐어주었는데, 그것은 코빅이 그녀에게 호감을 품고 있기도 했지만 그녀가 미망인이기 때문이었다. 첸 부인의 남편이 실제로는 사망하지 않고, 그저 관료적 편의주의에 의해 '없는 사람' 취급되었다는 사실이 밝혀지자 코빅과 그녀와의 관계는 약간 껄끄러워졌다. 그러나 코빅은 숨 막히는 중국 관료주의를 요령껏 골탕 먹이는 그녀의 솜씨를 존경하게 되었다. 첸 부인이 도시를 떠나 고향 마을로 가게 되었을 때도 코빅은 그녀와 연락을 유지했다. 오늘같이 궁할 때를 대비한 자산으로 활용할 생각이었던 것이다.

첸 부인은 의심스러운 표정으로 고개를 흔들었다.

"저 사람은 문제가 매우 단순한 듯이 말하고 있는데, 중국은 그리 단순한 나라가 아니야. 매우 복잡하다고."

코빅은 첸 부인이 홀로 익힌 지혜에 동의하지 않을 수 없었다. 그리고 코빅도 진셰를 보면 짜증나는 구석이 있었다. 그 점은 다름 아닌 터무니없는 낙관주의와 갓난아이 같은 순진무구한 미소였다. 코빅은 첸 부인을 보았다. 회색으로 변해가는 머리를 질끈 동여매고, 햇빛과 바람에 시달린 거친 피부의 그녀는 여느 시골 농부와 다를 바가 없었다. 나이를 먹어가는 그녀 얼굴의 주름살에는 선조들이 겪어왔던 고통과 힘든 삶이 고스란히 녹아 있는 듯했다. 그녀는 비슷한 상황의 다른 사람들에 비해 중국의 정치 상황에 대한 뛰어난 통찰력을 가지고 있었다. 따라서 코빅은 그녀의 말에 항상 귀를 기울였다.

"사람들의 발걸음 소리에 귀를 기울이게. 그러면 그들이 어떤 길로 가는지 알 수 있어."

코빅은 첸 부인이 숙명론자임을 알고 있었다. 새로운 부를 받아들이려고 애쓰지 않는 세대였다. 첸 부인의 세대는 어린 시절 자본주의의 열매는 허상일 뿐이라는 반물질주의를 주입받았다.

코빅은 부인이 다음에는 무슨 말을 할까 생각하면서, 첸 부인의 평면 TV와 스마트폰을 향해 고개를 끄덕였다.

"예전에는 이런 거 안 갖고 계셨는데, 들여놓은 이유가 대체 뭐죠?"

"이런 물건들은 사람들을 불안하게 만들어. 거짓된 주장을 통해 사람들을 참된 가치가 아닌 돈을 추종하게 만들지. 상하이에서 벌어지는 시위를 보라고. 중국인들 일부는 이미 현재 상황에 넌덜머리를 내고 있어. 세상을 좀 더 느리게 움직이고픈 거야."

첸 부인은 TV를 향해 엄지손가락을 내밀었다.

"저 친구는 너무 앞서 나가 있어."

첸 부인은 고개를 천천히 흔들었다. 첸 부인은 청중들이 자기 말에 주목하고 있는 것이 즐거웠다. 코빅은 본과 그가 이끄는 반미 시위대를 생각했다. 그들은 단순히 스턴트맨이었을까? 아니면 뭔가 더 큰 일의 징조인 것일까? 코빅은 중국이 매우 빠르게 움직인다고 생각했다. 아마 일부 사람들에게는 쫓아가기 버거운 속도일 것이다. 그러나 중국의 어떤 부분은 아직도 군벌 시대를 연상하게 했다. 코빅은 자신이 둘 중 어느 쪽을 더 선호하는지 잘 알고 있었다.

"그러면 추에 대해서 말해줘요."

첸 부인은 어깨를 움츠리며 긴 한숨을 쉬었다.

"여기선 누구도 그 사람에 대해 이야기하지 않아. 우리는 그 사람을 본 적도 없고 소식을 들은 적도 없어. 그 사람은 도로를 유지해주고, 범죄도 없애주었지. 방범태세 때문에 사람들은 만족해해."

"그럼 자유는 있나요?"

"당신들 미국인들은 언제나 자유 타령을 하더군. 하지만 미국인들은 구체적으로 어떤 자유를 누리고 있지? 여기 사람들은 그런 허울뿐인 자유 때문에 괴로워하지 않아."

모두가 웃었다.

"그건 그렇고, 누구도 추에 대해서 아는 게 별로 없지. 그는 항상 어둠 속에 머물러 있어. 그래도 그 사람에 얽힌 뒷이야기들은 전해오더군."

첸 부인의 미간이 좁아지더니 입을 다물었다. 결국 코빅은 첸 부인을 다그칠 수밖에 없었다.

"말해봐요. 대체 무슨 이야기이길래 그래요?"

"마음에 안 드는 조직원들을 산에서 떨어뜨렸다더군."

첸 부인은 그러면서 검지를 펴고 나선형을 그리면서 아래로 떨어뜨렸다.

"진짭니까?"

"산자락에서 여러 사람의 시체가 발견되었어. 모두 추락사를 한 듯이 전신 골절상을 입고 죽어 있었지."

"그것 참 화끈하군요."

"그리고 그 사람 감옥도 있다던데."

"도대체 누굴 넣으려고요?"

첸 부인은 어깨를 으쓱였다.

"불복종의 대가가 어떤 건지 보여주려는 거겠지."

"아니, 그런 사람인데도 무섭지 않나요?"

첸 부인은 코빅에게 묘한 미소를 지었다.

"기근으로 굶어 죽고 강제수용소에서 죽은 중국인이 자그마치 육천만 명이야. 어쩌면 더 될지도 몰라. 추 정도로 무서워하지는 않지. 하지만 진짜 무서운 건 따로 있어."

챈 부인은 코빅의 얼굴을 빤히 보았다.

"코빅 요원, 우리는 과거에 좋은 거래를 많이 했지. 자네는 내게 무척이나 후하게 돈을 주었고, 나는 그런 자네를 위해 기꺼이 위험을 무릅썼어. 하지만 이번 계획은……."

코빅은 알아듣겠다는 뜻으로 고개를 끄덕인 다음 정중하게 한 손을 들었다.

"그래요, 알아요. 저와 같이 온 사람들도 나름대로의 방식으로 비슷한 말을 했어요. 하지만 저는 이 작전에 모든 것을 걸었고, 이제 돌아갈 곳은 없어요. 설령 혼자 남더라도 포기할 수 없어요."

그는 가급적 정중한 방식으로 챈 부인이 이야기하는 것을 막고 싶었다. 코빅은 문을 가리켰다.

"저희가 가져온 새 화장실 안 보시겠어요?"

35

상하이 황푸 구

한나는 몇 시간 동안 구급대원들과 함께, 부상자들을 안정시킨 다음 광장에 설치한 구급용 텐트로 옮기는 일을 도왔다. 한나의 부상은 깊지 않았다. 작은 유리 파편들이 얼굴을 휩쓸고 지나갔지만 긁힌 상처에 불과했다. 광장 일대는 출입이 통제되었다. 상하이 도심에는 공안원들로 바글바글했다. 그들은 남아 있는 사람들을 퇴거시키고, 차량 출입을 통제하고, 거들먹거리면서 뭔가 좋은 일을 하고 있는 양 보이려고 했다. 한나는 죽은 남자에게서 회수한 휴대전화를 빼들었다. 한나는 그 남자가 휴대전화로 받은 문자를 보고 광장으로 온 것이라 판단했다. 유감스럽게도 문자 발신자의 이름이나 전화번호는 차단되어 알 수 없었다.

한나는 택시를 잡으려고 했으나, 무려 세 대의 택시가 그녀의 얼굴을 보고는 승차거부를 하고 지나쳐 갔다. 결국 한나는 어떤 운전기사의 멱살을 잡고는 국가안전부 신분증까지 흔들어 보인 끝에 택시에 승차할 수 있었다.

골프공에 도착했지만 그곳에는 사람이 거의 없었다. 경비원들도 그녀를 건물 안으로 들여보내고는 바로 자기 일에 몰두했다. 누구도 그녀를 신경 쓰지 않았다. 한나는 자기 자리에 가서 책상 자물쇠를 열고 SIM 리더기를 꺼내 죽은 남자의 SIM 카드에 연결했다. 그리고 차단된 전화번호를 추출한 다음, 이를 국가안전부 커맨드 디렉터리에 입력하고 기다렸다.

뭔가 잘못 입력한 건가? 한나는 그 전화번호를 다시 입력했지만 이번에도 결과는 똑같았다. 그 전화번호의 주인은 중국인민해방군 해군이었다. 물론 전화

번호는 포괄적인 번호였고 해군의 관료 조직은 거대했다. 그러나 어디에서 그 문자메시지가 나왔는지는 확실히 알게 되었다. 한나는 비상용 전화번호로 지국장에게 전화를 걸었다.

"전화로는 이야기할 수 없는 문제로군. 당장 만나자고, 가급적 빨리."

지국장은 만날 곳의 주소를 알려주었다. 한나는 건물을 빠져나오는 길에 화장실에 들렀다. 그녀의 얼굴에는 작은 상처들이 잔뜩 나 있었고, 그중 일부에는 아직도 유리 파편이 박혀 있었다. 한나는 유리 파편을 가급적 많이 제거한 다음, 뜨거운 물에 적신 수건으로 얼굴을 문질러 거의 모든 피딱지를 닦아냈다. 그리고 아직도 많은 유리 파편이 들어 있는 머리를 빗었다. 그러고는 거울을 통해 자신의 인상을 보았다. 지난 6개월 동안 아침마다 자신을 반기던 멍한 눈의 여자는 이제 보이지 않았다. 거울 속의 자신은 몰두할 대상을 찾았고 발견한 것을 유용하게 쓰려는 생기와 의욕이 넘치는 여자였다.

지국장이 알려준 주소는 해안 도로에 있는 오래된 건물이었다. 건물 문에는 작은 황동판이 붙어 있었는데, 그 황동판에는 66이라는 숫자만 적혀 있었다. 초인종을 누르자 키 큰 유럽인이 나왔다. 마치 옛날식 영국인 집사처럼 연미복을 입은 사람이었다. 문 안에는 시가의 짙은 연기와 향이 떠돌고 있었다. 그 사람은 업신여기는 눈빛으로 한나를 위아래로 훑었고 마지못해 문 안으로 들여보냈다. 얼굴에 난 상처는 그렇다 치더라도, 그녀의 셔츠와 바지도 찢어져 있었다. 그녀는 여태까지 그 사실을 눈치채지 못했다. 한나는 아직 충격에서 벗어나지 못한 게 분명했다.

집사 복장의 사내가 예의라고는 전혀 느껴지지 않는 말투로 말했다.

"여기서 기다려요."

공들여 개조된 넓은 홀에는 커다란 윙백 의자가 여러 개 있었다. 한나는 그 의자 중 하나에 앉았다. 그녀 머리 위에는 작은 전구들로 장식된 샹들리에 여러 개가 반짝거렸다. 벽은 서양화로 장식되어 있었다. 한나는 그 그림들을 잠시 동안 살펴본 후, 그 그림들이 모두 누드화라는 것을 알았다.

"잘 왔네."

지국장이 한나 앞에 서 있었다. 그 뒤에는 그리 멀지 않은 곳에 두 명의 경호원이 서 있었다. 지국장은 한나를 만나게 되어 기쁜 듯이 보였다. 한나를 만나면 상황을 바꿀 수 있을 테니 말이다. 그러다가 지국장은 한나 얼굴의 상처에 주목했다.

"세상에, 전쟁이라도 치른 듯한 얼굴이로군."

한나를 걱정해주고 위해주는, 지극히 인간적인 반응이었다. 한나가 이전까지 알던 지국장과는 딴판이었다. 한나는 죽은 남자의 휴대전화를 꺼내 문자메시지를 보여주었다. 지국장은 휴대전화를 받아들어 눈앞에 갖다 대고는 자세히 들여다보면서 얼굴을 찌푸렸다. 그러고 나서 이제껏 보여주지 않았던 또 다른 표정으로 한나를 보았다.

"잘했네. 오늘 밤 엄청난 용기를 보여주었군. 어서 이리 오게!"

그는 복도를 따라 걸었다. 한나의 마음 한구석이 들썩였다. 지국장으로부터 칭찬을 받은 것은 이번이 처음이었다. 이중문이 열리자 나이트클럽이 모습을 드러냈다. 1920년대 미국의 밀주 술집처럼 요란하게 꾸며져 있었고 공연이 진행 중이었다. 키가 큰 서양인 댄서들이 노출이 심한 깃털 의상을 입은 채 춤을 추고 있었다.

한나는 뒷걸음질을 쳤다.

"지국장님, 전 이런 거 별로 안 좋아합니다."

지국장은 한나의 그런 반응에 좀 짜증이 난 것 같았으나, 바로 온화한 표정을 지었다.

"아, 그런가. 그럼 어떻게 할까? 여기서 나가도록 하지."

지국장은 딱 소리를 내며 손가락을 튕기고는 경호원들을 불렀다.

"지금 당장 차를 준비하게!"

그들이 문 앞에 도착하자 검은색 아우디 승용차가 계단 앞에 다가와 멈췄다. 경호원들이 달려가 뒷문을 열어주었다. 한나는 차에 탑승하자마자 지국장의 주의를 끌기 위해 고개를 그에게 돌렸다.

"지국장님, 저는 이 시위가 우발적으로 일어난 게 아니라고 확신합니다. 인민광장으로 간 사람들은 이 문자메시지를 받고 움직인 게 분명합니다."

한나는 자신이 목격한 것을 생생하게 설명하기 시작했다. 얘기하는 동안 지국장은 느리게 고개를 끄덕거렸다. 한나는 이렇게 생각했다. 이 사람도 내가 한 일을 인정해주는구나! 한나는 자신이 알아낸 메시지의 출처에 대해서도 이야기를 꺼냈다.

한나를 보는 지국장의 얼굴은 이 사실에 대한 생각으로 가득한 듯했다.

지국장은 한나의 무릎에 손을 올려놓았다.

"혹시 이 이야기, 나 말고 다른 사람에게도 했나?"

한나는 고개를 저었다.

"물론 아니지요. 지국장님 말고는 이야기할 사람이 없으니까요."

"그렇다면 앞으로도 다른 사람에게는 절대 말하지 말게."

그녀는 뭔가 가치 있는 일을 해냈다는 데서 오는 흥분을 억누를 수 없었다.

"그럼 앞으로 뭘 해야 하죠? 문자메시지를 보낸 사람이 누군지는 모르지만, 그 사람이 폭탄에 대해 미리 알고 있었다면……."

"잘했네. 자네가 자랑스러워. 그리고 이 늦은 시간에 날 불러낼 이유를 발견한 게 기쁘군."

이유?

지국장은 묘한 눈빛으로 한나를 바라보았다. 한나는 지국장의 눈빛을 보고 이토록 불안해진 적이 없었다. 물론 그는 술을 마시던 중이었다. 그러나 지국장은 한나의 발견을 매우 중요하게 여기는 것 같았다.

"그런데 지금 어디로 가는 건가요?"

"서로 이야기하고 휴식을 취할 수 있는 조용한 곳으로 가는 중이라네. 힘든 일을 해냈으니 술 한 잔 정도는 괜찮겠지."

지국장이 팔걸이의 버튼을 누르자 지국장과 한나가 앉은 뒷좌석과 경호원들이 앉아 있는 앞좌석 사이에 유리 칸막이가 올라왔다. 지국장은 자신의 손 밑에 있는 한나의 다리 근육이 굳어가는 것을 느끼면서 흥분했다. 한나를 처음 본 날부터 이 순간을 꿈꿔왔다. 그리고 지금 한나는 자기에게 알아서 걸어 들어왔다. 마치 무릎 위에 떨어진 잘 익은 복숭아처럼.

한나는 지국장의 손을 치워버리고 싶었다. 그러나 한나는 그런 마음을 억누르고 호기를 기다렸다. 그녀는 지금 달리는 차 안에 남자 세 명과 함께 있었다. 게다가 지국장은 취기가 있는 상태였다. 어지간한 여자들은 이 정도면 봐준다. 심지어 이런 행위를 칭찬으로 여기는 여자들도 있다. 조금만 더 중국적으로 생각하자고 그녀는 스스로에게 말했다.

"분명 자네 아버지도 오늘 밤 자네가 보여준 행동을 매우 자랑스럽게 여기실 거야. 그분에게 이런 영웅적인 딸이 있다니 나도 기쁘기 그지없군. 나 이외에는 그 누구에게도 절대 알려서는 안 된다는 내 생각에 그분도 동의하실 테지."

왜 그런지는 알 수 없었지만 한나는 지국장이 중국 해군이 시위를 조직한 이유를 알아내는 일보다 다른 일을 먼저 처리하고 싶어 한다는 느낌을 받았다. 그리고 아버지 이야기가 지국장에게서 나오자, 한나는 그런 느낌을 더욱 강하게 받았다. 뭔가 이상하게 굴러가고 있었다. 한나는 차 앞에 놓인 도로에 시선을 고정했다. 여기서 빠져나가야 했다.

36

상하이, 릴락 파크

아우디는 여러 문을 거쳐 큰 맨션으로 향했다. 한나는 차라리 많은 사람들이 보는 도심지 호텔로 가기를 바랐지만 그럴 리 없었다. 어깨너머로 흘깃 고개를 돌리자 뒤에서 문들이 닫히는 게 보였다. 차가 멈추자 두 경호원이 재빨리 내려 지국장 쪽 차 문을 열었다.

"내 관사에 온 걸 환영하네."

한나는 차 문을 열려 했지만 잠겨 있었다. 갑자기 죄수가 된 기분이었다. 지국장은 팔을 뻗어 한나의 하차를 도와주었다. 이제 도망갈 길은 없었다. 어쩌면 모든 게 과잉반응일지 모른다. 지국장은 그저 편히 이야기할 곳에 가고 싶을 뿐인지도 모르지 않은가. 만약 그렇다면 지국장이 경호원들을 떼어낼 수 있도록 행동하는 것이 최선이었다.

한나는 지국장의 손을 잡고, 살짝 미소 지으며 차에서 내린 후 말했다.

"아름다운 집이로군요."

지국장은 대답하지 않았다. 그가 이전에 보여주었던 매력은 그저 일시적인 것에 불과했다. 지국장은 한나의 팔을 잡아 집으로 이끌었다.

패널 처리가 된 방은 웅장했지만 단조로웠다. 마치 하버드 대학 시절 학장이 살던 집 같았다. 지국장은 장식장에서 스카치를 꺼내 텀블러 두 개에 부었다. 한나는 그 술을 마셔야 한다는 것을 알고 있었지만, 동시에 정신을 말짱하게 유지해야 했다. 지국장은 두 경호원에게 물러나라고 손짓했다. 지국장은 한나를 보며 미소 지었다. 그러자 치열이 고르지 못하고 니코틴으로 얼룩진 치아가 드러났다. 미국 정보기관의 지국장 중에는 저런 치아를 가진 사람이 없다.

지국장은 자기 잔을 들어 한나의 잔에 가져갔다. 한나는 고개를 끄덕이고는 지국장을 향해 잔을 살짝 기울인 다음 술을 마셨다. 한 번에 들이켤 수도 있었지만 현명치 못한 짓이었다. 지국장도 술을 한 모금 마신 후 잔을 내려놓았다.

"그래, 이렇게 단둘이 되었군."

지국장은 다시 미소를 짓다가 근엄한 표정을 지었다.

"자네의 미래는 오늘 밤 어떻게 하느냐에 달려 있어."

한나가 목격한 것, 발견한 정보를 내놓으라는 것일까? 그것뿐이라면 얼마든지…… 지국장은 손짓으로 한나를 불렀다. 자신이 앉은 큰 체스터필드 가죽 소파에 함께 앉으라는 것이었다.

지국장은 한나 옆 유리 탁자 위에 자리를 만들고, 작은 봉지를 꺼낸 다음 그 자리 위에 봉지의 내용물을 부었다. 봉지에서 쏟아져 나온 하얀 가루가 작은 더미를 이루었다.

"미국에 살았으니 이런 건 익숙할 거야."

전혀 그렇지 않았다. 한나는 어떤 마약도 해본 적이 없었다. 심지어는 담배도 피워본 적이 없었다. 한나의 여자 친구들은 한나에게 여러 번 담배를 권했지만, 한나는 듣지 않았다. 결국 한나는 마지막 시도를 해야겠다고 생각했다.

"지국장님, 저는 여기 현 상황에 대해 논의하러 온 걸로……."

지국장은 그녀의 말을 가로막았다.

"그래, 그래. 그러려고 왔지. 하지만 그전에 먼저 해야 할 일이 있어."

지국장은 가루 더미를 무너뜨려 세 줄로 나눈 다음 오래된 만년필을 꺼냈다. 하지만 그 만년필은 비어 있었다.

"돌돌 만 지폐보다는 훨씬 멋지지 않나? 전쟁 전 상하이에서 쓰던 거야. 사람들이 진정으로 풍류를 알던 시절의 물건이지."

지국장은 정장 재킷을 벗었다.

"슈이, 우리는 항상 서로를 알아왔어. 그렇지 않은가?"

지국장은 부담스러울 만치 친밀하게 그녀를 대하고 있었다. 오직 부모님만이 한나를 그런 식으로 불렀는데.

"저…… 저는 지국을 위해 최선을 다할 뿐입니다, 지국장님."

한나는 상대가 자신과의 관계가 철저히 공적인 것임을 깨닫길 바랐다. 하지만 그러기 위해 할 수 있는 일은 '지국장님'이라는 말에 약간의 강세를 부여하는 것 말고는 없었다.

"좋아, 그런 말을 들으니 기쁘군."

지국장은 한나에게 몸을 기울인 다음 그녀를 위아래로 훑어보았다.

"자네는 엄청난 잠재력을 지녔어. 업무에 대한 헌신적인 태도는 칭찬받아 마땅한 것이야. 출세할 기회를 절대 놓치지 말라고."

"네, 알겠습니다."

한나는 미소까지 지어 보였다. 지국장의 말에 숨겨진 진의를 깨닫기 전까지는. 하지만 말뜻을 알아채고 나자 그런 반응을 보인 자신의 순진함이 싫어졌다.

지국장은 다시 미소를 지었다.

"그래, 잘 알아들었다니 다행이로군."

한나가 알아채기도 전에 지국장은 한나의 셔츠에 달린 버튼을 향해 손을 뻗쳐왔다. 폭발로 인해 한나의 셔츠 단추 두 개가 깨져 있었다.

"이런 찢어진 옷은 벗는 게 좋다고 생각하는데. 안 그런가?"

한나는 다시 미소를 지었다. 표정근에 미소가 지어지도록 애를 썼다. 자신의 심장 고동 소리가 귀에 들릴 정도였다. 하지만 한나는 지금 손가락 하나도 꼼짝할 수 없었다. 대체 어떻게 해야 하나?

지국장은 가루 위에 몸을 굽히고 깊이 빨아들였다. 한나는 눈을 굴려 방 안을 살펴보았다. 문은 하나밖에 없었다. 그리고 그 문 밖에는 경호원들이 있었다. 1층에는 두터운 커튼이 쳐진 창문이 있었지만 너무 높아 통과할 수 없었다. 가루 한 줄이 빈 만년필을 통해 지국장의 몸속으로 들어가는 것을 보았다. 한나는 지독한 패배감을 느꼈다. 좋아하지도 않는 남자가 덮쳐올 때 비명만 지르며 몸을 허락한 수많은 선조 여자들의 절망감이 그대로 전해져 오는 것 같았다. 지국장은 고개를 들었다. 그는 눈을 감은 채 만족스러운 한숨을 쉬었다. 잠시 후 눈을 뜨고 한나를 보았다. 그의 눈은 튀어나와 있었다.

지국장은 만년필을 한나에게로 향했다.

"슈이, 날 실망시키지 않을 거라 믿네."

한나는 평소에 지국장을 '책상물림'으로 생각하며 경멸해왔다. 하지만 재킷을 벗으니 지국장은 그보다는 훨씬 강인해 보였다. 지국장의 팔 상박은 두툼했고 손목도 힘깨나 쓰게 생겼다. 지국장의 반응이 매우 빠른 것도 눈치챘다. 지국장의 반사 신경은 상당히 뛰어났다.

한나는 꼼짝도 못하고 의자에 앉아 있었다. 공포와 역겨움으로 온몸이 굳어버렸다. 고개를 한쪽으로 기울이고 미소 짓는 것 외에는 무엇을 해야 할지 알 수 없었다.

마약을 한 줄 빨아들이고 나니 지국장의 욕구는 더욱 강해졌다. 지국장은 한나를 보았다. 한나가 고개를 젓자 지국장은 몸을 움츠렸다가 다시 앞으로 기울였다. 지국장은 몸을 굽혀 검지로 오른쪽 콧구멍을 막은 채 두 번째 줄의 마약을 왼쪽 콧구멍으로 빨아들였다. 한나는 스스로에게 말했다. 침착해지자. 가장 좋은 시기를 기다리자. 기회는 한 번뿐일 터. 그러니 확실히 해치워야 했다. 한나가 지금 누릴 수 있는 이점은 기습밖에 없었다.

한나는 손을 뻗어 지국장의 정수리를 마치 농구공처럼 붙잡고 있는 힘을 다해 아래로 내리찍었다. 마치 지난 몇 달간 당해온 모욕과 비웃음이 복수의 힘이 되어, 엄청난 파괴력을 발휘하는 것만 같았다. 은색 만년필이 지국장의 콧구멍 속에 박히면서, 둔탁한 파열음과 함께 지국장의 두개골 속으로 깊이 박혀 들어갔다. 그녀는 손을 놓았다. 지국장은 비틀거리며 뒷걸음치면서 반쯤 일어섰다. 그의 눈동자가 흔들리다가 한나에게 초점을 맞추었다. 그의 입은 경악으로 일그러졌고 곧 뒤로 넘어져 바닥에 쓰러졌다. 그의 손발이 경련을 일으켰고 콧구멍에 박힌 은색 만년필에서는 피거품이 뿜어져 나왔다.

한나는 눈 한 번 깜짝 않고 그에게 차가운 시선을 던졌다. 그리고 방문을 향해 몸을 움직였다. 그러다가 다음 순간 멈춰 섰다. 뭔가 '쇼'를 벌이지 않으면 경호원들에게 의심을 받을 것이다. 그녀는 양손으로 얼굴을 가리고 온 힘을 다해 비명을 질러댔다.

경호원들이 방 안으로 달려 들어왔다. 한나는 마치 구토를 막으려는 듯이 손으로 입을 가리고, 꼼짝도 못하겠다는 듯 서 있었다.

"방금 전까지만 해도 괜찮으셨는데…… 지국장님께서 뇌출혈을 일으키신 것 같아요."

경호원 한 명이 한 팔로 한나를 부축해 문 밖으로 데리고 나갔다.

"집에 가고 싶어요……."

한나를 부축한 경호원의 팔에는 힘이 좀 심하게 들어간 것 같았다. 한나는 생각했다. 이런, 이놈들은 다 똑같구먼!

"이젠 혼자서도 움직일 수 있을 것 같아요, 고마워요."

일단 방을 나서자 한나는 경호원을 밀어내고는, 고개를 가볍게 숙여 목례한 후 계단을 내려갔다.

"공안이 아니라 민정부에 알려야 해요. 그 사람들이 처리할 문제거든요."

또 다른 경호원이 얼굴을 찡그렸다.

"그러면 증인으로 남아주셔야……."

하지만 한나는 이미 그를 지나쳐 움직이고 있었다.

"이봐요! 멈춰요!"

한나는 여러 개의 문을 지나, 현관 계단을 달려 내려가 주차장으로 향했다. 거기에는 두 명의 다른 경호원들이 차 옆에 서서 담배를 피우고 있었다.

저 친구들은 대체 어디서 나왔지?

"서둘러요! 지국장님이 뇌졸중을 일으키셨어요!"

경호원들은 어리둥절해하며 망설이고 있었다. 차에 다가간 그녀는 아우디에 열쇠가 꽂혀 있는 걸 확인했다.

"빨리 가봐요! 당신들만이 그분을 살릴 수 있어요!"

한나는 운전석에 올라 열쇠를 돌리고, 기어를 주행 위치에 놓았다. 그녀는 맨션의 출입문을 향해 달렸다. 문은 매우 단단해 보였지만 다른 선택의 여지가 없었다. 한나는 눈을 질끈 감고 액셀러레이터 페달을 세차게 밟았다.

37

황산 산맥

시각은 새벽이 다 되어 가고 있었다. 코빅은 등을 있는 대로 뒤로 굽히며, 쌍안경을 거의 수직으로 세워 정상을 바라보았다. 치의 스크린에 나타난 이 산은 문자 그대로 사람이 들어올 수 없는 금단의 지역이었다. 코빅은 이제 이 산의 산자락에 왔을 뿐이지만 그도 지금껏 이런 산을 본 적이 없었다. 이 산은 사실상 거대한 화산성 화강암 덩어리였다. 산의 가파른 사면에는 초목이 듬성듬성 나 있었고, 오랜 시간이 지나도 메워지지 않은 작은 분화구들도 보기 흉하게 드러나 있었다. 그 분화구들을 통해 땅속 깊은 곳 지구 핵의 오렌지색 불빛이 나오고 있었고 산 정상은 구름으로 가려져 있었다. 이제부터 팀원들에게 맡길 일을 생각하니 왠지 이상한 기분이 들었다. 다른 때라면 상식에 따라 움직였겠지만 지금의 코빅은 완벽히 상식에서 벗어나 있었다.

"어떻게 보여?"

치는 로프와 클립을 늘어놓으며, 긍정적인 태도를 유지하고자 노력하고 있었다.

"전혀 안 보여. 구름 때문에 말이지."

마침 날이 밝아오기 시작했지만, 습도는 이미 찐득찐득해질 만큼 높아졌다. 그들이 출발한 것은 오전 5시. 그들은 숲 속 깊숙이 차를 몰고 들어가 급조한 댐에 도착했다. 첸 부인이 구해준 안내원을 만나기 위해서였다. 조우는 옷을 벗고 수영을 즐기고 있었다. 우는 물가의 통나무 위에 앉아 맑고 차가운 산수 속에 발을 담그고 있었다. 댐을 둘러싸고 있는 나무들 사이에는 차, 인삼, 기타 작물을 기르는 조각보처럼 이어진 계단식 밭들이 있었다. 우는 평소의 그답지 않게, 이 숲 속의 별세계에 매료된 것 같았다.

"지금도 미국에 가고 싶나?"

코빅은 우가 마음을 바꾸기를 바랐다. 우가 미국에 갈 수 있는 확률은 매일 줄어들고 있었으니까.

우는 산기슭을 보면서 고개를 끄덕였다.

"몇 번을 물어보셔도 제 대답은 똑같습니다."

치는 장비를 정리하고 있었다. 한 사람당 한 벌씩의 하네스와 부드러운 고무 밑창 신발, 손바닥에 발라 마찰력을 높이는 초크 가루, 그리고 치가 구할 수 있는 것 중 제일 비싼 케른만틀레 나일론 로프, 로프를 고정시키는 카라비너, 바위에 박아 로프를 지지해주는 너트, 로프를 통과시키는 하강기와 빌레이 플레이트 등이었다.

그는 주변을 향해 손짓했다.

"1억 년 전에는 이곳이 바닷속이었다는 게 믿어지지 않는군."

"그래? 하지만 아직도 물기가 덜 마른 것 같아."

이미 그는 습기에 둘러싸여 있었다.

지면으로부터 고도 1킬로미터까지는 식생이 울창했다. 대부분은 소나무였고, 그중 일부는 깊은 바위틈에서 뻗어 나와 있었다. 수목 한계선 위, 경사가 수직에 가까운 커다란 화강암 사면에는 관목과 양치식물들이 빽빽이 나 있었다. 지금으로부터 천여 년 전 이곳에 처음으로 거주했던 사람들인 승려들은 바위에 계단을 깎아 만들었는데, 그중 일부는 아직도 보였지만, 나머지는 이미 사라진 지 오래였다. 그리고 지난 10년 동안 이곳은 아예 출입금지 구역이 되어버렸다. 누군가 도와주지 않으면 위로 올라가는 길을 찾기는 불가능했다.

치는 랩톱 앞으로 자리를 옮겼다. 랩톱에는 치 옆 삼각대에 얹힌 작은 안테나가 연결되어 있었다. 코빅은 어깨너머로 치를 보았다.

"이건 저곳의 전기 시스템 도면이야. 저곳의 배치 상태를 잘 알 수 있지. 이 도면과 기상 위성에서 얻은 분광 영상을 합쳐본 결과, 저 시설의 외곽 담장에는 침입 저지 및 경보용 고압선이 설치되어 있다는 걸 알아냈어."

"무력화할 방법을 알아내. 담장에는 출입구가 있나?"

"유일한 출입구는 헬리포트밖에 없는 것 같아."

마침 대형 이중로터 헬리콥터의 비행 소리가 공기를 가르고 들려왔다. 하지만 헬리콥터의 모습은 산봉우리를 뒤덮은 낮게 깔린 구름에 가려져 볼 수 없었다. 치는 코빅을 보았다.

"헬리콥터를 어떻게 해보는 게 차라리 낫지 않을까?"

"헬리콥터는 퇴각할 때 쓸 거야. 저길 보라고!"

댐 위에서 작은 사람이 기운찬 걸음으로 그들에게 걸어오며 웃는 얼굴로 손을 흔들었다. 그 사람은 이 지역 농민들이 많이 쓰는 모자와 옷을 착용하고 있었다. 그의 어깨에는 캔버스로 만든 작은 배낭이 매달려 있었는데, 그 배낭에는 빙벽 등반용 도끼날이 튀어나와 있었다. 그의 얼굴에는 깊은 주름이 잡혀 있었지만, 얼굴에서 느껴지는 연륜에 걸맞지 않은 민첩한 몸놀림을 보였다. 코빅은 그를 보고 말했다.

"세상에. 저 사람이야말로 바위 위의 고블린이로군."

상대는 코빅에게 인사하며 마치 집게발처럼 생긴 손으로 악수했다.

"중국에 잘 오셨어요! 저는 '헹'이라고 합니다. 우리나라의 신비로운 경치를 즐겨주셨으면 좋겠군요."

모두들 하던 일을 멈추고 헹을 보았다. 정말 이 사람이 우리 안내원이란 말인가? 코빅이 말했다.

"물론이죠. 저는 중국을 매우 좋아합니다."

도대체 첸 부인은 이 사람에게 무슨 말을 한 건가? 코빅 일행을 조류 관찰 및 게릴라전 관전에 알맞은 장소를 찾는 순진한 여행자들이라고 소개한 건가? 우가 코빅에게 속삭였다.

"저분은 저희 할아버지보다도 연세 지긋해 보이는군요."

헹은 적어도 여든은 되어 보였다. 코빅은 그를 보며 불쾌함에 가까운 책임감을 느꼈다. 코빅 일행은 위험에 대비하고 있었다. 그러나 이 영감님은 본격적인 전투가 시작되기도 전에 명줄을 놓아버릴지도 모른다.

"첸 부인으로부터 여러분의 여행 목적에 대해 물어서는 안 될 뿐더러, 여러분과 나눈 대화도 어디 가서 전하지 말라는 엄명을 받았습니다. 그러니 이제 더 이상 시간 낭비할 필요가 없지요. 해가 질 때까지는 수목 한계선 위로 도달해야 할 겁니다."

"정상까지는 얼마나 걸리나요?"

헹은 마치 학습부진아들을 맡게 된 신임 교사 같은 눈빛으로 이들을 바라보았다.

"저는 하루 만에 갔습니다. 여러분들은 시간 낭비 없이 열심히 움직인다는 전제하에 이틀은 걸릴 겁니다. 너무 걱정하진 마세요. 먼저 가서 기다려줄 테니!"

그의 말투는 마치 기관총 소리를 흉내 내는 듯한 독특한 스타카토 어조였다. 그는 웃으며 말을 이었다.

"당신들 장비가 보고 싶군요."

치는 늘어놓았던 장비들을 보여주었다. 헹은 장비 하나하나를 세심히 들여다보면서 얼굴을 찌푸리고는, 고개를 내저으며 장비에다가 삿대질을 했다.

"이건 못 쓰겠군요. 이것도 안 돼요. 이것도 안 되고."

치는 경악을 금치 못하는 표정이었다. 무려 수 시간이나 들여 최고의 등반 장비를 골라왔는데 말이다. 헹은 오만한 표정으로 고장력 로프를 걷어찼다.

"이런 건 전혀 필요가 없어요. 손으로 잡을 수 있는 바위가 얼마든지 있는데……."

안심을 시키려고 한 말인지, 아니면 미움을 받으려고 한 말인지 구분이 되지 않았다. 우는 안색이 안 좋아 보이기까지 했다.

"이런 장비로 덩치를 늘리면 균형이 안 맞게 되죠."

그 말을 듣자 코빅의 눈에는 노인의 집게발처럼 생긴 손이 새롭게 보이기 시작했다. 그 손이야말로 질풍 속에서도 바위를 오르는 데 최적의 손이었던 것이다. 조우가 물었다.

"옛날에 만들었다던 멋진 돌계단들은 어떻게 되었나요?"

헹은 기관총을 쏘는 듯한 말투로 대답했다.

"없어진 지 오래되었어요. 지금 살고 있는 사람들이 다 부숴버렸죠."

헹은 그들이 가져온 장비에 대한 악담으로 돌아갔다.

"많아도 너무 많아요. 저 급경사에서는 댁들 체중을 지탱하는 것만으로도 버거울 거외다. 꼭 필요한 물건만 챙겨야 해요. 배낭을 열어서 생존에 필요 없는 물품은 버리도록 해요. 제 걸 보라고요."

헹은 해진 캔버스 배낭을 열며 또다시 기관총 쏘는 듯한 소리로 입을 열었다.

"제가 가진 것은 식수와 식량, 담요뿐이지요. 아, 도끼를 빼먹을 뻔했군요. 이건 부상자 발생 시 안락사용이랍니다."

코빅은 첸 부인이 헹에게 과연 무슨 소리를 했는지 궁금했다. 코빅은 고개를 끄덕였다. 헹이 안 그래도 낙담한 팀원들을 더 낙담시키지 않길 바라면서.

아무도 움직이지 않자 헹은 배낭 하나를 집어 들고 그 안에 든 것을 털어내기 시작했다. 배낭에는 등반 장비는 물론 무기들도 들어 있었다. 배낭 하나에 총 한 정과 탄약, 문 폭파용 폭발물이 들어 있었다. 무기들을 본 헹의 표정이 바뀌었다. 그는 엄숙한 표정으로 고개를 끄덕이며 좋은 총이라고 칭찬했다. 헹은 분명 메시지를 제대로 전달받은 듯했다. 첸 부인은 헹을 믿어야 한다고 팀원들에게 이야기했다. 첸 부인의 말이 옳기만을 바라며 코빅은 생각했다.

"그래요. 이 모든 걸 다 챙겨간다면 로프는 필요할지도 모르겠습니다."

모두가 안도의 한숨을 쉬었다. 헹은 차고 있던 매우 낡은 손목시계를 보았다. 시계의 유리는 마치 헹의 얼굴처럼 수많은 상처와 금이 나 있어 시간을 보기조차 어려웠다.

"자, 그럼 서서 엉덩이만 긁지 말고, 모두 출발합시다!"

38

코빅은 조금씩 앞으로 나아갔다. 그의 위에는 구름으로 덮인 바위 장벽이 있었다. 그의 두 발은 폭이 채 30센티미터도 되지 않는 돌멩이를 하나씩 디디고 있었다. 그리고 그의 두 발 사이에는 그들이 떠나온 세상으로 이어지는 가파른 벼랑이 있었다. 그의 왼쪽에는 조우가 얼굴이 잿빛이 된 채 쫓아오고 있었다. 우와 치는 암벽에 얼굴을 대고 조우 바로 뒤에 있었다. 걱정스런 표정을 짓는 치의 눈에는 눈물이 글썽였다.

오른쪽으로 고개를 돌린 코빅은 함박웃음을 짓는 헹을 보았다. 처음에 댐을 건너오는 헹을 보았을 때 코빅은 그를 실없는 농담꾼인 줄로만 알았다. 하지만 지금 헹의 모습은 실로 대단했다.

그들은 이미 6시간 동안 등반을 계속하고 있었다. 처음에는 비교적 쉬웠다. 승려들이 여러 세기 전에 만든 돌계단의 일부도 아직 있었다. 그러나 한 100미터 정도 올라간 코빅은 추가 혹시 침입자를 골탕 먹이려고 의도적으로 처음 몇 계단을 남겨놓은 게 아닌가 하는 생각이 들었다.

헹이 명랑하게 입을 열었다.

"아래에 대해서는 생각을 말아요. 발 디딜 곳, 손으로 잡을 곳, 그리고 전진할 것만 생각하세요. 매 순간 살아 있음을 느낄 겁니다. 그 어느 순간보다도 강하게요."

헹의 말에 따르면 그는 20년간 산악 안내원 일을 했다. 그리고 산악 안내원이 되기 전에는 25년간 강제수용소에서 석면을 캤다고 한다.

"저는 그때 그 시절을 떠올리기만 하면 되지요. 지하 깊은 곳에서 자욱한 먼지와 터져 나오던 기침, 우리가 먹을 죽 안에서 헤엄치던 쥐들, 여기저기서 죽어가던 사람들. 거기에 비하면 이건 살아 있는 거지요!"

그렇게 말하는 노인의 눈은 불타고 있었다.

39

"여기가 좋겠군."

헹은 몸을 돌려 배낭을 내려놓았다. 그들이 디디고 있는 바위는 갈수록 좁아졌다. 그들은 점점 높아지는 낭떠러지를 감싸는 어둠이 마치 축복처럼 느껴졌다.

"여기서 몇 시간 자면 새벽에 힘차게 출발할 수 있지요."

코빅은 다른 사람들을 보았다. 누구도 코빅과 눈을 마주치려 하지 않았다. 그들의 시선은 왼쪽의 암벽 또는 발밑의 바위에 고정되어 있었다. 헹은 즐겁게 말했다.

"어서 누워서 자자고요."

헹은 얇은 담요를 깔고 마치 하얏트 호텔의 킹사이즈 침대 위에 눕기라도 하듯 기쁜 표정으로 누웠다.

시각은 오전 2시였다. 그들은 쉬지 않고 5시간이나 산을 올라왔다. 코빅도 누웠고 다른 사람들도 누웠다. 치는 배낭을 벗지도 않고 곯아떨어졌다.

"여러분들 모두 잘 자요."

헹은 그렇게 말하고 얼마 안 있어 요란하게 코를 골기 시작했다. 그의 작은 몸이 떨릴 정도였고 입은 떡 벌린 채 잠이 들었다. 조우가 말했다.

"벌레가 저 영감 입안으로 들어가서 목구멍을 콱 막아버렸으면 좋겠네."

우가 말했다.

"저 영감 자체가 이미 벌레야. 마치 파리같이 암벽에 착 달라붙더군."

"저 영감은 뭔가 정상이 아니야. 오줌도 한 번 안 싸던데."

"이봐, 다들 조용히 해. 저 사람 말대로 잠이나 자라고."

코빅은 주머니에 넣었던 휴대전화의 진동을 느꼈다. 그는 벼랑 아래로 떨어지지 않게 몸을 조심스럽게 뒤척여 휴대전화를 꺼냈다. 암벽 등반을 하면 휴대전화를 너무 자주 확인하는 것은 막을 수 있군. 한나에게서 문자메시지가 와 있었다.

'빨리 이야기 좀 해야 할 것 같아.'

이제 벌어놓은 시간도 다 썼다. 한나도 자신을 쫓고 있었다. 코빅은 휴대전화를 끄고 무사히 잠을 자는 데 온 신경을 집중했다. 코빅은 벼랑에 있는 멜론만한 바위를 하나 찾아냈다. 그 바위 안쪽의 빈 공간에 누우면 굴러떨어지지 않고 잠을 잘 수 있을 것 같았다. 그 자리에 누운 코빅은 눈을 감고 루이즈의 꿈을 꾸었다.

40

눈부신 햇살이 코빅을 잠에서 흔들어 깨웠다. 그의 꿈은 이제 장소가 바뀌었다. 그는 시호크 헬리콥터 안에 있었지만 이번에는 북한 상공이 아니었다. 그는 헬리콥터의 문을 통해 추의 은신처를 내려다보고 있었다. 별안간 잠에서 깨어난 그는 눈을 크게 뜨고 자신이 100층 높이의 낭떠러지 아래를 보고 있음을 알았다. 그 덕분에 몸을 구겨 넣고 있던 멜론만 한 바위를 넘어가지 않을 수 있었다. 코빅은 등을 뒤틀며 몸을 일으켰다. 그리고 자신의 꿈 속 헬리콥터만큼은 현실임을 알았다. 그의 머리 위에는 대형 탠덤로터 치누크 헬리콥터가 떠 있었다. 헬리콥터는 산꼭대기로 강하하는 중이었다.

모두가 일어나기는 했지만, 잠에서 깨어난 시간은 제각각이었다. 편안하게 다리를 꼬고 앉아 있던 헝은 몸을 돌려 그들에게 아침 인사를 건넸다. 그의 한 손에는 물병이, 다른 한 손에는 초코바가 들려 있었다.

"다들 잘 잤나요? 여행의 마지막을 장식하기에 좋은 날이지요."

밤이 되자 기온은 급강하했다. 다른 사람들의 얼굴은 회색으로 변해 있었고, 잠을 제대로 자지 못한 기색이 역력했다. 치가 작은 목소리로 물었다.

"앞으로 얼마나 더 가야 돼요?"

"음, 이제까지는 그래도 쉬운 편이었죠. 오늘부터는 발을 디딜 돌이 안 나올 거예요. 바위 틈새밖에 없습니다."

헝은 팀을 괴롭히는 사디스트 교관 노릇을 즐기는 듯했다. 누구도 더 자세한 것을 물어볼 엄두를 내지 못했다.

"자, 따라와요. 보여드리죠. 저쪽 모퉁이만 돌면 그런 곳이 나옵니다."

그들은 모두 앞으로 몰려나왔다. 헹은 다들 잘 볼 수 있게 몸을 숙였다. 암벽에 깊이 10미터 정도의 틈이 나 있었다.

"보통 저런 곳은 로프를 걸고 윈치를 사용해 통과하지만, 그냥 맨몸으로 올라갈 수도 있지요. 여러분들의 이동속도는 매우 느리기 때문에 저는 후자를 추천합니다. 그리고 저 틈새 속은 기후가 좀 달라서 강풍이 분답니다."

이렇게 말하는 그의 말투는 마치 자신이 준비한 재미있는 게임 속의 또 다른 스테이지를 설명하는 말투 같았다. 치가 중얼거렸다.

"나 이런 거 도저히 못하겠어."

나머지 두 사람은 코빅을 가만히 보다가, 그중 우가 헛기침을 하더니 말했다.

"코빅, 어젯밤 당신이 잘 때 얘기한 게 있는데요……."

조우가 끼어들었다.

"우리 나름대로 결정을 내렸습니다."

"설령 이렇게 해서 추의 담장을 넘는다 해도, 그 다음엔 어떻게 할 거죠?"

"그 얘기를 왜 지금 와서 하나? 랩톱에도 다 나와 있던 거 아니었나?"

코빅은 그러면서 산의 깎아지른 절벽을 가리켰다.

코빅은 팀원들의 얼굴을 보았다. 도전정신이나 모험심은 이미 그들의 얼굴에서 사라지고 없었다. 그렇다고 그들을 욕할 자격은 코빅에게 없었다. 이것은 코빅의 프로젝트였다. 팀원들은 이 일을 위해 코빅만큼 투자하지 않았다. 코빅은 이들의 충성심과 자존심을 이용해 이들이 이 임무를 거부하지 못하게 한 것뿐이었다. 그러나 그들의 충성심과 자존심은 지독한 등반을 하다가 어딘가에서 떨궈버렸다.

"그래, 당신들 말이 맞아. 이건 미친 짓이야."

코빅은 일어났다. 팀원들의 얼굴에 안도감이 퍼졌다.

"이제부터는 나와 헹만 간다. 아마 그렇게 하는 게 제일 좋을 것 같군. 당신들은 돌아가. 여기까지 끌고 와서 미안하다."

코빅은 우의 표정에서 지독한 원망을 느낄 수 있었다. 우가 코빅에게 거의 보이지 않던 감정이었다. 헹 없이 돌아간다는 것은 자살 행위였다. 코빅은 물론 모두가 그 사실을 알고 있었다.

조우가 다시 입을 열었다. 그의 입에서 그런 부정적인 말이 나오는 것은 처음이었다.

"거기 들어가면 어떻게 나오려고요?"

"내 스스로에게 그런 질문을 했다면, 여기 오지도 않았겠지."

그들 앞에서 낮게 윙윙대는 소리가 났다.

"저게 뭔가요?"

헹은 손짓했다.

"바위 틈새를 보면 알게 됩니다."

처음에 그것은 케이블에 매달려 조금씩 정상으로 올라가는 커다란 새장처럼 보였다.

"저게 또 다른 길이야."

치가 입을 열었다.

"설명 좀 해 봐."

"저건 산꼭대기에서만 조종할 수 있어. 산 아래쪽의 정거장은 무인 시설이고, 폐쇄되어 있지."

코빅은 쌍안경을 들어 케이블카를 살폈다.

"사람이 타고 있군."

케이블카 안에는 세 명의 사람이 타고 있었다. 두 사람은 검문소에 있던 공안원들과 비슷한 복장을 하고 있었고, 그들 사이에는 두건을 쓰고 수갑을 찬 사람이 무릎을 꿇고 앉아 있었다.

코빅은 헹을 돌아보았다. 처음으로 헹의 얼굴에서 즐거움이 사라졌다.

"케이블카 운행이 예전보다 빈번해지고 있어요."

"왜죠?"

"추는 고통을 즐기는 사람입니다. 물론 타인의 고통을 말이지요. 듣자하니 추는 사람들을 데려다 놓고 어느 한 사람이 죽을 때까지 싸우는 걸 보며 즐긴다더군요. 대체 무슨 짓인지…….”

헹은 생각초차 하기 싫다는 듯 어깨를 움츠렸다.

41

헹이 로프를 붙들자 코빅이 앞장섰다. 암벽이 위로 올라가면서 바깥쪽으로 경사가 지는 부분이 있었고, 코빅은 그 가장자리에 손가락으로만 매달려야 했다. 그리고 헹이 경고했다시피 바람이 강해지고 있었다. 그는 다른 팀원들에게 케이블카나 헬리콥터를 이용해 여기서 내보내주겠다고 약속했다. 그것은 즉 이제까지 팀을 안내해온 헹의 도움 없이 나가겠다는 뜻임을 모두들 알고 있었다. 하지만 아무도 모르는 것이 있었다. 코빅은 추를 만난 다음 어떻게 해야 할지 전혀 생각해보지 않았다.

조우가 그 뒤를 따랐다. 그는 공포를 극복하고 좀도둑 특유의 고도 감각을 회복한 것 같았다. 그런 그는 강철 같은 의지로 로프 설치작업에 도전하고 있었다. 우도 조우의 영향을 받아 이 힘든 일에 당당하게 맞섰다. 그러나 편안한 자기 방에서 너무 멀리 나온 치의 눈에서는 눈물이 하염없이 흐르고 있었다. 게다가 부끄럽게도 오줌까지 쌌다. 다른 사람들은 못 본 척해주었지만.

드디어 코빅은 헹의 도움을 받아 마지막 바위를 오르는 데 성공했다. 이제 여기서부터는 추의 영토였다.

"정말 좆같은 곳이군."

치가 구해온 거친 사진 속 모습은 이제 이곳에 남아 있지 않았다. 목제 건물과 탑형 지붕은 모두 사라졌다. 이곳에는 화강암으로 된 3미터 높이의 담장이 세워졌고, 담장에는 여러 개의 좁은 틈이 있었는데, 중세 성의 화살용 구멍처럼 생겼다. 틈 사이의 간격은 대충 4미터 정도였고, 아무리 덩치가 작은 사람이라도 들어갈 수 없을 만큼 좁았다.

"이리들 오세요."

헹이 손짓하며 그들을 불렀다. 담장의 아랫부분에는 너비가 2미터 조금 안 되는 바위가 있었다.

"이 담장이 어디에나 둘러쳐져 있지요."

"문은 없습니까?"

"완전히 막혀 있죠. 케이블카가 드나드는 입구 말고는 없습니다."

"그럼 담장을 넘어가는 것 말고는 답이 없는 거예요?"

"빗물 배출구가 있어요. 건물들 지하를 지난 다음 수직으로 올라가 마당의 남서쪽 모퉁이의 배수구로 연결되죠."

"거기에는 카메라가 있나요? 순찰 인원은요?"

헹은 어깨를 으쓱였다.

"그런 게 왜 필요할까요? 어느 미친놈이 거기로 온다고?"

헹은 손을 내밀었다.

"그럼, 행운을 빌어요. 돌아가는 길은 잘 알고 있겠지요? 느린 길로 돌아가실 경우를 대비해서 로프는 남겨놓을게요."

헹은 마지막으로 한바탕 웃음을 터뜨렸다.

코빅은 헹을 안아주었다. 노인의 기백이 코빅을 지탱해주었고 다른 팀원들의 사기가 저하되는 것을 막아주었다. 코빅은 헹이 계속 행동을 함께해 주기를 바랐지만, 헹은 앞으로 일어날 일에 연루되고 싶어 하지 않았다.

헹은 모든 이들과 악수를 했다. 모두가 헹을 대단하게 여기고 있었다. 그리고 코빅은 헹이 산에 대한 지식과 모범을 보이지 않았다면 여기까지 올라올 수 없었다는 걸 알고 있었다. 코빅은 바위에서 내려가 아래로 향하는 헹을 보았다. 그리고 팀원 세 사람을 보았다. 팀원들의 탈진 정도는 제각각 달랐다. 우는 새로운 기운을 얻은 것 같았다.

"대장, 이제 앞으로의 계획은 뭔가요?"

"치가 장비를 설치하고 담장 내부의 움직임을 알려주는 동안 이곳에 베이스

캠프를 차릴 거야."

그들이 디디고 있는 바위는 동쪽으로 경사져 있었다. 담장의 가장자리에 매달린 작은 수풀 근처였다.

"저기다."

매우 좁은 공간 안에서 균형을 잡기 위해 끊임없이 노력한 결과, 그 좁은 공간이 마치 풋볼 구장처럼 크게 느껴졌다. 이들은 그곳에 배낭을 내려놓았다. 치는 장비를 꺼내고, 삼각대 안테나를 설치한 후 화면을 조정했다.

묵직한 엔진 소리를 내며 동쪽 멀리에서 운해를 스치며 날아오는 대형 헬리콥터 한 대가 눈에 들어왔다.

"저 헬리콥터는 뭐지?"

"중국산 AC313 헬리콥터야. 1960년대에 프랑스 아에로스파시알 사에서 만든 슈페르 프렐롱에 기반한 모델이지. 스물일곱 명의 승객 또는 4, 5톤의 화물을 탑재할 수 있어."

"시대에 많이 뒤처진 기종 같군."

"그렇지 않아. 로터 블레이드는 복합재로 되어 있고, 디지털 항공전자장비도 갖춰져 있어, 해발 4,500미터 이상 고공비행도 가능해. 게다가 영하 43도의 눈보라가 몰아치는 악천후 속에서도 비행이 가능하다고."

"그럼, 등록 번호를 확인해볼게."

코빅은 쌍안경을 들어 헬리콥터를 보았지만, 헬리콥터의 유광검정 표면 위에는 아무것도 보이지 않았다. 헬리콥터는 하강하기 전에 산꼭대기 주변을 선회하다가 담장 뒤로 사라졌다.

"됐다. 러시아 친구들의 어설픈 기상 위성 덕택에 이제 담장 안을 들여다 볼수 있어."

"그래?"

"이런, 이것 좀 봐."

치는 랩톱을 돌려 코빅에게 화면을 보여주었다. 치는 코빅이 화면을 잘 볼 수 있도록 화면 위에 손바닥으로 그늘도 만들어주었다. 코빅은 화면에 뭐가 나와 있을지 예상도 못했고 거대한 헬리콥터에 힌트가 있으리라고는 더더욱 생각지 못했다. 그곳의 안마당에는 덩치가 작은 헬리콥터 두 대가 있었다. 한 대는 업무용 중형 헬리콥터였고, 다른 한 대는 문짝이 없는 2인승 소형 헬리콥터였다. 그러나 코빅의 시선을 잡아끈 것은 AC313 헬리콥터에서 내리는 군복 입은 사람들의 숫자였다. 적어도 서른 명은 되어 보였다. 모두가 방탄장비를 갖추고 있을 뿐 아니라 총도 소지하고 있었다. 코빅의 공격계획은 그걸 보자마자 순식간에 사라져버렸다. 코빅은 담장을 보며 말했다.

"추라는 사람, 은둔자 치고는 사람 만나기를 좋아하는 것 같군. 저 안을 한 번 살펴봐야겠어."

그의 머릿속에서 새로운 계획이 잡히기 시작했다. 그는 다른 사람들을 바라보았다. 우는 이미 잠이 들어 있었고, 조우도 얼마 안 있으면 잠이 들 것이었다. 코빅은 치를 보았다.

"내게 장비를 줘."

"뭐? 지금? 미친 소리 그만해. 지금은 휴식을 취해야 할 때야."

코빅은 듣지 않았다. 그는 자기 안에 힘이 넘쳐흐르고 있음을 느꼈다. 코빅은 여기까지 왔다. 담장 안에서는 뭔가 큰일이 벌어지고 있었고, 그것을 못 보고 지나칠 수는 없었다. 추를 놓쳐서는 더더욱 안 되었고. 아무튼 치는 코빅에게 쇠갈고리와 가스식 발사기를 주었다. 이 가스식 발사기는 코빅이 잔뜩 가져온 마취탄, 그리고 연막탄도 발사할 수 있었다. 코빅은 망설이다가 마취탄도 연막탄도 가져가지 않기로 결정했다.

치는 코빅을 뚫어져라 보고 있었다.

"단순한 정찰일 뿐이지? 그렇지?"

"그럼, 물론이지."

코빅의 말은 왠지 설득력이 부족했기에 치는 걱정이 되었다. 치는 코빅에게 마이크로 리시버도 주었다. 코빅은 리시버를 귓속 깊숙이 쑤셔 넣었다.

"자네가 평소에 감시 및 잠복근무용으로 사용하던 것과 같은 모델이야. 하지만 고(高)고도에 맞게 개량하고, 통달거리도 늘려놓았어. 하지만 명심해둬, 담장 때문에 전파방해가 생길 수 있고, 지하로 들어가면 통신이 단절된다고. 이건 어디까지나 첨단기술 장비이지, 절대로 도깨비방망이가 아니야."

치는 자기 쪽 장비의 스위치를 켰다.

"수신 감도는?"

코빅이 고개를 끄덕였다.

"감도 양호."

치는 코빅의 어깨에 손을 올려놓았다.

"조심해. 흥분하면 안 돼, 알았지?"

코빅은 양팔을 쭉 폈다.

"이렇게? 솔직히 나도 좀 자신 없군."

치는 여전히 불안한 눈치였지만, 지금 그는 코빅과 논쟁을 벌일 상황이 아니었다. 코빅은 쇠갈고리와 로프를 발사기에 장전하고는 주저 없이 발사했다. 쇠갈고리는 난간 맨 위에 걸렸다. 코빅은 온 몸무게를 실어 잡아당겨 보았다. 제대로 걸려 있었다. 그는 줄을 잡아당기며 오르기 시작했다. 로프로 고리를 만들어 주먹에 감았다. 팔이 무척이나 아팠다. 그러나 코빅의 내면에서 솟아나는 뭔가가 피로를 몰아내고 있었고 곧 난간에 도달했다. 그리고 양손으로 난간을 잡고 몸을 그 위로 들어 올려 넘은 다음, 난간 아래에 납작 엎드렸다. 국기봉에 걸린 깃발이 바람에 펄럭이고 있었다. 깃발에는 뱀 대가리 삼지창과 불 뿜는 주먹이 그려져 있었다. 코빅은 나직이 혼잣말을 했다.

"이런 빌어먹을."

그 나직한 목소리는 치의 귀에 아주 크고 또렷하게 들려왔다.

"상황을 말해줘!"

"또 다른 인원들이 헬리콥터에서 내렸어. 복장은 위장복이고 방탄장비는 착용치 않았어. 상자랑 랩톱만 들고 있군. 참모들인 것 같아. 하지만 저 친구들 위장복이 파란색이야. 민간 보안업체 직원들이 아니라 분명 해군들이야. 추란 친구, 대체 어디까지 끈이 닿아 있는 거지?"

코빅은 휴대전화를 꺼내 동영상을 찍어 치에게 보냈다. 치가 이 시설의 도면을 확보하고 제복 입은 인원들의 소속을 확인할 수 있도록 말이다.

동영상이 치의 컴퓨터에 전달되었다.

"좋아, 확인했다. 내려올 거야?"

코빅은 대답하지 않았다. 여전히 난간 아래에 엎드려 있었다. 치는 로프를 잡아당겼다.

"코빅?"

치는 코빅을 향해 손을 흔들어 보였다.

코빅도 손을 흔들었다. 코빅은 자신이 세운 계획이 미친 짓임을 알고 있었다. 하지만 어차피 이 계획 자체가 모조리 미친 짓이었다. 이제 와서 멈출 이유가 없었다.

코빅은 가슴 주머니를 두들겨 남아프리카 여권이 들어 있는지 확인했다.

"이제 슬슬 일해줘야겠어."

42

코빅은 헬리포트 바닥에 얼굴을 대고 엎드려 있었다. 그의 주위를 둘러싼 경비원들은 총구를 그의 머리 앞에 바싹 들이대고 있었다. 한 경비원이 전투화로 코빅의 등허리를 밟고 있었다.

"이봐요, 친구들. 조금만 살살 밟으라고. 이러니 꼼짝달싹할 수 없잖아요."

이들 중 누구도 코빅의 말을 알아듣는 것 같지는 않아 보였다. 머리가 눌려 있기 때문에 볼 수는 없었지만, 소리로 판단하건대 더 많은 사람들이 달려오는 것 같았다.

"제발 영어가 되는 사람 좀 데려와요, 빨리."

잠시 후 영어를 할 줄 아는 경비원이 왔다.

"이름과 용건을 밝혀라."

코빅은 여권을 꺼내 흔들었다.

"나는 남아프리카 국적의 레이 나이맨입니다. 추 사장님께서 직원을 채용 중이라고 들었어요."

코빅은 이 신분으로 행세하는 것이 다른 어떤 위장 신분보다도 가장 말이 된다고 생각했다. 민간 보안업체에 들어가고 싶어 하는 남아프리카 특전부대 전직 대원은 얼마든지 있으니까. 코빅의 귓속 깊이 박혀 있는 리시버에서 치의 목소리가 들려왔다.

"좋아, 잘 들린다."

"친구들, 진정하고 내 말 좀 들어봐요. 여기 들어오는 게 예상보다 훨씬 어렵더군요. 그리고 난 여기서 꼼짝도 못해요. 그러니 하고 싶은 대로 해요. 필요하다면 수갑을 채워도 좋아요. 하지만 설마 내게 밥 한 공기 준다고 큰일 나는 건 아니겠죠. 고향의 맛이 느껴지는 육즙 좔좔 흐르는 타조 스테이크면 더 좋겠지만."

그러자 경비원들은 코빅을 일으켜 세웠다.

"감사합니다. 추 사장님께 안내해주겠어요?"

그들은 아무 말 없이 코빅의 팔을 잡고 작은 철문으로 데려갔다. 그 문은 아무리 봐도 방문객용 출입구는 아닌 것 같았다. 문 가까이 가자 또 다른 경비원이 안에서 문을 열어주었다. 문 안으로 들어가니 습하고 어두운 터널이 이어져 있었다. 산을 깎아 만든 것이었다. 터널 천장에 붙은 한 가닥 전선에 알몸으로 줄줄이 매달린 여러 개의 전구에서 나오는 조명이 유일한 빛이었다. 또 다른 문을 열고 들어가니 여러 개의 우리가 나왔다. 인간의 배설물 냄새에 토할 것 같았다. 처음에는 우리 안에 아무도 없는 것 같았지만, 자세히 보니 우리 바닥에 있는 뭔가가 약간 움직이는 것이 보였다.

"이봐요! 나는 추 사장님을 뵙고 싶어요. 내게는 엄청난 기술이 있다고요!"

"조용히 해! 여기서 기다려."

그들은 코빅을 철망 문을 통해 우리 안에 집어넣은 다음 문을 잠갔다.

"이봐요. 중국에서는 손님을 이런 식으로 대접합니까?"

경비원들은 몸을 돌려 나갔다. 코빅은 치에게 속삭여 보았지만, 당연히 대답은 없었다. 코빅은 혼잣말을 했다.

"어쨌든 들어오기는 했군."

코빅은 우리 안을 살펴보았다. 양동이가 하나 있었고, 우리에 쓰인 것과 같은 철망으로 만든 침대도 있었다. 바닥은 짜증이 날 정도로 끈적거렸다. 이번 작전이 매우 용감한 작전인지, 매우 바보 같은 작전인지 코빅 스스로도 분간이 되지 않았다. 지금 같아서는 매우 바보 같은 작전처럼 보였다. 추가 이곳에 있는지 없는지도 모르지 않은가. 하지만 이것 말고 다른 대안이 있나? 코빅은 성공하면 CIA 본부의 사무직으로 갈 수 있을 거라고 생각하며 스스로를 달랬다. 당장은 매력적인 생각이었다. 그러나 지난 며칠 동안 겪은 일들이 떠오르면 전혀 그렇지 않았다. 구글 어스에도 없는 이곳이 국경에서 벌어진 일과 루이즈를 잊게 할 수는 없었다.

그러고 보니 베트콩 포로수용소에서 4년 동안 수감되어 있었던 어떤 베트남전 참전 용사가 해준 말이 떠올랐다. 처음에 그는 집으로 돌아갈 생각을 하면서 견뎠다. 돌아가서 자신을 기다리고 있는 여자 친구와 결혼하고, 아버지의 자동차 정비소에서 일하며 살리라 다짐하면서 용기를 냈다. 그러나 시간이 지날수록, 그는 자신의 미래가 사라져감을 알았다. 전쟁과 수감 생활은 그의 일부분을 없애버렸다. 그는 절망을 막기 위해 복수에 모든 것을 걸었다. 그리고 탈출의 기회가 왔을 때 그는 절대로 그냥 나가지 않았다. 동료 포로 여러 명과 함께 베트콩들에게 철저한 복수를 해주고 나갔다. 이 이야기야말로 굳은 의지를 갖는 데 도움이 되었다.

1시간 정도 지나자 조명이 꺼졌다. 잠자는 것 외에는 할 일이 없었다. 그러나 불이 꺼진 지 3시간쯤 지났을까. 다시 불이 켜지더니 두 명의 경비원이 나타났다. 그들은 코빅을 샤워실로 데려갔다. 그리고 옷을 벗고 씻으라고 손짓했다. 그는 경비원들의 입에서 뭔가 쓸모 있는 말이 나오지 않을까 하는 생각에 그들의 손짓을 못 알아보는 척했다. 샤워물은 미지근했지만 지금은 그런 것도 감지덕지였다. 그가 작고 얼룩진 천으로 몸을 닦자 경비원들은 녹색 작업복과 로프 솔 슬리퍼 한 켤레를 주었다.

"밥은 언제 주는 거예요?"

누구도 대답하지 않았다. 코빅은 밥 먹는 동작을 해보였지만 반응은 없었다. 코빅은 지독히도 배가 고팠다. 그들은 코빅을 데리고 터널을 따라 마당으로 나왔다. 밖은 어두웠다. 산을 감싸고 있는 안개가 투광기의 불빛을 흐리게 해, 으스스한 분위기를 풍겼다. 이제 경비원들은 코빅의 결박을 풀어주고, 구속되지 않은 채 걷도록 해주었다. 그러나 코빅이 왼쪽의 감시탑을 흘깃 돌아보자 어디에선가 손이 날아와 그의 목을 붙들고 고개를 돌렸다.

"그래요. 만찬을 즐기려면 씻고 새 옷을 입어야지요."

코빅은 혼잣말처럼 중얼거렸지만 치의 귀에 이 말이 들리기를 바라고 있었다.

"하느님 감사합니다. 코빅, 대체 어디야?"

"잠깐 잠 좀 잤어."

그들은 니스칠이 되어 있고 양쪽으로 열리는 짙은 색의 큰 나무 문 앞에서 멈춰 섰다. 경비원들은 문을 노크하고 기다렸다. 자동 자물쇠가 열리고 한쪽 문이 열리는 소리가 들렸다. 문 안으로 들어간 그들은 화려한 고대 태피스트리로 장식된 돌바닥 복도를 지나갔다. 무려 수백만 명이나 되는 말 탄 기병들을 그림으로 묘사해놓았다. 또 하나의 무거운 이중문을 지나자 회색 대리석으로 지어진 방이 하나 나왔다. 그 방을 본 코빅은 무덤이 생각나 기분이 언짢아졌다. 방 안에는 한 사람이 등을 돌린 채 서서 담배를 피우고 있었다. 그는 몸을 돌리지도 않은 채 손을 내저어 경비원들을 내보냈다. 코빅은 서서 기다렸다.

"뭘 원하나?"

"일자리를 찾아왔습니다, 사장님."

"여기까진 어떻게 왔는데?"

목소리는 간신히 들릴 정도로 낮았지만, 분명 미국 억양의 유창한 영어였다.

"암벽 등반으로 왔지요. 제 취미입니다."

"남아프리카 출신이라고?"

"거기서 태어나고 자랐습니다."

"그럼, 아프리칸스어 한마디 해봐."

"다르 바스 엔다흐 느 보우트(옛날 옛적에 숲이 있었네 Daar was eendag 'n woud) 안 디 칸트 판 디 손(태양의 저편에는 aan die kant van die son), 디 만 이스 느 플라우 올리람프(달은 희미한 기름 램프가 되어 die maan is 'n fl ou olielamp) 산스 브란드 혼데르데 케르시스(수많은 별들은 촛불이 되어 밤을 비추네 saans brand honderde kersies)……."

"그게 뭔가?"

"한시 엔 그리티(Hansie en Grietjie), '헨젤과 그레텔'입니다. 제가 학교에서 처음이자 마지막으로 배운 시지요."

코빅은 그러면서 약간 큭큭댔으나, 추는 전혀 웃지 않았다.

상대는 천천히 몸을 돌렸다. 코빅은 속이 싸늘해지는 것을 느꼈다. 코빅은 이 사람이 암살자들을 국경에 보낸 그 사람이기를 바랐다. 돌아선 그의 모습을 보니 추는 분명 북한 국경에 왔던 암살자 중 하나였다. 그의 목은 마치 찌그러든 후에 아직 펴지지 않은 듯 짧았다. 그리고 코빅이 이제껏 본 사람들이 오른쪽 손목에 문신을 새겼는데 비해, 추의 문신은 왼쪽 손목에 있었다. 그는 그 작전을 위해 이 산속 피난처에서 내려왔던 것이 틀림없었다. 추는 코빅에게 앉으라고 손짓했다. 그리고 예전에 했던 것처럼 소매를 살짝 걷어 올려 문신을 드러냈다. 코빅도 앉았다. 이제 할 수 있는 것은 평정을 유지하는 것 말고는 없었다. 물론 위장 신분도 유지해야겠지만.

"백인 치고는 덜 하얀 편이군."

"저희 아버지는 아테네 출신이십니다. 요하네스버그로 이민 오셨지요. 어머니는 유럽계와 아프리카계의 혼혈이시죠."

"내가 왜 서양 놈을 데리고 있어야 한다고 생각하나?"

"홍콩에 계신 사장님들은 백인 운전사나 경호원들을 많이 데리고 다니시던데요. 특이해 보이기 위한 방법 아닐까요?"

"그런데 그 특이한 것도 앵글로 색슨족을 데리고 있을 때나 해당되는 얘기지. 자네는 너무 시커멓다고."

"저는 중국어도 어지간한 외국인들보다 훨씬 더 잘해요."

그러면서 코빅은 중국어로 몇 마디 말을 해보였다.

추의 시선은 코빅의 머리 위 어딘가를 향하고 있었다. 눈이 마주치지는 않았지만 코빅은 자신이 평가받고 있음을 느꼈다.

"사람을 죽인 적이 있나?"

"몇 번 죽였지요."

"어디서?"

"소웨토, 라이베리아, 시에라리온, 그 외에도 아프리카의 거지같은 동네는 다 돌아다니며 죽여봤습니다."

"그래서 자네는 날 위해 일할 자격이 있다고 생각하는 거군. 그렇다면 명령이 주어진다면 동료도 죽일 수 있나?"

코빅은 어깨를 움츠렸다.

"제게는 별다를 바 없습니다."

추는 코빅에게 가까이 다가와 눈을 들여다보았다. 코빅은 그가 순혈 중국인이 아님을 확실히 알게 되었다. 그의 얼굴은 중국인 치고는 무척이나 뾰족했다.

추의 공허한 시선에서는 엄청난 자신감과 살기가 동시에 느껴졌다. 코빅은 추가 자신의 얼굴을 보여주고 죽인 사람이 대체 몇 명이나 될지 궁금했다.

추는 몸을 돌렸다.

"그럼 자네의 실력을 보여주게."

추가 손가락으로 딱 소리를 내자 문이 열리고 경비원 한 명이 들어왔다. 경비원은 긴 쇠사슬에 뭔가를 묶어 끌고 왔는데, 코빅은 처음에 그게 큰 동물인 줄 알았다. 그 '동물'은 사지를 이용해 움직이려고 했지만 제대로 움직여주지 않았다. 피부는 회갈색이었고 등에는 반점과 흉터가 가득했다. 경비원의 다른 한 손에는 채찍이 들려 있었다. 경비원은 그 '동물'을 일으켜 세우기 위해 채찍으로 등을 매질했다. 그제야 코빅은 그것이 동물이 아니라 인간임을 알 수 있었다. 그 남자는 나체였고, 엄청나게 구타를 당한 상태였다. 몸은 먼지가 잔뜩 묻어 회색으로 보였고, 머리카락은 이미 잼처럼 엉겨 붙어 있었다. 누군가에게 머리카락을 쥐어뜯긴 적이 있는지 두피에는 분홍색 땜통도 여러 개 보였다. 그의 수염 길이와 레게머리를 방불케 할 정도로 엉겨 붙은 머리카락의 길이로 보건대 그는 상당히 오랫동안 여기 수감되어 있었던 모양이었다. 셔츠 소매의 잔해가 그의 등에 들러붙어 있었고, 손목 부분에도 커프스가 너덜거렸다. 그에게는 아직 손이 있었지만 코빅의 눈에는 제대로 들어오지 않았다. 경비원은 묶인 남자에게 경멸감을 한껏 표시하면서, 온 힘을 다해 묶인 남자의 배를 걷어차고는, 알아들을 수 없는 소리를 지르면서 쇠사슬을 비틀었다. 묶인 남자는 경련을 일으켰다. 반쯤 벌어진 입에서 피가 흘러 나왔다. 거친 숨소리 말고는 어떤 소리도 내지 않았다. 경비원은 사슬을 낚아채어 그 남자를 코빅 앞으로 끌고 왔다.

추는 탁자를 돌아 코빅 옆에 섰다. 추는 옷섶 안에서 글록 권총을 꺼내 코빅의 관자놀이를 조준했다.

"일어서서 저 사람들을 봐."

코빅은 일어섰다. 그의 심장은 터져 나갈 듯이 뛰고 있었다. 추는 글록 권총의 총구를 코빅의 머리에 계속 갖다대면서, 다른 손으로 또 한 자루의 글록 권총을 집어 들어 코빅의 손에 쥐어주었다.

"총알은 한 발 들어 있어. 어떻게 하나 보겠네."

경비원이 다시 쇠사슬을 잡아당기자 묶인 남자는 무릎을 꿇었다. 묶인 남자의 눈이 코빅을 향했지만, 초점을 맞추지 못했다. 코빅은 추가 국경에서 어떻게 살인을 하는지 봤다. 추는 결코 방아쇠를 당길 때 망설일 인물이 아니라는 것도 알고 있었다. 코빅도 총격전은 몇 번 해보았다. 하지만 자기방어의 목적으로만 사람을 죽였다. 저 불쌍한 친구의 고통을 끝내주어야 하나? 그 외에 다른 선택이 있는가?

코빅은 권총을 들었다. 묶인 남자가 약간 몸을 낮추자 경비원이 다시 등에 채찍질을 가해 일으켜 세웠다. 코빅은 고개를 돌리지 않고, 눈만 움직여 추를 보았다. 추의 시선은 코빅의 얼굴을 향하고 있었다. 이래서는 아무리 반사 신경이 뛰어나다 해도, 몸을 돌려 추에게 사격을 가할 수 없었다. 코빅은 구부정한 자세의 묶인 남자를 조준했다. 경비원은 남자의 목에 묶인 쇠사슬을 잡아당기고, 또다시 등에 채찍질을 가했다. 코빅은 의식을 잃어가는 묶인 남자와 증오를 마음껏 발산하고 있는 경비원을 보았다. 코빅은 권총을 조준한 다음 방아쇠를 당겼다. 코빅의 손이 반동으로 튕겨 올랐다. 경비원의 머리가 뒤로 갑자기 홱 젖혀졌다. 코빅이 쏜 총알이 그의 결후 바로 위에 명중했기 때문이었다. 그의 모

자가 벗겨져 나가고, 마치 생명이 발에서부터 빠져나가기라도 하듯 그는 서서
히 양 무릎을 땅에 대고 쓰러졌다.

　코빅은 추를 바라보았다. 자신이 누구를 조준했는지 확실히 하기 위해서였다.

　"자, 어떻습니까? 사장님께서 원하는 사람을 죽인 게 아니었나요?"

43

추의 입이 크게 벌어졌다. 그의 눈은 마치 크리스마스 선물을 받은 아이처럼 반짝 빛났다. 그는 하이에나의 울음소리처럼 마구 웃어댔다. 코빅은 이제껏 살면서 그런 웃음소리를 내는 사람을 본 적이 없었다. 아무튼 추는 웃음을 그치고 말했다.

"재미있는 선택을 했군."

코빅은 아무 말도 하지 않은 채 묶여 있는 남자를 보았다. 그 남자는 현 상황을 이해하려 애를 쓰는 모습이었다. 추는 빈 글록 권총을 코빅에게서 회수하고는 벽에 있던 버튼을 눌렀다.

"정말 놀랐어. 하지만 너무나 속보이는 짓이었지."

두 명의 경비원이 들어왔다. 그들은 죽은 동료를 보자 멈칫했다.

"자네의 남아프리카인 행세는 참 우스꽝스러웠어. 자네는 분명히 미국인일 거야. 자네는 아주 곤란해졌어. 페어플레이라는 순진한 생각에 물든 나머지, 저 묶인 친구 편을 든 거야. 압제받는 자를 돕고 모든 이들에게 자유와 정의를 가져다주고 싶겠지. 하지만 그러려고 여기 왔다면 잘못 찾아왔어. 나는 압제받는 자들을 돕지 않아. 나는 강한 자가 더욱 강해지도록 돕는다네."

추의 말이 옳았다. 코빅의 정체는 탄로 났다. 코빅은 얼굴을 돌려 추를 대면했다. 코빅이 일선에서 한 일 중에는 떳떳하지 않은 일도 있었다. 코빅은 그런 일들은 가급적 잊고 싶었다. 코빅은 규정을 곡해하거나 위반하고, 또 자기 멋대로 새로운 규정을 만들었다. 그러나 코빅은 저항할 능력이 없는 사람을 죽인 적은 없었다. 코빅은 추에게 시선을 맞추고 말했다.

"그런 당신은 눈 속에 쓰러져 있는 사람의 머리에 구멍을 냈잖아. '강한 자가 더욱 강해지도록 돕는' 거랑 그게 대체 무슨 상관이지?"

추는 거만하게 콧방귀를 뀌었다. 하지만 추의 얼굴에서 지독한 경멸감은 이미 사라지고 없었다. 대신 그의 얼굴에 떠오른 것은 반발심이었다. 추의 머리가 바쁘게 회전하고 있는 것이 느껴졌다.

코빅은 생각했다. 그래, 적어도 괴물과 대면하긴 했군. 하지만 코빅은 자신이 좆된 사실도 알았다.

바깥의 마당에는 착륙 준비를 하는 또 다른 헬리콥터의 비행 소리로 시끄러웠다. 투광기에 불이 들어오고 지상 근무자들이 제 위치로 움직였다. 추는 버튼을 또 눌렀다. 경비원 두 명이 더 나타났고 추는 그들에게 소리쳤다.

"여기를 깨끗이 치워라. 이놈을 감방으로 다시 보내."

추는 코빅에게 줬던 권총의 손잡이로 코빅의 얼굴을 내려쳤다.

"그리고 이놈을 심문할 준비를 해놔."

44

"치, 잘 들리나?"

처음에는 아무 응답이 없었다. 잠시 후 치의 낮은 목소리가 들렸다.

"이봐, 괜찮은 거야?"

"자네 생각보다는 괜찮아. 잠시 동안 통달거리 밖에 있었지만 다시 연결하려고 했어. 여기 들어온 사람들 계속 감시하고 있나?"

"물론이지. 카메라로 촬영한 다음 신원을 확인했어. VIP와 그의 수행단 같아. 거기서 대체 어떻게 빠져나올 셈이야?"

"아직은 모르겠어. 만약 내가 여기서 살아 나가지 못한다면, 자네가 가진 모든 것을 국가안전부의 후앙 슈이에게 보내줘. 가급적 모든 것을 다 기록해. 우는 케이블카를 살펴서 철수할 때 사용할 수 있는지 확인해야 해."

치는 한숨을 쉬었다.

코빅은 일행에게 경고 메시지를 보내지 않았다. 그리고 지금은 이들에게 구출을 요청할 때가 아니라고 생각했다. 코빅은 헬리콥터를 타고 온 사람들을 보고 싶었다. 그러나 문이 열리자마자, 코빅을 데리고 있던 경비원 두 명이 코빅이 헬리콥터 쪽을 보지 못하도록 그의 고개를 비틀었다. 코빅의 눈에 들어온 것은 매우 매끄럽게 연마된 헬리콥터 표면의 광택, 그리고 비가 휩쓸고 간 마당에 카펫이 깔리는 장면뿐이었다. 경비원 한 명이 코빅의 등을 떠밀었다.

"이봐요, 살살 해요. 알겠어요?"

그러자 경비원은 소총 개머리판으로 코빅의 옆머리를 가격했다. 순간 코빅의 눈앞이 캄캄해졌다.

깨어난 코빅은 '신문할 준비'라는 말을 신경 쓰지 않으려 애썼다. 그는 창문 없는 칙칙한 방에 갇혀 있었다. 이번에도 조명시설은 알몸의 전구 하나뿐이었다. 방 한복판에는 굵은 나무 기둥이 서 있었다. 아예 처음부터 건물의 일부로 만들어진 것 같았다. 나무 기둥에는 마구간에서 흔히 볼 수 있는 금속제 고리가 여러 개 있었다. 코빅의 양 손목에는 쇠고랑이 채워져 있었고 그 쇠고랑에 연결된 쇠사슬은 나무 기둥에 연결되어 있었다.

이 습기 찬 감방 안에 홀로 있다 보니, 여러 회환들이 코빅을 괴롭히기 시작했다. 이제까지 뭘 이뤘는가? 코빅은 이 정신 나간 작전을 위해 세 명의 훌륭한 친구들의 목숨까지 걸었다. 그는 적의 은거지에 들어가 상대와 직접 대면했지만 그것뿐이었다. 이제 그는 무기력하게 묶여 있었고, 좀 있으면 사디스트 살인마에게 고문을 당할 것이다. 그러자 코빅 자신도 뭐라고 규정짓기 힘든 이상한 감정이 그를 덮쳐왔다. 코빅은 충동을 억제 못하는 자신의 성격이 싫어졌다. 코빅은 농장의 교관들이 자신에 대해 했던 말을 떠올렸다. 너무 고집불통이야, 뭐든지 극한으로 몰고 간다고. 장애물을 만나면 오히려 속도를 더 내는 성격이지. 피해야 하는 위험도 오히려 즐기는 무모한 성격이야. 그들의 말은 모두 사실이었다. 그리고 코빅은 그때나 지금이나 변하지 않았다. 어찌 되었건 코빅은 그의 목숨과 팀원들의 목숨까지 걸고, 자신을 파멸시킬 적을 만나기 위해 도박을 하고 있는 셈이었다.

실망한 코빅은 커틀러를 생각했다. 분명히 그는 코빅이 죽었다는 거짓 정보를 접하고 안도감을 느끼고 있을 것이다. 아니, 즐거워하고 있을지도 모른다.

그리고 국경에서의 살인을 떠올렸다. 개리슨에게 한 약속도 떠올렸다. 그리고 루이즈와의 아픈 기억도 떠올렸다. 이제 코빅은 무엇을 위해 살아가야 한단 말인가? 이제까지 그는 죽고 싶은 마음에, 혹은 도전하고픈 채워질 수 없는 욕망에 이끌려, 가급적 위태로운 삶을 살고자 스스로 불 속에 몸을 던지는 삶을 살아온 것 같았다. 그가 평화라고 부를 수 있는 것을 찾은 곳은 상하이뿐이었다. 그러나 그 평화도 이제는 사라져버렸다. 다시는 돌아오지 않을 것이다.

그는 한나도 떠올렸다. 한나는 코빅을 놀라게 했다. 코빅은 한나가 매우 개성이 강하고, 체제에 쉽게 적응하지 못하는 일면도 갖고 있음을 알아챘다. 마치 그녀는 자신의 종착지가 국가안전부 관료 기구 어딘가에 있지 않음을 알고 있으며, 반항할 구실을 찾아다니는 것 같았다. 한나는 그녀의 우월한 판단력에도 불구하고 코빅을 믿었다. 코빅은 그런 그녀를 실망시켜서는 안 되었다. 한나를 생각하자마자 코빅이 이제까지 느꼈던 회의감과 패배감은 사라지기 시작했다. 어쩌면 코빅은 아직 지지 않았을지도 모른다.

금속 문이 열리더니 추가 들어왔다. 헐렁한 작업복을 입고 있던 추는 짙은 색의 정장 재킷으로 옷을 갈아입었다. 추는 브랜디가 든 유리잔을 들고 있었다. 추가 계속 문을 열어놓고 있자 또 다른 사람이 들어왔다. 그 사람은 추보다 나이가 들어 보였다. 대충 오십 대 정도로 보였고 머리가 벗겨졌으며, 중국인 치고는 키가 꽤 컸다. 그의 태도 전반에서는 권위가 느껴졌다. 그 남자가 입은 순백의 제복은 어두침침한 방과 극명한 대조를 이루어 마치 스스로 빛나는 듯했다. 이런 곳에 그 사람이 나타난다는 것은 예상하기 힘든 이상한 일이었기에, 코빅은 잠시 동안 그 사람이 누구인지 보면서도 깨닫지 못했다. 하얀 해군 제복이 힌트이기는 했지만, 생각 밖의 인물이었다. 해군 제복 차림의 사나이가 가까이 다가오자, 그의 신원은 확실해졌다. 그는 중국 해군 사령원 창 웨이 제독이었다. 이놈은 대체 추하고 무슨 사이이기에 여기까지 온 거지? 두 사람은 마치 코빅이 박물관의 전시물이라도 되는 양 코빅이 묶여 있는 기둥 주변을 돌며 코빅을 살펴보았다.

추가 중국어로 설명했다.

"이 사람의 이름은 코빅입니다. 국경에서 도망쳐 온 사람이죠. CIA에서는 이 사람이 죽었다고 주장하고 있습니다. 이 사람이 어떻게 여기 와 있는지는 의문입니다만. 이 사람이 자발적으로 그 비밀을 말하게 할 수 있을지도 모릅니다."

창 제독은 가까이 와서 코빅을 보았다. 창 제독에게서는 애프터셰이브와 술 냄새가 났다. 수십 년 동안 명령만 내린 탓에 그의 목소리는 딱딱했다.

"우리 영토에 미국인은 가급적 적을수록 좋아. 우리나라에 미국 놈들이 잔뜩 들어와 있는 건 베이징 공무원 놈들의 근무 태만 때문이지. 이 사람은 뭘 얼마나 알고 있나? 뭐라고 얘기하던가?"

추는 입꼬리를 슬며시 올렸다.

"아직 이 사람을 직접 신문하지는 않았습니다."

창은 코빅을 향해 돌아서서 영어로 말을 걸었다.

"너희 미국 놈들은 우리 젊은 세대의 정신세계를 오염시키고 있어. 너희는 우리와는 가치관이 달라. 줏대 없는 정치가들은 네놈들이 내미는 장난감에 이끌려서, 중국 인민들이 자전거를 버리고 뷰익을 사도록 했지. 그리고 미국 제품을 구입하면 자유를 얻을 거라는 허황된 생각을 인민들에게 심어주고 말이야."

창은 코빅이 대답하기를 기다렸으나, 코빅은 아무 대답도 하지 않았다.

"코빅 요원, 중국의 인구가 몇 명인지 알고 있나?"

"대략 십삼억 사천만 명이지요."

"잘 알고 있군."

"물론 대만 인구 빼고요."

영원한 골칫거리인 대만 얘기를 들은 제독의 얼굴에 일순 짜증이 감돌았지만, 그는 이야기를 계속했다.

"미국 인구의 네 배나 되지. 하지만 미국인 1인의 평균 자원소비량은 중국인의 오십 배나 돼. 모든 중국인들이 미국인들만큼 자원을 소비한다면 어떻게 될지 생각해봐. 미국식 가치관은 중국을 망가뜨리고 말 거야. 나는 그렇게 되도록 놔두지 않겠어. 너희 미국인들은 우리 정치가들을 홀려서 병 속에 든 자본주의 요정을 풀어놓았어. 하지만 그 요정, 내 손으로 되돌려 넣겠어."

코빅은 아무 말도 하지 않고 앞을 보면서, 지금 자신 앞에서 벌어지고 있는 상황을 이해하려 애를 썼다. 중국에서 가장 강한 군인 중 한 명이 중국 최악의 범죄자와 손을 잡았다. 창 제독의 말을 한 마디도 빠짐없이 듣고 있었다. 그러자 머릿속 퍼즐 조각이 하나 둘씩 맞춰지기 시작했다.

"오늘날의 중국은 수많은 사람들의 희생과 영예로운 노력으로 세워진 거야. 미국인들은 이미 오래전에 잊은 것들이지. 그런데 너희 미국은 우리 중국인들을 유혹해 몸과 마음을 더럽히고 있어."

창 제독의 목소리는 점점 커졌다. 이것이 그의 세계관이다. 이것이 창 제독을 이끄는 마법의 주문이다. 그걸 들으니 코빅은 자신이 어떤 상황에 처해 있는지 알 수 있었다. 국경에서 벌어진 사건, 그리고 반미 시위. 모든 것이 창 제독이 기획한 군사 쿠데타를 위한 준비 작업이었던 것이다. 이 정신병자는 세계에서 제일 거대한 나라인 중국을 먹으려 하고 있었다.

"민주주의는 환상에 불과해! 네 녀석들이 냉장고와 햄버거를 팔아먹으려는 수작에 불과하지. 너희 나라의 진짜 왕은 의회가 아니야. 자본가들이라고."

코빅은 창 제독의 말을 경청하는 시늉을 해야겠다고 생각했다.

"그러면 시계를 거꾸로 돌리기를 원하시나요? 중국 사람들은 이미 그런 걸 좋아하는데요."

창은 조금 목소리를 높여 대답했다.

"코빅 요원. 우리 중국 문명이 얼마나 오래되었는지 알고 있나? 미 대륙이 코에 깃털 끼운 야만인들 손에 있을 때 중국은 화약, 나침반, 인쇄기를 발명했어. 서양인들이 우리나라에 와서 사람들을 아편 중독에 빠뜨릴 때 중국에서는 이미 당시 세계 인구의 5분의 1에 달하는 사람들이 괜찮은 삶을 누리고 있었다고."

추는 고개를 끄덕이며 미소 지었다. 추는 이런 모임을 즐기고 있었다. 코빅은 창 제독의 시선에서 마치 부모의 원수를 보는 듯한 증오와 고통을 느꼈다. 추는 창에게 중국어로 말했다.

"제독님, 혹시 이 사람에게서 뭔가 얻어내고 싶으신 것이 있으신가요? 이 사람의 CIA 생활은 국경에서 벌어진 사건으로 끝장난 거나 다름없습니다. 이 사람은 상관들에 의해 조직에서 축출당한 것 같더군요. 본인도 그것 때문에 꽤 괴로워하고 있죠. 제가 보기에는 이 사람한테 그 이상 뭔가 특별한 것이 있을 것 같지 않습니다. 국가안전부에서도 이 사람을 하급 정보원으로 여기고 있어요."

코빅을 자극해 뭔가 말하게 하려는 술수인가? 그런데 추는 대체 어디서 그런 정보를 알았단 말인가? 한나? 아니면 한나의 상관들? 이 사람은 국가안전부의 어느 선까지 연결되어 있단 말인가?

추는 코빅을 보며 영어로 말했다.

"이 사람은 중요하지는 않지만, 매우 교활합니다. 자기 정액받이를 침대에 눕혀서 미끼로 썼거든요. 그리고 자기는 죽은 척하고 도망친 겁니다."

그 말을 들은 코빅은 당장이라도 분노가 폭발할 것 같았다.

"그 얘기는 당신 부하들이 너무 멍청해서 일을 처리하기 전에 이불도 한 번 안 들춰봤다는 소리나 다름없잖소?"

추는 코빅의 얼굴 앞에 자기 얼굴을 바싹 갖다 대고는, 양 손가락으로 코빅의 눈 아래쪽을 쑤셨다.

"입 조심해. 안 그러면 나 화낸다."

제독은 몸을 돌렸다. 그의 얼굴에 불쾌한 기색이 역력했다. 그는 중국어로 중얼거렸다.

"이 사람이 진졔와 그의 엘리트 추종자들에게 어떤 생각을 품고 있는지 알아보게. 그 다음에는 자네 마음대로 해도 좋아."

추가 성질을 누그러뜨리자 창은 문으로 걸어 나갔다.

"댁들, 진졔한테는 대체 뭐가 불만인 거요? 내가 보기에는 그 사람 아무 문제도 없어 보이는데."

코빅의 중국어 실력에 놀란 두 사람은 몸을 돌려 코빅을 보았다. 창 제독의 대답은 독기로 가득 찼다.

"진졔는 이 나라의 모든 병폐와 부패를 대변하는 인물이지. 그의 이른바 '혁신적인' 사상은 우리나라에 그나마 남아 있던 좋은 것도 모두 망가뜨려버릴 거야. 그는 의지가 약한 탓에 미국 우월주의의 환상에 매혹되어버렸어. 그는 서구의 꼭두각시에 불과해. 이제 시계를 되돌려 우리 사회의 질서를 회복할 때야. 미국은 우리에게 위협을 가하고 있고 그에 걸맞은 대우를 해줘야 해. 너희들은 우리의 적이야.”

　창의 목소리는 말끝마다 높아졌고 결국 그는 침을 튀기며 코빅의 얼굴에 대고 소리를 질러댔다.

　“이놈한테 얻어낼 수 있는 건 모두 얻어내라고! 그런 후에 백악관으로 보내 버려.”

45

코빅은 눈을 떴지만 아무것도 보이지 않았다. 이놈들이 내 눈을 빼간 건가? 흐릿한 기억으로는 창이 나간 후 추가 코빅의 얼굴을 때려 쓰러뜨린 것 같았다. 온몸은 말벌 떼에게 쏘인 듯 아팠다. 무슨 얘기를 했더라? 슬슬 정신이 돌아오고 있었다. 코빅은 중국의 중진 관료들의 이름을 많이 알고 있었다. 그래서 그들의 이름을 무작위로 댔다. 추가 그 사실을 눈치챌 때까지는.

"추, 바로 그게 고문의 문제라니까. 답을 얻을 수는 있어도 그게 정답이라고는 누구도 장담 못해. 우리도 고문의 위험성이라면 알 만큼 알아. 우리는 피의자가 고문을 멈추려고 생각나는 대로 지껄인 말에서 뭔가 단서를 찾으려고 수천 시간을 낭비했다고."

하지만 추는 그 대답을 별로 좋아하지 않았고, 코빅은 고문이 끝나려면 한참 남았다는 것을 깨달았다. 그러나 아직 코빅은 살아 있었다.

코빅은 자기 눈을 만져보았다. 아직 멀쩡한 것 같았다. 그는 지금 완벽한 어둠 속에 있는 것이었다. 그는 손가락으로 주위를 더듬어보았다. 끈끈한 습기를 머금은 거친 돌 표면이 느껴졌고 인간 배설물의 역한 냄새가 났다. 그는 몸을 일으켜 세우려고 했으나, 머리가 바위에 부딪혔다. 그는 높이가 80센티미터 정도밖에 안 되는 산속 바위틈에 있었다.

이제 모든 것이 어떻게 돌아가는지 어설프게나마 감이 잡히기 시작했다. 창제독은 추의 의뢰인이었다. 추가 창을 위해 국경에서 미 해병대원을 죽인 거라면, 하이빔을 미끼로 매복을 기획한 것은 분명 창 제독이었다. 창은 북한 고위 간부에게 영향력을 발휘해 협력을 얻어냈을 터. 그의 목적은 미국과 협력하고 있는 중국 정부를 욕보이고, 반미 감정을 조성할 기회를 만드는 것이었다. 하지만 창이 최종적으로 원하는 것은 무엇일까? 코빅은 창이 진제에게 적개심을 드러낸 것에 주목했다. 진제는 영향력은 크지만, 아직 정계의 이방인에 불과한 개인일 뿐이다. 창은 자본주의 요정을 병 속에 밀어 넣고, 시간을 거꾸로 돌리겠노라고 힘주어 말했다. 그렇다면 국경에서 벌어진 사건은 창이 내놓을 진짜 요리의 애피타이저에 불과하다는 얘기다. 아무리 봐도 창은 신(新)냉전을 원하는 것 같았다.

감각을 회복한 코빅은 자신이 혼자가 아님을 알았다. 누군가, 혹은 무언가가 감방에 같이 있었다. 코빅은 뭔가가 자신의 손을 툭 치는 것을 느꼈다. 뭔지는 모르지만 차갑고 부드러운 물체였다. 쥐인가? 코빅은 손을 조금 옮겨보았다. 잠시 후 손에 똑같은 감각이 느껴졌고 어떤 소리가 났다. 잘 들어보니 사람의 목소리였다. 그 목소리가 낮게 속삭였다.

"이봐, 친구."

코빅은 이번에는 손을 움직이지 않았다. 상대방이 건드릴 수 있게 하기 위해서였다. 상대방은 코빅의 손을 벽과 바닥이 만나는 곳으로 밀었다. 그러나 코빅의 손목을 감은 쇠사슬은 차꼬에 연결되어 손이 내려가는 것을 쉽사리 허용치 않았다. 그는 손을 있는 대로 쫙 뻗었다. 차꼬가 살 안으로 파고들 때까지.

"이 아래를 더듬어봐."

벽과 바닥이 만나는 자리에는 실눈 같은 틈새가 있었다. 코빅의 새끼손가락이 들어갈 정도의 틈새였다. 코빅의 손가락이 거기 있던 뭔가 매끄러운 물체를 건드렸다. 칼날이었다.

"내가 만들었는데, 지금은 쓸 수 없군."

코빅은 칼날을 꺼냈다. 폭은 반 뼘도 채 안 되었지만 길이는 15센티 정도 되는 충분한 길이였다.

"고마워. 근데 당신 누구야?"

하지만 대답이 없었다.

코빅은 칼날을 오른쪽 소매에 쑤셔 넣고, 다시 의식을 잃었다.

46

다시 정신을 차린 코빅은 손목에 연결된 쇠사슬을 통해 자신이 틈새 밖으로 끌려 나가고 있음을 느꼈다. 그는 자신을 끌고 가는 두 경비원이 비추는 눈부신 손전등 불빛으로부터 눈을 가리려 했고, 경비원들은 코빅을 일으켜 세우려고 했다. 그러나 코빅은 맨발이었고, 마치 깨진 유리 조각들 위에 서 있는 것처럼 발이 아팠다. 그의 눈이 빛에 적응되었을 무렵, 코빅은 눈을 낮춰 발바닥이 온통 피투성이인 것을 보았다. 그리고 추가 발바닥을 때린 것을 기억해냈다. 그러자 경비원들은 코빅에게 눈가리개를 씌운 다음 빠르게 묶고 바깥 공기 속으로 데리고 나갔다.

"코빅, 세상에. 이놈들이 무슨 짓을 한 거야?"

치의 목소리가 들려왔다. 그는 분명 코빅을 보고 있었다.

코빅은 지금 말을 하는 것은 위험하다고 판단해 고개만 끄덕여 알아들었음을 표시했다. 그리고 어둠 속에서 빠져나와 초점을 잡으려고 애쓰는 사람처럼 고개를 이리저리 저었다.

"준군사조직의 대원으로 보이는 사람이 스무 명 정도 있어. 모두 우지 기관단총을 갖고 있고. 헬리콥터에 탑승하려는 것 같군."

코빅은 고개를 끄덕여 응답했다.

"한 가지 알아둬야 할 게 있어. 상하이에서는 난리가 났다고. 인민광장에서 폭탄이 터져 여든 명이 넘게 죽은 모양이야. 자세한 상황은 누구도 몰라."

경비병들은 마당 한복판을 향해 코빅을 계속 끌고 갔다. 코빅은 자신의 등을 비추는 햇빛을 느꼈고 자신이 북쪽을 보고 있음을 추측할 수 있었다. 발에서 지독한 통증이 느껴졌지만 무시하려고 애썼다.

"담장의 북쪽에는 계단이 있어. 그리고 그 위에 기다란 널빤지가 있고. 널빤지 끝은 담장 밖으로 뻗어나가 있어. 어젯밤에 계단 옆에 설치한 거야."

치의 말이 끝나기도 전에 코빅은 이런 생각이 들었다.

이런, 씨발.

코빅은 자신이 경비원들에게 묻는 것처럼 보이게 하려고 큰 소리로 말했다.

"추! 어디 있냐?"

"전혀 안 보여. 잠깐만! 남쪽에서 큰 문이 열리고 있어. 추 맞군! 다른 사람들과 마찬가지로 군 장비를 착용하고 있고 자네를 향해 오고 있어."

상대방은 화력과 인원 면에서 우월했다. 우와 조우가 어떤 무기로 무장하고 있건 간에, 우지 기관단총으로 무장한 이곳 경비원들을 제압할 수는 없었다. 코빅은 플랜 B가 필요했다. 그러나 그런 계획을 구상할 시간이 그리 많지 않았다. 그는 이 작전이 자살 임무임을 알고 있었다. 그래서 결과에 대해서는 일부러 많은 생각을 하지 않았다. 코빅은 추를 찾으려 했고 그 목표는 이루어졌다. 코빅은 국경에서 자신의 팀원을 죽인 것이 추인지 확인하는 것은 물론 그 배후에 누가 있는지 알고자 했고 그 목표 역시 이루어졌다. 하지만 이제 코빅은 이 산에서 가장 빠른 방식으로 하산하는 것으로 그 대가를 치러야 할 판이었다. 코빅은 손가락 끝으로 옷소매 속 수제 칼날을 만졌다. 그 칼날은 코빅의 손목에 채워진 차꼬 밑에 끼워져 있었다. 가까이에서 추의 숨소리가 들려왔다. 흥분한 듯 씩씩거리고 있었다. 그는 부하들에게 소리쳤다.

"탑승 전에 작은 여흥을 준비했다. 이걸 보면 날 기분 나쁘게 한 놈이 어떻게 되는지 분명히 알게 될 것이다."

추는 코빅의 눈가리개를 낚아채 벗겼다.

"냄새가 역겹군."

"그게 신경 쓰이면 가까이 오지 말던가."

그러자 추는 코빅의 뺨을 때렸다. 그의 검지에 끼워진 반지가 코빅의 뺨을 긁고 지나갔다. 코빅은 상처에서 피가 흐르는 것을 느꼈다.

"계단을 올라가. 이 똥 같은 놈아."

"네놈이 내 발을 때리지만 않았어도 움직이기 훨씬 수월했을 텐데."

"입 닥쳐! 도대체 언제쯤 상황 파악을 할 거냐?"

"그래, 그래. 옛날식 널빤지 걷기 형이로군. 아마 일상에 싫증이 난 모양이야. 하지만 뭔가 새로운 걸 생각해낼 상상력은 없나 보군."

코빅은 기왕에 죽을 거라면 두려워하지 않는 편이 낫다고 생각했다. 그렇게 되면 추가 더욱 기뻐할 테니까. 추는 자기 부하들을 즐겁게 하기 위해 중국어로 계속 떠들어댔다.

"이 꼴을 보니 자네가 고등학교에서 퇴학당한 것도 놀랄 일은 아니로군. 자네 고추가 연필만 하다는 게 사실인가? 그래서 여자들은 자네만 보면 비웃는 건가?"

코빅은 여러 명의 경비원들이 웃음을 참아가며 놀란 시선을 교환하는 것이 보였다. 코빅의 양손은 아직도 묶여 있었다. 양손에 채워진 두 쇠고랑은 쇠사슬로 이어져 있었다. 코빅의 발목에 채워진 쇠고랑도 마찬가지였다. 코빅은 손에 힘을 주어, 칼날이 쇠고랑에서 빠져나가지 않게 했다. 코빅은 추가 다시 가까이 접근해왔을 때 그걸 쓸 생각이었다.

경비원들은 헬리콥터에 탑승했고 조종사는 엔진에 시동을 걸었다. 코빅의 눈에 치가 보였다. 남쪽 벽의 난간 위로 치의 머리가 보일 듯 말 듯 삐져나와 있었다. 치 옆에는 우도 있었다. 우의 얼굴은 조준경으로 반쯤 가려져 있었다. 코빅은 고개를 저었다. 우 정도의 사격 실력으로도 지금 추를 맞추는 것은 어려웠다. 게다가 만에 하나 빗나가면 추에게 그들의 존재를 광고하는 꼴이 될 것이다.

"계단을 올라 널빤지 위로 가라."

코빅은 움직이려 하지 않았다.

"자네는 성도착증 환자여서 닭하고만 섹스할 수 있다던데, 사실인가?"

그 말을 들은 코빅은 미친 사람처럼 킥킥거렸다.

추가 앞장서서 코빅을 묶은 쇠사슬을 끌어당겨 그를 계단 위로 끌어올렸다. 동쪽에서 거센 바람이 불어왔다. 그 바람이 코빅의 옷을 떠미는 것 같았다. 추는 앞으로 가라고 코빅을 떠밀었다.

"이제 너하고는 끝이다."

"내 생각에 우리 사이는 이제 시작인 것 같은데."

추는 코빅을 세게 걷어찼고 코빅은 널빤지 위에 엎어졌다. 코빅은 이제 난간 밖으로 벗어났다. 그의 아래에는 수천 미터의 허공과 그 허공을 메운 신선한 산속 공기 말고는 아무것도 없었다. 추는 발로 코빅을 밀었다. 코빅은 미친 듯이 칼날을 꺼내려고 했다. 그러나 쇠고랑에 걸려 나오지 않았다. 지금이 아니면 기회는 없었다. 아래에는 낮은 곳에 걸려 있는 구름 조각들이 코빅을 받아들일 준비를 하고 있었다. 갑자기 칼날이 아래로 빠져나왔다. 너무 빨리 튀어나와 코빅은 칼날을 잡지 못했다. 코빅은 절망감에 가득한 시선으로 칼날이 화강암 벽에 부딪친 후, 햇살에 반짝이며 아래로 떨어지는 모습을 보았다.

칼날은 이제 사라졌다.

놀란 추는 아래를 내려다보았다. 코빅은 거기서 새로운 기회를 찾았다. 그는 두 주먹을 위로 뻗어 쇠고랑으로 추의 턱을 때렸다. 그 다음 그의 터진 발이 허락하는 한 온 힘을 다해 추에게 달려들어 그와 함께 아래로 떨어졌다. 추와 함께 죽더라도 그건 상관없었다. 적어도 이 일을 끝낼 수는 있게 될 거라고 확신했다. 그러나 그렇게 되지는 않았다.

추는 난간의 돌 위에 떨어졌고 코빅은 추 위로 떨어졌다. 추는 코빅에게서 빠져나가려 몸을 뒤틀고 발버둥을 쳤다. 그는 밤새도록 고문을 당한 코빅보다 몸 상태가 훨씬 좋았고 금세 코빅을 압도해 그의 몸 위에 올라타 엄지손가락으로 코빅의 눈을 쑤셨다. 코빅은 추와 싸우려 했지만 그의 움직임은 쇠고랑 때문에 자유롭지 못했다. 그때 코빅은 마지막 기회를 찾았다. 코빅은 팔을 길게 뻗어 최대한 높이 들어올렸다. 코빅의 눈에는 이미 아무것도 보이지 않았고, 눈꺼풀로 파고드는 추의 손톱이 느껴졌다. 추가 손가락으로 코빅의 눈을 쑤시는 동안 코빅은 쇠사슬을 휘둘러 추의 목에 감은 다음 남은 힘을 모두 써서 두 주먹을 교차시키고 추를 걷어찼다. 이제 추의 몸은 난간 밖으로 반쯤 밀려났다. 그는 양팔을 버둥거리고 있었다. 코빅은 계단으로 사람들이 달려오는 소리를 들었다. 코빅은 소리쳤다.

"헬리콥터를 해치워!"

코빅은 치가 그 말을 듣고 우에게 전달해주기를 바랐다. 잠시 동안은 아무 일도 일어나지 않았다. 현재 헬리콥터의 약점을 알고 거기에 총알을 꽂아 넣을 수 있는 사람은 우밖에 없었다. 그러다 총성이 울렸고 뒤따라 헬리콥터의 연료탱크가 폭발하면서 엄청난 폭풍이 밀려왔다. 그 폭풍은 추와 코빅을 난간 가장자리로 밀어붙였다. 추는 미끄러졌다. 그는 허둥거리며 뭐라도 붙잡을 것을 찾았다. 코빅은 그를 다시 걷어찼고 추는 떨어졌다. 이제 그는 목에 감긴 쇠사슬에 매달려 있게 되었다. 추의 체중이 쇠사슬을 잡아당겨 목을 조르고 있었다. 그는 몸을 뒤틀면서 손가락으로는 쇠사슬을 긁어대고 다리를 버둥거렸다. 그러나 이제 그가 할 수 있는 일은 없었다. 그리고 코빅이 할 수 있는 일은 충분히 오랫동안 버티는 것뿐이었다. 코빅은 쇠사슬을 한 번 더 잡아당기며 소리쳤다.

"올슨과 다른 해병대원들, 그리고 루이즈의 복수다!"

추의 혀는 마치 입에서 튀어나오려는 듯 빠져나와 있었다. 그의 눈은 경악으로 크게 벌어져 있었다. 그는 뭐라고 말하려 했지만 코빅은 개의치 않았다. 이야기라면 충분히 들었으니까.

추의 몸에서 점점 힘이 빠져나가더니 그의 몸이 힘없이 축 처졌다. 이제 코빅은 오래 버틸 수 없었다. 이대로 추의 몸무게를 계속 지탱하는 건 무리였다. 우가 난간을 따라 코빅에게 달려왔다.

"날 여기서 빼내줘!"

우는 코빅에게서 십여 걸음 정도 떨어진 곳에서 멈춘 다음 소리쳤다.

"고개 숙여요!"

코빅이 고개를 숙이자 우가 총을 쏘았다. 코빅은 총성에 놀랐지만 총탄은 제일을 제대로 해냈다. 쇠사슬이 끊어지자 코빅은 고개를 들었다. 그의 눈에 추의 시신이 담장에 부딪쳐 튕겨나가 아래로 계속 떨어지는 것이 보였다. 추는 떨어지다가 구름 속에 들어가 보이지 않게 되었다.

47

상하이 푸단 대로

아버지 외에 말할 사람은 어디에도 없었다. 한나는 심지어 아버지에게도 자세한 이야기는 하지 않았다. 한나가 이야기를 마치자, 아버지는 아무 말도 하지 않은 채 자신이 들은 이야기를 곱씹고 있었다. 한나는 아버지와 함께 아버지의 서재에 있었다. 방에는 아버지가 마오쩌둥, 덩샤오핑, 참모들과 함께 찍은 사진들, 그리고 아버지가 받은 훈장 등 기념품이 가득했다. 아버지의 애국심은 유형 기간 중에도 전혀 삭지 않았다. 한나는 언제나 자신을 아버지와 비교하면서 평생토록 아버지의 극기심과 관용을 본받고자 했다. 그러나 지금 한나는 그런 고귀한 가치들이 지금의 그녀에게 대체 무슨 소용이 있는지 의문을 던지기 시작했다.

"이런 말씀으로 부담드려서 죄송해요. 하지만 이것 말고는 다른 방법이 없었다는 점을 이해해주셨으면 좋겠어요."

한나는 아버지가 보일 반응에 대비했다. 그녀는 아버지가 비록 힘든 과거를 보내기는 했지만 모범적인 공산주의자로서 중국을 존엄하게 여기고 그 권위를 인정하는 사람이라는 것을 알고 있었다. 대체 아버지는 어떻게 반응할 것인가? 분명 아버지는 이 사건을 정당방위로 받아들일 것이다. 물론 법정에서 그 점을 증명하기란 대단히 힘들다는 것도 한나는 잘 알고 있었다.

놀랍게도 늙은 장군은 희미한 미소를 지었다. 그는 눈썹으로 내려온 흰머리를 쓸어 올렸다.

"매우 창의력 넘치는 방법을 썼다고 말해주고 싶구나. 그리고 그 사람은 분명

불법 의약품을 흡입하던 중이었기 때문에 어떻게든 위신에 금이 갈 게다."

그러나 아버지의 미소는 그것으로 끝이었다.

"사랑하는 슈이야, 하지만 언제나 경고했잖니. 충동에 몸을 맡기다 보면 문제가 생긴다고."

한나는 소리 없이 긴 한숨을 내쉬었다. 예전에도 이런 말을 몇 번이나 들었던가?

"물론 나도 높으신 분들한테 얘기를 해서 너는 상관이 없다는 점을 알릴 거다. 그런 양반들은 이런 불미스러운 일은 조용히 넘어가기를 원하니까. 이런 창피한 일은 국가안전부의 명성에 도움이 되지 않지."

그는 쉰 목소리로 웃었다.

"그리고 네 말에 따르면 그 사람은 발을 헛디뎌 넘어진 것 같구나."

늙은 장군의 눈썹이 올라갔다.

"한동안은 절대 누구의 심기도 건드려서는 안 된다. 돌출 행동을 하다가는 사람들이 널 의심하게 될 거야. 흔히 하는 말로 모자를 푹 뒤집어쓰고 고개를 숙여야 하지."

"하지만 이미 알아버린 건 어떡하죠?"

한나는 광장에서 터진 폭탄과 광장으로 집결하라는 문자메시지에 관한 이야기를 아버지에게 했다.

"애야, 그 문자메시지는 해군사령부에 있던 친구가 그 불쌍한 사람한테 사적으로 보낸 것일 수도 있잖니."

"그 번호는 중국 해군의 공식 내선 번호였어요. 똑같은 문자가 이천 명이 넘는 사람한테 갔다고요!"

이미 장군은 딸의 말을 듣고 있지 않았다. 국가안전부 상하이 지국장의 운명은 뻔했다. 그러나 장군은 해군의 명성에 누를 끼치는 말을 듣고 싶지 않았다. 이 사건으로 인해 국가안전부의 썩은 사과 하나가 드러났다. 그러나 장군은 중국군은 물론 중국의 모든 정부기관에 대해 절대적인 경의를 품고 있었다. 장군은 옹이진 손가락으로 팔걸이를 두들기며 말했다.

"그 일은 묻는 게 가장 좋을 것 같구나. 특히나 요즘처럼 외국과의 긴장이 높아지고, 네 친구 진졔가 귀국한 민감한 시기에는 말이다."

장군은 진졔를 생각하기도 싫다는 듯 고개를 내저었다.

"진졔와의 관계로 인해…… 뭐라고 말해야 할까. 영향이라고 해야 할까. 그래, 아무튼 그 친구 때문에 영향을 받는 것은 너도 원치 않잖니."

장군은 가운을 입고 일어섰다.

"나는 자러 가야겠다. 너도 잠 좀 자렴. 더 자세한 이야기는 내일 아침에 하자꾸나. 그때가 되면 조금은 시각이 달라질 거라고 생각한다."

장군은 몸을 굽혀 딸의 이마에 키스를 하고는 천천히 방을 나갔다. 그녀는 아버지의 뒷모습을 보았다. 한나는 평생 동안 아버지를 지혜의 샘으로 여기고 존경했다. 그러나 아버지는 이제 그녀의 말도 듣지 않고, 그가 사랑하는 중국의 앞길에 무엇이 있는지도 보지 못했다.

한나는 방으로 가서 침대에 누웠다. 도대체 이 일의 배후에는 뭐가 있을까? 한나의 눈앞에서 수많은 젊은이들이 죽거나 중상을 입었다. 마치 중국이 무너지는 것처럼 느껴졌지만 그 이유는 알 수 없었다. 그러자 무서운 생각이 들었다. 지국장도 아버지처럼 그녀의 걱정에 귀를 기울이지 않았다. 왜, 무엇 때문에 이들은 모두 내 말을 듣지 않는 것일까?

한나는 다시 코빅을 생각했다. 코빅의 이야기는 아버지에게 한 적이 없었다. 코빅을 풀어준 것은 아버지가 말씀하신 충동적인 행동의 전형적 사례라 할 만했다. 어찌되었건, 지금 그런 것은 그리 중요치 않았다. 코빅은 한나가 보낸 문자에 답을 하지 않았다. 코빅의 목소리를 다시 듣게 된다면 놀랄지도 모른다. 사실 지금은 그것도 별로 중요치 않았다. 한나의 장래가 위기에 처해 있었기 때문이다. 한나는 진졔와 통화를 하고 싶었다. 그가 무사한지 알고 싶었기 때문이다. 그녀는 휴대전화를 꺼내 모든 부재중 전화와 문자메시지를 살피기 시작했다.

이런 세상에.

코빅으로부터 전화가 와 있었다.

48

남중국해, USS 발키리

개리슨 대령은 자신을 둘러싼 거대하고 시커먼 바다를 응시했다. 고향을 떠나와 하늘과 바다에 둘러싸인 거대한 강철 도시 속에 갇혀 몇 개월이고 살아간다는 것은 견디기 힘든 일이었다. 그는 엄청난 대가를 지불했는데도 왜 이 일을 계속하고 있는지 새삼 자문했다. 분명 그는 조국을 위해 군복무를 하고 싶었다. 타인의 모범이 되는 군인, 아니 더 나아가 영웅적인 군인이 되고 싶었다. 그러나 군복무가 그의 삶에 가져다준 것은 개리슨이 원하던 것과는 정반대의 가혹한 운명이었다. 개리슨은 결혼 생활이 끝장난 이유가 군복무 때문임을 알고 있었다. 아들이 죽은 것도 마찬가지였다. 토미는 아버지와 가까이 있으려고 해군에 입대했다고 말했다. 하지만 토미는 불과 열아홉의 나이로 아프가니스탄에서 죽고 말았다. 아내는 단 한 번도 개리슨에게 직접 말하지는 않았지만, 언제나 비난의 시선을 던졌다. 올슨과 그의 팀원들의 죽음, 그리고 코빅과의 통화는 그 끔찍한 기억을 헤집어놓았다. 그리고 코빅은 지금 위성전화로 더 끔찍한 이야기를 늘어놓고 있었다.

그래도 지금은 뭔가가 달랐다. 그는 어느 샌가 자신의 판단력 대신 코빅의 모든 말을 믿고 있었다.

개리슨은 창 웨이 제독과 두 번밖에 만난 적이 없었다. 첫 번째는 미-중 연합 기동훈련 때였다. 그 훈련은 해군과는 전혀 상관없이, 정치가들끼리 모든 것을 결정해 이루어진 무의미한 훈련이었다. 그때 창 웨이 제독은 미군에게 예의를 표했지만, 훈련 자체에는 냉담했다. 그의 표정에서는 훈련에 대한 경멸감마

저 배어나오고 있었다. 두 번째로 창 웨이를 만난 곳은 남중국해에서의 해적 소탕작전을 모색하던 유익한 자리였다. 거기서 개리슨은 창 제독이 매우 짜증나는 인물로 변한 것을 알았다. 마치 이전에 가까스로 숨겨오던 그의 오만한 본성이 터져 나온 것 같았다. 그는 중국 본토와 매우 가까운 해역에서 미군이 치안유지 활동을 하는 것에 반대했다. 그런 태도야말로 그의 변화를 가장 명백하게 드러내고 있었다. 개리슨도 주어진 명령이 좋건 싫건 상관없이 따라야 했던 적이 많았다. 그것도 분명 군생활의 일면이었다. 군인들이 복종하지 않으면 군대라는 체계는 무너지기 때문이었다. 창 제독은 미국과 중국 간의 협력이라는 큰 틀 속에서 자신의 역할을 맡아 움직였다. 그러나 개리슨은 창 제독이 내심 양국 간의 협력을 전혀 바라지 않으며, 다른 이념을 따라 움직이고 있다는 인상을 항상 받았다. 함교에서는 텅 비어 있는 것 같은 바다였지만, 그 수평선 너머에는 중국 해군, 즉 창 제독의 군대가 자신의 일거수일투족을 감시하고 있다는 것을 개리슨은 너무나도 잘 알고 있었다. 물론 개리슨 역시 중국 해군을 감시하고 있지만. 개리슨 대령은 창 제독의 함대 배치를 보고 뭔가가 거슬렸다. 그리고 상하이에서는 소요가 일어났다. 개리슨 대령에게 두 가지는 전혀 상관없는 일이었다. 코빅이 그 사이의 연관성을 밝혀내기 전까지는.

"아직 듣고 계십니까, 대령님?"

"생각 중이네."

"이게 뭘 의미하는지 알고 계십니까?"

코빅의 목소리는 다급해졌다.

"당연히 알고 있지. 목소리를 들어보니 무척 힘든 것 같군. 퇴각을 원하나?"

"퇴각이라…… 생각은 굴뚝같지만 아직은 때가 아닙니다, 대령님. 여기서 해야 할 일이 있거든요."

"그러면 내가 뭘 해주면 좋겠나?"

"국방부에 창 제독을 주의하라고 말씀해주십시오."

"CIA에, 그러니까 커틀러에게는 알렸나?"

"상하이에 도착할 때까지는 알리지 않을 겁니다. 그 사람과는 대면해서 말하고 싶습니다. 이 일은 커틀러 지국장을 매우 당혹스럽게 만들 겁니다. 자신이 창의 술수에 놀아났다는 것을 인정해야 하니까요. 국방부에 말씀하실 때는 절대 저에 관한 이야기는 하지 마십시오. 제 위장이 벗겨져서는 안 되니까요."

"그 산에서는 무슨 수로 내려올 텐가?"

"지금 방법을 강구 중에 있습니다."

코빅의 말과 함께 총성이 섞여 들려오는 것 같았다.

"공격당하고 있나?"

"그렇다고 볼 수 있죠."

"코빅, 몸조심하게. 자네가 말한 것 중에 일부라도 사실이라면……."

"제가 말씀드린 건 모조리 사실입니다, 대령님."

그리고 전화는 끊어졌다.

49

황산 산맥

코빅은 위성전화를 배낭 안에 던져 넣었다. 잠시 후 케이블카가 거칠게 흔들리며 멈췄다.

"존나 대단하군."

이번만큼은 욕이 아니었다. 조우가 보조 배터리 전력을 찾아냈다. 그 전력은 주전원이 꺼졌을 때 케이블카를 운행시키는 용도였다. 그리고 이 시설의 주전원은 치가 이미 꺼놓았다. 그는 이 시설 전체의 전기를 차단시켰고, 이곳의 지하실은 완벽한 어둠 속에 빠져들었다. 그리고 치높 이 시설의 보조전원도 차단시키는 훌륭한 솜씨를 보였다. 이제 이곳은 문자 그대로 죽은 거나 다름없었다. 이곳에서 유일하게 움직이는 것은 현재 이 케이블카뿐이었다.

헬리콥터의 폭발로 인해 추의 부하들 중 다수가 몰살당했고, 더 많은 사람들이 정신을 차리지 못하게 되었다. 생존자들은 적군이 더 많이 몰려올 거라고 생각해 지하로 숨어들었다. 그 덕분에 코빅과 그의 동료들은 반격을 거의 받지 않고 탈출 계획을 짤 수 있었다. 조우가 보안 장치를 무력화한 덕분에, 소수의 낙오자들은 건물 안에 발이 묶여버렸다. 코빅은 깨달았다. 그의 팀이 모든 일들을 아주 잘해줬다는 것을 말이다. 그러나 이제 그들은 지상에서 수천 미터 상공의 작은 케이블카 안에 갇혀 꼼짝 못하게 된 상황이었다.

결국 우가 입을 열었다.

"그럼, 이제 우리는 뭘 해야 하죠?"

코빅을 보는 팀원들의 분위기가 달라졌다. 그의 몸 상태 때문이었다. 코빅은 전신에 채찍과 주먹으로 구타를 당했다. 흠씬 두들겨 맞은 코빅의 발바닥은 피딱지로 도배가 되어 있었다. 그리고 추에게 글록 권총 손잡이로 얻어맞은 것 때문에 치아도 몇 개 부러졌다. 코빅은 옆을 돌아보았다. 부러진 치아가 그 동작 때문에 더 아파왔다.

"저 로프 보이나?"

케이블카 한쪽에는 꽤 큰 로프 뭉치가 있었다. 엄청나게 길어 보이기는 했지만 정확한 길이는 알 수 없었다. 코빅은 낙관적으로 말했다.

"저 로프의 길이를 한번 재보자. 저게 지상까지 닿으면 저걸 타고 패스트 로핑을 하면 되잖아."

"장갑도 없이요?"

"우리 옷을 벗어서 쓰면 돼."

그 말을 들은 다른 사람들은 코빅이 걸친 누더기가 되어버린 옷에 시선을 주지 않으려 했다.

"로프가 지면에 닿지 않으면요?"

"이곳의 숲은 상당히 울창하군. 패스트 로핑한 다음 기도해야지."

우가 제일 먼저 앞장섰다. 그는 여기 있는 사람 중 패스트 로핑 방법을 배운 유일한 사람이었다. 조우도 우의 뒤를 따랐다. 이번 임무를 하면서 그는 그동안 익숙했던 고도 감각을 뛰어넘는 경험을 여러 차례 해야 했다. 그는 다소 불안해하기는 했지만 곧 불안을 극복했다.

"둘 중 하나야. 시도해보든가, 아니면 여기 남아서 전원이 복구될 때까지 기다리든가. 하지만 후자의 경우 살아남을 거라는 보장은 못하겠군."

치는 잠시 동안 생각에 잠겼다. 그도 로프에 자신의 생명을 거는 것 외에는 다른 방법이 없다는 것을 깨달았다. 그의 얼굴은 두려움으로 흘린 진땀이 가득했지만, 자기 연민에 빠질 시간은 없었다. 아니, 엄밀히 말해 지금은 그 무엇도 할 시간이 없었다. 결국 그는 양발 사이에 로프를 꽉 끼우고 아주 멋지게 해냈다. 그의 체중이 가벼운 덕분이었다. 코빅은 치가 나뭇잎 사이로 사라지는 것을 보았다. 코빅은 마치 배의 선장처럼 맨 마지막에 탈출하겠다고 고집했다.

치가 무사히 빠져나가자 코빅은 셔츠로 손을 묶었다. 나가려고 준비하던 그의 머리를 뭔가가 거세게 강타했다. 그게 뭔지는 몰랐지만 코빅은 쓰러져 잠시 동안 정신을 잃었다. 깨어난 코빅은 이마에 총알이 스친 것을 알았다. 이마의 총상으로 그의 눈에 피가 흘러들고 있었다. 그러나 케이블카가 움직이고 있었다. 전력이 복구된 것이다. 케이블카는 내려가는 것이 아니라 올라가고 있었고, 누군가가 코빅을 향해 총을 쏴대고 있었다.

또 다른 총알이 케이블카에 맞고 팅 소리를 냈다. 코빅은 지금 당장 케이블카에서 내려야 했다. 하지만 케이블카는 다른 팀원들이 패스트 로핑했던 고도에서 적어도 150미터는 더 올라가 있었다. 아무튼 이제까지 살아남은 그였다. 그리고 절대로 산으로 돌아가기는 싫었다. 이제 다른 방법은 없었다. 그는 로프를 잡고 허공에 몸을 날렸다. 로프는 얼마 못 가 손에 묶은 셔츠 자락을 갉아먹기 시작했고, 코빅은 발로 로프를 제대로 붙들지도 못했다. 그는 로프를 잡은 채 계속 내려갔다. 로프가 손바닥을 달구는 동안 바람은 코빅의 상처를 식히고 통증을 누그러뜨려 주었다. 울창한 나무 숲 위로 떨어지는 코빅의 몸을 또 한 발의 총탄이 스쳐 지나갔다. 그의 눈앞이 또다시 새카매졌다.

50

그는 위험한 상황에서도 언제나 아슬아슬하게 사신(死神)을 피해갔다.

코빅은 여러 차례 그런 소리를 들었다. 레바논에서 그는 부비트랩이 설치된 방의 바로 옆방을 수색했다. 이라크에서는 험비 운전석 바로 뒷자리에 탔다가 운전사가 총을 맞는 것을 보았다. 아프가니스탄에서도 머물던 기지가 자살 폭탄 테러범의 공격을 받았지만, 코빅이 있던 곳은 무사했다.

그리고 지금 코빅은 로프를 놓치고 지면으로 자유낙하를 했지만, 얽히고설킨 나뭇가지 위로 떨어진 덕분에, 깊고 좁은 호수 수면 위에 안전하게 착수했다. 종교를 믿는 사람이었다면 지난밤부터 시작된 고난에서 그를 건져내신 신의 섭리라고 말했을 것이다.

흠뻑 젖어 추웠지만 추락으로 인한 부상은 없었다. 코빅은 주변의 고요한 삼림지대를 돌아보았다. 인간에게 훼손되지 않은 세계의 한구석이었다. 아마도 코빅은 누군가의 가호를 받고 있는 것이 틀림없었다. 코빅은 행복감에 가득 찼다. 그는 인간의 도전을 허용치 않는 산에 올라갔다가 멀쩡하게 살아 돌아왔다. 그리고 원하던 목적도 달성했다. 호수의 물은 코빅의 상처를 시원하게 식혀주었다. 그러나 호숫가로 헤엄치면서 코빅은 더 이상 낭비할 시간이 없음을 알았다. 상황은 더욱더 빠르게 돌아가고 있었다. 추를 저지하는 데는 성공했다. 그러나 창은 아직 막지 못했다. 내버려두면 세계 질서가 위험해질 것이다.

코빅은 배낭에서 위성전화를 꺼냈다. 코빅은 신이 계시다면 위성전화가 멀쩡하게 작동하게 해달라고 기도했다.

51

국가안전부 상하이 지국

한나는 골프공의 지하 복도를 빠르게 움직였다. 한나는 이곳이 그 어느 때보다도 낯설게 느껴졌다. 자신이 마치 침입자라도 된 느낌이었다. 사람들이 한나를 바라보았다. 한나는 그런 시선에 익숙했다. 국가안전부 내의 몇 안 되는 여자 중 하나였기 때문이다. 게다가 오늘은 그녀의 얼굴이 폭탄 폭발로 다쳤고, 그 상처를 전혀 가리지 않았기에 더욱 시선이 갈 수밖에 없었다. 한나는 자신이 폭발 현장에 있었음을 사람들이 알아주기를 바랐다. 그리고 다른 사람들과는 달리 자신이 현장에 있었다는 데서 묘한 우월감을 느꼈다. 현재까지 누구도 지국장 이야기를 하지 않았다. 예상한 대로였다. 지국장은 무척이나 창피한 상황에서 죽음을 맞이했기에 그의 사망은 엄중히 비밀로 다뤄질 수밖에 없었다. 하지만 한나는 얼마나 더 오래 버틸 수 있을까? 물론 한나가 지국장을 가격하는 것을 본 사람은 없었다. 그러나 지국장의 경호원들은 한나에게서 매우 가까운 곳에 있었고, 한나가 지국장과 같은 방에 있었다는 것도 알고 있었다. 그러면 의혹이 제기될 것이다. 설령 의혹을 규명할 방법이 없다 치더라도, 미국에서 교육받은 여자라는 이유로 이 광기의 시대에 완벽한 희생양으로 전락할 가능성이 높았다. 하지만 지금 휴대전화를 귀에 대고 주차장으로 가고 있는 한나의 머릿속에 이 모든 생각은 일단 치워지고 없었다. 분명히 코빅은 뭔가 잘못 알고 있었다.

"창 웨이 제독은 우리나라의 가장 위대한 군인이라고. 그분은 공산당을 위해 철저히 헌신하셨고, 그 때문에 많은 이들에게 존경받고 있어."

"헌신? 대체 여태까지 뭘 위해서 헌신했다는 거야?"

"그런 무례한 표현은 삼가는 게 좋아. 그분은 우리 아버지의 오래된 친구시라고."

"그래? 중국 어르신들의 친구 고르는 안목은 도저히 못 따라가겠군."

"게다가 창 웨이 제독은 부패를 싫어하는 모든 사람들의 귀감이 되는 분이야."

"그래. 그러면 이것도 알아둬. 창은 당신 친구 진제를 중국이 가고 있다는 잘못된 방향의 표본과도 같은 인물로 여기고 있어. 그는 진제에 대한 혐오감을 숨기지 않았다고. 그러니 만약 창 제독이 이 나라를 잘못된 길에서 벗어나게 할 작정이라면, 진제부터 죽이려 들 거야. 추는 창이 꾸민 더러운 일을 주로 맡아해주는 사람으로 드러났고. 그리고 추가 죽었다고 해서 창이 지구정복 야망을 포기할 리는 없지."

한나는 통행증을 카드리더기에 때려 박듯이 갖다 대고, 열리는 이중문 사이로 지나갔다. 모든 인민의 영웅 창 웨이가 어떻게 그런 짓을? 아버지는 이 일에 대해 아무것도 모르셨단 말인가? 그래서 내 말을 못 들은 척하신 건가?

"한나, 듣고 있어? 나도 국가안전부가 듣고 싶은 말만 듣는 곳인 줄은 알아. 하지만 당신은 그보다는 나은 사람일 거라고 생각해. 설마 당신도 승진을 위해서라면 윗사람 고추라도 기꺼이 빨아주는 그런 사람이었단 말인가?"

불쾌한 한나는 전화기를 귀에서 멀리했다. 하지만 전화를 끊지는 않았다. 그녀는 코빅의 주장이 도무지 믿기지 않았다. 그러나 작지만 매우 중요한 사실 한 가지가 있었다. 문제의 문자메시지는 다름 아닌 해군 관료기구에서 보냈다는 사실이었다. 한나는 코빅의 말을 통해 자신의 생각이 틀리지 않았음을 알았다. 게다가 진제, 그리고 전화기에 대고 떠드는 이 무례한 미국인 말고는 이제 한나의 편은 없었다.

"뭐, 아무튼 나를 여기서 빼내줄 수 있나? 추의 살아남은 부하들이 우리를 찾아 숲 속을 뒤지고 있거든."

"일단은 숨어. 머물고 있는 장소를 문자메시지로 알려준 다음 6시간만 기다려줘."

한나는 전화를 끊고 자동차 리모컨을 꺼냈다.

52

남중국해, USS 발키리

함실 안에는 베일 통신병과 개리슨 대령 두 사람밖에 없었다. 개리슨 대령은 젊은 통신병을 뚫어져라 보았다.

"지금부터 할 일은 이 방을 나선 순간 잊어라. 바깥의 누구에게도 알려서는 안 된다. 절대로."

베일은 힘차게 고개를 끄덕였다. 그의 눈은 흥분으로 빛났다. 베일은 입대했을 때 기대를 적게 하고, 시키는 것만 하고, 인정을 바라지 말라는 말을 들었다. 발키리 호의 통신장은 베일에게 질문이 너무 많다며 여러 차례 꾸짖었다. 그리고 베일은 감히 개리슨 대령에게 직접 말을 걸려고 하다가 큰일 날 뻔한 적도 있었다. 그러나 그 덕분에 베일이 얻어낸 것을 보라. 통신장은 베일이 특별 프로젝트에 몰두할 수 있도록 그를 혼자 내버려두라는 엄중한 지시까지 받았다. 개리슨은 이 프로젝트에 '아마추어'라는 암호명도 부여했다.

책상 위에는 커다란 중국 본토 지도가 펼쳐져 있었다.

"좋아. 베일, 시작하게."

"함장님. 원하신다면 가지고 계신 랩톱에 입력해 드릴 수도 있습니다."

"그냥 여기다 연필로 그려주게."

"알겠습니다."

베일은 지도 위에 몸을 숙이고 개리슨이 준 평행자를 그 위에 올려놓았다. 그 평행자는 개리슨의 조부가 항해할 때부터 사용해온, 개리슨 집안의 가보였다. 우선 그는 그 평행자를 사용해 자신이 발견한 최초의 '잡신호' 발신지와 수신지

사이를 잇는 선을 그렸다. 발신지는 중국−북한 국경이었고 수신지는 상하이 서쪽의 산속이었다. 개리슨은 그게 왜 중요한지 몰랐다. 그가 아는 것이라고는 그 발신지와 수신지가 해병대원들이 전멸당한 곳, 그리고 코빅이 전화를 걸어온 추의 산속 은신처와 딱 맞아떨어진다는 것뿐이었다. 그는 처음에 이 사실을 어서 워싱턴에 알려야겠다고 생각했다. 그러나 어떤 본능이 그 생각을 막았다. 워싱턴에 알리면 CIA도 알게 될 테고, 개리슨이 무슨 수를 쓰건 간에 CIA는 이를 탐탁지 않게 여길 것이다. 만약 코빅의 주장이 옳다면 창이 덫을 놓은 셈이 된다. CIA 본부에서는 개리슨의 이야기를 왜곡하거나 묻어버리려 할 것이다. 그는 베일이 좀 더 많은 정보를 알려줬으면 싶었다.

"함장님, 아시다시피 이 메시지는 NSA에서 해독하지 않으면 그 내용을 알 방법이 없습니다. 그리고 함장님께서는 이 메시지를 NSA로 보내지 말라고 엄중하게 명령하셨고요."

"지금은 그런 건 신경 쓰지 말고, 전파의 종착지나 신경 쓰자고. 이 메시지는 또 어디로 발신되었나?"

베일은 적어온 메모지를 꺼내 살펴보고는 또 다른 선을 그렸다.

"상하이 서쪽의 산악지대에서 전파가 발신되어 잔장에서 수신되었습니다."

"잔장이라면 중국 해군 남해함대의 기지잖나."

"예, 그렇습니다."

"어디로 갔는지 좀 더 자세히 집어줄 수 있나? 잔장 기지는 아주 크다네."

"예. 두 번의 전파가 5분의 간격을 두고 발신되었습니다. 첫 번째 전파는 육상에서……."

"그새 수신처가 바뀌었단 말인가?"

베일은 고개를 끄덕이며 설명을 이어나갔다.

"두 번째 전파는 해상에서 수신되었습니다."

"그럼 질문 하나 하겠네. 이런 전파를 발신하는 장치의 크기는 어느 정도인가?"

"그것까지는 잘 모르겠습니다."

개리슨은 미소를 지었다.

"자네의 의견을 묻는 거야. 솔직하게 말해주게."

"랩톱 정도의 작은 기기로도 가능합니다."

"그렇다면 이 기기는 휴대형일 수 있겠군. 사람이 들고 다닐 수도 있겠나?"

베일은 쉽게 추측하지 않으려 했으나 개리슨은 계속 재촉했다.

베일은 고개를 끄덕였다.

"예, 그럴 수 있다고 생각합니다."

"좋아. 그리고 또 어디에서 이런 전파가 나왔나?"

베일은 커다란 잔장 시내 지도를 폈다.

"저는 잔장에서 전파 세 건이 나오는 것을 포착했습니다."

"도시 안으로 들어간 건가?"

"아닙니다. 잔장 시 밖으로 발신된 겁니다. 그리고 세 건 모두 발신지가 다릅니다."

베일은 다시 메모지를 본 다음 조심스럽게 작은 십자가 세 개를 그렸다.

개리슨은 지도 위에 몸을 기울였다. 첫 번째 십자가의 위치는 그도 아는 곳이었다. 해군사령부였다. 두 번째 십자가의 위치는 그가 모르는 곳이었다. 그러나 세 번째는…… 개리슨은 얼굴에서 피가 확 빠져나가는 것을 느꼈다. 개리슨은 베일이 눈치채지 못하게 시선을 돌리고, 목소리의 톤을 유지하려 애를 썼다.

"그래. 이 좌표들은 이중 확인했나?"

개리슨은 베일에게 고개를 돌리고 무서운 눈빛으로 쏘아봤다.

"베일, 이 건에 대해서는 다른 누구에게도 알려서는 안 된다. 작업 완료되는 즉시 내게 직접 보고하게. 밤이건 낮이건 상관없어."

"네, 알겠습니다."

베일은 경례를 한 후 함실을 나갔다.

방문이 닫혔다. 개리슨은 함실 안에 홀로 남았다. 그의 관자놀이 속 혈관에 피가 고동치며 몰려오는 소리가 들렸다.

53

항루이 고속도로

도로는 비로 미끄러웠지만, 한나는 미친 듯이 빠른 속도로 차를 몰고 있었다. 가급적 빨리 코빅을 구출하려는 목적도 있었지만, 상하이의 숨 막힐 듯한 공기에서 벗어나고 싶은 마음이 굴뚝같았다. 서두르지 않으면 그 공기에 사로잡혀 질식사할 것만 같았으니까. 한나를 도로의 지배자로 만들어준 메르세데스의 엄청난 힘에는 흐뭇하기까지 한 뭔가가 있었다. 와이퍼는 마치 느리게 움직이는 차들을 옆으로 밀어버리려는 듯이 빠르게 움직이며 들이치는 비를 닦아주었다. 전조등까지 켜자 그녀를 막을 상대는 이제 없었다. 한나는 이로써 자신의 운명을 스스로 개척하고 있다는 느낌을 어느 정도 되찾았다. 게다가 조국을 위해서라는 명분만 있다면 이렇게 정신병자처럼 운전해도 누구도 막지 않았다.

한나는 아직도 코빅이 어떻게 되어먹은 사람인지 알지 못했다. 코빅은 분명 중국에는 없는 종류의 사람이었다. 그는 서부극에서 바로 튀어나온 듯한 사람이었다. 고독하게 나아가며 그 길의 모든 것을 불태우고, 법을 조롱하고, 친구보다는 적을 더 많이 만들어내는 그런 유형의 인물이었다. 코빅이 나타난 후 한나의 삶은 완전히 바뀌어버렸다. 한나는 예전에는 자신이 할 수 있을 거라 상상도 하지 못했던 일들을 해냈다. 코빅은 아버지와는 닮은 점이 전혀 없는 인물이었다. 그리고 한나의 삶에서 또 한 명의 중요한 남자인 진계와는 완전히 반대되는 사람이었다. 진계는 선구자였고, 신념으로 가득했으며 그가 만나는 모든 사람들에게서 좋은 부분을 찾아내는 사람이었다. 한나는 자신의 마음속에 코빅이 아무도 모르게 자리 잡은 것을 알고 놀랐다. 마치 코빅은 한나가 입은 신중함과 예의라는 갑옷 속에 반항심이라는 알맹이가 있는 것을 알고, 그곳으로 파고든 것 같았다. 그리고 코빅은 한나의 그런 부분을 밖으로 꺼내놓기까지 했다. 이제 생각은 한나 자신에게로 향했다. 지국장이 치근덕거릴 때 한나는 대처할 방법을 필사적으로 강구하면서, 코빅이라면 어떻게 했을까 하고 자문했다. 한나는 코빅과 이야기를 하고 싶었다.

한나가 추월한 BMW가 쫓아왔다. 운전자는 여자한테 추월당한 것에 화가 난 게 분명했다. 한나는 액셀러레이터 페달을 더욱 세게 밟았다. 과급기의 작동 소리가 들려왔다. 속도계가 시속 200킬로미터를 넘자 백미러 속의 BMW는 작아졌다.

그녀와 코빅은 여러 모로 유사한 상황에 처해 있었다. 원래 소속되어 있던 조직에서 쫓겨난 낭인 신세였고, 상관들이 모른 척하거나, 적극적으로 막으려는 진실을 찾아 헤매고 있었다. 하지만 아직도 한나는 걱정스러웠다. 코빅은 똑똑한 사람이었다. 어쩌면 타인을 이용하는 재주가 매우 뛰어난 사기꾼일 수도 있다. 게다가 코빅은 예전에 했던 일을 다시 할 수 있기를 바라고 있었다. 어쩌면 뭔가 수상한 목적을 위해 한나를 이용하려는 것이 아닐까?

게다가 창 웨이 제독에 대한 코빅의 주장도 의심스러웠다. 창 웨이 제독은 살아 있는 전설이었다. 그를 존경하지 않는 사람은 없었다. 게다가 그는 아버지의 매우 절친한 친구였다. 한나는 코빅이 했던 주장에 대해 진제에게 이야기하는 것은 코빅을 직접 대면한 후로 미루려고 했다. 그러나 상하이에서 점점 멀어질수록 그게 과연 현명한 생각인지 의심스러워지기 시작했다. 한나는 자동차 내부에 설치된 컴퓨터에서 전화 기능을 선택한 후, 진제의 단축번호를 눌렀다.

"한나! 무슨 일로 전화를 다 했어? 너무 반갑잖아."

진제는 언제나 활기가 넘쳤다. 반대자들로부터 어떤 말을 들어도 전혀 침울해하지 않았다. 하지만 앞으로는 말로만 끝나지 않을지도 모른다. 한나는 코빅이 했던 말을 진제에게 그대로 전해주었다.

"조심해야 해. 아는 사람 중에 믿을 수 있는 사람으로 경호팀을 구성하라고."

진졔는 웃었다.

"그렇게까지 걱정할 필요는 없어. 진보에는 당연히 반발이 따르기 마련이야. 충분히 예상했던 일이잖아."

"창 제독은 널 제거하려 하고 있어. 믿을 만한 출처에서 나온 정보라고."

그 정보가 고작 하룻밤 같이 지낸 무례한 미국인에게서 나왔다는 얘기는 하지 않았다.

"알았어. 잘 때 현관문 잘 잠그고 커튼 내려놓을게. 그러니 걱정은 말아줘. 전화 끊어야겠다. 강의 시간이야."

진졔는 전화를 끊었다. 한나는 화가 나서 숨을 씩씩거렸다. 왜 아무도 내 말을 진지하게 받아들이지 않지? 왜 누구도 상황이 어떻게 돌아가는지 관심을 갖지 않는 거지?

54

황산 산맥

코빅은 케이블카가 매달린 와이어를 따라, 천천히 숲 속에서 길을 찾아가고 있었다. 그 와이어만 따라가면 반드시 먼저 떨어진 다른 팀원들과 만날 수 있을 것이다. 덤불은 무성하게 자라 있었고 발은 비를 맞아 늪처럼 된 땅속에 푹푹 빠졌다. 머리 위의 울창한 나무들 사이로는 그리 많은 빛이 들어오지 않았다. 그리고 숲 속은 신기한 야생동물들이 내는 기묘한 소리들로 가득 차 있었다. 추가 한 일 중에도 잘한 일은 한 가지 있었다. 그가 살던 산 주변과 숲에 인간의 손길 거의 닿지 않게 했으니 말이다.

코빅의 몸은 아직도 지독하게 아팠다. 그러나 그 높이에서 자유낙하를 하고도 살아남은 덕택에 그는 힘을 얻었다. 그리고 추에게 복수했다는 잔인한 만족감도 느끼고 있었다. 그는 앞으로 터벅터벅 걸어 나갔다. 다른 사람들은 코빅보다는 상태가 양호했다.

그가 제일 먼저 발견한 사람은 조우였다. 정신을 간신히 차린 그는 쓰러진 나무 위에 앉아서 주변을 경계하고 있었다. 조우와 함께 있던 치는 나뭇잎 뒤에서 잠을 자고 있었다. 조우는 낙하 충격으로 몸이 얼어붙어, 태아 같은 자세로 쓰러져 있던 치를 발견해냈다. 조우가 시간을 들여 치가 아직 살아 있고 다친 곳이 없다는 것을 알아냈기에 망정이지, 그렇지 않았다면 죽은 것으로 판단하고 가버릴 뻔했다. 치는 몸무게가 가벼웠고, 또 약간의 행운도 따라줘서 부상 없이 착지할 수 있었다. 오히려 뛰어난 좀도둑에다가 높은 곳에서 뛰어내려 본 경험이 풍부한 조우가 다리를 분질렀다. 그럼에도 불구하고 조우는 살아남았다는 기쁨을 주체할 수 없었다. 코빅은 치를 흔들어 깨웠다. 치는 고개를 들어 안도감과 두려움이 섞인 눈빛으로 코빅을 보았다.

코빅은 그의 마음을 잘 알고 있었다.

"큰 고비는 넘겼어, 확실히. 정말 잘해주었어. 좀 쉬라고."

치눈 눈꺼풀을 닫고 다시 잠에 빠져들었다.

"우는 어디 있나?"

우는 현재까지 실종 상태였다. 그들은 산에 오를 때 휴대전화 배터리를 모두 빼놓았다. 아마도 우는 휴대전화 배터리를 재결합하는 것을 잊었는지도 모른다. 코빅은 그가 그런 기본적인 것을 잊을 리 없다고 생각했지만 어쩌면 그는 어딘가에 의식을 잃은 채 쓰러져 있을지도 모른다. 비는 갈수록 거세졌다. 모두가 흠뻑 젖었고 정신은 멍했으며 배가 고팠다. 코빅은 자신들의 위치를 한나에게 문자메시지로 알렸다. 지금은 우를 찾기보다는 한나를 기다리는 편이 더 나았다.

"잠 좀 자두라고. 경계근무는 내가 하지."

조우는 바로 깊은 잠에 빠져들었다. 코빅은 잠자는 동료들을 보았다. 그들은 지난 48시간 동안 줄곧 능력의 한계에 도전하며, 코빅과 그의 말도 안 되는 목적을 위해 목숨을 걸어왔다. 이제 그들을 되돌려 보내는 것은 코빅의 몫이었다. 상하이의 상황은 불안할 것이다. 그러나 적어도 그곳은 이들의 삶의 터전이었다. 상하이에 가면 숨을 수 있다. 지금쯤이면 산에서는 이들의 탈출에 대해 다른 곳에도 알렸을 것이다. 그러나 추가 죽은 지금, 누가 이들을 추적하는 데 신경을 쓰겠는가? 5미터 떨어진 곳에는 깊은 덤불 속 좁은 오솔길이 있었다. 그 길은 쓰러진 나무와 평행하게 뻗어 있었다. 코빅은 그 길을 눈으로 쫓았다. 그리고 쉬지 않고 주변을 살폈다. 적에게 기습을 당하지 않기 위해서였다.

어쩔 수 없었다. 그는 지난 36시간 동안 잠을 자지 못했다. 한자리에서 제자리 뛰기를 해야만 먼저 잠에 빠져 든 다른 두 사람처럼 잠들지 않을 수 있었다. 하지만 결국 코빅도 깊은 잠에 빠져들었다. 그는 불과 15분밖에 자지 않았지만, 수색대가 물샐틈없는 포위망을 구성하고 그들을 찔러 깨우기에는 충분한 시간이었다. 상대는 다섯이었고, 모두가 총을 소지하고 있었다. 그리고 그들에게서 도망칠 현실적인 방법은 없었다.

55

그들은 총구를 내리고 코빅을 잠시 동안 바라보았다. 그들은 모두 어리고 미숙해 보였다. 상대가 어리고 미숙해서 좋은 점은 하나도 없다. 너무 어리면 신경과민으로 인해 쓸데없이 방아쇠를 당기기 일쑤였다. 그리고 그들 중 평정을 유지하고 있는 사람은 단 한 명도 없었다. 이들의 두목은 지금 산자락 어디쯤에 쓰러져 죽어 있을 것이었다. 아마 대가리는 박살이 났을 테고, 남은 몸뚱이도 그리 좋은 상태는 아닐 것이다.

그러다가 결국 그들 중 우두머리로 보이는 제일 키 큰 녀석이 중국어로 중얼거렸다.

"꼬락서니가 엉망이로군. 이놈이 틀림없어. 이걸로 끝이야."

코빅은 천천히 손을 들었다. 코빅은 자신이 항복하면, 불과 몇 미터 떨어진 곳에서 자고 있는 두 사람과 우를 찾지 않기를 바랐다. 그러나 그 바람은 그의 침묵을 통해 다 드러나 버렸다.

대장은 코빅을 쿡 찔러 일으켜 세웠다. 코빅은 신중하게 몸을 일으켰다. 그들은 그의 몸을 수색하고 가방을 빼앗았다. 그 가방 안에는 위성전화기가 들어 있었다. 그들이 위성전화기를 부수지만 않는다면, GPS 신호가 계속 발신되어 한나를 코빅이 있는 곳으로 인도할 수 있었다.

대장은 위성전화기의 스크린을 자세히 들여다보았다. 이미 코빅이 통화기록을 모두 삭제한 뒤였다. 대장은 위성전화기를 떨어뜨린 다음 발로 밟아버렸다. 그러고 나서 코빅에게 영어로 소리쳤다. 타잔처럼 아는 단어가 별로 없는 듯했다.

"너, 이리 와. 손, 머리!"

"그러지."

코빅은 마지막 순간 주의력을 잃은 자신이 원망스러웠다. 어찌 되었든 코빅은 지난 48시간 동안 엄청난 수치와 고난을 당했으니 말이다. 코빅이 비틀거리며 앞으로 나아가는 동안 경비원들은 자기들끼리 뭐라고 쑥덕거렸다. 추는 자신을 죽인 자에게는 어떤 처벌을 준비해두었을까? 아마도 자만심으로 가득 찬 그는 그런 상황을 전혀 예상치 못했을 것이다.

얼마 가지 않아 코빅 일행이 이틀 전에 타고 왔던 미니버스와 같은 차량이 나타났다. 코빅의 양옆에는 경비원이 한 명씩 앉았다. 이제 탈출할 가능성은 없었으므로 코빅은 긴장을 풀고 나중을 위해 에너지를 비축하기로 했다. 이들은 자기들의 두목이 어떤 꼴을 당했는지 알고 있을까? 창피와 무시를 싫어하는 중국인들의 특성을 감안하면, 분명히 추의 죽음을 숨기려는 조치가 취해졌을 것이다. 혹은 추의 죽음을 전투에서의 영웅적인 전사로 미화했거나. 코빅은 이 친구들이 추의 시체를 찾았는지도 궁금했다.

미니버스가 달리고 있을 때 운전석 바로 옆자리에 앉아 있던 대장이 고개를 돌려 코빅을 보았다. 그의 표정은 독기로 가득했다.

"너, 대가 치른다. 그분처럼, 죽는다."

코빅은 대답하지 않았다. 이들도 아는군. 적어도 코빅은 그것만큼은 확실히 달성했다.

대장은 코빅이 무반응으로 나오자 짜증이 났는지 손을 뻗어 코빅의 얼굴을 때렸다. 하지만 그 순간 운전자가 브레이크를 밟았기 때문에 주먹의 힘은 줄어들었다. 미니버스는 미끄러지며 정차했다. 그들 앞에는 메르세데스 벤츠 SUV 한 대가 이쪽을 보고 길을 가로막은 채 서 있었다.

56

한나는 다리를 벌리고 신분증을 든 손을 앞으로 쭉 뻗은 채 길 한복판에 섰다. 다른 한 손에는 창 펑 기관단총을 들고 있었다.

"저는 국가안전부 직원입니다. 당신들의 포로를 인수받으러 왔습니다."

경비원들은 서로를 쳐다보았다. 한나의 말과 행동은 분명 옳았다. 그러나 그들은 국가안전부 여성 현장요원, 아니 무장한 여성은 처음 보는 게 분명했다.

"데리고 계신 미국 놈은 대량 살인을 저지른 혐의를 받고 있기 때문에, 그 사람을 인수받아 오라는 지시를 받았습니다."

코빅은 생각했다. 저 여자 말 잘하는데. 그러나 한나는 혼자였다. 그리고 너무 멋진 SUV를 타고 있었다. 이놈들을 움직이게 하려면 좀 더 설득력 있는 뭔가가 필요했다.

경비원들의 대장이 차창 밖으로 고개를 내밀고 말했다.

"아가씨, 그럼 내 자지 빨아줄 거야?"

이런 세상에. 코빅은 대장의 그 말을 듣고 가슴이 철렁하면서도, 한편으로는 그 때문에 상황이 어떻게 굴러갈지 호기심이 생겼다.

대장의 말을 듣고 간이 커진 또 다른 경비원이 끼어들었다.

"좋아. 아가씨, 내 자지도 잊으면 안 돼."

한나의 눈이 커졌다. 이놈의 동네는 대체 여자 정보요원을 뭐로 보는 거야?

그렇다면 이놈들에게 해줄 수 있는 건 한 가지뿐이었다.

"저년, 한 번에 두 사람도 가능할 거야."

"물론이지. 밑으로 한 명, 입으로 한 명."

한나는 몸의 무게중심을 살짝 바꾸고 창 펭 기관단총의 총구를 들었다. 그녀의 눈에 떠오른 결의를 본 코빅은 한나가 자신을 처음 체포했을 때, 그녀의 눈빛이 저와 같았음을 떠올렸다. 경비원 한 명이 동료에게 말했다.

"저년 거기는 분명 허벌창일 거야."

대장은 운전자에게 몸을 기울인 채 말했다.

"전진해. 저년이 움직이지 않으면 그냥 쳐버리고 가!"

한나는 신분증을 집어넣었다. 잠시 동안 코빅은 그녀가 포기하는 줄로만 알았다. 운전자는 마치 경고하려는 듯이 엔진회전수를 높였다. 그 순간 코빅은 본능에 이끌려 대시보드 아래로 황급히 고개를 파묻었다.

57

"돌이킬 수 없는 실수를 했다고는 생각 안 하나?"

코빅은 죽은 경비원의 시신을 차 밖으로 밀어내고는 올라탔다.

"전혀. 이놈들이 반항하길래 정당방위를 했을 뿐이야."

한나는 기관단총을 벤츠의 좌석에 던져 넣었다. 한나의 기관단총 사격으로 미니버스의 지붕은 벌집이 되었다. 차내에는 경비원들의 시신 조각이 잔뜩 튀어 있었다. 하지만 한나는 지독하게도 냉정했다.

"내가 처음 사람을 죽였을 때는 상대방을 덮쳐서 죽였지. 스스로를 멈출 수 없더군."

한나는 코빅을 차가운 시선으로 보았다.

"이게 처음이라고 누가 그래?"

한나는 코빅의 모습에서 받은 충격을 표현하지 않았다. 피딱지와 때로 범벅이 된 코빅의 모습은 마치 원시인 같았다.

"지금보다는 훨씬 더 멋을 부려야겠어."

그는 손을 내밀었다. 놀랍도록 인간미 없는 행동이었지만 지금으로서는 적절한 제스처가 생각나지 않았다.

"고마워. 목숨을 구해줘서."

한나는 악수에 제대로 응하지 않았다. 대신 코빅의 손을 잡고 잠시 동안 바라보았다. 한나의 손은 차가웠지만 왠지 모르게 편안했다.

"저 사람들 어떻게 할 거지?"

"다들 당신이 죽었다고 생각할걸."

갑자기 그녀는 총을 잡아채더니 코빅을 옆으로 밀어붙였다. 조금 전 한나가 쏜 총의 총성 때문에 아직도 귀가 멍했고, 이 여자가 무슨 소리를 듣고 이러는지 알 수 없었다. 숲 속에서 또 다른 차량이 접근해오고 있었다. 한나는 총구를 들었다.

"기다려."

거친 지면을 밟으며 그들에게 다가오는 것은 장성풍준이었다. 우가 운전대를 잡고 있었고, 치와 조우가 나란히 타고 있었다.

58

상하이 외곽 G25 고속도로

도로 요금소 앞에서 속도를 줄일 무렵, 빗줄기가 한나의 SUV 천장을 거세게 때려댔다. 시내에서 빠져나가는 도로는 승용차와 미니버스로 꽉꽉 막혀 있었다. 많은 차량들에 짐이 잔뜩 실려 있었다. 마치 성서 속 유태인들의 출애굽 장면을 보는 것 같았다.

시내도로는 이상하리만치 적막했다. 오직 공안들만이 모터사이클과 밴을 타고 나와서 빗속을 가르고 있었다. 코빅은 자기 앞에 놓인 선택들을 생각해보았다. 그는 아직까지도 공식적으로는 죽은 사람이었다. CIA에 출두해서 그가 아는 것을 모두 커틀러에게 보고한 다음, 불복종의 대가를 치르는 방법이 있었다. 또는 이대로 사라져 새로운 신분으로 새 삶을 시작하는 방법도 있었다. 그럴 방법은 얼마든지 있었고, 지금 가진 돈으로도 한동안은 생활을 유지할 수 있었다. 그리고 그에게는 지금 휴식이 필요했다. 추를 찾아 죽인 후 그는 잔인한 만족감이 들었다. 그러나 이 일은 아직 끝나지 않았다. 창 제독은 중국을 지배하려 들고 있었다. 그리고 그가 세계를 불바다로 만들려 한다는 점을 생각하면 이 일은 절대 끝난 게 아니었다. 코빅이 창을 막지 못한다면 누가 막을 것인가?

코빅은 한나에게 산에서 일어난 일을 자세히 설명해주었다. 중국 인민의 존경을 받는 창 제독과의 만남은 특히 자세히 설명했다. 한나는 아무 말 없이 듣고 있었다.

"지금 내 말이 무슨 말인지 이해는 되는 건가?"

"창 제독은 대단한 애국자야. 그분은 정치 엘리트들의 부패와도 맞서 싸우고 있다고. 우리 인민들이 그분을 좋아하는 건 그 때문이지."

"그래. 그거야말로 그 사람이 꾸미고 있는 지구정복 음모를 가려줄 좋은 위장물이겠지. 이 모든 일의 원흉은 다름 아닌 그 사람인데 말이야."

코빅은 그러면서 피난 가는 시민들을 잔뜩 태운 미니버스 행렬을 가리켰다.

"한나, 나는 도무지 당신을 이해하지 못하겠어. 아까는 세계를 바꾸기 위해 총을 쏘아대는 자유의 투사였다가, 지금은 당의 노선에 충실한 멍텅구리 애국자가 되었군."

"우리 중국인들의 선악 관념은 당신네 미국인들만큼 간단하지 않아. 지금쯤이면 미국인들 모두 중국이 매우 다양한 측면으로 이루어져 있다는 것을 깨달았을 텐데. 물론 미국인들은 그 다양한 측면들 중 일부만 이해할 수 있겠지."

코빅은 점점 높아지는 짜증을 숨길 수 없었다.

"그렇다면 솔직히 말하겠어. 창은 당신의 남자 진례를 노리고 있다고. 진례가 그의 다음 표적이야. 보증하지."

"그는 내 남자가 아니야."

"어찌됐건 간에. 진례의 능력을 믿는 건 좋아. 그는 젊고 미남인 데다, 뛰어난 언변으로 그 자리까지 올라간 사람이야. 그러나 창에게 진례는 미국의 앞잡이요, 민주주의와 물질주의라는 악을 퍼뜨리는 악마라고. 그 애국자 제독은 무척이나 똑똑한 사람이라서 진례를 쉽게 죽이지는 못하겠지. 대신 그를 다른 방식으로 이용한다는 쪽에 걸겠어."

"어떤 방식으로?"

"그건 이제부터 당신과 내가 알아볼 문제야. 진례가 은거하고 있는 동안."

"진례는 숨지 않을 거야. 패배를 인정하는 격이니까. 그는 어찌됐건 사람들의 눈앞에 나타날 거라고."

그때 네 대의 군용 헬리콥터가 그들의 머리 위에 나타나 도심으로 향했다.

"그렇게 되기를 바라지."

한나는 신호등 앞에 멈춘 다음 코빅을 보았다.

"당신은 정말 종잡을 수 없는 사람이야."

59

상하이, 호텔 마제스티 플라자

코빅이 마지막으로 거울을 들여다본 지도 상당한 시간이 지났다. 지금 거울에 비친 코빅의 모습은 마치 좀비 같아 보였다. 좀비라는 표현은 그가 앞으로 할 일을 감안할 때 상당히 적합한 표현이었다. 그는 커틀러에게 창 제독에 관한 소식을 전달할 것이다. 그 소식을 듣는 커틀러의 표정을 보고 싶었다.

그는 면도를 하려고 했지만, 부어오른 절상, 타박상, 피딱지들 사이로 면도날을 몰고 다니는 것은 힘든 일이었다. 면도를 마쳤을 때도 자신의 모습이 이전보다 뭔가 특별히 더 나아 보이지는 않았다. 그러나 이제 그의 몸은 깨끗했고, 한나의 욕실 수납장에 있는 물건들로 정성껏 치장된 상태였다.

한나의 아파트는 작고, 가구들도 검소했다. 그리고 주방은 사용 흔적이 거의 없었다. 잠자는 용도 외에는 거의 사용되지 않는 집이었다. 그녀와 진계는 정확히 어떤 관계일까? 하버드 대학에서부터 알던 사이인가? 그런데 그걸 왜 신경 써야 하지? 한나가 코빅에게 잘 자라고 했을 때 코빅은 한나의 눈빛이 뭔가 달라진 것을 눈치챘다. 한나는 코빅의 엉망진창이 된 얼굴을 필요한 시간보다 조금 더 오래 바라보았다. 마치 코빅이 원한다면 거부하지 않을 거라는 뜻을 전하기라도 하는 것 같았다. 하지만 그건 코빅의 망상일 뿐인지도 몰랐다. 그리고 시기가 너무 안 좋았다. 아직도 루이즈는 코빅의 머릿속에서 지워지지 않았다.

코빅이 일어났을 때 한나는 없어졌고 아무 메시지도 남아 있지 않았다. 어쩌면 그것은 이들의 일시적 협력관계가 끝났다는 뜻인지도 모른다. 코빅은 한나가 구해준 회색 셔츠와 얇은 청색 정장을 입었다. 한나는 코빅의 몸에 딱 맞는 사이즈를 골라놓았다. 아마도 그녀는 코빅을 매우 철저히 관찰해온 모양이었다. 정신발달 검사를 위해서였다면 좋았을 텐데. 한나가 구해온 신발 역시 패드가 달려 있어 엉망진창이 된 코빅의 발을 편안하게 감싸주는 것이었다. 코빅은 참으로 오랜만에 다시 멋을 내고, 사람 꼴을 갖추고, 새롭게 태어나 살아 있는 자들의 대열에 합류할 준비를 갖추었다.

미국 영사관 주변의 경비인원 수는 평소보다 훨씬 많았다. 영사관 문 밖에는 기관단총을 든 현지 공안원들이 있었고, 문 안에는 전투복 차림의 해병 분견대원들이 신경이 잔뜩 곤두선 표정으로 서 있었다. 코빅은 당연히 그래야 한다고 생각했다. 안구 스캐너와 장문 인식기를 통해 신원을 확인하자 출입 허가가 났다.

찬 부인은 파일 캐비닛 속의 내용물을 알루미늄 상자 안에 옮겨 담고 있었다. 찬 부인은 코빅을 보고 사무실이 떠나갈 듯 찢어지는 비명을 질렀다. 그녀는 자리를 박차고 사무실 한쪽 구석으로 도망쳤다. 마치 그녀의 명이 다 되었음을 알리는 저승사자를 만나기라도 한 듯이.

"안녕하세요? 하시던 일을 방해했다면 죄송하군요."

코빅은 찬 부인을 안심시키고자 미소를 지은 다음, 커틀러의 사무실로 향했다.

"지, 지, 지국장님은 지금 회의 중이세요!"

벽에 찰싹 몸을 붙인 그녀의 목소리는 비명에 가까웠다.

"어떤 사람도 들이지 말라고 하셨어요!"

"그럼 됐군요. 나는 사람이 아니라 유령이니까요."

코빅은 드라큘라처럼 과장된 웃음을 짓고는 문을 열었다.

고개를 들어 코빅을 본 커틀러의 얼굴에서 핏기가 가셨다. 그는 방 안의 다른 사람을 보았다. 그리고 자기 앞에 놓인 파일을 덮고는 일어섰다. 정신을 차린 그는 양팔을 벌렸다.

"코빅! 오! 이런 세상에……."

코빅은 커틀러를 만나러 먼저 와 있던 사람을 보았다. 의자에 등을 기대고 있는 그 사람은 왠지 낯이 익었다.

커틀러는 코빅의 손을 만져보고 나서야 실감을 하는 눈치였다. 그리고 추가 때렸던 코빅의 어깨를 한 대 쳤다. 코빅은 얼굴을 찡그렸다.

"상원의원님, 이 사람은 코빅 요원입니다. 코빅, 이분은 하이럼 메츠거 상원의원이시라네."

"이런 세상에. 떼놈들한테 무슨 짓을 당한 건가?"

코빅은 커틀러를 바라보았다.

"숲 속에서 길을 잃고 헤맸지만 지금은 멀쩡합니다. 걱정해주셔서 감사합니다, 의원님."

코빅은 머릿속을 뒤져 메츠거 의원에 대해 알고 있는 것을 모두 끄집어내려 했다. 하지만 코빅이 알고 있는 거라고는 그는 강경파였고 미국 중서부 어느 주의 의원이라는 것 정도였다. 그 주가 어디인지는 기억이 안 나지만, 제2차 세계 대전을 승리로 이끈 전차와 항공기들을 생산했던 공장이 있는 곳이었다. 전쟁 후 공장은 폐쇄되고 그 동네는 엄청난 재정 위기에 빠졌지만 말이다. 그는 분명 상황이 좋을 때라도 중국에서 볼 수 있는 사람은 아니었다. 코빅이 알기로 메츠거는 중국산 수입품들에 대해 비판적인 입장을 노골적으로 밝히고 다니는 사람이었다. 메츠거는 중국에서 계속 물건을 수입하다가는 미국 상품이 약해질 거라고 대놓고 경고하곤 했다. 메츠거는 육십 대 중반의 거구의 사내였다. 한때는 군인다운 균형 잡힌 몸매였겠지만, 식사도 줄곧 군인답게 먹어댄 결과 너무 비대해진 전형적인 미국 남성 중 하나였다. 그의 빵빵한 배를 붙들고 있는 셔츠 단추들은 튀어나올 것 같았고, 두툼하게 살이 붙은 목은 셔츠 칼라로 옥죄어져 있었다. 심지어는 눈썹도 살집이 두툼했다. 그러나 그 밑의 푸른 눈은 여전히 형형한 광채를 발하고 있었다. 이 사람은 도대체 여기서 뭘 하고 있는 걸까? 메츠거 의원이 말했다.

"이 친구 때문에 오늘은 이만 끝내야 할 것 같아."

메츠거는 코빅의 침입 때문에 약간 불쾌한 것 같았다. 그는 일어섰다.

"내가 어디 있는지는 알고 있지, 커틀러? 하지만 예고 없이는 오지 말게. 이곳의 미묘한 문제를 체험해보고 있는 중일지도 모르니까."

커틀러는 웃음을 터뜨렸다. 코빅이 말했다.

"방해했다면 죄송합니다."

커틀러는 여전히 친밀감을 표하고 있었다.

"아냐, 아냐. 안 그래도 막 끝내려던 참이었어. 상원의원님을 배웅하는 동안 앉아 있게."

그들은 한 30초 동안 코빅만 남겨둔 채 자리를 비웠다. 코빅은 방 안을 둘러보았다. 커틀러의 일 중독증의 상징과도 같던 책상 위 서류의 산은 보이지 않았다. 심지어는 커틀러의 위장무늬 랩톱도 사라졌다. 대신 방구석에는 여러 개의 알루미늄 박스가 쌓여 있었다. 그리고 커틀러의 의자 뒤에는 '아메리칸 투어리스터' 사의 대형 여행 가방이 놓여 있었다. 커틀러가 다시 방 안에 나타났을 땐 분위기가 달라져 있었다.

"그래, 예기치 못한 방문이긴 했어."

코빅은 미소 지었다.

"제가 살아 있다는 것에 안도감을 느끼신다니 기쁩니다."

"그럼 당연하지. 중국 정부에서는 자네가 불에 타 죽었다고 말했어."

코빅은 대답하는 커틀러의 표정을 자세히 살폈다.

"그렇게 보일 수도 있죠. 하지만 거기서 불에 타 죽은 사람은 제 애인이었습니다. 그놈들은 엉뚱한 사람을 죽인 거죠."

커틀러는 얼굴을 찡그렸다.

"그놈들이라니, 그게 누군가?"

코빅은 방금 전까지 메츠거가 앉아 있던 의자에 몸을 기댔다.

"최신 정보를 알려드려야겠군요."

코빅은 추와 창을 만난 것, 그리고 국경 사건에 대해 알게 된 것들의 요점을 정리해 커틀러에게 말해주었다.

듣고 있던 커틀러의 얼굴이 창백해졌다. 그는 늘 하던 대로 양손을 모았다.

뭔가 신묘한 계책이 떠오르기를 바라는 듯했다. 그리고 손가락 끝을 입술에 갖다 댔다. 코빅이 말을 마치자 커틀러는 잠시 동안 아무 말도 하지 않다가 간신히 입을 뗐다.

"자네가 말한 게 얼마나 엄청난 내용인지 알고는 있는 건가?"

"물론 알지요."

"이건 높은 사람들한테 알려야 해. 그것도 아주 높은 사람들한테 말이지. 무슨 뜻인지 알겠지, 코빅?"

"그럼요. 그래서 제가 돌아온 겁니다. 하지만 지국장님, 대체 어디로 가시려고 짐을 꾸리신 거죠?"

커틀러는 갑자기 분한 표정을 지었다.

"대체 무슨 소리를 하는지 모르겠군."

"하이빔은 지국장님이 매우 큰 기대를 걸고 있던 프로젝트였잖습니까. 그리고……."

지국장은 고개를 내젓고는 화제를 돌렸다.

"코빅, 이건 우리가 발 담그고 있는 일이야. 그 점에 대해 자네에게 설명할 필요는 없을 것 같은데. 우리는 이미 엄청난 고통을 참아내야 했어."

"네, 알겠습니다."

코빅은 해병대원들과 루이즈의 죽음이 커틀러에게도 '참아내야 할 엄청난 고통'이었는지 궁금했다.

"방금 들은 내용을 높은 양반들에게 바로 전달하겠네. 아마 분명히 추가 질문이 있을 거야. 그리고 자네는 지금부터 영사관 건물에서 안전하게 지내게. 가서 휴식을 좀 취해."

커틀러는 빠르게 일어나서 방문으로 걸어가 문을 열며 손을 내밀었다.

"전우, 돌아와서 기쁘네!"

60

상하이, 푸동 구

한나는 아파트 엘리베이터를 타고 올라갔다. 그녀의 삶은 통제 불능 상태에 빠져들었고, 그녀의 미래는 위기에 처했다. 상관 폭행, 아버지와의 대화, 추의 부하들을 살해…… 도저히 스스로 한 짓이라고는 믿어지지 않았다. 하지만 동시에 이렇게 강한 생동감을 느껴본 적도 없었다. 비록 코빅에게 말하지는 않았지만, 창 제독이 배신했다는 코빅의 주장은 해군사령부에서 발신된 문자메시지가 제삼자가 벌인 기만행위가 아니라, 매우 잘 짜인 음모의 일부일지도 모른다는 그녀의 의혹을 뒷받침해주고 있었다.

그녀는 자신의 아파트 현관문에 다가가 열쇠로 문을 열었다. 지독한 담배 냄새가 났다. 설마 코빅이 돌아온 것일까? 그녀는 그러기를 바랐다.

문을 열고 들어서니 대충 여섯 명 정도 되는 사람들이 가구에 구부정하게 몸을 기대서 그녀를 기다리고 있었다. 욕실에는 세 명의 사람들이 법의학 감식용 가운을 입고 한나의 욕실을 샅샅이 조사하고 있었다. 한나는 본능적으로 뒤돌아 나가려고 했지만, 일행 중 한 사람이 그녀가 문에 도달하기도 전에 문을 닫았다.

"당신들 누구야?"

국가안전부 요원 치고는 너무 좋은 옷을 입고 있었다. 그럼 이자들은 추의 부하들인가?

선글라스를 낀 사람이 스마트폰을 꺼내 보여주었다.

"이거나 보시지."

한나는 스마트폰의 작은 화면을 보았다. 그 속에는 한나 아버지를 담은 정지 화면이 있었다. 화면 속 아버지는 의자에 몸이 묶인 채, 폭넓은 테이프가 입에 발려 있었다. 화면이 움직이기 시작했다. 누군가의 손이 테이프를 떼자 아버지는 눈꺼풀을 떨더니 초점을 맞추었다.

"사랑하는 슈이야, 제발 살려다오. 이 사람들의 말을 들으렴……."

그 몇 마디 안 되는 말을 하기 위해 온몸의 기력을 소진하기라도 한 듯, 아버지는 말을 멈추고 숨을 몰아쉬었다. 그는 불안한 표정으로 왼쪽을 보았다. 화면에 나오지 않은 누군가가 그곳에 앉아 지시를 내리고 있기라도 한 듯이.

"그 미국인을 이들에게 넘겨주지 않으면 이 사람들이 날 죽일 거란다."

화면은 꺼졌다. 한나는 휴대전화를 든 사람에게 덤벼들었지만, 다른 두 사람이 한나를 뒤에서 붙들었다.

"그래, 아버지 말씀은 똑똑히 들었나?"

한나는 움직이지 않았다. 휴대전화를 든 사람이 흰 가운을 입은 두 사람을 흘깃 보며 말했다.

"코빅과 당신에 대해서는 이미 잘 알고 있어. 이곳에는 코빅의 DNA가 가득하더군. 넌 조국을 배신한 창녀야. 당장 그 미국인을 불러내. 안 그러면 아까 본 그 영감탱이가 괴로운 일을 당할 거다. 그 다음은 네 차례고."

61

상하이, 호텔 마제스틱 플라자

코빅은 전혀 예상치 못했던 내용의 문자메시지를 바라보았다.

'당신이 필요해. 지금 당장 와줘.'

코빅은 이런 생각이 들었다. 참 흥미로운 전환점인걸. 그는 지난 며칠간 벌어졌던 일들을 반추하던 중이었다. 그는 며칠 만에 처음으로 모든 활동을 멈췄다. 그는 자신의 일이 다 끝난 건지 궁금해지기 시작했다. 그가 할 수 있는 일도 더 이상은 없었다. 그는 추를 만났고, 추의 배후에 누가 있는지를 알아냈다. 그리고 진계가 위협을 당하고 있음을 한나에게 납득시키는 데 성공했다. 개리슨과도 통화했고 말이다.

하지만 아직 끝난 것이 아니었다. 그는 커틀러와 메츠거의 만남을 떠올렸다. 상원의원이 대체 무슨 일로 지국장실에 온 걸까? 코빅은 찬 부인을 다시 찾아갔다. 부인은 충격에서 회복된 상태였다. 그럼에도 불구하고 그는 꽃을 들고 가, 찬 부인을 놀라게 해드려 죄송하다고 열심히 사과하고, 그녀의 가족들의 안부를 물었으며, 영사관 인근에 머물러야 하니 무척이나 외롭다는 말까지 곁들여 부인의 얼굴에 홍조를 띄우게 했다. 그 만남의 대가로 그는 메츠거가 머물고 있는 시내 호텔이 어느 곳인지 알아냈고, 메츠거의 수석보좌관 및 개인비서는 물론 메츠거의 휴대전화 번호까지 알아냈다.

그는 인터넷에 접속해 메츠거의 과거를 알아봤다. 그는 지난 몇 주 동안 상원 국가안보 위원회의 위원 자격으로 전 세계를 여행했다. 코빅은 유튜브에서 메츠거가 미국 본토에서 했던 연설도 몇 개 보았다. 메츠거는 그 연설에서 중국에

맹비난을 퍼붓고 있었다. 중국이 미국의 노른자 땅의 모든 것을 빨아먹고 있으며, 미국 공장들을 폐쇄시키고, 싸구려 저급품들을 잔뜩 공급해 미국인들의 공동체를 황폐화시키고 있다는 것이었다. 확실히 메츠거는 어떻게 봐도 중국에 우호적인 사람은 아니었다.

코빅은 아직도 한나가 보낸 문자메시지에 뭐라고 답해야 할지 몰랐다. 10분이 지나자 한나로부터 또 문자가 왔다. 이번에는 이런 말도 함께 있었다.

'당신이 원하는 게 뭔지 알고 있어. 나 역시 그걸 원해. 날 실망시키지 말아줘.'

62

상하이 황푸 구

치는 시간을 들여 돈을 세고 있었다. 코빅은 치가 돈을 세는 모습을 한 백 번쯤 보았다. 그리고 그 모습은 볼 때마다 짜증이 났다.

"제발 좀. 이번만큼은 나를 좀 믿어줘."

치는 코빅을 향해 눈을 흘기고는, 돈 세기를 계속했다.

"자네를 살아서 돌아오게 해주겠다고 약속했지. 그리고 난 그 약속을 지켰고."

"아, 물론 나는 살아 돌아왔지. 고마워."

그러면서 치는 로프 하강으로 인해 물집이 잡히고 붕대를 감은 손을 보여주었다.

"이것만 하고 끝낼게, 어때?"

"그래, 알았어. 원하는 게 뭔데?"

치는 돈 세기를 끝내고 돈을 금고에 넣었다. 그는 언제나 돈을 금고에 넣는 걸 고집했다. 그 금고는 코빅이 와서 볼 때마다 늘 열려 있었지만.

"그래, 그럼 일을 시작하자고."

치는 코빅의 휴대전화를 자신의 컴퓨터에 연결했다. 그리고 헤드폰을 쓴 다음, 숫자와 문자로 가득한 화면을 노려보았다. 코빅은 그 숫자와 문자들이 무엇인지 도무지 이해할 수 없었지만, 치는 이것들이 무슨 뜻인지 알고 있었다. 그리고 이 속에 다른 IT 천재들이 이해할 수 없는 정보가 있다고 해도, 치는 그 정보가 무엇인지 알아내고 해석도 할 수 있었다. 치가 코빅에게 돈을 받는 것은 바로 그러한 능력 때문이었다. 하지만 유감스럽게도 치의 얼굴에는 당혹감이 역력했다. 그것은 좋지 않은 징조였다. 치는 고개를 흔들었다.

"정말이지 마음에 들지 않는 상황이군. 완전히 죽었어. 건물 전체가 전파방해를 당하고 있는 것 같아. 내가 이제까지 보지 못했던 새로운 유형이야. 알겠어? 시간이 더 필요해."

코빅은 일어섰다.

"다른 건 몰라도 시간은 없는데?"

63

상하이 푸동 구

코빅은 벨을 누르고 기다렸다. 한나가 문을 열었을 때 코빅은 잠시 할 말을 잊었다.

한나는 자락이 바닥까지 끌리는 은색의 끈 없는 드레스를 입고 있었다. 물고기 비늘 모양으로 생긴 드레스 표면을 보니 최면에 빠지는 듯한 기분이었다. 한나의 얼굴은 누구인지 알아보기 힘들 정도로 심하게 메이크업되어 있었다. 윤기 나는 짙은 빨간색 립스틱이 칠해진 한나의 입술은 드레스만큼이나 빛을 발했다. 한나는 양팔을 들고 코빅에게 다가와 그를 끌어당겼다. 그리고 코빅의 목에 얼굴을 묻고 속삭였다.

"그놈들이 아버지를 납치했어."

코빅은 한나를 붙들었다. 지금으로서는 그것 말고는 뭘 해야 할지 생각나지 않았기 때문이었다.

코빅은 방 안의 사람들을 보았다. 그들은 상하이에서 코빅과 우를 추격했던 사람들과 꽤 비슷해 보였다. 문신도 보였다. 코빅은 추의 탁월함을 인정할 수밖에 없었다. 추는 자신이 죽을 경우에도 자신의 사병 집단이 문제없이 굴러갈 수 있도록 사전에 조치를 취해놓았던 것이다. 그들은 코빅과 한나를 떼어놓고 코빅의 몸을 대충 수색했다. 지금은 저항할 때가 아니었다. 잠자코 있으면 저놈들이 한나를 홀로 놔둘지도 모른다. 물론 가능성은 없었지만. 그들은 코빅과 한나를 문으로 끌고 간 다음, 그들의 양팔을 잡고 엘리베이터에 태웠다. 현재로서는 한나를 지키기 위해 때를 기다리는 것이 우선적으로 해야 할 일이었다. 이 친구들이 한나의 아버지를 정말로 풀어준다는 보장이 어디 있단 말인가?

엘리베이터를 타고 주차장으로 이동하는 동안, 한나는 분노와 수치심의 눈물을 삼켰다. 한나는 스스로의 나약함과 무력함을 느꼈다. 그녀의 유일한 자산을 위험에 처하게 했다. 한나는 예전에도 일 때문에 힘든 결정을 내려야 할 때가 있을 거라는 말을 들어왔다. 그 말은 즉 그녀가 아끼던 사람들을 희생시켜야할 때가 있을 거라는 얘기였다. 물론 한나는 그런 상황이 벌어질 경우 국가안전부에 충성하고, 더 나아가서는 조국에 충성하는 것이 먼저라고 배웠다. 하지만지금의 한나는 누구에게 충성해야 한단 말인가? 진정한 프로라면 고통받는 부모의 모습을 보더라도 그녀와는 달리 빈틈을 보이지 않을 것이다. 한나는 코빅이 자신이 보낸 문자메시지에 애원과 동시에 경고가 담겨 있음을 알아차려 주길 바랐다. 코빅은 한나를 만나서 매우 기쁜 것처럼 보였다. 한나는 그동안 코빅을 너무 과대평가했던 것일까? 코빅이 그녀의 손을 살짝 잡아주었을 때 코빅은 마치 이렇게 말하는 듯했다.

"괜찮아. 무슨 일이 있었는지 다 알아."

하지만 코빅이 온 것은 일을 더욱 어렵게 만들었다. 코빅은 뭔가 잘못되어 가는 줄 알면서도 그리고 한나가 보낸 문자메시지의 행간을 읽었음에도 불구하고이곳에 왔다. 결국 그는 덫 안으로 스스로 걸어 들어온 것이었다.

지하 주차장에서 엘리베이터 문이 열렸다. 그들은 광택이 번쩍이는 검은색캐딜락 에스컬레이드 SUV를 향해 발걸음을 옮겼다. 차 바로 앞에서 한나는 걸음을 멈추고 말했다.

"아버지를 뵙고 싶어요."

누구도 바로 대답하지 않았다.

"미국인을 데려왔잖아요. 아버지를 풀어주세요."

선글라스를 낀 대장이 안경을 벗자, 처진 한쪽 눈꺼풀이 드러났다.

"아버지를 보고 싶나? 여기 계시다."

그러면서 그는 휴대전화를 꺼내 번호를 누르고 기다렸다. 그러다가 다른 누구에게도 들리지 않는 작은 목소리로 통화했다. 그러고는 휴대전화를 한나가 볼 수 있게 들었다. 모두가 휴대전화를 보는 한나를 감시했다. 스크린이 밝아지더니 한나의 아버지가 모습을 드러냈다. 여전히 의자에 앉아 있었고, 눈가리개가 씌워져 있었다.

"슈이? 너냐? 듣고 있니?"

"아버지!"

한나는 휴대전화를 움켜잡으려고 했다. 그러나 추의 부하들은 한나의 손이 닿지 못하게 휴대전화를 치웠다. 아버지는 한나의 목소리를 들은 것 같았다. 누군가가 눈가리개를 풀어주었다.

"슈이야! 사랑한다!"

그때 화면의 왼쪽에서 뭔가가 휙 움직였고, 한나의 아버지는 오른쪽 관자놀이에서 피를 뿜으며 쓰러졌다. 한나가 질러대는 비명 소리가 모든 것을 삼켜버렸다.

코빅은 한나가 이런 상황에 대비했기를 바랐다. 하지만 그녀의 몸에 착 달라붙는 긴 드레스는 아무리 봐도 그런 대비를 할 만한 장치가 보이지 않았다. 심지어 그녀는 무기를 숨길 만한 가방도 들고 있지 않았다.

그러나 한나의 드레스는 길이 20센티 정도 되는 매우 가느다란 칼을 눈에 뜨이지 않게 숨겼다가, 어디서 나왔는지도 모르게 빼낼 수 있었다. 칼을 수납하는 주머니는 허벅지를 따라 있는 이음매 속에 꿰매져 있었다. 칼날의 폭은 1센티가 채 안 되었고, 칼자루는 그것보다 아주 조금 더 굵을 뿐이었다. 코빅은 한나가 엄청나게 빠르고 정확하게 그 칼을 휘두르는 장면을 경악과 감탄이 섞인 표정으로 바라보았다. 마치 이 순간을 위해 평생 동안 그 칼을 다루는 법을 수련한 것 같았다. 한나는 상대방의 가슴을 공격하지 않았다. 대신 얼굴과 목을 노렸다. 그녀는 신속하게 대장의 처진 눈을 찌른 다음 반대편 눈을 찔렀다. 그 동작은 너무나도 빨라 피가 뿜어져 나오는 게 보일 때까지는 무슨 일이 벌어졌는지 눈치채지 못할 정도였다. 그러나 이미 한나는 두 번째 상대의 목을 벤 다음,

세 번째 상대의 얼굴을 가격하고, 네 번째 상대의 벌린 입에 칼을 꽂아 넣었다. 그러면서 도저히 사람의 소리라고는 느껴지지 않는 소름끼치는 괴성을 질러댔다.

하지만 네 번째 상대는 이미 총을 꺼내들고 있었다. 코빅은 그의 불알을 가격했다. 그러자 상대는 큰 고통을 느끼며 총을 떨어뜨렸다. 차에 타고 있던 다섯 번째 상대가 코빅을 향해 총을 한 발 쏘았다. 그러나 코빅은 떨어뜨린 총을 주워 다섯 번째 상대에게 연사를 날려 제압했다.

이 좁은 공간에서 드레스를 입고 분노에 차 칼을 휘둘러대는 한나는 마치 신화 속 야수와도 같았다. 그녀는 철저히 기계적이면서도 분노에 가득 찬 몸놀림으로, 다섯 명의 상대를 다시 한 번씩 칼로 찔렀다. 코빅은 뒤로 물러섰다. 이것은 슬픔에 가득 찬 한나의 몸부림이었다. 코빅도 상황을 다 알고 있었고, 한나에게 이 상황이 어떤 의미인지 알고 있었다. 코빅은 루이즈를 생각했다. 그가 보았던 루이즈의 시신도 떠올렸다. 그리고 산꼭대기에서 떨어지는 추의 시신을 보았을 때 느껴지던 잔인한 만족감도 떠올렸다.

모든 일을 끝낸 한나는 코빅을 보았다. 그녀의 손에 들린 칼에서는 피가 방울져 떨어지고 있었다. 그녀가 입은 물고기 비늘 드레스 역시 잭슨 폴록의 그림처럼 피로 얼룩져 있었다. 한나는 조용한 목소리로 말했다.

"자, 이제 어떻게 할까?"

64

코빅이 뭐라고 답할까 생각하기도 전에 개리슨으로부터 전화가 걸려왔다.

"자네에게 알리고 싶은 게 있어."

"말씀하십시오, 대령님."

"창의 위치를 알아냈어. 그는 지금 상하이 시내의 호텔에 있더군. 푸동 로얄 호텔이야. 그 사람의 전용 헬리콥터가 호텔 옥상에 와 있어. 그 호텔은 지금 다른 인원의 출입이 철저히 통제되었는데 말이야, 그가 왜 거기 있는지 누구를 만나러 왔는지는 알 길이 없어. 하지만 자네에게 필요한 정보라고 생각해서 알려 준 거야."

코빅은 한나에게 손을 뻗어 그녀를 자기 쪽으로 바싹 끌어당기며 통화를 계속했다.

"자네가 거절하지 않는 한, 퇴각수단 제공은 아직 유효하네."

코빅은 슬픔으로 떨고 있는 한나의 몸을 자기 몸에 꼭 붙이며 말을 이었다.

"이곳의 일은 아직 끝나지 않았습니다. 전반적인 상황은 어떤가요? 국방부에서는 뭐라고 하던가요?"

"전반적 상황? 중국 남해함대가 우리 주변을 뒤덮고 있어. 국방부에서는 나더러 사태가 더 악화되지 않게 하라고 지시했지."

"그들도 대령님이 창에 대해 들은 것을 알고 있습니까?"

"안 그래도 얘기하는 중이야. 하지만 국방부에서 믿을지는 의심스러워."

"CIA 본부에는 말씀하셨나요?"

"한마디도 안 했네."

"창 제독의 행방은 확실히 알고 계시는 건가요?"

"나로서는 하늘에서 내려다보는 수밖에 없어. 하지만 호텔 옥상에 착륙한 그의 헬리콥터 실시간 이미지로 계속 보고 있지."

"감사합니다."

코빅은 휴대전화를 주머니 속에 집어넣었다.

한나는 몸을 추스르며 코빅에게서 떨어졌다. 그리고 한 손으로 얼굴을 닦았다.

"지금 내 모습 추하지 않아?"

"이런 상황에서는 정말 대단한 모습이라고 말하고 싶어."

"당신을 여기로 끌고 와서 미안해."

"이미 지난 일이야."

"난 당신을 속였어."

"문자메시지를 본 순간 당신이 어떤 상황에 처했는지 짐작했어. 혼자만 그런 상황에 처한 게 아니라는 것도 알았고."

한나는 희미한 미소를 지었다.

"내가 당신한테 매력을 느낀다면 믿을 건가?"

"난 현실적으로 살고자 하는 사람이라고."

한나는 코빅을 잠시 동안 바라보았다. 둘 사이에 뭐라 해석할 수 없는 분위기가 감돌았다. 결국 한나가 입을 열었다.

"아버지는 돌아가셨고, 내 직업도 끝장났어. 수많은 사람을 죽였는데 그게 누군지도 모르겠어. 이제 당신과 나 둘만 남았어."

코빅은 이렇게 말하고 싶었다.

'지금 당장 당신을 여기서 데리고 나갈 수 있어. 40분 후면 미국 항공모함에 도착할 수 있지.'

하지만 그 말은 입 밖으로 나오지 않았다.

그녀는 깊이 들숨과 날숨을 내쉬었다. 그녀는 작고 연약해 보였다. 그러나 방금 그녀가 싸우는 것을 본 코빅은 그런 인상이 엄청난 착각이라는 것을 알았다.

"진제가 '화합'이라는 주제로 집회를 열고 있어. 거기 가봐야 해."

"이런, 그 친구는 포기라는 것을 모르는군. 그렇지?"

"진제는 지금 말고는 기회가 없다고 생각하고 있어. 상당한 수의 진보주의자들을 모아, 미래의 중국이 자유롭고 민주적인 나라가 될 거라는 점을 반대파들에게도 확신시킬 기회 말이지."

"그는 이상주의자일 뿐이야."

한나는 코빅의 말을 막았다.

"이상은 그가 가진 모든 것이야. 그는 이상이 있고, 그 이상을 표현할 수 있어. 진제가 못한다면 다른 누가 할 수 있겠어? 다른 사람들은……."

그녀는 불쾌하다는 표정으로 고개를 흔들며 말을 이었다.

"너무 소심하고 겁이 많고 부패해서 틀 밖으로 나와서는 똑바로 설 수 없어."

한나는 시체 한 구를 넘어갔다.

"진제에게 가겠어. 내 힘은 미약하지만 그래도 그를 돕겠어. 그리고 그를 지켜볼 생각이야."

한나는 자기 차를 향해 걷다가 드레스의 상태를 내려다보았다.

"그전에 집에 가서 옷부터 갈아입어야겠어."

한나는 또 발걸음을 멈췄다.

"당신도 같이 갈 거야?"

코빅은 미소 지었다.

"물어봐 줘서 고마워. 하지만 내게는 더 중요한 일들이 있어."

65

코빅은 우의 새 자동차에 대해서는 아무 말도 하지 않았다. 그의 마음이 다른 곳에 가 있다는 증거였다. 코빅은 심지어 산에서 그 힘든 일을 겪은 우에게 안부조차 묻지 않았다. 코빅이 유일하게 알고 싶었던 것은 우가 코빅의 예비 신분증을 제대로 가져왔는가 하는 것뿐이었다. 보안 요원을 만날 일은 없을 테니 무장은 필요 없었다. 우는 인적이 끊긴 거리를 엄청난 속도로 질주했다.

우는 깊은 생각에 잠겨 있던 코빅을 보았다.

"대장, 계획 좀 알려주세요."

"내가 계획을 별로 안 좋아하잖아. 목적지에 도착하면 계획을 짜기로 하지."

코빅은 푸둥 로얄 호텔의 안내 데스크에 가서, 남아프리카 여권을 꺼내 흔들며 소리쳤다.

"내 가방 어딨어요? 지난주에 내 가방을 여기다 맡겼는데 이제 와서 없다네? 대체 뭐 하자는 거요? 당장 공안을 부를 거요. 내 말이 말 같지 않아?"

데스크에 앉아 있던 여자는 당혹스러운 표정이었다. 고객이 이런 짓을 벌이면 직원들은 상관에게 야단을 맞을 수 있었다. 코빅 옆에 서 있던 우는 왼쪽의 짐칸을 들여다보게 해달라고 여직원에게 부탁했다.

"잠깐이면 됩니다. 절대 다른 사람의 물건에 손대지 않겠습니다. 보시다시피 이분은 기분이 좀 안 좋을 뿐이라고요."

코빅이 소리를 질렀다.

"좀 안 좋다고? 아주 많이 안 좋아! 그 가방에 뭐가 들어 있는지 알기나 해? 우리 마누라한테 줄 결혼기념일 선물이라고!"

우가 말했다.

"찾아보게 해줄 겁니다. 진정하세요."

"진정하라는 소리하지 마!"

현재까지는 잘 되어가고 있었다. 젊은 남자 직원이 나타나서 그들을 안쪽 로비로 데려갔다. 그때 코빅은 갑자기 숨을 거칠게 쉬면서 비틀거리기 시작했다.

"아아! 이런! 심장이!"

마침 그들은 엘리베이터 옆에 있었다. 우가 소리쳤다.

"도와줘요! 의사를 불러줘요! 당장!"

접수 직원이 등을 돌리자마자 그들은 엘리베이터 안으로 들어가 맨 위층 버튼을 눌렀다.

"인생의 모든 것이 이렇게 쉽게 풀려준다면 얼마나 좋을까요."

"내가 봐도 내 연기는 오스카상 감이야."

"그래요. 하지만 심장마비 환자 역할을 하려면 좀 더…….".

"닳고 닳은 외모가 필요한가?"

꼭대기 층인 79층은 폐쇄되어 있어 엘리베이터가 올라가지 않았다. 그래서 코빅은 78층에서 내렸다. 우는 내려가는 버튼을 눌렀고 엘리베이터가 움직이기 시작하자 비상 정지버튼을 눌렀다. 코빅은 억지로 엘리베이터 문을 열고 승강기 지붕 위에 발을 디뎠다. 우는 비상 정지버튼에서 손을 떼고 올라가는 버튼을 눌렀다. 승강기는 최대한 올라갔고, 코빅이 79층 문에 도달해 억지로 열 정도가 되었다. 코빅이 엘리베이터 문을 열자, QSZ 권총을 겨누고 코빅을 보고 있는 두 경비원이 보였다.

"친구들, 저는 납치를 당했어요. 무슨 일이 벌어지고 있는지는 모르지만 그놈들이…… 저를 좀…….".

그러다가 코빅은 자기에게서 가까이 있는 경비원의 권총 총구를 잡아 다른 경비원이 뻗은 손을 향해 확 끌어당겼다. 코빅에게 권총을 잡힌 경비원은 본능적으로 방아쇠를 당겼고, 총알이 발사되어 두 번째 경비원의 팔 하박에 명중했다. 그러자 코빅은 두 번째 경비원의 권총을 빼앗아 두 경비원에게 사격을 가했다. 상대들은 모두 쓰러졌다. 그는 79층 바닥 위로 올라간 다음 경비원들을 열린 엘리베이터 문으로 던져 넣고 승강기 위에 쌓은 다음 엘리베이터 문이 닫히도록 두었다.

이제 그는 무기는 있지만 동료가 없었다.

복도를 따라 걷다가 모퉁이를 도니 더 많은 경비원들이 나와서 코빅을 에워쌌다.

"이봐! 여기서 대체 뭘 하고 있는 거야?"

이들을 상대로 화가 난 고객 행세는 통하지 않을 것이다. 이런 상황에서 낯선 사람은 국적이 뭐건 간에 의심을 받을 수밖에 없었다. 게다가 코빅의 손에 쥐어져 있는 동료 경비원의 총은 가장 확실한 증거였고, 이제 와서 총을 숨기기에는 너무 늦었다. 뭔가 다른 것을 생각해내야 했다.

"저는 진제가 보낸 사절입니다. 그분은 긴급히 제독님을 만나 이야기하고 싶어 합니다. 빨리 제독님의 참모와 만났으면 하는데요."

"진제가 당신을 보냈다고? 증거 있어?"

"그분은 모든 게 다 끝났음을 알고 있고 협상을 원하십니다."

궁하면 통한다. 그것이야말로 코빅이 터득한 중요한 생존술이었다. 그도 스스로의 말이 무척이나 우스꽝스럽게 들렸다. 그러나 진제는 매우 순진하기에, 창 제독과 협상을 시도할 가능성이 큰 인물이라고 코빅은 생각했다. 좀 더 계급이 높아 보이는 사람이 상황을 보러 나왔다.

"이 사람이 자기가 진제의 사절이라고 주장하는데요."

"그 거들먹거리는 밥맛없는 새끼가 외국인을 사절로 보냈다고? 아무튼 너무 늦었어. 이놈을 결박하라고."

갑자기 그들 뒤의 문이 열리더니, 해군 장교 복장을 입은 사람이 나와서 "차렷!" 하고 구령을 부쳤다. 코빅은 생각했다. 이런, 진짜로 좆됐구먼. 경비원들의 어깨너머로 해군 복장을 입은 사람들이 다가오는 것이 보였다. 저 속에는 창 제독도 있을 테고, 그의 눈에 띄면 어떤 속임수도 통하지 않을 것이다. 코빅은 앞으로도 뒤로도 갈 수 없는 상황이었다. 그는 완전 포위되었다. 그는 최대한 타인의 시선을 피하려고 무릎을 꿇었다. 해군 복장의 사람들이 다가오는 것과 동시에, 머리 위 헬리포트에 있는 헬리콥터의 엔진 소리가 들렸다. 해군 복장의 사람들이 앞을 지나가자 코빅을 둘러싼 경비원들은 몸을 곧추세웠다. 코빅은 고개를 숙였다. 그리고 낮은 목소리로 주고받는 농담을 들었다. 코빅을 둘러싼 경비원들은 몸에서 긴장을 풀고 흩어졌다. 흩어지는 경비원들의 틈새로 창 제 독에게 작별 인사를 하는 사람이 간신히 보였다.

그 사람은 하이럼 메츠거 상원의원이었다.

66

코빅을 붙들고 있는 경비원들은 왠지 망설이고 있었다. 이 사람들은 메츠거의 명령만 듣는 사람들일까? 그럴 리는 없었다. 하지만 메츠거도 이 사람들에게 어느 정도 영향력을 행사할 수 있는 것 같았다. 메츠거가 소리쳤다.

"이봐, 그 친구를 풀어줘. 나한테 보내라고."

코빅은 경비원들의 손을 뿌리치고 메츠거에게 갔다.

"감사합니다, 상원의원님."

"저 친구들도 바깥 상황을 안다면 기분이 조마조마할 거야. 와서 한잔하지."

메츠거는 자신이 이 호텔의 주인이라도 되는 듯 복도를 따라 걸어갔다.

코빅은 불신감을 숨기려 애쓰면서 메츠거의 뒤를 따랐다.

"자네가 창 제독을 만나지 못해 아쉽군."

코빅은 이 말의 의미를 곱씹었다. 분명 코빅은 아까 창 제독과 매우 가까이 있었고, 코빅은 그 상황에서 숨는 것 말고는 달리 할 수 있는 일이 없었다. 하지만 중국 혐오증 환자인 메츠거가 대체 창 제독을 뭐 하러 만났단 말인가?

"예, 저도 매우 아쉽게 생각합니다."

이제 코빅이 쓸 수 있는 최선의 수는 메츠거에게 장단 맞춰 놀아주는 것 말고는 없었다.

메츠거는 앞장서 걸어가며 껄껄 웃었다.

"창 제독은 골칫덩이라는 사실을 분명히 말해두겠네. 그러니 그 친구를 굳이 좋아해야 할 필요는 없어. 저 친구가 협조하는 동안만 끼고 있으면 되지. 코빅, 우리 군에도 저런 친구가 몇 명 있다고 해서 해로울 건 없어. 저런 친구야말로 적들을 매우 힘들게 할 사람이니 말이지."

"예, 저도 그렇게 생각합니다."

코빅은 그렇게 말하면서도 한편으로 생각했다. 이 사람, 대체 무슨 속셈이지?

메츠거는 스카이라인이 보이는 연회장으로 코빅을 안내했다. 그는 테이블 위에 놓인 폴 로저 병을 가리켰다. 그 주변에 흩어진 샴페인 잔은 메츠거 또는 누군가가 이걸로 건배했다는 것을 암시하고 있었다.

"이거야말로 전사의 음료지. 처칠도 좋아했어. 사양 말고 마시게. 커틀러 것은 남겨두지 마. 그놈은 술 안 마시니까."

"지국장님도 오실 건가요?"

메츠거는 얼굴을 찌푸렸다. 코빅의 심장이 순간 멈췄다. 코빅은 주변을 둘러보고는 깨끗한 샴페인 잔을 찾아 따라 마셨다. 현 상황은 그가 극도로 원하지 않던 것이었다. 그러나 코빅은 여기서 무슨 일이 벌어졌는지를 알아낼 시간이 필요했다. 임시변통이라고 해야 할까.

코빅은 메츠거를 향해 잔을 들었다.

"지국장님은 가끔씩 가진 카드를 보여주지 않을 때가 있더군요."

메츠거는 으쓱이며 시계를 보았다.

"그래. 우리는 이미 그 단계는 넘어섰다네."

"그럼 여기에는……."

뭘 위해 오는 걸까? 배신을 위해서? 잠시 동안 코빅은 말을 잇지 못했다. 결국 그는 적절하게 의미 없는 말로 끝냈다.

"발전을 위해서 오시는 겁니까?"

메츠거가 그렇다는 듯이 고개를 끄덕였다. 코빅은 샴페인을 벌컥벌컥 마셨다. 미지근하고 역겹게 느껴졌다. 코빅은 샴페인 잔을 내려놓았다. 대체 무슨 일이 벌어지고 있는 건가? 알아야 했다.

"뭔가 정보를 주셔야 하지 않겠습니까. 창 제독으로부터는 뭐라도 알아내신 게 없습니까?"

메츠거는 손을 내저어 그런 질문에는 답할 수 없음을 표시했다.

"자세한 건 모두 커틀러가 알고 있어. 내가 신경 쓰는 건 여기에서 추방당하기 전에 빠져나가는 것뿐이지."

메츠거는 창문 앞으로 걸어가 광대한 야경을 바라보았다.

"한 가지 얘기해주지. 창이 권력을 갖게 되면 이 야경도 지금보다는 훨씬 어두워질 거야."

메츠거는 또 낮게 큭큭 웃었다. 그는 그 자리에 서서 말했다.

"그가 뭐라고 말했는지 아나? '이런 것들은 다 꺼야 해. 밤에는 잠을 자야 한다고.' 이놈들 말이야, 힘을 가지면 진짜로 그렇게 할 기세야."

코빅은 정신이 하나도 없었다. 말이 되는 게 하나도 없었다. 그는 도시를 내려다보았다.

"상원의원님, 제가 듣기로 의원님은 중국에 우호적인 분이 아니시던데요."

메츠거가 얼굴을 찌푸리며 몸을 돌렸다. 코빅은 생각했다. 제대로 짚었군!

"우호? 난 이 노란 난장이들을 미워해. 이놈들 때문에 미국의 공장 반이 문을 닫았어. 미국 시장에는 이놈들이 만든 싸구려 저질품이 넘쳐나고 있고."

"예, 그렇지요."

코빅은 아직도 지금 들리는 말을 믿을 수 없었지만, 그 말 말고는 할 수 있는 얘기가 없었다.

메츠거는 코빅을 향해 몸을 돌렸다. 그의 눈은 불타고 있었다.

"국경에서는 잘해주었어. 우리가 원하던 게 바로 그거였지. 유감스럽게도 훌륭한 군인 여러 명을 잃었지만 그럴 때도 있는 거지. 자네는 우리를 위해 도화선에 불을 붙여주었다고."

그 말을 들은 코빅은 갑자기 섬뜩한 느낌을 받았다. 코빅은 이용당한 것이었다. 그것도 같은 미국인들에 의해서. 코빅은 혐오감을 억누르기 위해 정신력을 총동원했다. 메츠거로부터 더 많은 정보를 얻어내야 했다.

"저희 지국장님은 현명한 정보요원이십니다, 상원의원님."

메츠거는 콧방귀를 뀌었다.

"그래. 그놈은 필요할 때면 언제라도 명성을 챙기는 놈이지. 하지만 당신도 그렇고 나도 그렇고 이 모든 게 창이 단독으로 꾸민 짓이라는 거 이미 알고 있잖나. 그는 악당이지만 천재야."

메츠거는 이제 맹렬한 기세로 진실을 털어놓고 있었다. 코빅의 입은 바짝 말라버린 지 오래였다. 그는 물을 찾아 주위를 돌아봤지만 물은 보이지 않았다. 그래서 샴페인을 또 한 잔 들이켰다.

"그럼 현재까지 국방부에서는 뭐라고 합니까?"

메츠거는 말없이 코빅을 보기만 했다. 너무 많이 나간 걸까?

하지만 메츠거는 어깨를 으쓱거렸다.

"커틀러는 자네를 어둠 속에 가둬놓았다고 확신하고 있는데, 실제로는 전혀 그렇지 않군!"

코빅은 웃었다.

"그런 말씀 또 하시게 될 겁니다."

"국방부에서는 이 상황을 전혀 몰라. 그놈들은 이런 일이 닥치면 바보같이 행동하더군. 그놈들은 우리에게 하드웨어를 달라고 고개를 조아리고 나는 그런 상황을 즐기지."

"귀국하시면 인기가 매우 높아지시겠습니다."

"제대로 봤군, 코빅. 그리고 이 일을 제대로 해결하면……."

"백악관으로 진출하실 건가요?"

"물론이지. 언제나 바라던 거야."

메츠거의 눈은 오만하게 빛나고 있었다. 이 친구는 완전히 통제 불능 상태였다.

문이 열리고 커틀러가 들어왔다. 그의 한 손에는 여행 가방이 들려 있었고, 다른 한 손에는 뚱뚱한 서류 가방이 들려 있었다. 그는 코빅을 보고는 마치 총에라도 맞은 듯 멈춰 섰다.

메츠거는 커틀러에게 다가갔다.

"그래, 일은 다 끝났나?"

커틀러의 이마가 뻘게졌다. 그는 서류 가방을 바닥에 떨어뜨렸다.

"인상 펴, 커틀러! 우리들의 영웅을 모셨을 뿐이야. 여기 모두 모이니 좋지 않은가?"

상원의원은 코빅에게 말했다.

"창이 전 세계에 바보 자식 진계를 저지했다고 말하게 되면, 거리에 나가지 않는 것이 좋을 거야."

하강하는 헬리콥터의 엔진 소리가 커져왔다.

메츠거의 개인 경호원 두 명이 들어왔다. 둘 다 해병대 머리를 하고 있었다. 그들은 차려 자세로 선 다음 문을 열었다.

"상원의원님?"

"아아, 내가 탈 헬리콥터가 온 것 같군."

커틀러는 가방을 집었다. 그의 손은 떨리고 있었다.

"상원의원님, 같이 가고 싶습니다."

"커틀러, 미안하지만 안 돼. DC에서 만나자고."

커틀러는 문 양쪽에 버티고 선 메츠거의 경호원들을 보았다. 그들도 메츠거가 한 말을 제대로 듣고 있었다.

메츠거는 코트를 집어 들고 코빅에게 다가와 악수를 했다.

"잘해주었어, 코빅. 어떤 외국인들에게 자네는 매우 괜찮은 미국인으로 행세할 수 있을 거야."

메츠거는 특유의 큭큭대는 웃음소리를 내며 방을 나갔다.

코빅과 커틀러만 방에 남겨졌다.

67

커틀러는 여전히 서류 가방을 붙들고 있었고, 다른 손으로는 불안한 듯 허벅지를 만지작거리고 있었다. 마치 날지 못하는 새의 헛된 날갯짓을 보는 것 같았다. 먼저 말을 꺼낸 것은 커틀러였다.

"시간이 별로 많지 않아."

"메츠거는 준비해놓은 것을 보여주었죠. 그분은 지국장님이 진제에 대해 갖고 있는 생각에 대해서는 말씀이 없으시더군요."

커틀러는 묘한 웃음소리를 냈다.

"이건 다 창 제독의 계략이라니까."

"그런데 욕은 우리가 먹잖아요."

"그렇다고 멈추기에는 이미 늦었지."

커틀러의 이마에 작은 땀방울이 송골송골 맺혔다.

코빅은 한 걸음 더 가까이 다가갔다.

"국경 사건에 대해 사실대로 말씀하시는 게 좋을 겁니다. 메츠거는 그 일에 참가한 제게 의회 명예훈장급의 칭찬을 늘어놓더군요."

커틀러는 지친 표정으로 한숨을 쉬었다. 반역은 피곤한 일이었다.

"코빅, 다 알면서 왜 그러나. 세계가 복잡해질수록…… 우리가 하는 일도 어려워지고 있어. 매우 어려운 선택의 기로에 서고는 하지."

코빅의 마음속에서 분노가 용솟음쳤다.

"그래요. 그래서 그 선택을 내릴 때 나는 안중에도 없었나요?"

코빅은 탁자를 돌아 문으로 가서 커틀러의 탈출구를 차단했다.

"바보짓하지 마."

"바보짓의 정의에 따라 달라지겠죠. 저는 어차피 평생 동안 바보짓을 하면서 살아온 사람이에요. 바꾸기에는 너무 늦었죠. 진계를 어떻게 할 계획이죠?"

"그건 말할 수 없어."

코빅은 커틀러에게 가까이 다가갔다.

"코빅, 자네는 미국 공무원 신분이야. 잊지 마."

"둘러대지 말아요. 그 계획이나 말해달라고요."

코빅은 샴페인 잔을 집어 들어 탁자에 내리쳐 깨뜨렸다.

"메츠거가 대체 뭘 약속한 건가요? 자기가 대통령이 되면, 당신을 CIA 부장에 임명시켜주겠다고 했나요?"

깨진 샴페인 잔을 든 코빅은 한 걸음 더 가까이 다가섰다.

"코빅, 아직 선택의 여지는 있어. 자네 지금 엄청나게 힘든 거 알아. 하지만 우선 여기서 빠져나가야 하잖아."

"내게 선택의 여지는 없어요. 지국장님, 당신도 알잖아요."

커틀러는 코트 안으로 손을 집어넣었지만 코빅은 커틀러가 권총집에서 총을 빼내기도 전에 그를 걷어찼다. 훈련받은 대로라면 커틀러는 코빅의 동작을 방어해야 했지만 자만심 때문인지, 자신의 계획에 너무 자신이 있었기 때문인지 그는 제대로 방어하지 못했다. 커틀러가 쓰러지자 코빅은 발로 그의 불알을 걷어찼다. 커틀러는 몸을 동그랗게 말고 방바닥을 굴렀다. 마치 도로 일어나려고 애쓰는 바퀴벌레를 보는 것 같았다.

코빅은 몸을 굽혀 커틀러에게 소리쳤다.

"진계를 언제 어떻게 할 생각인지 당장 말해!"

커틀러의 숨에서 희미한 토사물 냄새가 났다. 코빅은 깨진 샴페인 잔을 그의 목에 갖다 댔다.

커틀러는 간신히 입을 열었다. 그의 쉰 목소리는 마치 속삭임처럼 들렸다.

원하는 이야기를 들은 코빅은 커틀러의 코트 안으로 손을 뻗어 시그 P226 자동권총을 꺼냈다.

"책상물림에게는 너무 큰 장난감이로군."

코빅은 일어서서 탄창을 점검했다. 그는 마치 국경에서 해병대원들을 죽인 추와 같은 자세로 커틀러 위에 섰다. 커틀러의 바지 안에서 졸졸졸 소리가 나더니 그의 바지가 젖었다. 강렬한 지린내가 풍겼다. 코빅은 권총을 조준했다.

"이건 올슨을 위한 거야."

코빅은 낮게 겨누어 한 발을 발사했다.

커틀러는 움찔했다. 그는 의자에 기대어 일어나려고 했지만 뒤로 미끄러져 넘어졌다.

"이건 포크너를 위한 거야."

코빅은 조금 더 높게 겨누어 또 한 발을 발사했다.

커틀러는 몸을 동그랗게 말았다.

"이해해줘! 조국을 위한 일이었다고!"

"'나의' 조국을 위한 일은 아니었지. 그리고 이건 프라이스를 위한 거야."

코빅은 더 이상 타오르는 분노를 주체하지 못했다.

코빅은 쏘고, 쏘고, 또 쏘았다. 탄창이 다 빌 때까지.

68

상하이, 콘티넨탈 컨퍼런스 센터

한나의 휴대전화는 꺼져 있는 모양이었다. 아니면 받을 상황이 아니거나. 코빅은 한나를 진제의 집회에 보낸 자신이 미웠다. 엘리베이터를 타고 내려가면서, 코빅은 한나에게 문자메시지를 남겼다.

'당장 나와! 폭탄이 있어!'

코빅이 차단선을 뚫고 호텔 밖으로 나와 차로 달려가는 동안 우는 밖에서 기다리고 있었다.

"콘티넨탈 컨퍼런스 센터로 가자, 당장!"

"네, 알겠습니다."

코빅은 손에 총을 들고 급히 서두르고 있었다. 그는 이제껏 코빅의 그런 모습을 본 적이 없었다.

"그 정보는 어디서 들으셨어요?"

"기념품점에서 구했다고 치자고. 우! 빨리 출발해! 진제를 구하려면 시간이 없어!"

콘티넨탈 컨퍼런스 센터는 세 블록이 약간 안 되는 거리였으나, 그 길은 군용차량들에 의해 막혀 있었다.

"저 친구들 1시간 전에 왔습니다. 많이도 왔군요."

"위성전화 좀 줘봐."

우는 차량을 후진시켜, 두 대의 군용 트럭 사이에 차를 넣은 다음, 자동차용으로 만들어지지 않은 것이 확실한 좁은 통로로 향했다.

"이쪽으로 가는 게 나을 것 같습니다."

코빅은 개리슨에게 전화를 걸었다. 개리슨은 전화가 울리기도 전에 받았다.

"그래, 지금 대체 무슨 일이 일어나고 있는지는 알아낸 건가?"

코빅은 알아낸 것을 모두 말해주었다. 이제 더 이상의 지체는 용납되지 않았다.

"커틀러는 국경에서 일어난 일을 알고 있었을 뿐 아니라, 창 제독과 함께 연출하기까지 했습니다."

"망할 자식. 확실한 내용인가?"

코빅은 메츠거와의 만남에 대해서도 간략히 설명했다.

"메츠거는 저 역시 그 일에 연관되어 있을 거라고 생각하고 있습니다. 대령님이 국방부에 보고하실 때 저와 함께 계셨으면 합니다."

"커틀러는 지금 어디 있나?"

"상상에 맡기겠습니다. 그리고 일전에 부탁드린 퇴각 작전을 부탁드립니다. 언제쯤 항공기를 띄울 수 있습니까?"

"이곳의 긴장은 높아졌어. 이 긴장이 해소되어야 하네."

"그전에 저는 죽을지도 모릅니다."

코빅은 전화를 끊었다.

그들이 탄 차는 컨퍼런스 센터 밖에 미끄러져 멈췄다. 코빅은 차가 완전히 멈추기도 전에 문을 열고 뛰어내렸다.

"내 옆에 딱 붙어. 언제라도 내가 고개를 돌리면 보이는 곳에 있으라고. 빌어먹을, 진제 이 친구는 언제나 사람을 구름처럼 몰고 다니는구먼."

플라자 밖에는 두 개의 큰 스크린을 보는 젊은이들로 발 디딜 틈이 없었다. 외부 도로에는 여러 대의 위성방송 중계차들이 줄지어 서 있었다. 환호하는 인파들 위로, 스피커에서 나온 진제의 목소리가 울려 퍼졌다.

"그리고 저는 이 모든 문제에도 불구하고, 동지애로 가득한 우리의 단결력은 우리를 분열시키려는 자들의 힘을 능가한다는 사실을 믿습니다."

코빅은 집단 희열을 느끼며 진제에게 지지를 보내고 있는 수천 명의 청중을 헤치고 나갔다. 시내 전체에 경찰과 군대가 깔려 있는데도 불구하고 이곳만큼은 이상하게 어떤 보안 대책도 보이지 않았다. 코빅은 로비에 들어가, 가장 가까이 있는 화재경보기를 시그 권총의 손잡이로 때려 작동시켰다. 누구도 전혀 신경 쓰지 않았다. 진제는 격류였고, 청중들은 그 격류 위에 떠내려가는 뗏목이었다. 코빅은 사람들을 피해가며 강당 안으로 들어갔다.

강당은 그야말로 입추의 여지가 없었다. 사람들은 통로를 가득 메운 것도 모자라서, 의자 등받이 위에도 서 있었다. 어떤 사람들의 얼굴에는 눈물이 흘러내렸다. 코빅은 양팔로 사람들을 헤치며 앞으로 나아갔다.

"우리 모두에게는 미래를 만들어 나가는 사명이 있음을 저는 알고 있습니다. 저는 우리들의 민주주의가 세계의 새로운 기준을 만들길 바랍니다. 이제 시작일 뿐인 금세기의 모범이 되기 위해서는……."

코빅은 진제를 둘러싼 사람들 속에서 한나를 찾아보았지만, 한나는 어디에도 보이지 않았다. 무대 근처에는 청중들로 빼곡했으며, 그 밀도는 앞으로 나갈수록 높아졌다. 코빅은 앞으로 나아가려 했지만 더 이상 갈 수 없었다. 그는 최후의 수단으로 시그 자동권총을 뽑아 하늘에 쏘아대며 소리쳤다.

"다들 나가요! 폭탄이 설치되어 있습니다!"

코빅 주변의 사람들이 모두 물러섰고, 순식간에 무대로 나아가는 길이 뚫렸다. 코빅이 쏜 총알은 샹들리에에 명중했고, 사람들에게 깨진 유리 파편이 떨어졌다. 몇몇 사람들은 비명을 질렀다. 이 정도는 되어야 이 사람들을 어떻게든 움직일 수 있었다. 진제는 연설을 멈추고 코빅을 보았다. 대체 이 미친놈은 누구지?

"진제, 여기를 당장 빠져나가야 합니다. 한나는 어디 있나요? 어디 있어? 한나!"

코빅은 양손으로 진제를 붙들고, 그를 무대 아래로 밀어 떨어뜨린 다음 무대 옆으로 끌고 나갔다. 계속 한나의 이름을 소리쳐 부르면서.

그때, 연단 근처 어딘가에서 거대한 폭광이 터져 나왔다. 폭광과 함께 터져 나온 폭풍이 코빅과 진제를 날려버렸다. 코빅은 날아가면서 진제를 놓쳤다. 잠시 동안 그의 눈에는 아무것도 보이지 않았다. 다시 시력을 회복한 코빅은 자신이 시체 더미 한복판에 떨어져 있다는 것을 알았다. 조명이 모두 나갔기 때문에 그들은 완벽한 어둠 속에 있었다. 폭발로 인해 귀가 잘 들리지 않았지만, 주변에서 수천 명의 사람들이 질러대는 비명은 코빅에게도 간신히 들렸다. 그는 빠져나와 숨을 쉬려 했지만 이미 공기는 먼지로 텁텁했다. 비상등이 깜박이며 기분 나쁜 노란색으로 빛났다. 코빅의 시력은 주변 조명 상황에 점점 적응이 되었다. 주변은 마치 안개처럼 먼지가 자욱했다. 움직일 수 있는 사람들은 마치 노출이 부족한 옛날 사진처럼 회색으로 보였다. 코빅은 한 걸음을 내딛으려 하다가 얼굴을 바닥에 박고 꼼짝도 안 한 채 쓰러져 있는 젊은 여자의 발에 걸려 넘어질 뻔했다. 코빅은 몸을 굽혀 여자의 몸을 뒤집어보았다. 여자의 초점 잃은 두 눈은 크게 떠져 있었고, 몸은 온통 피투성이였다. 그 여자는 한나가 아니었다. 코빅은 주변을 살피다가 진체를 발견했다. 진체는 어깨와 머리에서 피를 흘리며 일어나려 애를 쓰고 있었다.

코빅은 진체의 멱살을 잡아 일으킨 다음, 그를 부축해 쌓여 있는 시신들 밖으로 끌고 나갔다. 진체는 스스로 움직이기는 했지만 눈이 초점을 잃은 상태였다. 코빅은 깜박이는 비상구 등을 향해 더듬거리며 나아갔다. 스프링클러가 작동되어 그들의 몸을 적시고, 그들의 몸 위에 붙은 먼지를 미끄러운 진흙으로 바꿔놓았다. 코빅은 진체의 따귀를 때렸으나 그의 얼굴은 힘없이 한쪽으로 돌아갈 뿐이었다. 코빅은 진체의 상처를 살펴보았다. 중상인 것 같았다. 코빅은 다시 한나를 찾아 주위를 둘러보았다. 분명 그녀는 여기 있었을 것이다. 그러나 설마 폭발 때문에…….

"이 바보같이 순진한 놈! 너 때문에 여기 있는 사람들이 죄다 이 꼴이 됐잖아!"

진체는 무슨 말인지 알아들을 수 없다는 듯이 눈을 이리저리 굴렸다. 그런 진체를 보며 코빅은 슬슬 그를 버리고 혼자서 여기를 빠져나가고 싶어졌다.

하지만 곧 고개를 세우더니, 진체의 눈에 초점이 돌아왔다.

"난 도저히……."

"안 돼."

만약 창 제독이 앞길을 막는다면 코빅은 끝장이었다.

"자, 어서 와."

코빅은 계단이 나올 때까지 진제를 데리고 갔다. 먼지가 너무 심해 계단 끝에 탈출구가 있는지 없는지는 알아볼 수 없었다. 그러나 걸을 수 있는 부상자들이 코빅과 진제를 밀어붙이고 있었다. 코빅은 발을 헛디뎌 진제를 붙든 채 쓰러졌다. 여기서 빠져나가려는 사람들에게 밀려가던 몇몇 이들이 코빅과 진제의 뒤를 이어 넘어졌고 사람들 속에 파묻혔다.

꿈틀거리는 사람들 속에 파묻힌 코빅은 온몸이 뒤틀리고 질식할 것만 같았다. 코빅은 의식이 사라져 감을 느꼈다. 그는 스스로에게 말했다. 아직은 안 돼. 그러나 코빅은 진제도 놓치고 말았다. 자신이 인파 속에 파묻혀가는 것을 느끼며 사지에서 힘이 빠져 나갔다.

69

남중국해, USS 발키리

계단을 오르는 개리슨의 발걸음은 무거웠다. 아침도 거른 탓에 힘이 빠지고 있었다. 자신의 방으로 들어갈 무렵에는 배고픔과 피로로 정신이 몽롱할 지경이었다. 국방부 장관에게 '건틀렛', 즉 최고 기밀 보고서를 암호화해 발신한 것은 물론 퇴각 작전 승인 요청도 보낸 지 벌써 1시간이 지났다. 도대체 왜 이리 답변이 안 오는 건가?

그는 어젯밤 챙겨둔 초코바를 찾기 위해 군복 주머니를 두들겼다. 그때 빨간색 전화기가 울렸다. 그러자 그의 모든 피로는 사라졌다. 전화 저편에서 여자의 목소리가 개리슨 대령의 신분을 물었다.

"대령님 앞으로 건틀렛이 와 있습니다. 끊지 말고 대기해주십시오."

기다리는 동안 개리슨은 테이블 위의 큰 LED TV 화면을 켰다. 화가 난 시위대들이 셰비 서버반 차량에 불을 지르자, 둘러싼 군중들이 환호성을 질렀다. 그들 뒤에는 중국 민병대가 서 있었으나, 상황에 개입할 의지가 전혀 없어 보였다. 화면은 해군 제복을 입은 창 제독이 수많은 마이크 앞에 서 있는 모습으로 넘어갔다. 화면에 이런 자막이 떴다.

"오늘 저희는 암살당한 진쩨에게 진심으로 애도를 표합니다. 내일은 반드시 복수할 것입니다. 진쩨를 죽인 외국인들은 저희들의 뜨거운 분노를 맛보게 될 것입니다."

코빅이 경고한 대로였다. 창 제독은 미국을 비난하고 있었다. 그의 시선 한쪽에 누군가가 떨어뜨리고 간 게 분명한 반쯤 찌그러진 럭키 스트라이크 담뱃갑이 보였다. 담배를 끊은 지 근 18개월이 지났지만, 그는 마치 자석에 끌려가는 쇠붙이처럼 강한 흡연 충동을 느꼈다.

"개리슨?"

개리슨은 TV를 무음 모드로 하고, 헛기침을 했다.

"장관님, 안녕하십니까."

개리슨의 밝은 매너는 현재 상황에 너무나도 어울리지 않았다.

"통화 가능한가?"

"이 방에는 저 말고 아무도 없습니다."

"잘됐군."

"저의 요청은 받으셨습니까?"

"안 그래도 그 얘기를 하려던 참이었어."

장관은 기침과 한숨의 중간쯤 되는 긴 후두음을 내고는 말을 이었다.

"개리슨, 자네 보고서의 파괴력은 가히 원자탄급이야. 대체 무슨 배짱으로 거기에 자네 이름까지 내건 건가?"

개리슨은 저도 모르게 빈손으로 주먹을 쥐었다. 국방부에서 듣고 싶지 않은 소식을 전했다는 누명을 쓰고 비난을 받게 되는 개 같은 상황은 싫었다. 그러나 코빅과 같은 편이 된 것이 두렵지는 않았다.

"장관님, 아시겠지만 저도 자신의 안위를 제일 먼저 생각하던 나이는 이미 지났습니다."

"그래, 듣기 좋은 얘기로군. 하지만 개리슨, 누구도 여기에 이 문제를 가져오려 하지 않아. 그 점은 알았으면 하네."

"장관님, 상황은 정확히 코빅이 말한 대로 풀려가고 있습니다. 창 제독은 계엄령을 선포했습니다. 상하이는 대혼란에 빠져 있고, 우리 함대는 지금 중국 해군의 행동권 내에 있습니다. 상황이 계속 악화되어 창 제독이 불가침 조약을 파기한다면 우리는 데프콘 1을 발령해야 합니다. 제3차 세계대전이 벌어지는 것이죠. 그렇게 되면 누구도 이 전쟁이 어떻게 시작되었는지는 신경 쓰지 않을 겁니다."

"알겠네, 알겠어. 아직 거기까지는 신경 쓰지 말기로 하세."

도대체 장관은 개리슨의 말을 제대로 알아듣고나 있는 걸까? 상황이 얼마나 급박하게 돌아가는지 알고나 있는 걸까? 이렇게 되어 가는데 화도 안 난단 말인가?

장관은 속삭임에 가깝게 목소리를 낮추었다.

"다른 사람에게도 이 이야기를 했나?"

"장관님께만 했습니다."

"그럼 앞으로 다른 사람에게 절대 이야기하지 말게. 알았나?"

개리슨은 자신의 분노가 장관에게 들키지 않도록 애썼다.

"그러면 장관님, 현장의 우리 요원은 철수시켜도 됩니까?"

장관은 대답하기 전에 잠시 뜸을 들였다. 개리슨은 럭키 스트라이크 담뱃갑으로 손을 뻗었다. 찌그러지기는 했지만 아직 세 개비가 남아 있었다. 개리슨은 담배를 밀어 치웠다.

"그건 CIA의 문제지, 우리 문제가 아냐."

"장관님, 그 사람은 우리를 위해 엄청난 위험을 감수했습니다. 우리는 그 사람한테 빚을 졌단 말입니다."

"그래, 나도 코빅에 대해서는 잘 알아. 그리고 그의 과거를 용서하고 잊어준 자네도 대단하다고 생각해. 그러나 지금 코빅의 친구가 그리 많지 않아."

개리슨은 목구멍 안에서 분노가 끓어오르는 것을 느꼈다. 침을 삼키기조차 곤란할 지경이었다.

"그리고 우리 국방부는 더 이상 피를 보고 싶지 않네."

장관은 잠시 침묵을 지켰다가, 한결 부드러워진 목소리로 다시 말을 이었다.

"개리슨, 생각해보자고. 우리 예전에도 전화기에 대고 서로 언성을 높인 적이 많지 않았나. 하지만 그건 어디까지나 일 때문이야. 월급 받자고 그랬던 거라고."

개리슨은 장관이 이런 식으로 얘기를 풀어나가는 게 마음에 들지 않았다.

"퇴각 작전을 실시하다가 창 제독에게 발각되기라도 하면, 그자는 그걸 전쟁 행위로 여길 거야. 그러면 자네는 창 제독의 손에 놀아나게 된다고. 제발 움직이기 전에 잠시만 생각해보게."

개리슨의 손이 뭉개진 럭키 스트라이크로 향했다. 의지력이 소진된 것을 느낀 개리슨은 담뱃갑에서 담배 한 개비를 꺼냈다.

"장관님, 이미 그럴 단계는 지났습니다. 창 제독은 우리를 진계의 살인범으로 몰아가고 있단 말입니다."

장관은 길고 긴 고통스러운 한숨을 내쉬었다.

"미안하네, 개리슨. 작전 승인 요청은 기각하겠어."

전화는 끊어졌다.

개리슨은 수화기를 제자리에 놓으려고 했다. 그러다가 더 이상 수화기를 들고 있을 힘조차 남아 있지 않은 그는 그만 수화기를 놓쳐 탁자 밑으로 떨어뜨리고 말았다. 수화기는 벽에 부딪쳤다. 개리슨은 담배에 불을 붙였다. 마치 사형수가 죽기 전에 마지막으로 피우는 담배처럼 느껴졌다.

70

상하이, 콘티넨탈 컨퍼런스 센터

뭔가가 코빅의 한쪽 뺨을 때렸다. 반대쪽 뺨에도 통증이 왔다. 먼저 맞은 쪽 뺨이 또 아파왔다…… 너무 세게 때리는 것 같았다. 코빅은 공기를 급하게 들이 쉬었다. 숨을 쉴 수 있었다. 의식이 돌아왔다. 아직 살아 있다. 코빅은 눈을 떴다. 한나가 그를 굽어보고 있었다. 회색 먼지가 잔뜩 묻은 그녀의 모습은 마치 돌로 깎은 조각상 같았고, 주변이 어둑해서 제대로 보이지는 않았지만, 다치지 않았다는 것이 가장 중요했다. 코빅은 안도감이 몰려오는 것을 느꼈다.

"당신 어떻게……?"

코빅은 그녀의 팔을 붙잡았다. 한나는 어깨를 으쓱였다.

"그저 운이 좋았을 뿐이야. 예전에도 그랬다고 말하지 않았어?"

무대 아래는 사람들로 가득 차 있었다. 그들은 울고 소리 지르며, 마치 눈 먼 사람들처럼 더듬거리며 다른 사람들을 밟고 앞으로 나아가고 있었다. 한나는 코빅의 손을 잡았다.

"어서 일어나."

"진졔는 어디 있지?"

"그 사람, 병원으로 옮겨야 해."

진졔는 아직 살아 있었지만, 상태가 악화되고 있었다. 그의 셔츠 앞부분은 피 로 흥건했다. 코빅은 일어서서 한나와 함께 진졔의 양팔을 어깨에 두르고 부축 했다. 그리고 비상구로 보이는 곳으로 끌고 갔다.

"하지만 병원에 가면 살아서 나오지 못할 거야. 창의 부하들이 진졔를 찾아서 죽일 거라고."

"목과 어깨에 파편이 박혔어. 수술을 받아야 해."

그들은 결국 비상구에 도달했다. 그리고 짧은 계단을 고통스러우리만치 천천히 올라, 광장으로 나가는 얕은 경사로로 들어갔다. 컨퍼런스 센터는 불타고 있었고 밤하늘로 청회색 연기가 뿜어져 올라가고 있었다. 코빅은 진제를 잠시 땅 위에 내려놓고 상황을 살피며 우를 찾았다. 광장 바깥은 온통 난장판이었다. 구급요원들이 들것을 들고 달리고 있었고, 생존자들도 문을 통해 마구 쏟아져 나오고 있었다. 상당수의 생존자들이 상처를 입었거나, 다른 부상자들을 부축하고 있었다. 그들 뒤에서는 무장한 군인들이 트럭에서 하차하고 있었다.

"이런, 이미 시작되었군. 어서 진제를 데리고 나가야 해."

우의 모습은 어디에도 보이지 않았다.

"자, 어서 가자고. 시간이 없어."

코빅은 진제를 어깨에 부축한 다음, 한나를 데리고 줄지어 서 있는 TV 방송국 차량 쪽으로 갔다. 난장판 속에서 그들에게 눈길을 주는 사람은 없었다. 폭발로 인해 생긴 먼지가 모든 사람들을 회색으로 바꾸어놓았기 때문이었다. 그럼에도 불구하고, 코빅은 인파 사이를 헤치고 나가는 동안 고개를 계속 숙였다.

"이봐, 당신! 멈춰!"

방탄복을 입은 군인이 코빅의 팔을 잡았다. 한나는 그 군인에게 돌진해 방탄복을 입지 않은 사타구니를 발로 걷어찬 다음 가라데 기술로 쓰러지는 상대방의 목을 가격했다.

"됐어. 어서 움직이자고."

민병대는 건물 주변에 저지선을 치고 있었다. 진제의 지지자들을 광장 내에 가둘 목적이었다. 광장을 나가려던 사람들이 군인들과 몸싸움을 하고 있었다. 세 발의 총성이 울렸다.

"젠장."

또 다른 군인이 코빅을 보고 부상자들 사이를 헤집고 다가왔다. 그런데 그 군인은 갑자기 목을 움켜잡고 쓰러졌다. 주변을 둘러보던 코빅의 눈에 권총을 집어넣는 우의 모습이 보였다.

우가 이렇게 반가웠던 적은 없었다. 어깨에 매달려 늘어져 있는 진제의 몸무게를 무릅쓰고 코빅은 속도를 높였다. 한나도 코빅을 따라잡으려 애를 썼다.

"차는 어디 있나?"

"길이 막혀서 버리고 왔어요. 차 있는 곳으로 돌아갈 수도 없네요."

진제가 신음 소리를 냈다. 그의 몸에서는 여전히 피가 흐르고 있었다. 빨리 출혈을 멈추고 안정을 취해야 했다. 그러나 진제에게 부상을 입힌 파편은 여전히 그의 몸 안에 있었다. 코빅은 진제가 살아날 확률이 매우 낮다는 것을 알았다. 그리고 갈수록 그 확률이 낮아지고 있다는 것도 알았다. 코빅은 방송국 차량들을 보았다. 차량에 달린 접시 모양 안테나는 이 혼란을 전 세계로 생중계하고 있었다.

"좋은 생각이 떠올랐어."

코빅은 차량 중 한 대를 가리켰다.

"저기로 가자. 서둘러."

한 중계차에 도착한 코빅은 문을 두드리며 말했다.

"저는 미 정부 직원입니다. 열어주십시오."

문이 살짝 열렸다. 코빅은 열린 문에 손을 집어넣고 비집어 열었다. 그 안에는 코빅이 며칠 전에 구해냈던 젊은 TV 기술자가 타고 있었다. 그는 코빅을 처음 만났을 때와 마찬가지로 겁에 질려 있는 표정이었다.

"안녕하세요, 저를 기억하시겠습니까?"

기술자는 겁에 질려 꼼짝도 못했다.

"이봐요, 친구. 난 당신 편이라고요. 괜찮아요. 그저 조금만 도와주시면 됩니다. 성함이 뭐죠?"

"할입니다."

"할 씨, 저희는 이 차가 필요합니다."

"이봐요, 제게는 권한이······."

코빅은 차 안으로 비집고 들어가 할을 밀쳐냈다. 우와 한나도 코빅의 뒤를 따랐다. 좁은 문으로 진제를 집어넣느라 애를 썼다. 차 안에는 헤드폰을 착용한 다른 기술자도 있었는데, 그는 코빅 일행을 보고 의자에서 튕겨 일어섰다.

"이봐! 어딜 들어와? 당장 안 꺼······."

그러다가 피로 물든 셔츠를 입은 진제를 본 그는 말문이 막혔다.

"이런 세상에. 이 사람이 바로 그 사람이요?"

코빅은 카운터 위에 있던 모든 것을 밀어 떨어뜨렸다. 커피 잔도, 펜도, 물병도, 노트도, 휴대전화도 모두 치워버렸다. 그리고 손짓으로 우와 한나를 불렀다.

"진제를 이 위에 눕혀. 내가 볼 수 있도록. 이 차에 구급약은 있나요?"

헤드폰을 낀 사내가 작은 캐비닛을 열어 소독약과 붕대 여러 개를 꺼냈다.

"전쟁터에 어울리는 약은 아니군요."

코빅은 진제의 셔츠를 찢어 열었다. 날카로운 파편 하나가 진제의 목으로 들어가 어깨 속으로 파고들면서 쇄골 바로 아래에 피가 가득 찬 도랑을 만들었다.

"숨어 붙어 있는 게 기적이구만."

헤드폰을 낀 사내가 비틀거리며 TV 모니터들이 가득한 벽에 몸을 기댔다. 그의 얼굴이 하얘졌다.

"할 씨, 동료 분을 데리고 차 앞좌석으로 잠시 가주시겠어요?"

할의 시선은 TV 모니터에 못 박혀 있었다. 그 속의 창 제독은 마이크에 둘러싸여 전 세계에 연설을 계속하고 있었다.

"이런, 이 사람 말로는 진제가 벌써 죽었다는데요."

코빅은 진제의 상처를 살피고 있었다.

"창 제독이 말했다면 분명 사실이겠죠. 우리는 우리 할 일만 하면 됩니다."

"하지만······."

헤드폰을 낀 사내는 여전히 카운터 위에 누운 진제를 바라보고 있었다. 그는 슬슬 제정신이 돌아오는 듯했다. 그리고 자신의 눈앞에 단독 보도해야 할 특종

감이 누워 있음을 깨닫는 눈치였다. 코빅도 그걸 눈치채고 헤드폰 사내의 멱살을 잡았다.

"이봐요. 꿈도 꾸지 말아요. 섣불리 움직이면 당신이랑 당신 동료를 죽여버릴 수밖에 없어요. 아직은 진제 이야기를 중국 밖에 내보내서는 안 돼요. 대신 더 좋은 뉴스거리를 드리죠. 지금 당장 푸동 로얄 호텔에 가보세요. 맨 꼭대기 층에 미국 첩보요원 한 명이 죽어 있을 겁니다. 그자는 조국에 대한 반역죄로 총살당했어요. 그 사람의 이름은 에드워드 커틀러. 그 사람을 보도하기만 하면, 당신은 우드워드나 번스타인만큼 유명해질 거예요."

두 방송인은 서로를 바라보고 나서, 차량 앞좌석으로 향했다. 코빅은 차 안을 뒤져, 응급처치를 할 수 있는 장비를 찾기 시작했다. 그러다가 진제의 머리를 받치고 있는 한나에게 눈길을 주었다.

"이 사람의 환부를 소독해야 옮길 수 있을 것 같아."

한나는 파편이 박혀 있는 상처를 가리켰다.

"이것부터 빼내야 할 것 같은데."

코빅은 고개를 저었다.

"안 돼. 야전 의료의 제1원칙은 환자를 압박 지혈한 다음 전문가에게 넘기는 거야. 지금 당면한 최대 문제는 출혈을 멈추는 거라고. 우리가 할 수 있는 모든 조치를 취한 다음에 여기서 빠져나가는 게 제일 좋아."

진제는 몸을 뒤틀며 신음 소리를 냈다. 상태가 별로 좋아 보이지 않았다. 한나는 화장지로 진제의 눈썹을 닦았다. 한나의 고집은 완고했다.

"파편이 계속 안으로 파고들고 있어. 더 들어가서 동맥을 건드리기라도 하면······."

진제의 몸 아래에서는 갈수록 더 많은 피가 스며 나오고 있었다.

"이 사람을 뒤집어야겠어."

코빅은 진제의 몸을 조심스럽게 뒤집었다. 진제의 등에도 커다란 핏자국이 있었다. 한나는 진제의 셔츠를 찢었다. 우가 나직이 중얼거렸다.

"이런 망할."

진계의 옆구리에 사출구가 나 있었다. 또 다른 폭탄 파편이 그의 몸을 관통한 것이다.

"이런, 큰일 났군. 가장 큰 파편을 먼저 제거해야겠어."

"어떻게 제거할 생각이지?"

코빅은 밴 안에 실려 있는 물건들을 살펴보다가, 보드카 한 병을 발견했다. 음주를 즐기는 방송인들에게 축복이 있을 지어다!

"이걸로 일단 시작해야겠군."

차 문 근처의 옷걸이에는 눈에 잘 띄는 노란색 재킷이 걸려 있었다. 그는 재킷을 들어내 한쪽으로 치우고, 옷걸이를 손에 집어 든 다음 빠르게 움직였다. 코빅은 옷걸이를 휘어 바비큐 집게같이 만들었다. 그는 그 집게를 엄지와 검지로 쥔 다음 집게가 맞물리도록 조절했다.

"그리 정밀하지는 않지만 이 정도면 됐어."

"당신, 예전에도 이런 거 해본 적 있어?"

코빅은 씩 웃었다. 한나가 그 미소를 보고 안심하기를 바랐다.

"뭐든지 처음은 있는 법이지."

한나는 고개를 저었다.

"어쩜 그렇게 모든 일에 자신만만할 수 있지?"

코빅은 미소를 계속 지어 보이려고 애썼다.

"전혀. 나는 다만 이 방법이 먹히기를 바랄 뿐이야."

코빅은 환부와 집게에 보드카를 부었다.

"한나. 진계를 붙들어. 우, 자네는 반대편을 맡아. 환자가 상당한 통증을 느낄 거야."

코빅은 집게를 환부에 쑤셔 넣었다. 진계는 마치 전기충격이라도 받은 듯 몸을 들썩였다. 한나는 진계의 팔을 꽉 붙들었다.

"이건 좋은 현상이야. 아직 살아 있다는 소리거든."

코빅은 직접 만든 집게를 진제의 어깨에 박혀 있는 짙은 색의 날카로운 파편에 가져다 댔다. 파편이 박힌 곳에서 계속 피가 나오고 있었다. 코빅은 기도하는 심정으로 파편을 집게로 움켜잡은 다음, 위로 조심스레 뽑아냈다.

"유레카!"

코빅은 집게를 위로 들어올렸다. 집게에는 피를 뚝뚝 떨어뜨리는 골프공만 한 파편이 물려 있었다. 코빅은 빈손으로 한나에게 붕대를 건넸다.

"됐어. 이제 응급처치를 해주면 움직일 수 있을 거야."

"어디로 갈 거지?"

"상하이를 벗어나 해안으로 가야지. 마오지아와 탕루 항구 사이에는 해상 퇴각이 가능한 곳이 많아. 거기 가서 RHIB를 타면 몇 시간 내로 미국 군함에 도착할 수 있어."

"RHIB가 뭐지?"

"경식 선체 팽창식 보트, 간단히 말하면 고속단정이야. 바다의 포르쉐라 할 수 있지."

한나는 진제의 셔츠 잔해를 찢어 두툼한 패드를 만든 다음 압박붕대로 사용했다. 그 다음 진제의 어깨와 옆구리에 붕대를 감아주었다.

정신이 든 진제는 통증에 얼굴을 찡그리며 일어나 앉았다. 그리고 말했다.

"미안하지만 난 상하이를 떠나지 않겠어요. 동포들을 버릴 수 없습니다. 저는 끝까지 그들과 함께할 거예요. 그렇지, 한나?"

코빅은 진제를 보다가, 시선을 한나에게로 옮겼다. 왜 한나는 이 사람의 모든 말에 목을 매는 걸까? 코빅은 팔짱을 끼고 카운터에 몸을 기댔다.

"진제 씨. 저와 제 친구들은 당신을 구하기 위해 목숨을 걸었어요. 당신의 이상주의적 구라를 더 이상 들어줄 여유는 이제 없습니다. 방금 전 창 제독은 당신이 우리 미국인들 손에 죽었다고 전 세계에 발표했어요. 여기 남아 있으면 그는 당신을 어떻게든 찾아내서 죽인 다음 전 세계의 언론사에 당신 시신을 보여줄 겁니다. 그래도 괜찮나요?"

"제 마음은 이미 정해졌습니다."

진제와 코빅은 한나를 보았다.

코빅은 한숨을 쉬었다.

"당신이 여기 남으면 한나도 남을 겁니다. 당신이 스스로 늑대 밥이 되는 건 상관 안 하겠어요. 하지만 이 여자까지 끌고 들어가지는 말아요."

진제는 고개를 숙이고 맥없이 한나를 바라보았다. 그는 마치 버려진 강아지 같았다. 한나는 진제를 사랑했나? 코빅은 억지로 그 생각을 하지 않으려 했다.

"그래요. 그럼 이 점을 생각해봅시다. 나치가 프랑스를 침공했을 때 드 골 장군은 어떻게 했습니까? 그는 프랑스를 빠져나가서 영국의 도움으로 동지들을 모은 다음, 몇 년 후 전승연합국의 일원으로 파리에 입성하는 데 성공했잖아요."

진제는 고개를 저었다.

"하지만 장제스의 운명은 매우 달랐지요. 그는 마오쩌둥과의 전투를 포기하고 대만으로 도망간 다음, 두 번 다시 본토에 돌아오지 못했잖습니까?"

역사란 게 다 그렇지 뭐. 코빅은 스크린을 바라보았다. 어떤 중국 군인이 나와서 지침을 전달하고 있었다.

"모든 외국인들은 지유 타워에 집결해서 철수를 준비해주십시오."

코빅은 긴 한숨을 내쉬고 우를 보았다. 우는 침묵을 지키고 있었다. 정치적으로 올바른 행동이었다.

"알겠습니다. 우리는 우리 식대로 하죠. 우, 어서 여기를 빠져나가자고."

코빅이 차량의 문을 열자, 엉망진창이 된 바깥의 소음이 그들을 덮쳤다. 여러 번의 총성이 더 들렸다. 코빅이 차 밖으로 발을 내딛는데 누군가가 코빅의 어깨를 잡았다. 한나였다.

"제발……."

"제발 뭘 어쩌라는 거야?"

한나는 모든 힘이 빠져나간 것처럼 보였다. 그녀는 작고 연약하고 외로워 보였다.

코빅은 한나의 어깨를 잡았다.

"한나, 당신이 진졔 때문에 죽는 건 보고 싶지 않아."

한나는 간절한 마음을 담아 코빅을 바라보았다.

"코빅, 진졔는 내가 꼭 탈출시키겠어. 내 방식대로. 당신 방식대로 탈출하는 건 그의 자존심이 허락지 않으니까."

71

그들은 중계차들 사이로 살금살금 움직였다. 그리고 자신들이 군용 트럭 원형진에 포위당한 것을 알았다. 한나는 진졔의 얼굴을 알아보지 못하게 남은 붕대를 그의 얼굴에 잔뜩 감아놓았다. 그리고 우는 진졔를 부축하면서 사람들 사이를 조심스럽게 헤쳐 나갔다.

"진졔는 지금 상태가 무척 좋지 않아. 멀리 걸을 수 없다고."

"자동차가 있어야겠는데. 여기서 빨리 빠져나가야 해."

"무슨 수로 민병대의 포위망을 돌파하지?"

코빅의 발걸음이 빨라졌다. 그는 컨퍼런스 센터 주변에서 들려오는 불협화음 속에서 소리 없이 움직였다. 그들은 두 대의 트럭 사이에 서 있는 어린 병사에게 다가갔다. 코빅은 몸을 낮춘 다음 어깨로 그 병사의 배를 들이받은 다음 창 펭 기관단총을 빼앗아 총의 개머리판으로 관자놀이를 때렸다. 그 다음 코빅은 트럭의 문을 열었다.

"이걸 타면 어딜 가나 무사통과겠지."

그들은 힘을 합쳐 진졔를 운전석에 태웠다. 코빅은 시동을 걸고 기어를 1단에 놓았다.

무려 네 명이나 트럭 앞좌석에 나란히 끼어 탄 꼴이었다. 진졔가 누울 자리는 없었으므로 그도 똑바로 앉아 있어야 했다. 코빅은 트럭을 출발시켜, 대열에서 이탈시켰다.

"가급적 고개를 숙여."

차단선 저편의 도로에는 아무도 없었다. 코빅은 액셀러레이터를 힘껏 밟았고 차에는 가속이 붙었다. 달리다 보니 여러 명의 모터사이클 공안들이 앞의 교차로를 가로막고 있는 것이 보였다.

우는 총을 잡았다.

"대장, 속도를 줄여요. 정상적으로 몰아요. 이런 상황에서는 누구도 군용 트럭을 추격하진 않을 거예요."

"그래, 알았어."

모터사이클 공안이 걸어 나와 정지 신호를 보냈다.

"운전석 안을 본 모양이야. 좆됐구먼."

공안은 몸을 돌려 교차로로 오는 다른 뭔가를 향해 수신호를 보냈다. 그것은 두 대의 전차 수송차량이었다. 한나가 말했다.

"그냥 의례적인 거야. 자신들도 일한다는 걸 보여주려는 거라고."

"그냥 폼은 아닐지도 몰라."

전차 수송차량들이 통과하자, 공안은 앞으로 나오라고 신호를 보냈다.

"제길, 이런 방식을 원한 건 아니었는데."

코빅은 공안의 수신호를 무시하고 좌회전을 했다. 그러나 또 다른 공안원이 트럭 앞으로 끼어들며 미친 듯이 수신호를 보냈다. 코빅은 차를 더 왼쪽으로 꺾었다. 첫 번째 공안원의 모터사이클이 트럭에 밟혀 박살이 났다.

"이런."

"저 친구한테는 미안하게 됐군."

더 많은 전차들이 다가오고 있었다. 코빅은 전차 대열의 빈틈으로 빠져나가 속도를 냈다. 상대는 보기보다 빨랐다. 사이드미러를 보니 두 번째 공안원이 모터사이클을 타고 쫓아오는 것이 보였다. 채 한 블록도 못 가서 공안원은 코빅의 트럭을 따라잡아 운전석을 향해 총을 겨누었다. 코빅은 앞에서 오는 다른 트럭을 피하려고 차를 꺾은 다음, 공안원이 따라오려 하자 운전석 문을 활짝 열었다. 그 공안원은 차 문에 머리를 박은 다음, 모터사이클에서 튕겨 날아가 땅에 떨어져 데굴데굴 굴렀다.

"이런 건 영화에서만 봤는데, 실제로도 쓸모 있는 줄은 몰랐군."

휴대전화를 보고 있던 우가 고개를 들었다.

"이놈들이 도시를 빠져나가는 통로를 모두 봉쇄하고 있어요. 누구도 빠져나갈 수 없어요."

"알 게 뭐야?"

그들은 후샨 고속도로 입체 교차로로 들어가는 진입로에 있었다. 이곳은 갓길까지 꽉 막혀 있었다. 사람과 화물을 실은 승용차와 미니버스들이 도로를 점령하고 있었다. 상자, 심지어는 가축까지 실은 차량도 있었다.

"여기서 할 일은 하나뿐이군."

코빅은 브레이크를 밟아 거칠게 턴을 한 다음 진입로를 되돌아 나갔다. 진입로로 들어오던 다른 운전자들이 모두 놀라 피했다.

"우, 위성전화의 감도 상태를 봐줘."

우는 잠시 위성전화를 주물럭거렸다.

"신호가 매우 약합니다. 문자메시지 정도면 송수신이 가능할지도 모르겠네요."

"그래? 그러면 내가 문자 보낼 동안 운전대 좀 맡아줘."

코빅은 위성전화를 낚아챈 다음 문자메시지를 입력하고 송신 버튼을 눌렀다.

72

남중국해, USS 발키리

개리슨은 문자메시지를 들여다보았다.

'상하이에서 빠져나갈 길은 없습니다. 지 유 타워의 옥상이 철수 집결지입니다. 진제를 무사히 확보했으니 이제 누구도 헛소리 못할 겁니다.'

개리슨은 혼자 미소를 지었다. 코빅은 개리슨이 마련한 퇴각 수단이 안전치 못하다는 것을 정확히 알고 있었다. 하지만 진제를 확보함으로서 상황은 새로운 국면으로 접어들었다. 코빅이 알려주기 전까지 개리슨은 진제가 살아 있다는 것을 알지 못했지만, 이제 개리슨은 코빅을 데리고 나올 방법들을 연구하기 시작했다. 국방부에 머리를 조아리기는 싫었다. 장관이 말했듯이 국방부는 이미 결정을 내렸다. 그것도 나름대로는 옳은 판단이었지만, 개리슨은 자신이 옳다고 생각하는 일을 하고자 했다.

"던컨. 지 유 타워를 보여주게."

던컨 대위가 키보드를 두들기자 벽에 걸린 화면에서 무음 상태로 나오던 CNN 방송이 사라지고, 대신 지 유 타워를 찍은 항공사진이 나왔다. 탁자 주변에 있던 세 명의 해병대원들은 그 사진을 유심히 살펴보았다.

레커가 휘파람을 불었다.

"건물이 더럽게 큰 것 같습니다."

개리슨은 기침을 하고, 상황을 눈치채지 못하는 레커를 바라보았다.

레커는 황급히 시선을 바닥으로 깔았다.

"죄송합니다, 대령님."

"사과는 됐네. 방금 한 말이야말로 매우 정확한 표현이라 할 수 있거든."

스크린을 바라보고 있는 세 명의 해병들 중, 개리슨 대령의 절반만큼이라도 나이를 먹은 사람은 없었다. 유능한 젊은이들을 다시 사지로 내보내는 건 아닐까? 이런 짓을 얼마나 더 오래 할 수 있을까? 이제 이런 일은 그보다 훨씬 젊고 상상력이 부족한 사람이 해야 어울렸다.

팩이 어깨를 으쓱였다.

"공수투입되기에는 상황이 너무 안 좋습니다."

개리슨은 지도 위에 몸을 굽히고 도시 주변에 손가락으로 동그라미를 그렸다.

"물론 지금 상하이 공역에 들어가면 죽을 게 뻔하다. 하지만 긍정적인 부분을 봐주길 바란다. 지상에서는 엄청난 혼란이 벌어지고 있고, 그걸 틈타서 움직일 수 있어. 지 유 타워와 해안 사이의 거리는 1.6킬로미터도 안 된다. 그리고 지유 타워는 상하이 주재 외국인들의 철수 장소이니까, 외국 민간인들 사이에 섞여 있으면 저기 들어갈 때 누구도 신경 쓰지 않겠지."

아이리쉬는 그 이후의 상황을 미리 생각하고 있었다. 그런 생각을 하는 사람이 있다는 건 다행이었다.

"대령님, 그러면 그 사람들과 지상에서 만날 수 있습니까?"

"그들과 통신할 수 있다면 가능하겠지. 하지만 아무것도 가정하지 말게. 그리고 그 사람은 여러 명의 요인을 데리고 있어. 때문에 그들이 건물에 숨어 있을 가능성도 있어."

해병대원들은 자신들이 매우 엄청난 일을 해야 한다는 사실을 깨닫고 아무 말도 하지 않았다. 아이리쉬가 자신 없는 태도로 손을 들어 질문했다.

"대령님, 코빅이라면 올슨과 북한에 같이 갔던 그 사람입니까?"

모두가 개리슨 대령을 쳐다보았다. 어떤 반응이 나올지 기다리는 눈치였다. 이들도 모두 알고 있었다. 이들에게 뭐라고 말해줘야 할까? 이렇게 큰 배 안에서도 소문은 돌고 돈다. 개리슨은 해병대원들을 차례차례 바라보았다.

"그 점을 가지고 논쟁을 벌이고 싶지는 않다. 이번 임무는 내가 독단적으로 기획한 것이고. 내 윗사람들 중 누구도 승인을 해주지 않았다는 얘기지. 그래도 나는 코빅을 거기서 구출하려 한다. 그 사람은 올슨과 다른 사람들이 당한 일의 진실을 알기 위해 목숨을 걸었으니까. 그건 나뿐만 아니라 우리 모두에게 의미 있는 행동이지."

누구도 말을 하지 않다가 결국 팩이 손을 들었다.

"말하게."

"대령님. 코빅은 그 임무에서 어떻게 혼자 살아남은 겁니까?"

개리슨은 책상 위에 놓은 아들 토미의 사진으로 시선을 떨구었다.

"어떤 사람은 다른 사람들보다 훨씬 강한 운을 타고 태어난다네. 그리고 내가 생각하기에 코빅은 그 운이 정확히 언제 고갈될지 궁금할 테지."

73

상하이, 지 유 타워

지 유 타워를 이루고 있는 건물들은 모두 높이가 140층에 달한다. 상하이의 최고층 빌딩이다. 하지만 오늘 5층 이상의 조명등은 모두 꺼져 있었고, 그 모습은 거대한 묘비 같았다.

"어떻게 할 건가요?"

한나는 정문 앞의 상황을 살폈다. 외국인들이 긴 줄을 지어 서 있었다. 짐을 끌고 있는 사람도 있었고, 아이들을 데리고 있는 사람도 있었다. 대여섯 명의 군인들이 그들을 줄 밖으로 나오지 못하게 지키고 있었다.

"우, 트럭을 포기하고 저 안으로 잠입해. 군복을 한 벌 훔친 다음에 우리가 쓸 무기도 몇 개 구해줘. 엘리베이터 앞에서 보자고."

코빅은 한나를 돌아보았다.

"우리는 정문으로 들어갈 거야."

"저 사람들 눈에 안 띄게?"

"평범한 사람들 행세를 하면 된다고. 내가 알아서 잘 말할 테니 당신은 연기만 잘하면 돼. 당신은 내 아내, 그리고 진졔는 당신 오빠 행세를 하면 되지. 우리는 캐나다 사람이고. 무기는 진졔의 주머니에 넣어. 아마 진졔의 몸수색을 하지는 않을 테니."

한나는 코빅을 보았다. 이 사람은 천재인가? 아니면 광인인가?

코빅은 한나의 손을 꽉 잡았다.

"날 믿어."

진제의 상태는 그리 좋아 보이지 않았다. 그의 눈은 반쯤 감겨 있었고, 그의 머리는 똑바로 세울 기운이 없는 듯 자꾸 처졌다.

코빅은 진제의 턱을 잡고 고개를 치켜세웠다.

"자, 당신 팬들의 환영은 없을 거요. 잠시 동안은 보통 사람 행세를 해줘야겠어요. 연기력 한번 보자고요."

진제는 힘없이 고개를 끄덕였다. 분명 그는 말싸움을 할 기력마저 없었다.

한나는 매우 걱정스러워 보였다.

"대체 무슨 수로 여기서 빠져나가겠다는 건지 이해가 안 되네."

코빅은 한나에게 걱정 말라는 듯 웃어 보였다.

"분명 잘될 거라고 약속하지. 나를 따라와 주기만 하면 된다고."

코빅은 이미 캐나다인 행세를 시작했다. 그는 줄 앞으로 나가려고 애를 쓰면서 불평을 늘어놓았다. 코빅은 한 팔로 붕대를 두껍게 감은 진제를 부축하고 있었다. 한나도 반대편에서 진제를 붙들고 있었다. 코빅은 거칠게 화를 내며 고함을 질러댔다.

"여기 책임자 누구야? 당장 알아야겠어. 당신들이 무슨 짓을 했는지 알기나 해? 우리 처남을 좀 보라고! 정신 나간 운전사가 처남을 이 꼴로 만들었어. 빌어먹을! 중국에서는 운전을 어떻게 가르치는 거야? 사고현장을 찍은 휴대전화 사진도 있어. 책임자하고 얘기를 하고 싶어. 어디 있어?"

젊은 민병대원 한 명이 앞으로 나오더니, 진제가 흘린 피를 보고 혀를 끌끌 찼다.

"여권 좀 보여주시겠습니까?"

코빅은 민병대원과 싸움이라도 할 것 같은 태도로 빈손을 흔들었다.

"여권? 여권? 푸하하! 여권 같은 소리하고 자빠졌네. 그래, 방금 전까지만 해도 필요한 서류는 다 가지고 있었어. 짐도 있었고, 우리 마누라 보석도 챙겨 왔다고. 그런데 지금은 우리한테 뭐가 남아 있는지 알아?"

코빅은 빈손으로 한나와 진제를 가리켰다.

"우리 세 사람 몸뚱이가 전부야! 나머지는 당신네 트럭하고 부딪혀서 다 불타 없어졌다고!"

민병대원은 꽤 당혹스러운 표정이었다. 좋은 출발점이었다. 코빅은 입구를 향해 손을 흔들었다.

"자! 만약 다른 문제가 없다면 어서 들어가서 우리 처남을 치료했으면 좋겠어. 안 도와줄 거면 각오하는 게 좋을 거야."

코빅은 젊은 병사가 자신의 말을 거의 알아듣지 못했지만, 코빅이 말하고자 하는 요점은 눈치챈 것 같았다. 병사가 앞으로 걸어 나왔다.

"저, 도와드릴까요?"

"그래, 그래야지. 어서 오라고."

그 병사는 진계의 한쪽 팔을 잡았다. 코빅은 한나의 얼굴을 보았다. 그리고 줄 앞쪽에 선 어느 가족의 뚱한 표정을 보았다.

"소동을 부려 죄송합니다. 그러나 어차피 모든 인류는 한 가족 아니겠습니까?"

그러면서 코빅은 한나를 보았다.

"여보 봤지? 세계 어딜 가건 제복 입은 사람들은 다 똑같아. 타당한 이유를 말하면 된다고."

또 다른 병사가 문을 열어 고정했고, 나머지 사람들은 다른 줄 선 사람들이 보는 가운데 붕대를 감은 진계를 부축했다.

그들은 지 유 타워 내에 들어왔다.

타워의 로비는 말끔하고 단정한 곳이었지만, 외국인 난민들이 잔뜩 몰려온 상황에서 원래의 분위기는 사라졌다. 아랍인, 아프리카인, 인도인, 유럽인 등 모든 국적의 사람들이 가족들을 데려와 짐짝들 사이에 앉거나 누워서 불확실한 운명을 기다리고 있었다. 코빅 일행을 도와준 병사는 이 까칠한 외국인들에게 더 이상 말려들고 싶지 않았다. 그는 진계의 부축을 도운 후 왔던 길로 사라졌다.

데스크에 직원은 없었다. 소총을 든 군인들이 사람들 사이로 어슬렁거리며 다녔다. 클립보드를 든 장교 여러 명이 사람들에게 이런저런 질문을 하고, 서류를 확인했다. 간호사 한 명이 사람들에게 물병을 나눠주고 있었다. 로비 저편 엘리베이터에는 우가 있었다. 우는 완벽한 중국 군인의 복장을 갖추고 기관단총도 한 정 가지고 있었다.

돈 많아 보이는 아랍인들이 호텔 짐꾼들이 많이 쓰는 대형 수하물 트롤리를 끌고 다니고 있었다. 코빅은 진계를 가리키며 그들에게 말을 걸었다.

"죄송합니다만, 그것 좀 빌릴 수 있을까요?"

아랍인들은 신경도 안 쓰는 것 같았다. 그런데 열 살도 채 되지 않은 듯한 나이 어린 아랍인 꼬마가 트롤리 위에 올라가서 잔뜩 쌓인 가방을 내리기 시작했다. 그 아이의 행동에는 자기 부모의 이기심에 대한 비난이 실려 있었다.

"꼬마 친구, 아저씨는 너에게 정말로 큰 빚을 졌다. 고맙구나."

한나는 빈 트롤리에 진계를 눕힌 다음, 그를 엘리베이터로 끌고 갔다.

그때, 한나의 시선 한구석에 누군가가 손을 흔드는 것이 보였다. 코빅은 계속 가자고 한나의 몸을 세게 끌어당겼다. 멋진 트렌치코트를 입은 금발 미녀가 같이 온 사람에게서 떨어져 깡충 뛰어오르고 있었다.

"여기 봐, 한나! 여기! 나 케이티야!"

"이런, 안 돼."

코빅이 속삭였다.

"괜찮아, 연기를 계속해. 우호적으로 대하라고. 계속 움직이면서."

한나는 손을 흔들어 답례했다.

"정말 안 좋은걸."

케이티라는 여자는 한나에게 뛰어와 키스했다. 여기를 동창회쯤으로 여기고 있는 걸까?

"이런, 하필이면 여기서 만나다니! 네가 여기 있을 줄은 정말 몰랐어."

한나를 보고 기뻐하던 케이티의 표정에, 코빅과 진계를 보자 당혹감이 떠올랐다.

한나는 미소를 지으며 고개를 끄덕였다. 코빅은 뭐라고 소개할까? 한나는 결코 코빅을 버리지 않겠다고 결심했다. 그들의 목숨은 앞으로 할 말에 달려 있었다.

"응, 많은 일이 있었지."

한나는 코빅을 가리키며 평소의 그녀답지 않게 소녀다운 웃음을 지었다.

"우리 남편이야. 캐나다 사람이고."

"어머나, 세상에! 결혼했는데 페이스북에 말 한마디 없었던 거야? 정말 대단하네!"

케이티는 코빅을 바라보며 미소를 지었다. 코빅도 웃어 보였다.

"그래, 우리 아직 신혼이야. 결혼한 게 그리 큰일인가? 아무튼 만나서 반가워."

한나는 계속 말을 이어갔다.

"그리고 이쪽은 우리 오빠야. 우리는, 음, 아무튼 문제가 좀 있어."

하지만 케이티는 듣기를 멈추더니, 그와 같이 있던 사람에게 손을 흔들었다.

"칩! 여기 좀 와봐요!"

칩이라는 남자가 오더니 인상을 찌푸렸다. 그의 트렌치코트는 진흙 범벅이었다. 한나를 보는 칩의 시선에서는 중국인들에 대한 혐오감이 배어 있었다.

"이봐요, 이 여자는 중국인인데 어떻게 여기 온 거예요?"

케이티의 표정에 당혹감이 나타났다.

"한나는 캐나다 사람과 결혼했어. 그리고 그게 당신이랑 무슨 상관이죠?"

"그건 그렇다 치고, 저 사람은 뭔가요?"

칩은 트롤리 위에 꼼짝도 하지 못하고 누워 있는 진제를 가리켰다. 코빅은 칩이라는 인간이 어떤 놈인지 이미 파악했다. 앵글로 색슨 백인 신교도라는 자부심 빼면 아무것도 없는 놈이었다. 코빅은 살면서 이런 놈들 때문에 언제나 골치가 아팠다. 코빅은 칩의 불알을 걷어차 주고 싶었다. 하지만 코빅의 내면에서는 냉정을 유지하라고 경고했다.

다른 사람들도 이쪽을 보기 시작했다. 케이티도 트롤리 위에 누워 있는 진제를 보았다. 진제의 얼굴에 감겨져 있던 붕대가 흘러내렸다. 케이티는 손으로 입을 가렸다.

"이런 세상에."

코빅은 몸을 굽혀 붕대를 제 위치에 돌려놓았다.

"네. 저희 처남은 상태가 매우 안 좋습니다. 여기 오다가 교통사고를 당했거든요. 저희는 이 친구를 위층의 의사에게 데려가야 합니다."

코빅은 트롤리를 다시 옮기기 시작했다. 그러나 칩이 트롤리 앞을 가로막았다. 그는 눈을 크게 뜨고 진제를 보는 아내 케이티를 못마땅한 표정으로 바라보았다.

"여보, 그 사람이 누군데 그렇게 뚫어져라 보는 거야?"

코빅은 엘리베이터 앞에 선 우를 보았다. 우가 움직이는 손끝을 보니 클립보드를 든 사람 한 명이 그들 쪽으로 다가오는 것이 보였다.

코빅의 목소리는 낮았지만 강해졌다.

"이봐요, 친구들. 우리 가던 길 계속 가게 협조 좀 부탁드립니다. 알았죠? 다들 냉정해지자고요. 우리 모두 여기서 멀쩡히 나가고 싶잖아요."

케이티가 칩에게 뭐라고 귓속말을 하자, 칩의 얼굴은 분노로 시뻘게졌다. 칩은 진제를 내려다보고는 다시 코빅의 얼굴을 올려다보았다. 트롤리 위에 누워있는 이가 누구인지 알아본 것이다.

코빅은 칩의 팔을 잡고 귀에다 속삭였다.

"잘 들어요, 칩. 당신은 케이티만 잘 보살피면 돼요. 저는 트롤리 위에 있는 친구만 잘 보살피면 되고요. 안 그러면 여기서 총탄이 난무할 겁니다. 알아듣겠어요?"

하지만 칩은 알아듣지 못했다. 그의 얼굴이 더 빨개졌고, 눈은 분노로 튀어나올 듯이 커졌다.

"당신, 감히 날 협박하는 거야? 당신은 무고한 사람들의 안전을 위협하고 있어."

클립보드를 든 장교는 뒤에 군인 한 명을 끌고 그들의 코앞까지 왔다. 그 장교는 트롤리를 보고 얼굴을 찌푸렸다. 코빅은 우를 바라보았다. 우는 총을 들었다. 장교는 몸을 돌려 데리고 온 병사에게 뭐라고 소리쳤다.

코빅은 우를 보고 고개를 끄덕였다. 우가 쏜 탄환은 칩과 케이티 사이의 한 뼘 정도 되는 틈을 비집고 날아가 장교의 이마에 정확히 명중했다. 케이티는 비명을 질렀고 칩은 케이티를 쓰러뜨렸다.

로비에 가득 찬 사람들은 비명을 질러댔다.

"칩, 여기 꼼짝 말고 있어요. 안 그러면 다음에는 당신이 죽습니다."

코빅은 칩을 트롤리 앞에서 밀어내 엘리베이터로 가는 길을 내면서, 장교를 뒤따르던 병사의 기관단총을 향해 몸을 날렸다. 여러 군인들이 우에게 사격을 가했지만, 우는 이미 고속 엘리베이터 안으로 몸을 피했다. 우는 발만 내밀어 엘리베이터 문을 조금 열린 상태로 놔뒀다. 코빅 일행은 그 문틈을 통해 한 명씩 엘리베이터 안으로 탑승했다. 탄환 한 발이 트롤리에 맞아 튕긴 다음 코빅의 옆머리를 스치고 지나갔다. 코빅은 비틀거리며 몸의 균형을 잃었다. 한나는 코빅을 붙들고 트롤리를 잡아 엘리베이터 안으로 잡아끌었다.

"좋아, 가자고."

우가 문을 닫자 엘리베이터는 빠른 속도로 위를 향해 올라갔다.

74

코빅은 트롤리 곁 바닥에 쓰러졌다. 엘리베이터 내 유일한 불빛은 제어판에서 나오는 것뿐이었다.

"엘리베이터가 작동되게 놔두면 안 돼."

"다른 엘리베이터는 모두 꺼졌어요. 이것만 작동되게 했지요."

우는 구해온 기관단총 중 한 정을 코빅에게 주었다.

"이것도 구했어요."

우는 수류탄 한 발을 보여주며 씩 웃었다.

한나는 숨을 고르려 애쓰고 있었다.

"옥상에 가면 확실히 탈출할 수 있는 거야?"

코빅은 어깨를 으쓱였다.

"다른 방법이 없어."

한나가 기대하던 답은 아닌 것 같았다.

"제발 어떻게 해야 할지는 알고 있기를 바라. 잘못하면 다들 끝장이라고."

"그래. 하지만 우린 지금 여기 와 있어. 안 그래?"

코빅의 태도는 너무나도 차분해 화가 날 지경이었다. 그러나 한나도 그런 코빅의 태도를 조금이나마 닮았으면 싶었다. 코빅은 휴대전화의 진동을 느꼈다. 신호가 다시 잡히는 모양이다. 코빅은 전화기의 화면을 보았다. 개리슨이 한 시간 전에 보낸 문자메시지였다.

'항공 지원은 불가하다. 지상으로 퇴출할 것.'

문자메시지를 물끄러미 보는 코빅의 마음은 엘리베이터가 올라가는 것만큼이나 빠르게 무너지고 있었다. 그는 엘리베이터를 타고 올라가면 퇴각할 수 있다는 데 모든 것을 걸었다. 로비가 있는 1층은 이미 적지나 다름없었다. 진쳬의 정체는 이미 탄로 났다. 이제 창 제독의 귀에 이 상황이 들어가는 것도 시간문제였다. 그러고 나면 그들은 끝장나는 것이었다.

코빅은 개리슨에게 전화를 걸었고 신호가 몇 번 울리기도 전에 개리슨은 전화를 받았다.

"이 회선은 보안성이 없어."

"지금이 보안 따질 때인가요? 대령님이 보낸 사람들은 어디 있습니까?"

"지상으로 접근 중이야. 30분 후면 도착한다."

"저희는 이미 옥상으로 가고 있어요. 지상은 위험합니다. 우리 짐도 손상을 입었어요."

"짐이라면 진쳬 말인가?"

"네, 맞습니다. 그러니 항공기를 보내주세요. 슈퍼 호넷 전투기도 보내주시고요."

"그건 안 돼. 이건 내가 독단적으로 수행하는 작전이거든. 지금 있는 곳에 꼼짝 말고 있게. 찾아낼 테니."

코빅의 목소리는 이미 귓속말 수준으로 줄어들어 있었다.

"큰일이군요. 진쳬는 지금 치료를 받지 않으면 안 됩니다."

개리슨은 잠시 동안 침묵을 지키다가 다시 전화하겠다는 말을 남기고 전화를 끊었다.

코빅은 휴대전화를 주머니 안에 넣고 한나의 시선을 피했다.

"문제가 생긴 거야?"

"아니, 신경 쓰지 마. 사소한 수송 문제일 뿐이니까."

코빅은 CIA에 입사한 이래 줄곧 거짓말을 해왔다. 하지만 지금 그는 더 이상 거짓말을 해서는 안 될 것 같은 기분을 느꼈다. 그러나 코빅에게 다른 선택의 여지는 없었다.

엘리베이터는 느려지더니 멈췄다. 그들은 빌딩 최고층에 도착했다.

"자, 준비해. 밖에 누가 기다리고 있을지 모르니."

코빅은 한나를 돌아보았다.

"우하고 내가 먼저 나가보겠어. 엘리베이터 문에 트롤리를 끼워놔. 엘리베이터를 절대 움직이게 해서는 안 돼. 내가 괜찮다고 말할 때까지 진체를 데리고 엘리베이터에서 대기하라고."

한나는 코빅의 팔을 잡았다. 한나의 손을 통해 그녀의 믿음이 느껴졌다. 한나는 그들이 가야 할 곳을 바라보았다.

"방금 통화하신 분이 뭐라고 했어?"

코빅은 공허한 미소를 지었다. 개리슨이 한 말이 그의 머릿속에 맴돌았다. 지금으로서는 한나의 기분을 나아지게 할 말이 전혀 떠오르지 않았다.

"잘했다고. 어서 마무리 짓자고 하더군."

문이 열리자 코빅은 바깥의 칠흑 같은 어둠 속으로 뛰어들었다. 비상등도 모두 꺼져 있었다. 공조시설도 꺼져 있어 공기는 따스하고 습했다. 엘리베이터 통로를 통해 불어오는 바람 소리 말고는 어떤 소리도 들리지 않았다. 우는 입고 있던 중국 군복에서 손전등을 꺼냈다.

"역시 준비를 잘해야 해."

코빅은 가장 가까운 문을 점검하고 귀를 기울였다. 문의 손잡이를 돌려보았지만 잠겨 있었다. 코빅은 문을 걷어차 열었다.

방의 한쪽 벽은 모두 유리였다. VIP용 스위트룸의 일부인 모양이었다. 커다란 검은색 유리 커피 테이블 주변에는 하얀 가죽을 씌운 소파가 놓여 있었다. 창 아래에 펼쳐진 상하이 시의 일부는 어둠 속에 빠져 있었다. 여러 곳에서 굵은 연기 기둥이 뿜어져 나왔다. 바깥에서 벌어지고 있는 난장판과 이 실내의 호화로움은 비현실적인 대비를 이루고 있었다. 서로 다르지만 똑같이 깨지기 쉬운 두 개의 현실이 같은 공간 내에 공존하고 있었다. 코빅은 한나에게 앞으로 나오라고 손짓했다.

"트롤리를 문 사이에 계속 끼워둬. 진제랑 같이 들어와서 대기하고 있어. 그 동안 나는 옥상을 정찰할 테니. 우는 복도에서 경계를 맡아줘."

코빅은 진제를 가리켰다.

"저 사람, 의식을 잃으면 안 돼. 붕대를 점검해줘."

한나의 얼굴에 서린 짜증이 폭발할 것 같았다.

"이게 뭐 하자는 거지? 난 당신한테 명령을 받는 사람이 아니라고."

"그래? 그럼 맘에 안 들면 우하고 역할을 바꾸든지."

코빅은 한나에게 총을 한 정 주었다. 하지만 한나는 말을 멈추지 않았다.

"코빅, 안 될 것 같으면 빨리 말을 하라고. 플랜 B가 있기는 한 거야?"

코빅은 한나를 보았다. 어쩌다가 나는 이런 꼴이 되었지? 루이즈가 항상 하던 얘기가 있었다. 코빅은 상황이 난처해져도 그걸 인정하지 않는 사람이라고 말이다. 루이즈와의 시간이 끝난 지도 꽤 오래 지난 것 같았다. 그러나 지금은 그 추억을 들춰볼 시간이 없었다. 코빅은 우가 민병대로부터 빼앗은 총기 중 한 정을 집어 들어 탄창을 점검해보았다. 가득 차 있었다. 코빅은 노리쇠를 당겨 총탄을 약실에 장전한 다음 천천히 문을 열었다. 복도는 조용했다.

엘리베이터 통로 뒤에는 옥상으로 향하는 계단이 있었다. 코빅은 계단을 따라 올라가면서, 위에서 들리는 소리에 온 신경을 집중했다. 밖에서 부는 바람 소리가 들려왔다. 옥상으로 나가는 문에는 마치 에어록처럼 문손잡이 대신 커다란 바퀴가 달려 있었다. 코빅은 그 바퀴를 반시계 방향으로 천천히 돌린 다음 아주 조금 열었다.

이제 그는 혼자였다. 그는 갑자기 온몸의 힘이 빠져나감을 느꼈다. 그리고 이 작전의 결과에 대해 짙은 회의감을 느꼈다. 방금 전까지 그는 희망에 도취되어, 눈을 크게 뜨고 적절한 재치만 있으면 반드시 해결책을 얻을 수 있고 뭐든지 올바르게 바로잡을 수 있다는 자기기만에 빠져 있었던 것이다.

그러나 코빅은 이 전투에서 지고 있었다. 그는 한나에게 솔직해본 적이 없었다. 그리고 상황을 제대로 전하지 않은 그의 잘못은 이제 명백했다. 진제를 안

정시킨다면 시간을 벌 수는 있겠지만, 조금뿐이었다. 코빅은 진제를 탈출시키기 위해 모든 것을 다 바쳤다. 그러나 이제 코빅은 자신이 그동안 누구의 생존을 가장 크게 신경 써 왔는지 깨닫게 되었다.

그는 옥상으로 발을 디뎠다. 밤하늘은 탁하고 우중충했다. 달도 별도 보이지 않았다. 낮게 깔린 구름은 탁한 자주색으로 보였다. 건물 옥상은 그가 상상했던 것보다 훨씬 컸다. 옥상의 주변에는 가슴 높이까지 오는 울타리가 있고, 그 속에 꽤 넓고 평탄한 자리가 마련되어 있었다. 헬리콥터, 아니 오스프리 같은 항공기도 내려앉을 수 있는 곳이었다. 남동쪽 구석에는 여러 개의 공기 배출구가 서 있었다. 거기서 서쪽을 보면 엘리베이터의 권상기가 들어 있는 1층 높이의 콘크리트 박스가 있었다. 콘크리트 박스 위에는 여러 개의 안테나와 위성접시 안테나 세 개도 있었다. 코빅은 가장 가까이 있는 울타리에 가서, 아래의 거리를 내려다보았다. 이 정도 높이에서도 전차와 기타 군용 차량으로 이루어진 차량 대열이 보였다. 긴급자동차들도 붉은색과 푸른색의 경광등을 켜고 달리고 있었다.

코빅은 스스로를 더 이상 속일 수 없었다. 그는 실수를 저질렀다. 코빅 일행은 이곳에 갇혔다. 개리슨이 보낸 사람들이 무슨 수로 이 건물에 들어와 여기까지 올 수 있겠는가? 그는 뭐라도 쓸모 있는 것을 찾아 주변을 둘러보았다. 공기 배출구 옆에는 유리 청소용 곤돌라를 매다는 데 쓰는 두 개의 작은 크레인이 있었다. 청소용 곤돌라는 너무 느린 데다가, 이목을 끌기 쉬웠다. 하지만 그 케이블을 응용한다면 추의 케이블카와 마찬가지로 패스트 로프 장치를 만들 수 있었다. 코빅은 140층 높이의 옥상에서 아래를 굽어보다가, 자신이 성공한다고 해도 진제는 패스트 로핑을 할 수 없음을 깨달았다.

코빅은 자신이 물에서 빠져나오기 위해 지푸라기를 붙잡고 있음을 깨달았다.

코빅은 크레인을 살펴보았다. 크레인은 옥상 언저리를 따라 설치된 레일 위에 있으므로, 그 레일을 따라 크레인을 움직이면 건물의 어느 면이든 곤돌라를 내릴 수 있었다. 코빅은 크레인을 덮은 방수천을 찢었다. 그 속에 손을 넣어 크레인 무선 조종기를 발견했다. 빨간 버튼을 누르니 불이 들어왔다. 코빅은 마치 아이처럼 기뻐했다. 그는 크레인의 이동 및 회전에 필요한 장치, 그리고 케이블을 움직여 곤돌라를 오르내리게 하는 장치를 찾을 때까지, 조종기에 붙어 있는 모든 조종 장치를 하나씩 작동시켜 보았다. 코빅은 아까 갔던 VIP용 스위트룸의 대충의 위치를 계산한 다음, 크레인을 자신이 생각하는 그 위치 위로 움직였다. 그 다음 곤돌라를 스위트룸의 창문 앞까지 내렸다.

그때 코빅의 발에 둔탁한 진동이 느껴졌다. 건물 안 어디에선가 올라오는 진동이었다. 그는 무선 조종기를 주머니에 집어넣고 계단으로 돌아갔다.

마침 우도 계단을 올라와 코빅에게 오고 있었다.

"다른 엘리베이터에 사람이 있어요. 이쪽으로 올라오고 있어요!"

그러나 코빅이 뭐라고 대답하기도 전에, 또 다른 소리가 그의 주의를 끌었다. 건물 북쪽에서 들리는 엄청나게 크고 깊은 소리였다. 코빅의 마음속에 희망이 싹텄다. 개리슨이 보낸 사람들이 드디어 온 것인가? 울타리 너머에서 군용헬기의 로터가, 그 다음에는 동체가 떠올랐다. 아주 잠시 동안 코빅은 그 헬리콥터가 개리슨이 보낸 것이기를 바랐다.

그러나 그것은 헛된 희망이었다. 헬리콥터는 창 제독 군대의 Z-9 헬리콥터였다.

75

코빅은 문을 향해 달렸다. 문 안으로 들어가 문을 꽝 닫고 바퀴 손잡이를 돌렸다. 그래. 이걸로 저들을 3초 정도 막아줄 수 있겠군.

코빅과 우는 스위트룸으로 달려갔다. 진제는 어두운 방 안 침대에 누워 있었다. 한나는 진제에게 물을 먹이려는 참이었다. 한나는 코빅과 우를 보았다.

"진제의 체온이 오르고 있어. 아무것도 느끼지를 못하고 있다고."

진제는 고열에 시달리고 있었다. 환부가 감염되었거나, 아니면 코빅이 알지 못하는 다른 이유가 있을 것이다. 코빅은 창가로 갔다. 왼쪽 몇 미터 거리에 매달린 곤돌라가 보였다.

"지금으로선 그건 문제도 안 돼. 계단으로 적들이 오고 있어."

코빅은 뭔가 좋은 수를 찾아 방 안을 이리저리 살폈다. 문 위에는 통풍구를 덮은 창살이 있었다. 코빅은 문 근처의 카운터로 뛰어올라 창살에 손을 뻗어 그 속으로 손가락을 넣은 다음, 창살을 떼어낸 후 카펫 위로 뛰어내렸다.

"진제를 통풍구에 넣을 수 있을까?"

"무슨 수로?"

"나도 몰라. 하지만 해봐야 해."

코빅은 문 앞에 의자를 끌어다 놓았다.

"우, 이 위로 올라가."

세 사람은 힘을 합쳐 진제를 들어올렸다. 코빅은 카운터 위에 서서 진제의 어깨를 받쳐 올렸다.

진제는 피곤한 표정으로 고개를 돌렸다.

"뭘 하는 거죠?"

"술래잡기 놀이입니다. 절대 술래한테 잡혀서는 안 돼요. 당신을 통풍구에 집어넣을 겁니다."

진제의 얼굴은 매우 창백해 보였다.

"꼭 그래야 하나요?"

"살고 싶으면요."

코빅과 한나는 힘을 모아 진제를 들어올렸다. 진제는 팔을 뻗어 통풍구 속으로 들어갔다.

"역시 목숨이 위태로워지니 없던 힘도 생기는군."

코빅은 한나의 어깨를 잡았다.

"이제 당신 차례야. 발부터 먼저 집어넣어. 당신은 창살 쪽을 봐야 하니까."

"적들의 수는 얼마나 되지?"

"모르겠어. 최소 스무 명, 많으면 쉰 명 정도."

"우리 총알이 모자랄 텐데."

"빗맞히지만 않으면 충분해. 이걸 써."

코빅은 로비의 병사에게서 노획했던 기관단총을 한나에게 주었다. 한나는 진제 옆으로 들어간 다음 몸을 돌려 배를 바닥에 댔다. 코빅은 떼어낸 창살을 제자리에 끼웠다.

"정확한 사격을 가할 수 있을 때까지 기다려. 탄약을 낭비하면 안 되니까."

"그 사람들이 여기로 온다고 어떻게 장담하지?"

"우리가 그놈들을 이쪽으로 유인하겠어."

우는 문에 귀를 대고 있었다.

"적들이 복도에 왔습니다."

우는 수하물 트롤리에 싣고 온 기관단총 두 정 중 한 정을 코빅에게 주었다.

코빅은 욕실에 가서 샤워기를 틀고 커튼을 친 다음 다시 나왔다. 이 소리로 적들의 주의를 분산시킬 수 있을지도 모른다. 반대편에는 옆 스위트룸으로 연결

되는 문이 있었다. 코빅은 문을 열었다. 그 문 옆에는 또 다른 스위트룸의 문이 있었다. 두 문 사이에는 60센티미터도 안 되는 틈새가 있었다. 코빅이 우에게 수신호를 했다. 그들은 두 문 사이의 틈새로 들어가 몸을 숨겼다.

비좁은 공간 안에 들어간 두 사람은 자신들의 숨소리와 심장 박동 소리가 너무나도 크게 느껴졌다. 스위트룸의 현관이 열리는 소리를 들었다. 그리고 낮은 목소리도 들렸다. 상대방이 코빅과 우가 숨어 있는 곳으로 오지 말라는 법은 없었다. 코빅은 샤워기의 물소리가 적들 중 상당수를 하나의 총구 앞으로 끌어오기를 바랄 뿐이었다.

손전등 불빛이 두 사람이 숨어 있는 문 아래의 틈새를 비추었다. 더 많은 낮은 목소리들이 들려왔다. 이곳은 적들로 가득 찼다. 그중에 한 사람은 두 사람이 숨어 있는 문 바로 앞까지 왔다. 그의 숨소리까지 들을 수 있었다. 자, 하나. 어서 당신 몫을 해야지!

코빅이 뭔가 문제가 생긴 건가 하는 생각이 들 무렵, 날카로운 연사음이 허공을 갈랐다. 그리고 그와 거의 동시에 여러 사람의 비명과 신음 소리가 들렸다. 우와 코빅도 바로 사격을 가했다. 여러 명의 적병이 쓰러졌다. 살아남은 자들은 하나의 사격을 피하고자 창문 앞으로 기어갔다. 코빅은 창문을 조준해 사격을 가했다. 말이 창문이지 사실상 유리로 된 벽이나 다름없던 창문이 깨지면서 밤하늘로 떨어져 내려갔다. 코빅과 우는 창문에 몸을 기대고 있던 적병들이 모두 쓰러질 때까지 빈틈없이 사격을 퍼부었다.

코빅과 우는 사격을 멈춘 후, 전사한 적들의 총을 한 정 챙겼다. 우에게는 수신호를 통해 제 위치에 머무를 것을 지시했다. 코빅은 그날 밤 두 번째로 자신이 영화 속 주인공이 된 기분을 느꼈다. 두 정의 기관단총을 요착하고 사격할 자세를 갖추었기 때문이었다. 그때까지만 해도 그는 총격전으로 인한 도취감을 느꼈다. 그러나 그 기분은 순식간에 사라지고 말았다. 쓰러졌던 적병들 중 한 명이 총을 들어 조준하고는 방아쇠를 당겼다. 동시에 우의 가슴에 큰 구멍이 생겼다. 우는 무릎을 땅에 대고 쓰러졌다. 코빅이 우를 향해 달려가는 동시에 한나는 우를 쏜 적을 연발 사격으로 침묵시켰다.

코빅은 우를 바닥 위에 눕히고, 그의 머리를 받쳐주었다. 코빅이 할 수 있는 일은 없었다. 폭이 무려 한 뼘에 달하는 사출구를 통해 우의 심장이 보일 정도였다.

"이런, 세상에. 안 돼!"

우는 코빅의 팔을 잡았다.

"미국에 가기는 틀린 것 같군요."

코빅은 친구의 눈을 들여다보았다.

"빅 서를 지나가는 길…… 루트……."

"루트 1이지요."

"같이 가서 날 위해 운전해줘."

"제 운전 스타일 아시잖아요. 알면서 왜 그런 말씀을……."

우는 미소를 지었다. 그의 눈에서 빛이 사라졌다.

코빅의 눈에서 눈물이 흘러나왔다. 코빅은 주변을 돌아보았다. 복도로 향하는 문은 열려 있었고 그 밖에 적이 몇 명이나 더 기다리고 있을지는 짐작도 가지 않았다.

코빅은 문을 향해 달려가 걷어차 닫았다. 그러고 나서 그는 불현듯 우가 가져온 수류탄이 생각났다. 코빅은 수류탄을 문과 문틀 사이에 끼워놓았다. 이제 누구든 방 안에 들어오는 자는 박살이 날 것이다. 코빅은 한나의 사격으로 박살이 난 창살을 보았다. 그리고 한나에게 수신호로 따라오라고 지시했다. 코빅과 한나는 함께 진제를 내리고 스위트룸을 지나 신속히 움직여 두 번째 방으로 들어가는 문을 통과했다. 그리고 기다렸다. 바람 소리만 빼면 거의 완벽한 침묵이 그들을 에워싸고 있었다.

그때 수류탄의 폭발이 방 안을 흔들고, 코빅과 한나에게 시멘트 가루를 뿌려댔다. 코빅은 한나에게 가만있으라고 수신호를 보낸 후, 조심스럽게 스위트룸으로 들어갔다. 방 안에 잔뜩 널린 죽은 중국군의 모습이 연기 사이로 간신히 보였다. 움직이는 것은 아무것도 없었다. 그때 전투화 발자국 소리를 들은 것 같았다. 바깥에 더 많은 적이 있다면 적이 보여 사격이 가능하기를 바랐다. 코빅은 기다렸다. 문의 잔해가 약간 움직이더니 조금 더 움직였다. 연기와 먼지 속에서 작은 총기를 들고 손을 쭉 뻗은 사람의 모습이 보였다.

그 사람은 방 안으로 걸어 들어왔다. 그는 제복 차림이 아니었다. 청바지와 재킷, 스키 마스크를 착용하고 있었다. 코빅은 상대가 든 총의 기종을 파악하고 안도의 한숨을 쉬었다.

"왜 이렇게 오래 걸렸습니까?"

그는 개리슨이 보낸 해병대원이었다.

76

"자, 친구들. 룸서비스예요. 확인하라고."

세 해병대원인 아이리쉬와 팩, 레커가 방 안으로 들어왔다. 미국인들이 들어오자 코빅은 죽은 우의 눈에서 광채를 본 것 같았다. 해병대원들은 코빅과 악수를 나누면서, 방바닥과 하얀 가죽 소파 위에 사지를 벌리고 쓰러진 시신들을 살펴보았다. 족히 열 구는 넘어 보였다.

"세상에, 싹 쓸어버렸군요."

"댁들, 엄청난 파티를 놓친 거예요."

두 번째 방으로 가는 문이 움직이는 소리가 나자 그들은 긴장했다. 한나였다. 코빅이 물러섰다.

"이 사람은 우리 편이에요. 저 안에 한 명 더 있는데 부상을 당했어요."

한나는 해병대원들을 보았다.

"이 사람들, 당신 편이야?"

"그럼, 정당하게 체크인하고 들어왔지."

그들은 모두 힘을 합쳐 진제를 방 안으로 데려와 일으켜 세웠다.

"이런, 부상이 매우 심하군요. 걸을 수 있습니까?"

"계단을 사용하면 엄청나게 먼 길이 될 텐데. 엘리베이터는 빠르지만 위험하고요."

진제는 똑바로 서려고 했다.

"저는 괜찮습니다."

그는 미소를 지었다. 그러다가 비틀거리더니 벽에 기대 쓰러졌다.

코빅은 진제를 의자로 데려갔다.

"이래가지고는 나갈 수 없어요. 창 제독 부하들도 우리가 여기 있다는 걸 알고 있고요."

코빅은 아래를 가리켰다.

"그리고 저 아래에는 적들이 수백 명이나 있어요."

아이리쉬는 어깨를 으쓱였다.

"저희는 여러분을 해상 퇴각시키라는 명령을 받았습니다. 저희가 왔던 길로 나가는 거죠."

한나는 어리둥절한 표정으로 아이리쉬를 보았다.

"무슨 말씀인가요? 아까 들린 헬리콥터 소리는 당신들 게 아니었나요?"

한나의 얼굴에 근심이 어렸다. 코빅은 옥상에 도착한 헬리콥터가 중국군 헬리콥터라고는 말해주지 않았던 것이다.

코빅과 해병대원들은 시선을 교환했다.

한나는 옥상을 가리켰다.

"그럼 저기 있는 건 대체 뭐냐고요?"

여전히 코빅은 아무 말도 없었다. 한나의 눈에서는 불꽃이 튀었다.

"저거 타고 나갈 거 아니에요? 내 말이 틀렸나요?"

한나는 그렇게 소리치며 코빅의 셔츠를 잡고 끌어당겼다.

"진제는 상하이에 머무를 수 없다고 얘기했을 텐데. 그러면 우리를 데리고 나가야지. 나는 그래서 당신을 따라온 거잖아. 이제 우리는 끝장났어. 당신을 믿었는데, 이 나쁜 인간 같으니라고!"

또 다른 폭발음이 빌딩을 뒤흔들었다.

코빅은 창문이 있었던 구멍으로 갔다. 그의 얼굴을 때리는 바람은 당장이라도 그를 잡아 건물 밖으로 내팽개칠 것 같았다. 코빅은 곤돌라 조종기를 꺼냈다. 아직 작동하기를 빌었다. 다행히도 아직 잘 작동하고 있었다. 크레인이 작동 소리를 내며 코빅 쪽으로 오자, 곤돌라도 따라서 다가왔다. 하지만 곤돌라는 창문에서 1미터 이상 떨어져 있었다. 코빅은 다른 이들을 바라보았다.

"준비는 되었겠죠?"

팩은 입을 쩍 벌리고 레커를 보았다. 레커도 고개를 저었다.

"설마, 농담이시겠죠?"

진제의 눈이 커졌다. 진제는 한나를 꼭 붙들었다.

"나 이런 거 못해. 어지럼증이 있다고."

"그냥 뛰기만 하면 됩니다. 할 수 있어요."

코빅의 인내심은 바닥이 났다.

"당신, 못 뛰면 죽어요. 중국을 살리고 싶다면 이 정도는 해야 하잖아요. 아래를 내려다보지 않으면 돼요."

코빅이 앞장섰다. 그는 몇 걸음 물러섰다가 도움닫기를 하고 허공으로 몸을 날렸다. 바로 그 순간 바람이 불어 곤돌라를 코빅 쪽으로 움직여 거리를 줄여주었다. 덕분에 코빅은 필요한 거리보다 더 멀리 뛴 격이 되었다. 코빅의 발이 곤돌라 바닥에 닿은 순간, 코빅의 상체는 곤돌라 저편으로 튀어나갔다. 상체의 무게가 곤돌라 저편으로 실리면서 코빅은 곤돌라 밖으로 떨어졌다. 그의 눈에 140층 아래의 콘크리트 건물과 경광등이 보였다. 코빅은 잡고 있던 총을 떨어뜨리고, 양손으로 곤돌라 양쪽을 잡으려고 했다. 하지만 너무 늦었다. 곤돌라 밖으로 나간 그는 한 손으로 간신히 곤돌라에 매달려 있었다. 팩은 그 모습을 보고 이렇게 말했다.

"저 사람, 죽고 싶어 환장한 건가?"

그러면서 팩도 뛰었다. 그는 완벽한 자세로 착지했다. 그러고 나서 코빅의 팔을 붙들어 끌어올렸다. 코빅의 바지 벨트를 붙잡은 다음 자신이 착지한 곳으로 잡아끌었다.

"좋아요, 훌륭하군요."

팩이 대답했다.

"나도 알아요. 당신이 한 대로만 안 하면 되니까요."

아이리쉬가 뒤따랐다. 그가 곤돌라 위에 착지하자, 곤돌라의 한쪽을 잡고 있던 케이블이 1미터 정도 처졌다. 그래서 그들은 이상한 각도로 매달리게 되었다.

"이런, 이 물건 탑승 정원이 몇 명인가요?"

"보통 두 명 정도겠죠."

레커가 뛰어와 곤돌라를 붙들었다.

"마치 타이타닉호 같군요."

한나가 진계를 뛰게 하면서 소리쳤다.

"무슨 일이 있더라도 이 사람 꽉 잡아요!"

팩을 비롯한 모든 사람들이 진계를 붙들어 곤돌라 안으로 잡아끌었다. 한나는 맨 마지막에 능숙한 동작으로 뛰었다.

코빅이 손을 들었다.

"이제 누구도 말하면 안 됩니다."

이제 그들이 할 일은 적병들이 스위트룸으로 들어와 창밖을 내다보지 않기만을 기도하는 것 말고는 없었다.

코빅은 조종기를 꺼내 조작했다. 곤돌라가 흔들리더니 올라가기 시작했다.

한나는 다시금 어이없다는 표정으로 코빅을 보았다.

"이거 타고 내려갈 줄 알았는데?"

"잠시만 시간을 줘. 옥상의 상황을 보고 싶어."

곤돌라가 상승하는 동안 팩과 아이리쉬는 총을 창문에 겨누었다. 곤돌라가 울타리와 같은 높이에 이르자 코빅은 곤돌라를 멈췄다. 코빅은 옥상의 상황을 살폈다. 헬리콥터는 오래된 Z-9 헬리콥터였다. 기다란 로터 블레이드는 마치 처진 꽃잎처럼 늘어져 있었다. 코빅의 심장 박동이 빨라졌다. 옥상 언저리를 돌고 있던 경비병 한 명이 방향을 바꾸어 코빅 일행 쪽으로 오고 있는 것을 보았기 때문이었다.

코빅은 해병대원들에게 속삭였다.

"칼 가지신 분?"

아이리쉬가 코빅에게 카바 전투용 나이프를 쥐어주었다.

코빅은 경비병이 충분한 거리까지 오기를 기다렸다. 그 순간은 마치 영원처럼 느껴졌다. 경비병이 바로 코빅의 머리 위까지 왔을 때, 코빅은 위로 뛰어올라 한 팔을 상대의 목에 감고, 다른 한 팔로 칼을 정확히 찔러 넣었다. 그러고는 경비병을 울타리 밖으로 끌어내 건물 아래로 떨어뜨렸다.

아이리쉬는 Z-9를 보며 말했다.

"저거 타고 발키리까지 갈 수 있을까요?"

한나는 설명하는 코빅의 눈에서 광채를 보았다.

"어떻게 해서건 헬기 조종사를 생포해야 합니다. 지금 헬리콥터 조종 교범을 읽을 시간은 없으니까요. 경비병은 세 명 있습니다. 아이리쉬는 기체 후방에 있는 사람을, 팩은 기수 쪽에 있는 사람을 맡으세요. 저는 기체 중간에 있는 사람을 처치하겠습니다. 어떤 일이 있어도 기체에 총알구멍을 내서는 안 됩니다. 그리고 적들이 방해하게 놔둬서도 안 돼요. 진졔 씨는 항공기를 확보할 때까지 여기서 기다리세요."

그들은 곤돌라에서 튀어나와 옥상을 가로질러 달리면서 총을 쏴댔다. 하지만 헬리콥터 조종사는 그들을 보고는 바로 엔진에 시동을 걸었다. 꼼짝도 않던 로터가 흔들리며 느리게 돌기 시작했다. 아이리쉬는 기체 후미 쪽의 경비병을 사살하는 데 실패했다. 그 경비병은 코빅 일행에게 사격을 가했고, 코빅 일행은 엄폐물을 찾아 계단통 뒤로 숨었다.

로터는 점점 빨라졌고 하향력은 견딜 수 없을 만큼 강해졌다.

기체 후미 쪽 경비병이 헬리콥터를 향해 달려갔다. 코빅은 레커에게 소리쳤다.

"저놈을 잡아요! 조종사를 잡아요!"

레커는 이 난국을 즐기기라도 하듯 조준하면서 연신 벙글거리더니 순간 석상처럼 움직이지 않았다.

그가 그 자세로 쏜 총알은 헬리콥터의 플렉시글라스 창문을 뚫고 조종사에게 명중했다. 레커가 몸을 돌려 코빅을 보며 양 엄지손가락을 들어 보이는 순간 아까 그 경비병이 항공기 뒤에서 모습을 다시 드러냈다.

"저기예요!"

코빅이 소리치며 경비병 쪽을 가리켰다. 레커는 그쪽으로 몸을 돌려 그 경비병을 사살했다.

계단통 문이 열렸다. 코빅은 중국군이 또 몰려오고 있음을 알았다. 망할!

"저놈들을 막아요!"

팩은 계단통에다 대고 탄창 하나를 모조리 비웠다.

한나가 진제를 끌고 코빅에게 왔다.

"진제를 실어."

코빅은 레커에게 물었다.

"당신들도 타시겠어요?"

레커는 고개를 저었다.

"아니, 우리는 당신들의 후위를 맡겠습니다. 이 헬리콥터에는 무기가 탑재되어 있지 않으니까요."

코빅은 헬리콥터에 올라 죽은 조종사의 헤드셋을 벗겨낸 다음, 조종사를 조종석 밖으로 밀쳐냈다.

한나가 진제를 부축하면서 헬리콥터에 들어왔다.

"이런 거 전에도 몰아본 적 있어?"

"그럼."

"언제?"

"좀 오래전에."

실은 꽤 오래전이었다. 그것도 훈련 비행뿐이었다. 코빅은 계기판을 훑어보았다. 수많은 다이알식 계기와 신호등들이 불을 깜박이고 있었다. 어지러웠다. 코빅은 조종 장치를 만져 보고는 다시 감각을 회복했다. 컬렉티브 레버는 조종석 좌측에 있었다. 사이클릭 조종간은 조종석 앞에 있었다. 코빅은 페달 위에 발을 올려놓았다. 비행 교관이 했던 말이 뇌리를 스쳐 지나갔다. 발레하고 똑같다고 생각해라. 팔다리를 모두 사용해서 움직이고 균형을 잡는 것이다. 물론 지금의 상황이 발레와 비슷하다는 느낌은 별로 들지 않았지만. 코빅이 스로틀 손잡이를 돌리자 엔진이 회전수를 높이고, 로터가 위로 들리면서 공기를 긁는 소리가 들렸다. 코빅은 컬렉티브 레버를 들어 올리면서, 로터의 회전수가 빨라짐에 따라 높아진 토크를 상쇄하기 위해 오른쪽 페달을 밟았다. 헬리콥터는 점점 하늘로 떠오르고 있었다. 코빅이 훈련 비행 때 탔던 작고 민첩한 TH−67에 비하면 이 헬리콥터는 마치 트럭처럼 둔했다. 앞으로 나아가 빌딩 옥상에서 벗어나려면 충분한 고도까지 떠올라야 했다. 안 그러면 중력이 헬리콥터를 잡아챌 것이었다. 하지만 코빅은 섣불리 사이클릭 조종간을 앞으로 밀었다. 그러자 기수가 숙여졌다. 당황한 코빅은 사이클릭 조종간을 너무 많이 뒤로 잡아당겼다. 그러자 헬리콥터의 후미가 옥상에 부딪쳤고, 하마터면 테일로터가 옥상에 부딪쳐 부러질 뻔했다. 평생처럼 느껴지던 그 순간이 지난 후 코빅은 기체의 수평을 회복하고 다시 상승을 계속했다. 어디선가 세 번의 금속성이 들려왔다. 아래에서 누군가가 사격을 가하고 있는 것이었다. 코빅은 한나를 보았다. 한나는 헤드셋을 찾아 착용하고 진계를 좌석에 앉혀 안전벨트를 채우고 있었다. 코빅은 통신장치의 스위치를 넣었다.

코빅이 사이클릭 조종간을 더 앞으로 밀자 기수는 숙여졌다.

"자, 어서 가자."

코빅의 마음은 조급했지만 Z−9는 느긋하기 그지없었다. 그들은 울타리 바로 위에 왔다. 코빅은 완전 전진 비행은 물론 로터 후류를 벗어나는 데 필요한 양력과 속도를 얻으려 애쓰고 있었다. 옥상 주변 울타리를 벗어난 헬리콥터는 곤돌라 크레인을 스치듯이 빌딩 밖으로 빠져나갔다. 빌딩을 벗어난 순간 헬리콥터는 마치 돌처럼 아래로 떨어지기 시작했다. 코빅은 스로틀을 최대 위치로 놓고 조종간을 뒤로 잡아당겨 급강하에서 벗어나려 했다. 하지만 급강하에서 벗어나기는커녕 오히려 하강 속도가 더욱 빨라지고 있었다. 그때 코빅은 이런 상황에서는 조종간을 앞으로 밀어 속도를 낸 후 하강에서 벗어나야 한다는 것을 기억해냈다. 코빅은 조종간을 앞으로 밀고 기도했다. 로터와 중력은 줄다리기를 벌이고 있었다. 결국 로터가 승리해 헬리콥터는 수평을 회복하고 다시 떠오르기 시작했다.

헤드셋에서 한나의 목소리가 들려왔다.

"의심해서 미안해."

코빅은 몸을 돌려 한나를 보고 미소 지었다.

"괜찮아. 이제 여기서 벗어나 통신을 시도해야 해. 그리고 어디로 가야 할지도 알아보자고."

77

남중국해, USS 발키리

깨어난 코빅은 일어나 앉았다. 그는 잠시 동안 여기가 어딘지 생각이 나지 않았다. 균형 감각에 뭔가 문제가 생기기라도 한 듯, 묘하게 흔들리는 느낌이 들었다. 그러고 나서 코빅은 빛이 들어오는 곳으로 시선을 돌렸다. 그곳은 배의 현창이었다. 그는 발키리 호 안에 있었다. 그는 결국 철수에 성공했다.

그는 원래 꼼짝없이 추락했어야 할 상황이었다. 그는 기체의 수평을 잡은 다음 바다가 있는 남쪽으로 기수를 돌렸다. 하늘에 있는 어떤 다른 항공기도 코빅에게 신경 쓰지 않았다. 영락없이 앞바다의 중국 함대를 향해 정기 비행을 실시하는, 털털거리는 낡은 Z-9 헬리콥터로밖에 안 보였으니까. 코빅의 항법 기술은 없다시피 했으므로, 한나가 항법의 대부분을 책임졌다. 한나는 헬리콥터 탈취가 자신의 아이디어였다고 주장하기도 했다. 어떻게 보면 그 말은 옳았다. 부상당한 진제를 데리고 있는 한나와 코빅은 그 외에 다른 탈출 방법을 찾을 수 없었기 때문이다. 그러나 마구 줄어드는 연료량은 아무리 우겨도 어쩔 수 없었다. 엔진이 마치 사막에서 목말라 죽어가던 사람이 물을 마시듯 연료를 퍼먹든지, 아니면 아까의 총격전으로 연료탱크에 구멍이 났든지, 둘 중 하나였다. 육지를 벗어나기도 전에 연료 경고등이 켜졌다. 그리고 그들 앞에 푹신한 매트리스처럼 펼쳐진 짙은 해무는 발키리의 모습을 가리고 있었다. 그래서 그들은 발키리 관제탑의 교신을 통해 발키리를 찾아갈 수밖에 없었다. 하강하던 Z-9는 발키리에 파손착륙을 했다. 헬리콥터의 착륙장치는 부러지고, 결국 옆으로 쓰러져 휘어진 두 장의 로터 블레이드에 기댈 수밖에 없게 되었다. 이 충격으로 코빅은 잠시 동안 앞이 캄캄했다.

코빅이 고개를 돌렸을 때 한나가 경악했던 것을 기억했다.

"나, 합격한 건가?"

그러자 한나는 몸을 굽혀 코빅에게 키스했다.

"그 얘기는 나중에 할게."

누군가가 문을 부드럽게 두드리는 소리가 들렸다.

"들어오세요."

문이 열리고 쟁반을 든 젊은 승무원이 나타났다.

"안녕히 주무셨습니까? 개리슨 대령님께서 아침 식사를 함께하시고 싶다고 말씀하셨습니다."

"지금 몇 시인가요?"

"오전 7시입니다."

코빅은 얼굴을 찌푸렸다. 항공모함에 착함했을 때는 새벽이 거의 다 되었던 것 같았는데. 코빅은 그 승무원에게 들어오라고 손짓했다.

"그럼 내가 이 방에 얼마나 있었단 말인가요?"

"약 26시간입니다."

그 정도 잔 것도 무리는 아니었다. 승무원은 침대 옆 테이블에 차가 든 머그잔을 올려놓고, 의자 위에 놓인 옷을 가리켰다.

"입으실 옷도 준비했습니다."

장교용 카키색 셔츠와 바지였다. 코빅은 의심스런 눈초리로 옷을 바라보았다. 그는 살면서 군복을 입어본 적이 없었다. 군인도 아닌데 군복을 입는다니 왠지 신분 사칭을 하는 것 같았다. 하지만 신분 사칭이라면 이제까지 진력나게 해오지 않았던가?

"10분만 기다려주세요."

샤워와 면도를 하고 옷을 갈아입은 코빅은 승무원을 따라 개리슨 함장의 방으로 안내되었다. 코빅은 거의 수직에 가까운 계단과 매우 좁은 통로를 통과하면서 군함 내의 엄청난 활기를 느낄 수 있었다. 머리 위에서는 헬리콥터와 오스프리의 엔진 소리가 들렸고 갑판에서는 경적이 울렸다. 확성기를 통해 승무원들의 외침 소리와 군용어가 잔뜩 들어간 안내 방송이 들려왔다.

"시작된 것인가요?"

"그런 것 같습니다."

코빅은 심호흡을 하고 문을 두드렸다.

개리슨은 문 쪽으로 등을 돌리고 서 있었다. 코빅의 눈에 제일 먼저 들어온 것은 그의 아들 토미의 사진이었다. 개리슨은 서서히 몸을 돌려 코빅의 시선을 쫓았다. 개리슨은 실제 나이보다 늙어 보였다. 그의 눈은 사지로 떠난 부하들을 너무 많이 본 탓에 피곤해 보였다.

"좋은 사진이지. 안 그런가? 그 아이가 죽기 몇 주 전에 찍……."

코빅은 손을 내밀어 개리슨과 악수했다. 두 사람의 눈이 처음으로 마주쳤다. 코빅은 개리슨의 생각을 읽으려 애를 썼다.

아마 곧 알게 될 것이다.

두 명의 승무원이 계란, 베이컨, 토스트, 해시 브라운이 든 쟁반을 들고 들어왔다. 갑자기 코빅은 꽤 오랫동안 자신이 제대로 된 식사를 하지 못했다는 것을 깨달았다.

"배고플 거라 생각했네."

개리슨은 손을 내밀어 앉기를 권했다. 두 사람은 음식을 향해 손을 뻗었다.

"해병대원들은 무사히 철수했습니까?"

개리슨은 음식을 씹지 않은 채 대답을 하려 애썼다. 개리슨은 코빅을 쏘아보았다.

"그 친구들은 중국인들이 잔뜩 탄 어느 보트에 끼여 타고 나왔다더군. 그런 거야말로 해상 철수의 이점이라 할 수 있겠지."

"그 친구들도 우리와 같이 헬리콥터를 타고 탈출할 수 있었습니다. 하지만 본인들의 의지로 그걸 거부한 거죠. 그들이 후위를 맡아주지 않았다면 우리는 결코 무사히 탈출할 수 없었을 겁니다."

개리슨은 큭큭 웃었다.

"그래, 그래. 자네가 형편없는 솜씨로 착함해서 난장판을 만들어놓은 걸 생각하면 우리 대원들은 현명한 선택을 한 것 같네."

"제가 데려온 사람들은 왜 항공 퇴각을 해주지 않았는지 이해할 수 없다고 하더군요."

개리슨은 고개를 끄덕였다. 그의 입에는 음식이 가득 차 있었다. 그는 그 점을 구태여 설명하거나 변호하려 들지 않았다.

"다른 사람들은 어떤가요? 진제는……."

개리슨은 음식을 삼키고 커피를 한 모금 마셨다.

"살아 있냐고? 물론이지. 건강하다네. 상처 치료도 끝났고 수혈도 받았어. 진제의 아내가 그를 계속 간호하고 있네."

코빅은 개리슨에게 의미 있는 시선을 던졌다.

"물론 그 여자는 그렇게 주장하고 있어. 하지만 그 여자는 우리에게 별로 말을 하지 않더군. 난 그 여자가 중국 국가안전부 직원일 거라 생각해. 물론 난 그 여자랑 싸우고 싶지는 않아. 자네는 혹시 그 여자가 다른 뜻을 품고 여기 왔다고 생각하나?"

코빅은 어깨를 으쓱였다.

"그래. 내가 생각해봐도 그 여자가 돌봐주지 않았다면 진제는 여기까지 살아서 못 왔을 것 같아. 진제가 창을 내쫓고 그 자리를 차지하려면 좋은 사람들이 주변에 많이 필요할 거야."

개리슨은 접시를 옆으로 밀어놓고 포크와 나이프를 단정하게 내려놓았다. 그 다음 피로한 회색 눈으로 코빅을 바라보았다.

"내 아들…… 토미가 죽은 다음부터 나는 솔직히 자네가 죽기를 바랐어. 자네가 목숨으로 잘못을 갚기를 바랐지."

코빅은 고개를 저었다.

"대령님. 저는…….."

개리슨은 한 손을 들었다.

"하지만 자네는 지금 살아서 내 앞에 있지. 지금 나는 자네가 살아 돌아온 것이 기쁘네."

"감사합니다, 대령님. 마음을 바꿔주셔서. 제가 말씀드리지 않더라도 아드님은 훌륭한 해병이었습니다."

"그 아이는 어둠의 세계로 갈 생각을 하고 있었어. 자네는 알고 있었지?"

"무슨 말씀이십니까?"

"그 아이는 CIA에 입사하고 싶어 했네. 자네를 선망했던 거야."

개리슨이 토미의 사진을 바라보며 긴 한숨을 내쉴 때까지, 코빅은 개리슨의 시선을 피했다.

"우리가 하는 것은 대체 무엇인지, 뭘 위한 것인지, 한 번이라도 자문해본 적이 있나?"

마치 코빅 자신의 회의감을 대변해주는 것 같은 그 말을 들으니 안도감이 느껴졌다.

"지난 며칠 동안 수없이 자문해보았습니다."

개리슨은 탁자에서 일어나 현창 쪽으로 한 걸음을 내디뎠다.

"결국 터지고 말았어. 그들의 전쟁이 시작된 거야."

"그럼 대령님, 함교에 계셔야 하지 않나요? 제게 아침 식사를 주신 것은 감사합니다만……."

"코빅, 난 이런 배를 백 번도 넘게 타봤어. 함교에 올라가서 커다란 함장 전용석에 앉아 중요한 사람 행세를 하며 명령을 내리고 시끄럽게도 해봤지. 하지만 이 배의 승무원이라면 내가 구태여 이래라저래라 하지 않아도 자기 할 일이 뭔지는 다 알아."

"이제 앞으로 어떻게 될까요?"

"창은 러시아와 협정을 체결한 모양이야. 전투는 앞으로 24시간 이내에 언제라도 벌어질 거라고 예상하고 있지."

여전히 먼 곳을 보는 대령의 얼굴이 밝아졌다.

"서로 각자의 길을 가기 전에 이렇게 자네와 만나고 싶었네. 이제 자네의 게임은 끝났어. 자네가 해야 할 일은 다 한 거야."

코빅은 커피를 다 마셨다.

"무슨 말씀이십니까, 대령님?"

"괌에서 온 오스프리가 1400시에 여기 도착할 거야. 그 항공기를 타고 가면 자네는 VIP 대접을 받을 것 같군."

코빅에게 서류를 내미는 개리슨의 표정은 미묘했다.

"자네는 꽤 긴 휴가를 즐기다가, 파리나 로마 같은 문명화된 근무지로 가게 되겠지. 진급도 따르지 않을까?"

코빅은 개리슨이 준 서류를 읽고 뭔가 이상한 느낌을 받았다. 그는 서류를 테이블 위에 올려놓고 개리슨 쪽으로 도로 밀었다.

"이건 1급 기밀 문서입니다, 대령님."

개리슨은 한쪽 눈썹을 실룩였다.

"그게 뭐 어떻단 말인가? 난 이거 읽어본 적 없네."

"그리고 이 문서는 CIA 감사실에서 보낸 것입니다."

개리슨은 아무 말도 하지 않았다. 코빅은 포크를 내려놓고 의자를 뒤로 조금 밀었다.

"혹시나 해서 여쭤봅니다만, 퇴각 요청이 기각되었습니까?"

답은 두 사람 모두 알고 있었다. 개리슨의 얼굴이 뻘게졌다. 코빅은 개리슨이 심장 마비라도 일으킬까봐 두려웠다.

"커틀러는 조국을 배신했어요. 메츠거 역시 마찬가지고요. 그들은 창 제독과 거래하면서 해병대원들의 사형집행 명령서에 서명한 겁니다."

코빅은 문서를 다시 보았다.

"그리고 저는 그 사람들에게 사실을 알림으로써, 제 사형집행 명령서에도 서명한 거죠."

벽에 붙은 스피커에서 안내 방송이 나왔다.

"함장님, 함교로 와주십시오. 반복합니다. 함장님, 함교로 와주십시오."

개리슨이 일어났다.

"그랬던 것 같군. 나를 따라오겠나?"

"감사합니다. 하지만 먼저 다른 사람들을 만나봐야 할 것 같습니다."

개리슨은 고개를 끄덕이고는 방을 나섰다.

78

　진제는 침대 위에 앉아서 캔에 든 루트 비어를 마시고 있었다. 그 옆에 앉은 한나는 허공을 보고 있었다. 한나 역시 해군 장교용 카키색 군복을 입고 있었다. 그 옷은 그녀의 커리어 우먼다운 섹시함을 더욱 돋보이게 했다. 코빅이 다가가자 둘 다 고개를 들었다.

　코빅은 루트 비어를 보았다.

　"이 함선의 별미를 맛보고 있는 걸로 알겠습니다."

　진제는 캔을 들어 보이며 말했다.

　"나는 예전에도 이거 좋아했는데요."

　진제는 손을 내밀며 입을 열었다.

　"코빅, 어떤 말로 감사를 표현해야 할지 모르겠습니다."

　코빅은 그의 손을 잡았다. 촉촉하고 살집이 두툼했다.

　"굳이 그럴 필요 없습니다. 창 제독의 계획을 무너뜨린 것만으로도 충분히 기쁩니다. 이제 창 제독은 눈엣가시인 당신에게 아무것도 할 수 없습니다. 앞으로 건강을 완전히 회복해서 저항운동을 이끌어야지요."

　"그러면 진보 세력이 이길 거라고 생각하시나요?"

　코빅은 어깨를 으쓱였다. 그걸 무슨 수로 안담? 그 누구도 심지어 한나조차도 알 수 없는 일이다. 하지만 진제는 끈덕지게 코빅의 대답을 기다리고 있었다. 코빅은 한나를 보았다.

　"저는 미래의 모습을 예측해본 적이 없습니다. 그런 일은 점쟁이나 정치가에게 맡기겠습니다. 게다가 저는 사람들이 듣기 싫어하는 말만 해오면서 살아온 지라……."

한나는 진제에게 몸을 돌리며 일어났다.

"쉬어야 해."

진제는 한숨을 쉬었다.

"그래야겠지. 너무 멀리 가지는 말라고."

한나는 코빅의 팔을 잡고 함께 방 밖으로 나갔다.

갑판에서는 바람이 불고 있었다. 머리 위에서는 슈퍼 호넷 전투기의 엔진 소리가 들려왔다. 몹시 청명한 날이었다.

"어디 있었어? 사라진 줄 알았어."

"잠깐 잠 좀 잤어. 내가 안 보여서 속이 후련했을 거라고 생각했는데."

한나는 전혀 그렇지 않다는 뜻으로 코빅에게 무서운 표정을 지었다. 여러 수병들이 그들의 옆을 뛰어 지나치면서 한나에게 눈길을 주었다. 코빅은 한 걸음 더 가까이 다가섰다.

"경호원 한 명 채용해야 될 것 같은데?"

한나는 입술을 내밀고 쉿 하는 소리를 냈다.

"진제는 회복 중인 것 같아."

"그래, 앞으로 좋아질 거야. 당신이 파편을 빼서 그의 목숨을 구해줬으니까. 의사 말로는 파편이 쇄골하 동맥을 스쳤대. 조금만 더 악화되었으면 동맥이 터지면서 과다출혈로 죽었을 거라고 하더군."

하늘에서 또 다른 비행기 소리가 들렸다.

"진제는 내가 옆에 있기를 원해. 그는 나더러 자기 진영의 부대표를 맡아달라고 했어."

한나의 표정에서는 아무것도 드러나지 않았다.

"그건 정규직인가?"

한나는 코빅을 끌어당겼다. 그녀에게서는 즐거운 분위기가 풍겼다.

"이 배에, 잠시라도 우리 둘이서만 머물 장소가 있을까?"

79

　코빅은 시간을 확인했다. 13시 48분이었다. 한나는 코빅을 보고 있었다. 그녀의 아름다운 검은 눈에는 슬픔이 가득했다. 코빅이 탈 오스프리가 오기까지는 15분도 채 남지 않았다.

　한나는 코빅에게 다가갔다.

　"앞으로 어떻게 할 거야?"

　"음, 아마 비행기 타고 당신을 데리러 올걸."

　코빅은 잠시 동안 한나를 안아준 다음, 자기 옷에 손을 뻗었다.

　함실 밖은 항공모함이 전투 배치에 돌입하는 소리로 떠들썩하기 그지없었다.

　"갑판 위로 올라가서 상황을 좀 볼까."

　갑판으로 올라가려는 찰나 레커가 아래에서 그들을 소리쳐 불렀다. 그는 완전무장 차림이었다. 어디엔가 또 싸우러 가는 모양이었다.

　코빅과 한나는 계단을 내려왔다. 아이리쉬와 팩도 왔다. 역시 완전무장 차림이었다.

　"무슨 일인가요?"

　"타이탄이 피격됐어요. 창 제독에게 넘어가면 안 되는 정보가 배 안에 가득해요. RHIB를 타고 그 배에 가서 배가 침몰하기 전에 가급적 많이 챙겨 와야지요."

　레커가 말하는 동안, 코빅의 눈에 오스프리가 강하하는 게 보였다. 로터가 이착륙 위치로 돌아가 있었다.

　코빅은 한나를 보았다. 한나는 눈물을 흘리면서도 미소를 잃지 않았다.

　그는 아이리쉬와 팩, 레커를 보았다. 레커는 여분의 장비를 더 가지고 있었다. 그때 코빅은 함교 발코니에 개리슨 대령이 서서 자신들을 내려다보고 있음을 눈치챘다.

개리슨은 코빅과 눈이 마주치자 고개를 끄덕였다.

레커는 가져온 장비를 내밀며 말했다.

"코빅 씨. 우리는 가야 해요. 함장님의 명령이거든요."

오스프리가 착함하고 문이 열렸다.

코빅은 해병대원들을 보며 미소 지었다.

"그럼, 망설일 게 뭐 있나요?"

감사의 말

매우 귀중하고 전문적인 조언을 주신 미국의 리타 아워배크와 딘 모리스, 상하이의 제임스 소닐리, 덜위치의 카렌 스터골트에게 감사드립니다.

근면과 열정으로 업무에 임해주신 편집자 줄리언 플랜더스, 교정교열자 제인 셀리에게도 감사의 마음을 전합니다.

모든 분야에서 도움을 주신 소피 도일에게도 감사드립니다.

이 작품이 완성될 수 있게 해주신 오라이언 팀의 존 우드, 조 글레드힐, 그리고 대단한 대리인인 마크 루카스에게 깊은 감사를 드립니다.

이 작품의 기반이 된 풍부한 세계관을 구축하고, 제가 〈배틀필드 4〉를 자유롭게 집필할 수 있게 해준 〈배틀필드〉의 제작사인 DICE와 EA에게 감사와 경의를 표합니다.

그리고 마지막으로 이 작품을 읽고 기탄없이 의견을 말해준 나의 아내 스테파니에게도 감사의 마음 전합니다.

역자 후기

배틀필드 4의 소설판인 본작이 그야말로 예기치도 못하게 나왔습니다. 덕분에 2013년 마지막 두 달을 이 작품 번역하느라 그야말로 정신없이 보냈군요.

이번 배틀필드에서 미국의 싸움 상대는 러시아도 이란도 아닌 중국입니다. 다만 중국 전체를 적으로 돌린 게 아니라, 중국 내에서 군사 쿠데타를 도모하는 일탈 세력과 싸움을 벌인다는 내용입니다. 100년 전 유럽 제국주의 열강들의 각축 시절이나 지난 세기 후반부의 냉전 때와는 달리, 이제는 아무리 심한 라이벌 관계의 국가라도 서로가 없이는 살기 매우 힘든 세상이 되었다는 증거일 것입니다. 즉, 우리가 사는 세계가 그만큼 더 '세계화'되었다는 뜻이겠지요. 이는 중국은 물론 일본, 러시아, 북한 등과 이웃한 우리나라에게도 결코 무시할 수 없는 사실입니다.

그럼에도 불구하고 이 게임은 중국 내에서 판매 금지를 당했다고 하더군요. 미국과 중국 간에 벌어지는 세계 패권 다툼이 이 게임 바닥에까지 영향을 미친 것 같아 한편으로는 씁쓸합니다.

힘든 번역 기간 중에 저를 여러 모로 도와준 아내 정숙 씨, 강생이, 그리고 소설의 히로인과 이름이 똑같은 저의 사랑하는 딸 한나에게 감사를 표하면서 간략한 후기를 마무리할까 합니다.